논개 1

김별아 장편소설

논개 1

해냄

차례

논개 1

논개 2

서(序)

날아올라,

가마아득한 허공에 몸을 부렸다. 삶은 부평같이 가벼웠으나 죽음은 만년지택의 터를 다지는 쇠달구만큼이나 무거웠다. 이미 발을 내딛었으니 땅띔하며 돌이킬 재간이 없었다. 팽팽히 그러잡았던 끈이 툭 끊기는 듯하였다. 무를 방도라곤 없으니 도리어 편안했다. 들썽대던 마음도 일순 가라앉았다. 파랑에 도사리며 호시탐탐 엿살피던 수백(水伯)이 야릇한 낌새를 놓치지 않고 발목을 답삭 움켜잡았다. 치런치런 물귀신이 드리운 머리채가 곧장 심장을 향해 뻗쳐왔다. 날카로운 푸른 화살이 전신을 꿰뚫었다. 터럭과 뼈가 일제히 곤두서며 옥죄었다.

죽음을 향해 기운 비탈은 가팔랐다. 물에는 움켜잡을 옹두리 하나 없었다. 깊고 좁고 가파른 외길로, 그녀는 곧장 미끄러져 들어갔다.

물속에 눈이 온다. 사납게 숨구멍을 틀어막으며 짓쳐드는 물속에서도 이팝나무 꽃마냥 너즈러지는 그것을 본다. 걸음마를 가르치는 아비의 손끝을 잡으려 안타깝게 내미는 돌쟁이의 손등에, 물일에 시달려 메밀 자루를 맨손으로 뒤진 듯 거칠어진 계집애의 손등에, 굵은 마디가 부끄러워 모지라진 치마 뒤로 감춰 숨기던 숫보기의 손등에 잠깐 머물렀다 녹아들던 눈, 분분히 내리는 서러운 설이(雪異). 침침히 시야를 가리며 눈이 내린다. 눈물 같은 눈이 흩날린다. 짧은 생의 기억들이 사금파리처럼 부서져 반짝인다.

죽음이 두려운가, 죽음에 이르기까지의 고통이 더 두려운가. 그녀는 이제 겨우 스무 살이다. 육신을 믿지 않길 잘했다. 젊은 몸은 반사적으로 죽음에 저항한다. 죽고자 굳게 다진 거룩한 뜻과 의지도 살고자 하는 비루한 본능을 이길 수 없다. 물속은 지옥의 밑바닥같이 추웠다. 살갗이 오그라들며 굵은 소름이 숭숭히 돋았다. 죽음의 예감으로 달뜬 심장은 불덩이를 통째로 삼킨 듯 홧홧했다. 얼음의 차가움과 불덩이의 뜨거움이 하나의 예리한 아픔으로 육신을 관통했다. 공포, 싸늘하

8

고 후끈한 두려움, 그 두려움에 사로잡힌 자신조차 곧 사라지고 말리라는 생생한 깨달음. 멈추었던 호흡의 벽이 무너지며 멱통으로 담수가 밀려들었다. 갑자기 늘어난 피로 핏줄은 불똥을 맞은 뱀처럼 요동쳤다. 가슴 한복판이 도끼로 뻐갠 듯 아프고, 꿀렁꿀렁 차오른 물로 부푼 폐장은 금방이라도 터져버릴 것만 같았다.

그녀의 좁은 품 안에 가득 갇힌 사내는 돌연한 사고에 몹시 당황했다. 얼결에 물속으로 곤두박질하는 순간 얼근하던 취기가 단번에 가셨다. 물길 삼천 삼백 리를 헤쳐 와 뭍길 삼천 사백여 리를 거침없이 달리며 숱한 격전을 치렀지만, 이럴 수는 없다. 가토[加藤] 부대의 선봉장으로 관백이 직접 내린 '나무묘법연화경(南無妙法蓮華經)'의 깃발을 휘날리며 조선 팔도를 헤집고 함경도까지 내달았던 그는 꿈에서조차 이같이 어이없는 최후를 예상한 적이 없었다. 기필코 이럴 수는 없는 일이었다. 그는 아직도 자신의 몸을 친친 옭아맨 이악한 힘의 정체를 파악하지 못한 터였다. 적을 알면 반드시 이길 수 있으리라. 황망 중에 가까스로 무사의 기개를 발휘해 눈을 부릅떴다. 그러나 물너울 사이로 거물거물한 적의 모습을 발견했을 때 그는 일촉즉발의 위기에도 불구하고 하마터면 실소를 터뜨릴 뻔했다.

그녀였다. 강가 위태로운 바위 위에 아슬아슬 웃으며 서 있

던 여인. 차랑차랑한 남치마가 취한 눈에 꼭 물결인 양 보였다. 곱고 밉고 젊고 늙고는 따져보지도 않았다. 밤에 볼 때 멀리서 볼 때 우산 속에 있을 때는 어떤 여자든 미인이랬다. 하고많은 꽃 중에 절벽 끝의 꽃을 따고 싶었던 건 주기와 객기 때문이었다. 칙쇼(ちくしょう: 빌어먹을)! 이긴 뒤에 투구의 끈을 묶으라더니 승리의 쾌감으로 저도 모르게 방심했던 모양이다. '꽃에 폭풍'이라는 말을 이럴 때 쓸 수 있을까? 꽃이 피면 바람이 불고 달이 뜨면 구름이 감추리니, 고단한 출정이 통쾌한 승리로 순조롭게 마무리될 즈음 이 무슨 가당찮은 훼방이란 말인가. 그것도 계집에게, 일개 조선 계집의 농간에 속아 고라미요우진[高良明神] 신의 비호를 받는 대일본군의 일급 부장이 강물에 빠져 허우적대다니!

모욕감으로 분기충천한 사내가 그녀의 양팔로 옥죄인 몸을 거칠게 비틀었다. 우두둑, 삼각근이 바수어지며 어깨뼈가 빠졌다. 눈에서 불똥이 튀고 절로 뿌드득 이가 갈렸다. 하지만, 그녀로서도 어쩔 수 없었다. 물러서려도 물러설 곳이 없었다. 돌이킬 수 없는 낭떠러지였다. 외곬의 돌비알이었다. 한껏 사리문 어금니가 시큰하였다. 곧 두고 떠날 이승의 추억인 양 시리고 저렸다.

사내는 뼈와 살이 뜯겼음에도 불구하고 좀처럼 몸을 뺄 만큼 헐거워지지 않는 여자의 몸 사슬에 문득 공포를 느꼈다. 그는 신검이라 불릴 만큼 검술 사범으로 크게 이름을 날렸지만 누구보다 팔다리의 힘이 좋기로도 유명했다. 조선 정벌에 나서기 몇 해 전에 열린 스모 대회에서는 일본 전역에서 모여든 서른여덟 명의 내로라하는 장사들 중에서 이등을 차지하였다. 서른여섯 명을 메다꽂고 마지막 한 명에게 진 것은 상대가 바로 실력자인 가토 기요마사[加藤淸正]의 부하였기 때문이었다. 그는 힘자랑을 위해 출세의 기회를 내찰 만큼 미욱하지 않았다.

대회를 통해 가토의 부장으로 등용되어 조선 정벌에 나선 그는 일본에 없는 산중의 범도, 조선의 명장들도 무섭지 않았다. 기실 세상의 그 무엇도 두려울 것이 없었다. 그는 신을 믿고 자신을 믿었다. 칼과 군사와 조총과 호령을 믿었다. 그런 그가 지금 부들부들 떨고 있다. 몸을 뒤척일 때마다 거칠어진 숨결을 타고 뱃속으로 물이 밀려들고, 팔다리를 버둥거릴수록 떠오르기보다 더 깊이 가라앉는다. 죽음의 공포가 채 숨이 끊기기도 전에 그의 혼을 빼앗으려 맹렬하게 달려든다.

죽기 싫다. 살고 싶다. 필사적인 삶의 욕구로 단단하게 부르쥔 주먹이 그녀를 향해 날아왔다. 울컥 들이닥치는 것은 강물이 아니다. 핏물이다. 들이치는 핏물과 솟구치는 토혈이 한데 뒤엉켜 그녀의 입을 막는다. 향기로운 입이 끈끈한 피로 가득 찬다. 역한 비린내에도 불구하고 내치는 힘보다 들이치는 힘이 강하니 핏물은 좁은 목구멍을 찢을 기세로 꿀꺽꿀꺽 밀려든다. 온몸의 통점이 일제히 비명을 지르며 눈을 홉뜬다. 어딘가 산산이 부서져가고 있는 모양이다. 갈가리 찢기고 있는 모양이다.

그럼에도 그녀의 팔은 풀리지 않는다. 칼이라도 가졌다면 단번에 끊었을 텐데, 사내는 취흥이 도도해진 연회의 자리에서 주장의 명령으로 갑주를 벗고 환도를 풀었던 일을 뼈저리게 후회했다. 물속의 시간은 저승의 그것처럼 헤아릴 수 없이 빠르고도 느리게 흘렀다. 그는 달군 차돌을 삼킨 듯 가슴을 갈가리 찢는 격렬한 고통으로 몸부림쳤다. 이처럼 괴로운 시간조차 얼마 남지 않았을 것이다. 필사적으로 그는 다시 여자를 향해 부르쥔 주먹을 날렸다. 하지만 무엇이든 가차 없이 흡수하는 갯솜 같은 물의 장벽에 밀려 그의 시도는 값없는 종주먹이 되어버리고, 순간 그는 보았다.

마지막까지 그의 허리를 감은 팔을 풀지 않은 채 단호히 가라앉고 있는, 그 냉혹한 조선 여자는 웃고 있었다. 이 세상의 그것이라 믿을 수 없는 단단하고 날카로운 미소가 그녀의 입가에 또렷이 새겨져 있었다. 비녀가 풀려 흩어진 머리채는 검푸른 물풀처럼 얼굴을 뒤덮고, 아까의 일격에 부러졌는지 목은 흔뎅흔뎅 맥없이 흔들리고 있었다. 여자의 짓이겨진 입에서

12

뿜어 나와 물속으로 흩어지는 붉은 피는 비밀히 숨겼던 웃음 소리만 같았다. 사내는 언뜻 눈 오는 밤에 나타나는 창백한 미녀 유키온나[雪女]와, 살은 썩었지만 뼈와 혼은 남아 있어 못다 한 사랑을 이루고자 헤어진 연인 앞에 해골의 모습으로 나타난다는 호네온나[骨女]를 떠올렸다. 그러나 조선의 여인은 일본의 귀녀들보다 훨씬 화하고 처연하게 웃고 있었다. 그녀는 스스로 죽음을 달가워함이 분명하였다. 맵고 쓴 복수의 성공으로 마침내 달콤한 죽음을 얻었음을 진정으로 기뻐하고 있었다. 늙거나 어리거나 계집이거나 병신이라도 상관없다. 싸움 터에서 죽기를 기꺼워하는 자는 누구라도 필승의 천하무적일 수밖에 없다. 졌다! 내가 졌다! 사내는 자신의 완벽한 패배를 인정했다.

몸이 까부라지는 속도로 영혼이 그녀에게서 벗어난다. 너절한 육신을 어서 떠나라. 그녀는 미련인 양 젊은 몸을 쉽게 떠나지 못하고 멈칫대는 혼백의 등을 민다. 눈과 귀와 코와 혀와 몸, 그리고 생각. 육근(六根)이 힘을 잃어감에 따라 고통은 무디어지고 정신은 혼미하여 이 모두가 기이한 몽매만 같다. 품 안에서 발광하던 왜군의 장수는 끝내 빈손에 물을 움켜쥔 채 숨통이 끊겼다. 처절한 악연으로 망종길에 동행이 된 그가 누군지는 모른다. 이름과 소속과 직위도 알 수 없다. 어쩌면 삼천

리 물길 건너 작은 마을에 참한 각시와 목화송이처럼 폭신폭
신한 갓난애를 두고 왔을지도 모른다. 오직 아들만이 희망이
고 신앙인 늙은 어미와 눈물로 헤어져 떠나왔을지도 모른다.
하지만 그는 죽어야 마땅하다. 전쟁터에서는 누구도 스스로
꿈꿀 수 없다. 건장한 팔다리를 축 늘어뜨리고 시퍼런 주검이
되어가는 그는 고향과 가족을 가진 아무개가 아니다. 다만 육
만의 조선 백성을 도륙한 왜군의 장수일 뿐이다.

　……오직 한 사람을 생각했다. 삶의 전부가 그를 사랑하는
것으로 채워지길 바랐다. 종내 죽음까지도 함께하기를 원했다.
비록 며칠을 지체했으나 소망은 곧 이루어질 것이다. 굳이 꽃
비가 내리는 천당이 아니어도 좋다. 주린 남생이 뱃속에서 고
기밥으로라도 만날 수 있다면 족하다. 그를 죽이고, 그녀를 죽
이고, 그와 그녀를 다시 만나게 하는 물. 그녀는 기꺼이 남강
을 호흡한다. 그리고 마지막 간힘을 다해 경련으로 바르르 떨
리는 손가락에 끼어진 지환들을 하나하나 확인한다. 이미 죽
었거나, 죽음을 목전에 두고 있거나, 죽지 못해 살아 있는 사
람들의 가련하고 서러운 정표들. 상하의, 귀천의, 남녀의, 생사
의 경계가 모두 사라진 정결한 새남의 표식에 그녀는 죽음으
로 입 맞춘다. 목숨은, 턱없이 헐하고도 한없이 귀한 그것은 그
녀가 나고 자란 어머니와 아버지의 땅에 내놓을 수 있는 마지

막 것이었다.

사람으로 태어나 한생에 가질 수 있는 사랑은 얼마나 될까? 별처럼 많은 사랑을 가진 사람도 있을 테고 누군가는 생애 단 한 번밖에 사랑할 수 없도록 정해져 있을 테다. 누구의 지조를 칭송하고 누구의 박복함을 탓할 것인가. 무릇 사랑을 몇이나 가졌느냐가 아니라 얼마나 깊이 사랑했느냐를 따질 일이다. 거룩한 충의가 있기 전에 한 사람을 위한 갸륵한 마음이 있었으나, 세상의 어떤 저울이 사랑의 경중을 잴 수 있을까. 그것이 의협과 정렬일지라도 사랑이 없었다면 황폐하여 쓸쓸했으리라. 오로지 사랑 때문에 내린 결단이었다면 허망함도 어쩔 수 없었으리라. 세상의 말로 뜻매김될 어느 한 가지 이유였다면 죽음이 이렇게 흔연할 수 없었을 것이다.

고스란히 맥 잃은 건지가 된 몸뚱이가 물굽이를 침침히 휘돌았다. 그쯤에서 앞질러 떠났던 그의 영혼이 문득 걸음을 멈춰 그녀를 향해 크고 따뜻한 손을 내밀고 있었다. 그와 함께 흐르고 흘러 끝끝내 영원의 바다에 닿으리라. 그녀는 춥고 어둡고 강압한 심연을 향해 희미하게 웃었다. 마지막 숨결이 포말이 되어 솟구쳤다.

계사년(癸巳年, 1593년) 칠월 상순(上旬)의 어느 맑고 볕 좋은 날이었다.

도피

　달 없는 한밤의 숲길은 칠흑 같았다. 꼼꼼히 따지고 또 깊이 생각하여 삭일의 밤중을 때로 정했건만, 어둠은 도망하는 모녀의 몸을 가리기엔 족하나 조붓한 오솔길을 짚어가기엔 여간한 훼방이 아니었다. 지팡이로 수풀을 헤치며 더듬더듬 앞서 걷던 박씨는 길이려니 내딛었던 걸음에 허방을 짚고 발을 접질릴 뻔하길 벌써 여러 차례였다. 움푹 팬 땅을 헛발로 디딜 때마다 기우뚱 몸이 쏠리며 정신까지 혼혼했다. 가까스로 중심을 잡아 곤두박질을 면하면 이번엔 눈물이 왈칵 쏟아졌다. 보통 때도 눈물이 흔하고 많아 기뻐도 슬퍼도 눈물 바람부터 하던 박씨였지만 근래에 들어서는 그 도가 넘치었다. 꿈속에서 경경열열 목메어 울다 깨면 베갯잇까지 척척하고 싸늘했다. 온몸이 눈물로 가득 찬 항아리 같아 조금만 기울면 여지없이 넘쳐 새는 듯했다.

"조심하셔요, 어머니!"

말캉하고 따뜻한 작은 손이 허청거리는 박씨의 손을 옴켜잡는다. 제 딴에는 어미의 의지가 되겠다고 가진 힘을 다 부리어 내민 손이다.

"그래, 내 벗바리가 최고다. 네가 아니었으면 낭패를 볼 뻔했구나."

박씨는 또다시 눈시울이 시큰해져 애써 딴청을 피웠다. 하지만 빈말만은 아니다. 남편을 잃고 거처마저 잃은 가련한 처지로도 모자라 죄인처럼 야간도주로 친정집을 향하는 박씨에게 지금 곁에서 힘이 되어주는 유일한 이는 어린 딸뿐이다. 박씨는 어둠 속에서도 닦은 방울 같이 반짝이는 눈으로 자신을 바라보는 딸아이의 뺨을 가만가만히 쓸어주었다.

"마음 한번 잘 먹으면 북두칠성이 굽어보신다지 않더냐. 신명이 우리를 돌보실 게다."

박씨는 자신에게 다짐하듯 나지막이 중얼거렸다.

이가 없으면 잇몸을 써야 하듯 달이 없는 밤에는 별에 의지하는 수밖에 없다. 박씨는 애써 고개를 휘돌려 캄캄한 하늘에

도렷도렷 박혀 아득한 빛을 뿜어내는 별들을 쳐다보았다. 사철 변함없이 북쪽에 박혀 있기에 진북이라는 북극성이 바로 저 별인 듯하다. 북극성이 이끄는 대로 방향을 가늠해 박씨는 동쪽으로 조심스레 발을 내딛었다. 아직 봄소식이 들리기엔 이른 묘월(卯月: 음력 2월) 초하루라 산중의 밤공기는 맵고 쌀쌀했다. 하지만 옷 보퉁이 하나만 달랑 껴안은 단출한 차림에도 불구하고 등줄기를 따라 땀방울이 흘러내렸다.

"어딜 도망치는 겐가? 자고로 혼사는 인륜지대사라 했거늘, 강상을 어기고 풍속을 해치고도 무사할 줄 아는가?"

금방이라도 등 뒤에서 김 풍헌의 깔깔한 목소리가 들릴 것만 같아 박씨의 목이 절로 움츠러들었다. 정월 초하루가 지나자마자 득달같이 찾아온 김 풍헌네 집사에게서 사주단자를 보낸 지가 언제인데 아직도 택일했다는 소식이 없느냐는 소리를 들었을 때부터 박씨는 줄곧 무언가에 뒷덜미를 잡힌 듯한 느낌에 시달려왔다. 사주단자는 무엇이며 택일은 또 무엇인지, 영문을 모르는 박씨에게는 그믐밤에 홍두깨를 내미는 격이었다. 그런데 한편으로 딱하고 한편으로 답답하다는 표정을 한 집사에게서 그간의 상황을 전해 듣는 순간, 박씨는 섰던 그 자리에 무너지듯 폭삭 주저앉고 말았다.

시동생이 결국 사고를 쳤다. 빚에 쫓기고 재물에 눈이 멀어 고작 여섯 살밖에 안 된 조카딸을 팔아버렸다. 살림을 합치자마자 며칠 동안은 엉성하나마 나뭇짐도 부려오고 밭에 나가는 시늉을 하더니, 마음잡아 개장사라는 말이 가차 없이 들어맞았다. 어느 날 밭고랑에 호미를 내던지고 나간 뒤부터 예전의 버릇을 버리지 못해 또다시 색주가와 노름판을 기웃거리는 모양이 심상찮았다. 그래도 제풀에 켕기는 것이 있었던지 지난 섣달그믐에는 얼근히 취해 고기 한 근과 자반 오가재비를 사 들고 와, 과부된 형수의 고단함을 위로하며 새해에는 더 나은 일이 있으리라 입바른 소리를 지껄여댔다. 박씨는 그 어울리지 않는 수작에 감격하여 옷고름으로 눈물을 찍어내며 고개를 주억거렸던 자신을 책망하고 혐오한다. 어쩌자고 거짓으로 꾸민 친절에 휘어넘어가 제 새끼를 노리는 낌새조차 맡지 못했단 말인가. 그리고 보니 역겨운 술내를 풍기며 돌아 나가던 그가 마지막으로 흘린 말이 새삼 귓전에 아프게 울린다.

"형수의 절조야 온 마을이 다 알지만 사람이 너무 빡빡하면 일신이 고단하오. 가난도 비단 가난이라니 가난해도 체통을 잃지 않고 견디는 모양이 보기엔 제법 반드르르 하지만, 대문이 가문이라는 말도 있더이다. 아무리 가문이 높아도 째지게 가난하면 아랫것들이 올려볼 일이 없다는 뜻이오. 사흘 굶어 도둑질 안 할 사람이 어디 있겠소? 그게 어디 다 바탕이 불측한 탓이기만 하겠소?"

떡국이나 같이 끓여 먹자는 박씨의 권유도 뿌리치고 어디
간단 말도 없이 집을 나간 그는 여태껏 종무소식이다. 그때 돌
아가는 형편 따윈 까맣게 모르고 간만에 구미가 돋아 쩌금쩌
금 주워 먹었던 비린 것이 올칵 치밀어 오를 것만 같다. 그리
고 다시 뒷목이 거북스런 통증으로 저려오기 시작했다. 어깨
가 돌덩이처럼 딱딱하게 굳어 이편저편 돌아보기도 힘들었다.
허긴 두 눈을 멀쩡히 뜬 채로 어린 딸을 강탈당할 처지에 놓
인 주제에 왼편은 보아 무엇하고 오른편은 살펴 무슨 소용이
있을 것인가.

박씨는 그날부터 단 하루도 거르지 않고 끔찍한 악몽에 가
위눌렸다. 때로는 죽은 남편이 나타나 함께 부둥켜안고 울다
가 호통을 치다가 뺨따귀까지 올려붙이고 가기도 했고, 때로
는 제 몸피보다 훨씬 큰 활옷을 덮어쓴 어린 딸이 어미를 원
망하며 통곡하기도 했다. 꽃신까지 벗어 들고 땅을 치며 하소
하는 딸의 음색은 마치 세파에 닳고 지친 노파의 그것마냥 낮
고 음울하였다.

박씨를 무섬에 질리게 한 것은 어린 딸과 난데없는 생이별
을 하게 되었다는 사실만이 아니었다. 사람들은 다 알고 있었
던 모양이었다. 시어머니 자리가 될 김 풍헌의 안사람이 옷감

장수로 사칭하여 간선을 보러 왔었는데, 그렇게 몸집이 퍼지고 굵은 장사치는 조선 팔도를 다 뒤져도 찾아볼 수 없을 거라며 우물가 여편네들은 수다를 떨었다고 하였다. 탈탈 털어도 먼지와 이[蝨]밖에 떨어질 것이 없는 가난뱅이라 오래전에 상처를 하고도 재취하지 못해 홀아비로 사는 시동생이 기생집에서 거창한 주연을 벌였는데, 그 잔치에서 술잔깨나 얻어 마신 사람 중 어느 하나도 박씨에게 돌아가는 형편을 귀띔하려 들지 않았다. 김 풍헌의 세도가 두렵고 주달무의 뚝별씨가 귀찮은 사람들로서는 굳이 남의 일에 말려들 생각이 없었던 것이다. 여럿이 마음먹고 들면 한 사람을 까맣게 속여 바보로 만드는 일은 너무 쉽고 간단했다. 굳이 거짓말을 하지 않더라도 진실을 말하지 않으면 그만이었다. 그럼에도 그들은 적어도 거짓을 말하진 않았다는 사실을 자랑하며 낯바닥을 빳빳이 세웠다.

박씨는 그대로 자리보전을 하고 드러누웠다. 친정은 비록 대단한 가문은 아니었으나 동네에서 그럭저럭 밥술을 뜨고 체면치레하는 집안이었다. 그런 밀양 박씨가의 맏딸로 태어나 규중처녀로 자란 그녀는 애초에 타고난 성정이 지나치게 부드럽고 무던하였다. 낯선 이가 무어라도 물을라치면 얼굴을 붉히며 고개를 숙이는 것이 대답이었고, 고물고물한 밑의 동생들에게 치이면서도 불평 한번 뱉을 줄 몰랐다. 그래서 어리보기 같기만 한 딸을 걱정한 부모는 그녀의 배필을 구할 때 호협한 사내보다는 얌전한 골선비를 우선으로 쳤다. 행여 야물지 못한 딸이 손버릇이라도 나쁜 서방을 만나 숨도 쉬지 못하고 살까 봐 걱정이었던 것이다. 마침 용추폭포 지나 월봉산 아래 서상현 방지 마을에 청족(淸族)의 자제가 있다고 하니, 매파의 그럴듯한 구변에 혹한 부모는 서둘러 신안 주씨 집안에 그녀를 시집보냈다.

깨끗하고 이름 있는 선비 집안이라는 말이 아주 틀린 것은 아니었다. 하지만 그 이름은 벌써 백여 년 전에나 드높았던 이름이라 실속 없이 허울만 좋았고, 터수가 깨끗하다 못해 시부모 밥상을 들이고 나면 그녀 몫의 군밥이 남지 않을 정도로 가난했다. 그래도 박씨는 자그마한 불만조차 드러낼 줄 몰랐다. 있으면 먹고 없으면 굶는 것이 오래전부터 해온 일인 양 자연스러웠다. 그녀도 사람인 이상 배 주리면 서러운 거야 어쩔 수 없었지만, 친정 부모의 바람대로 남편 주달문은 성품이 다감다정하고 몸가짐이 깨끗하여 큰 의지와 위로가 되었다. 박씨는 남편의 그늘 아래서 가난하지만 화목하고 평온하게 살았다. 온량한 성품이 오누이처럼 닮은 부처인지라 각박한 살림에도 큰소리 한번 울을 넘은 적이 없었다. 가진 것 없는 사람들에게는 순진하고 선량한 것도 죄가 될 수 있다는 사실을 까마득히 모른 채, 박씨는 그 조용한 행복이 영원히 지속되리라 믿었다.

고뿔이 들면 여지없이 기침부터 하고 평소에도 밭은기침을 그림자처럼 달고 다니던 남편은 결국 해수병으로 자리에 눕고 말았다. 밤새 타구를 껴안고 캑캑거리며 가래를 뱉어 내는 남편의 곁을 지키노라면 박씨의 목에서도 회백색 불안과 황록색 공포가 가랑가랑 끓는 듯하였다. 개가 짖는 듯 목을 길게 빼고 목젖 아래서부터 터져 나오는 기침을 뽑아낼 때에는 납일*에 잡은 참새를 고아 바쳐도 소용이 없었다. 마침내 고질이 되어 금방이라도 숨이 넘어갈 듯 연거푸 기침을 토해 내는 지경에 이르러서는 부끄러움을 무릅쓰고 바자 너머 이웃집 아낙에게 청해 얻은 동변(童便)조차 약이 되지 못했다. 그녀는 유독 비위가 약한 남편에게 처음이자 마지막으로 거짓말을 했다. 남편은 그 찝찔하고 지린 탕약의 정체가 어린 사내아이의 오줌인 줄 끝내 알지 못하고 죽었다.

남편이 세상을 떠난 뒤 모든 것이 변했다.

방울나귀처럼 날랜 불행이 행복의 황소걸음을 따라잡기는 한나절 일거리도 아니었다. 행복이야말로 허약하고 위태로웠다. 스스로

*납일(臘日) : 민간이나 조정에서 조상이나 종묘 또는 사직에 제사 지내던 날. 조선 태조 이후 동지 뒤 셋째 미일(未日)로 정해짐.

지킬 힘을 갖지 못한 사람에게는 더욱 그랬다. 사랑의 끝자락을 움켜쥐고 영이별을 애도할 겨를도 없이 곧바로 재앙이 닥쳐왔다. 그런데 이 재앙은 하늘과 땅이 일으킨 변고가 아니라 고스란히 사람이 빌미가 된 것이었다. 사람도 오다가다 부딪힌 남이 아니라 가족이란 이름의 악연이었으니, 하늘이 무섭고 남세스러워 누군가를 붙잡고 원통함을 넋두리할 수조차 없었다.

"무슨 저울질이 그리 오래 걸리오? 내가 영 미덥지 않아 그러오? 나도 이제 불혹을 넘긴 중늙은인데 예전의 개망나니 주달무만 생각하면 섭섭하오. 꾸부렁나무가 선산을 지킨다잖소? 사람 믿는 일에 재물이 드는 것도 아닌데 뭘 그리 박하게 구오?"

"아니, 서방님을 믿지 못해 망설이는 게 아니라……."

"좋수다! 설령 아직도 미덥지 않다고 칩시다. 그렇다면 어쩌겠소? 이제 천지사방에 두 모녀가 의지할 데가 어디 있단 말이오? 세상은 범의 소굴이나 진배없소. 형수는 상상치도 못할 무뢰배들과 사기사들이 득실거린단 말이오. 거칠고 험한 세로에 나앉은 모녀를 생각하면 형님도 저승에서 편치 못하실 터이니, 하루바삐 내 집으로 짐을 옮겨 안전을 도모함이 옳을 것이오. 내 비록 형님만 한 학문은 없지만 동기일신(同氣一身)

이라는 말 정도는 알고 있소. 형제는 한 몸이나 다름없다 하였으니, 형수는 그저 나만 믿고 따라주오."

남편의 장례를 치른 직후부터 시동생은 몇 번이고 박씨를 찾아와 살림을 합치자고 집적대며 졸랐다. 남에게 싫은 소리한 마디 못할뿐더러 언턱거리 잡힐 일과는 아예 무관했던 형 주달문과는 달리 동생 주달무는 동네에서 알아주는 난봉꾼이라 시어른들이 살아 있을 때에도 집안의 애물이었다. 가뜩이나 빈한한 살림에 허랑방탕한 짓을 일삼는 자식까지 있으니 가세는 점점 기울어 결국 고향을 떠나 낯선 마을로 이주하는 지경에까지 이르렀다.

그럼에도 불구하고 지금까지 박씨가 이해할 수 없는 것은 시동생을 끝까지 싸고돌던 시어른들이었다. 어버이를 우러러 받들고 행여 욕되게 할까 행동거지를 조심하며 마지막까지 봉양을 바친 것은 맏이인 주달문인데, 시부모는 그의 노고는 당연한 것으로 여기면서 사고뭉치나 다름없는 둘째 아들 일에만 노심초사였다. 시어른들은 늘 둘째를 가엾다 딱하다 불쌍하다 하였지만, 결국엔 그들의 지나친 자애가 주달무를 안하무인으로 만든 것이나 다름없었다. 열 손가락 깨물어 아프지 않은 것이 없다지만 한날한시에 난 손가락도 길고 짧기 마련이니, 어느 손가락은 세게 깨물고 어느 것은 살살 깨물면 당연히 그 아픔의 크기도 다르지 않겠는가? 순되기 이를 데 없는 박씨까지 그런 생각을 했을 정도였다. 그래도 행여 남편 앞에 서 게정내기는커녕 내색조차 할 수 없었다. 그는 없는 집 장 자의 뻐근한 의무감을 벗을 수 없는 피부처럼 입고 있는 사람 이었다.

무슨 꿍꿍이속인지 짐작할 수 없었다. 하지만 제 일신도 못 다 추스르는 주제에 남겨진 형의 식솔들을 돌보겠노라며 합 가를 주장하는 시동생을 박씨는 대번에 내치지 못했다. 주달 무에게 노름빚이 있다는 사실을 알고 있었기에 한편으로는 변변찮은 삼간 노옥이나마 팔아 빚을 갚아볼 셈속인가 하였 다. 설령 그럴대도 어쩔 수 없었다. 학부형들이 강의에 대한 답 례로 봄가을에 몰아 내놓는 강미(講米)만으로는 세 식구 살 기가 빠듯하여 불고체면하고 빌려 부치던 도지도 이젠 고스 란히 반납해야 할 처지였다. 소를 몰 사람도 없고 울력을 청 할 자신도 없었다. 웬만큼 숫기 없는 여자도 결혼을 하고 애 가 딸리면 짚수세미처럼 거칠어지게 마련이지만, 애지중지 싸 고돌던 남편 덕택에 박씨는 여전히 어수룩한 숫보기나 진배없 었다. 한때의 자랑거리가 지금은 더없는 근심거리였다. 박씨는 그제야 남편의 그늘에 숨어 무기력하게 살아온 생활을 후회 했지만 이미 때늦은 일이었다.

그런 데다 박씨를 더욱 두려움에 떨게 한 것은 과부에 대한 세상의 모질고 독한 대우였다. 기실 혼자 남아 견뎌야 할 가난과 슬픔과 고독 따위는 두 번째 문제였다. 세상은 남편을 잃은 여자를 위로하진 못할망정 죄인 취급을 하였다. 그래서 따라죽어 열녀문을 세우지 못한 과녀들에게 갖은 금기와 질곡을 부여했다. 나라에서는 굶어 죽는 것은 작은 일이요 절개를 잃는 것은 큰일이라며 과부의 개가를 금지했다. 혹 개가한 여자의 자손은 벼슬을 할 수 없을뿐더러 과거에 응시조차 하지 못하게 하였다. 하지만 가혹한 도덕을 앞세우는 명교(名教)를 십분 믿고 받들어 수절한다 할지라도 세상은 결코 안전하지 않았다. 비록 양인 이하 천한 신분의 습속이라고 하지만 한밤에 몰래 침입하여 과부를 보쌈으로 업어 가는 풍속은 야담의 주요한 이야깃거리가 될 정도로 공공연하였다. 물론 청상과수 보쌈 따위의 악습이야 쉰 줄에 들어서는 박씨와는 상관없는 일이겠지만, 남편 없는 여자들을 헐후히 여기며 얕잡는 세상 인심에서야 늙으나 젊으나 비껴갈 방도가 없었다.

　이리하나 저리하나 세상 곳곳이 허방다리였다. 박씨는 들입다 닥쳐온 불행에 떠다박지름을 당한 채 쩔쩔매었다. 살자니 고단하고 죽자니 고물고물한 어린 새끼가 눈에 밟혔다. 그러다 보니 앞으로 살아갈 궁리는 고사하고 매일 눈물로 눈을 떠 젖은 눈으로 잠드는 것이 일과였다. 그 와중에 어린 딸이 도리어 배곯는 어미를 염려하여 이웃에서 쌀죽과 간장을 빌어다 이바지를 하였다. 고사리 손이 떠주는 죽물에 마른 입술을 축이자니 더 이상 이렇게 누워 있을 수는 없겠다 싶었다. 그래도 핏줄이니 남보다는 낫겠지 하였다. 자기 입으로 몇 번이고 다짐했으니 지키려니 하였다. 고민의 날은 길었으나 실제로 결단한 이유는 단순하기 그지없었다. 결국 박씨는 주달무의 권유대로 초옥을 정리하고 시동생이 혼자 살던 집으로 세간을 옮겼다.

그런데 그 막연한 믿음과 추측이 내나 이 지경을 만들고 말았다. 박씨는 문설주에 머리를 박고 가슴이라도 쥐지르고 싶은 심정이었다. 세상의 함정이 무섭다고 벌벌 떨며 제 발로 함정 속으로 걸어 들어간 셈이었다. 그것도 여섯 살배기 어린 딸의 손목까지 담빡 싸잡고.

"어머니, 저어기 저 나무는 꼭 머리를 풀어 헤친 사람 형상 같아요."

아무리 영리하고 야무지다지만 어린애는 어쩔 수 없는 어린애인가 보았다. 바람결에 흔들리는 나뭇가지를 보고 화들짝 놀란 딸아이가 박씨의 치맛자락에 얼굴을 묻었다.

"에그, 키다리 참나무가 우리 딸을 놀렸구나! 어쩌겠냐? 말

못하는 것의 장난질이니 쫓아가 혼쭐낼 도리도 없고."

여전히 눈물 자국이 얼룩덜룩한 박씨의 얼굴에 잠시 희미한 미소가 번졌다.

"다리 아프지 않니? 엄마가 업어주련?"

"괜찮아요. 혼자 걸어갈 수 있어요."

"그런데 왜 걸음이 그렇게 배트작배트작 하느냐? 정말 다리 아파서 그런 게 아니야?"

"그게 아니라 자꾸만 몽달귀신이랑 손각시랑 도깨비 이야기가 생각나서……. 밤길을 걷는 사람을 보면 살금살금 뒤따라온다잖아요?"

박씨는 행여 웃음소리가 샐까 봐 가까스로 참으며 어린 딸을 다독거렸다.

"그랬구나! 엄마가 그걸 몰랐다. 뭐라도 쫓아오는 것 같아 뒷머리가 근지럽더냐? 그런 데는 좋은 처방이 있지. 뒤를 돌아보지 마렴. 귀신도 뒤돌아보지 않는 사람은 해치지 않는다더라. 앞만 보고 씩씩하게 걸어가면 상제님, 부처님, 조상님, 칠성님……. 이 산의 산신님이 우리를 지켜주실 게다."

아이는 어미의 말을 철석같이 믿는지 정말로 고개를 돌리기는커녕 눈조차 내리깔지 않고 앞만 보며 잰걸음을 옮긴다. 박씨의 가슴이 다시금 뭉클하며 저렸다.

아이에게 귀신보다 사람이 더 무섭다는 사실을 가르치긴 어렵다. 온갖 흉포하고 요괴하다는 뜬것보다 훨씬 간사하고 악독한 것이 사람이라고 말할 수가 없다. 헛것의 환상은 고작해야 뒤통수에서 스멀거릴 뿐이지만 머리 검은 짐승의 농간은 곧장 꼭뒤를 덮쳐누르고 숨통을 조이기 마련이다. 세상의 그 무엇보다 사람이 무섭다. 아아, 무섭다……. 박씨는 저도 모르게 부르르 진저리를 치며 어느새 앞장서 부지런히 잔달음 치는 딸을 멀거니 바라보았다. 아이는 희붐한 별빛에 의지하여 풀떨기가 얽힌 산길을 잘도 헤쳐 가고 있다. 그래봤자 여섯 살배기 계집애였다. 하지만 그 어린것이 아니었다면 심약한 박씨는 결코 야반도주를 작정하지 못했을 것이다.

"어머니, 우리 도망가요!"

동그마니 머리맡을 지키고 앉았던 딸의 입에서 느닷없는 말이 새어 나왔다.

"뭐, 뭐라고? 네가 지금 나에게 무어라고 말한 거냐?"

"도망가자고요. 숙부가 나를 김 풍헌 댁에 시집보낸다지 않으셨어요? 어머니도 모르는 약조를 했다지 않으셨어요? 난 싫어요! 어머니랑 헤어지기 싫어요. 아버지도 안 계신데 어머니 혼자 두고 어떻게 가요? 난 시집가지 않고 평생 어머니와 같이 살 거예요!"

어디서 무슨 소릴 어떻게 들었는지 어린것은 입술까지 감쳐 물고 또박또박 말했다. 박씨는 말을 듣는 것만으로도 정신이 아뜩하고 가슴이 우둔우둔하여 어쩔 줄을 몰랐다.

이쪽의 연락을 기다리다 못한 김 풍헌네서 받아 보낸 납길일(納吉日)이 목전에 다가와 있었다. 일 년 중 혼사에 가장 적합하고 경사스러운 시기가 묘월이니 조금도 지체할 수 없다고 그들은 짐짓 정중하게 알려왔다. 하지만 격식을 차리는 그 모양새가 더욱 가증스러웠다. 갓 쓰고 도포 차려입은 채 몽둥이를 들어 개를 어르는 꼴이었다.

신랑 자리라는 김 풍헌의 맏아들은 올해 나이가 서른이랬다. 조선에서 글줄이나 읽는다는 사람이면 모두 공자 버금으로 하늘같이 떠받드는 철인(哲人) 맹자는, 혼기가 찼는데도 시집 못 간 처녀를 원한이 하늘을 찌른다 하여 원녀(怨女)라 하였고 장가를 못 간 총각을 공허한 남자라 하여 광부(曠夫)라 불렀다. 조정에서는 광부와 원녀가 나라 안에 많으면 음양의 화기가 상해 괴변이 있기 마련이라며 미혼 남녀에게 쌀이나 콩을 풀어 내주기도 하였다. 대개의 경우 혼기를 놓치는 이유가 가난으로 혼수를 장만하지 못한 탓이기 때문이었다.

하지만 양친이 버젓이 생존했으며 돈 있고 세도 있는 집의 장자가 혼기를 훌쩍 넘긴 데는 그럴 만한 이유가 있었다. 친정

이 김 풍헌네 집과 지척인 아낙의 입에서 새어 나와 퍼진 말로
는, 그는 삼십이 아니라 사십 오십을 먹어도 온전한 사람 구실
을 할 수 없는 배냇병신이라 하였다. 수족을 제대로 쓰지 못함
은 물론 벙어리에 백치라 삼십 평생 한 번 바깥나들이조차 못
하고 고스란히 방 안에 갇혀 살았다고 했다. 김 풍헌은 까막
잡기라도 하듯 이 자식의 존재를 모두가 다 아는 비밀로 삼십
년 동안 쉬쉬하였다. 이를테면 타고난 복과 부단한 분투노력
으로 금세에 부귀영화를 다 누리는 김 풍헌이 일생의 오점이
자 허점으로 여겨온 무녀리였던 것이다. 그런데 그렇게 모지락
스런 김 풍헌조차 흰머리가 검은 머리보다 많아질 즈음이 되
자 별스런 애상이 솟구쳤는지, 불현듯 불구 자식의 배필을 구
하겠다며 여기저기 들쑤시고 다니기 시작한 것이었다.

　그 소리를 처음 들었을 때 박씨가 받은 충격은 문자 그대로
불가형언(不可形言)이었다. 차마 말이 새 나오지 않아 숨 모자
란 물짐승처럼 입만 뻥끗대었다. 하늘이 무너지고 땅이 꺼진
다는 게 바로 이런 느낌인가 하였다. 옛사람들이 말하길 여자
는 높이 놀고 낮이 논다니, 시집가기에 따라 귀해지기도 하고
천해지기도 하는 것이 사내의 그림자인 계집의 팔자랬다. 하
지만 이런 형국에 만석꾼 알부자의 맏며느리 자리가 무슨 소
용이 있는가. 천지분간 못하는 여섯 살짜리를 데려가 짝이랍

시고 지워놓고 평생 환자의 수발을 들며 종노릇을 하라는 것이었다. 천만 번 양보하여 길바닥에 돌을 차도 연분이라니 설령 불구자라 할지라도 마음이 맞고 뜻이 통하면 그것도 인연이라 할 수밖에 없을 터이다. 하지만 지금 돌아가는 형편으로 이것은 혼사가 아니라 사기요 협잡이요 강제 매매였다.

일단 혼사를 치르고 시집에 들면 불구자가 아니라 두억시니라 할지라도 지아비는 하늘이라니 고스란히 이고 살아야 할 터인데, 박씨는 평생 바깥출입 한번 제대로 못하고 악취 배인 골방에서 노랗게 시들어갈 딸을 생각하면 이대로 혀를 물고 죽어버리고만 싶었다. 설령 그곳이 고대광실의 큰방이라 할지라도 바깥으로 자물쇠가 걸려 몸소 여닫을 수 없다면 감옥과 무엇이 어찌 다를 것인가.

실로 절망과 실의에 휩싸여 딸과 함께 목숨을 끊어볼까 하는 생각도 여러 번 했다. 하지만 모녀가 동시에 죽기 위해서는 박씨가 먼저 딸의 숨을 끊고 뒤따르는 수밖에 없었다. 양잿물을 먹이든 밧줄로 목을 옭든 우물 속으로 등을 떠밀든……. 박씨는 도저히 제 손으로 딸을 해칠 자신이 없었다. 혼자 놀기에 익숙한 아이가 윗목에 돌아앉아 풀각시를 만들며 부르는 노래가 기가 막혔다.

신랑 방을 꾸미자

신부 방을 꾸미자

파랑 꽃은 신랑 방에

빨강 꽃은 신부 방에

물병에다 꽂아놓고……

박씨는 여섯 살배기의 도움말에 의지하기로 했다. 가진 기력을 다 짜내어 오기를 부려보기로 했다. 난생처음 명운에 맞서보기로 하였다. 힘으로 겨루어 싸울 수 없는 상대와 맞붙는 방법은 단 하나뿐이었다. 피하여 몰래 달아나 숨는 것. 그것만이 아무것도 갖지 못했고 가질 수조차 없는 자들이 선택할 수 있는 마지막 비책이었다.

갈 곳은 이미 정해져 있었다. 갈 곳이 그 밖에 따로 없었다. 박씨는 함양군 안의현 봉전 마을의 친정으로 도망치기로 하였다. 행여 있을지 모를 추격을 따돌리기 위해서는 한 걸음 걷고 한 번 쉬는 일보일식의 고생을 감수하더라도 달 없는 날을 택할 수밖에 없었다. 속신에는 달과 개가 상극이라니 그날은 달그림자만 어룽거려도 야단법석을 떠는 동네 개들도 조용할 터이다. 그리고 때마침 이월 초하루는 특별한 휴일이니 시시때때로 바자를 기웃거리며 밀탐하는 김 풍헌네 사노들의 눈도 피할 수 있을 듯했다. 만석꾼임에도 불구하고 간린스럽기로 소문난 김 풍헌일지라도 할지라도 일 년 내내 농사일로 고생할 노비들을 배불리 먹이고 취하도록 마시게 하여 위로하는 이월 초하루 머슴날을 그냥 넘길 수는 없을 것이었다.

날은 쉽게 정해졌으나 어린 것을 끌고 삼십 리 산길을 넘을 걱정이 박씨의 마음을 무지근하게 눌렀다. 더군다나 보통 길도 아닌 육십령의 한 고개인 민재였다. 박씨는 전에 한 번 그 고개를 넘었던 적이 있었다. 그때는 시부모와 남편과 오늘의 사달을 낸 장본인인 시동생까지 모두가 일행이었다. 늘그막에 고향을 버리고 낯선 곳으로의 이주를 결단한 시부모는 고개티를 오르는 내내 두고 온 고향 마을을 뒤돌아보고 또 돌아보았다.

"지금 이래 군장데이를 넘으면 죽기 전에 다시 고향 땅을 밟아볼 수 있겠나……?"

산마루보다 더 가파르게 꺾이던 시어미의 주름진 목이 박씨의 기억에 여적 선명하다. 말을 씨앗 삼은 듯 서러운 소망은 끝내 이루어지지 않았다. 그래도 그때는 남편도 박씨도 젊고 건강했다. 가난에 질리고 물리어 떠나는 고향에 대한 미련보다는 새로 정착할 낯선 땅에 대한 기대와 미래에 대한 포부가 더 컸다. 손을 꼽아보니 그로부터 벌써 이십여 년이 훌쩍 흘렀다. 세월은 잔인하고 박정하였다. 남부여대하여 고개를 넘었던 식솔들 중에 절반이 넘게 죽고 나머지도 이렇게 풍비박산이다. 박씨는 젊은 몸뚱이로도 버거워 헉헉대며 넘었던 고개를 어린 딸의 손을 끌고 넘을 생각을 하는 것만으로 숨구멍이 죄고 입이 타들 지경이었다.

경상도 함양과 전라도 장수를 가르는 가파른 고개를 전에 살던 마을에서는 군장데이라고 불렀다. 먼 옛날 신라와 백제가 서로 다투어 차지하려던 요처였기에 곳곳에 신라군이 무기를 숨겨두었던 흔적이 남아 있대서 붙은 이름이었다. 그런데 새 동네에 이사를 들어와 보니 사람들은 그들더러 육십령을 넘어왔다고 하였다. 크고 작은 고개 육십 개를 넘어야 건너갈 수 있기에 육십령이라고 했고, 워낙 산세가 험한 고개인지라 대낮에도 화적들이 출몰하는 바람에 육십 명이 떼를 지어야 길을 떠날 수 있대서 육십령이라 부른다고도 하였다.

하지만 박씨는 나머지 쉰여덟 명을 기다릴 처지가 아니었다. 안전하지 않기로는 내 집 안방이 첩첩산중보다 나을 것이 없었다. 도적 떼를 만난대도 할 수 없었다. 도적들도 사람이니 가련한 모녀의 처지를 하소연하면 설마 산목숨을 앗아 가려나 생각하였다. 육십령의 터줏대감이라는 얼룩점박이 여산대호와 마주친대도 어쩔 수 없었다. 허술하나마 살구나무를 깎

36

아 지팡이로 삼았다. 신비한 힘이 있는 살구나무 지팡이나 목탁을 몸에 지니면 맹수도 꺼리어 덤비지 않는다는 속설에 의지했다. 그래도 참말로 박씨에게 의지가 되는 것은 어설픈 언변이나 벽사의 소지품이 아니었다. 거듭 닥쳐온 불행에도 주눅 들지 않고 여전히 생기 어린 눈을 빛내는 딸, 억울하고 기막혀도 하소연할 곳이 없어 꿍꿍 속을 앓는 어머니에게 함께 도망가자고 말할 만큼 당돌한 아이가 박씨의 유일한 희망이며 힘이었다.

"우리가 낳았으되 우리 자식이 아니오!"

남편은 역서에서 무엇을 읽었기에 고물거리는 핏덩어리를 두고 대뜸 그렇게 말했던 것일까. 어쨌거나 박씨는 자기 몸에서 나왔으되 자기 자식이 아니라는 그 말이 두렵고도 고마웠다. 아이는 적어도 어미처럼 무기력하고 무능하게 운명의 희생물이 되지는 않을 것이었다. 박씨는 아이를 믿기로 했다. 비록 뼈가 덜 여문 어린아이지만 좋은 것과 싫은 것을 스스로 분별하는 오달진 기운에 의지하기로 했다. 기실 그것이 어미가 자식에게 해줄 수 있는 일의 전부였다.

길 없는 길을 따라 걷는다. 헤아릴 수 없는 시간 속을 걷는다. 걷고 또 걷다 보면 고통도 설움도 먹먹해지는 위태롭고 고단한 도망 길을 간다. 왜틀비틀 쓰러질 듯 가까스로 몸을 지탱하며 한 걸음 한 걸음 운명을 피해 또 다른 운명 속으로 달아난다. 코가 싸하고 뱃가죽이 당기고 숨이 턱 끝까지 차오르지만 잠시도 쉬어 갈 수가 없다. 느닷없는 불청객에게 밤의 고요를 침범당한 날짐승 길짐승들이 수풀에서 화닥닥 달음질칠 때마다 놀란 가슴이 덜컹 갸울어도 걸음을 멈출 수가 없다. 얼굴에는 거미줄이 쩍쩍 달라붙어 엉기고 밤바람에 시달린 뺨과 손은 얼음처럼 차가운데 저고리 아래로는 온통 땀범벅이었다. 그래도 살겠다고 걸었다. 그렇게는 살 수 없다고 멈추지 않고 걸었다.

"조금만 더, 조금만 더 가면……."

박씨는 어린 딸을 격려하듯 중얼거렸지만 실은 스스로에게 외는 주문이나 다름없었다. 아이는 칭얼거리기는커녕 여태껏 다리 아프다 힘들다는 불평 한 마디 하지 않는다. 댕돌같이 야무진 아이는 어미 곁에 바싹 붙어 선 채 바지런히 잰걸음만 놀리고 있었다. 박씨는 꺾일 듯 후들거리는 무릎을 간신히 곧추세웠다. 문득문득 정신이 아뜩하여 금방이라도 주저앉을 지경이었지만 어미 된 거룩하고 잔인한 죄업으로 그녀는 차마 쓰러질 수 없었다.

울울창창한 산죽 숲을 헤쳐 산마루의 잘록한 안부를 지나고, 예전의 기억으로 훤히 틘 전망이 시원하고 좋았던 북바위도 지났다. 어둠 속에서 아무것도 뵈지 않지만 동쪽은 금선골, 서쪽은 싸릿골이려니 짐작하였다. 한밤 오경을 꼬박 걸으면 삼십 리 고개를 넘으리라 어림잡았지만 지금 시각이 얼마인지 어디만큼 왔는지 헤아리기 어렵다. 하지만 민재 아래 첫 마을인 방지 마을까지만 가면 추격의 공포와 긴장으로부터 풀려날 수 있을 것이었다. 오래전에 떠나와 이제는 소식조차 끊겼지만 그곳에는 여전히 새댁 시절에 함께 베를 짜던 아낙들이 있고, 촌수는 멀지만 시가 쪽 친척들이 있고, 친정까지도 한걸음이나 다름없다.

남동쪽으로부터 조금씩 훤한 기운이 뻗쳐왔다. 내리막길의 경사도 가팔라졌다. 바람결에 난향이 실려 있었다. 착각처럼 쌉쌀한 쑥 냄새가 맡아졌다. 긴장으로 며칠째 곡기를 끊은 뱃속이 쓰리도록 주렸고 눈꺼풀 위로 산더미처럼 무거운 잠이 쏟아지기 시작했다. 못 살겠다, 차라리 죽는 게 낫겠다고 하였지만 그 모두가 입술도 적시지 않고 내뱉은 거짓말이었던가 보다. 얼큰한 국밥 한 뚝배기 말아 먹고 잘잘 끓는 아랫목에 등을 지지면 며칠이라도 꿈 없는 잠에 곯아떨어질 것만 같았다. 그토록 맹렬한 허기와 졸음은 그녀가 얼마나 간절히 살고 싶었던가에 대한 명명백백한 증거였다.

마침내 모녀가 산비탈에 면한 초옥의 대나무 울타리를 발견했을 때, 거짓말처럼 아침 해가 불쑥 떠올랐다. 빛의 화살이 어둠의 장막을 찢고 천지를 쏘며 흩어졌다. 하룻밤 사이 눈이 화등잔같이 우묵해진 박씨는 가슬가슬하게 들뜬 입술을 달싹거리며 무슨 말인가를 해보려 하였다. 하지만 말이 새어 나오기도 전에 박씨의 몸이 둥치를 베인 나부처럼 서서히 모로 기울어졌다. 화들짝 놀란 아이가 우리 어머니 살려 내라, 새된 비명을 지르며 민가를 향해 내달리기 시작했다. 눈을 찌르는 돈을볕에도 아랑곳없이 곧장 해를 향해 뛰어들듯 달음질쳐 갔다.

봄눈의 기억

기억은 요망하고 야릇하다. 그것은 결코 정직하지 않다. 사실의 진위나 의미의 경중을 떠나 앞뒤가 바뀌고 때로 가당찮이 변질되기까지 한다. 그 모든 요사가 그것을 지닌 자의 마음의 경로를 따르기 때문이다. 간사하고 기묘한 것은 기억이 아니라 기억하는 사람이다. 기억은 죄가 없다.

어머니는 그녀가 또렷한 말투로 도망하여 몸을 피하자고 했다 하였다. 원하지 않는 일은 하기 싫다고, 멀거니 앉은 채로 운명에 포박당할 수는 없다고 도리질했다 하였다. 그래서 어머니는 별안간 용기를 얻어 언감생심 생각지도 못했던 밤도망을 결심했다는 것이다. 무르고 심약하기 그지없는 어머니의 천품을 헤아려보자면 아주 꾸며낸 이야기는 아닐 것이다. 어머니가 새삼 지나간 일에 그녀를 핑곗거리로 삼을 까닭도 없다. 하지만 그녀는 기억의 갈피 어디에서도 그 장면을 찾을 수가 없었다. 자기가 그만큼이나 맹랑한 꼬맹이였다는 사실도 좀처럼 믿기 힘들었다.

어린 시절의 기억은 마치 짧은 순간 하늘을 가르는 마른번개 같았다. 그 번쩍이는 빛 속에 어렴풋한 그림 몇 장이 언뜻언뜻 나타났다 사라지곤 하였다. 전후좌우가 뭉텅 끊겨 나간 돌연한 장면들이었다. 그리하여 더욱 선명히 머릿속에 돋을새김된 광경이었다. 최초의 기억 속에는 아버지가 있다. 젊은 아버지가 그녀를 향해 손짓한다. 아니, 실제로 아버지는 그때 더 이상 젊지 않았다. 그녀가 세상에 났을 때 이미 아버지와 어머니는 마흔 중반을 훌쩍 넘어 있었다. 그럼에도 자작자작 걸음마를 배우던 어린 그녀의 눈에 아버지는 야청빛 숱 많은 수염을 늘어뜨린 젊은이였다. 그의 몸에선 늘 은은한 묵향이 풍겼다. 하루 종일 들일을 하거나 마을 잔치에 불려갔다 돌아온 날도 마찬가지였다. 시금한 땀 냄새나 독한 술 냄새도 그의 몸에 깊이 밴 향기를 지울 수는 없었다.

그녀는 익숙한 향내에 홀린 듯 끌려 위태로운 걸음마를 시작했다. 눈을 맞추고 목을 가누고 몸을 뒤집고 앉는 일이 모두 빨랐으나 유독 걸음마가 더뎌 늦둥이를 본 아비와 어미의 걱정을 샀다는 그녀였다. 분명 두려웠을 것이다. 두 다리로 힘껏 땅을 딛고 선 채 머무른 자리를 박차는 일에 지나치게 긴장하고 흥분했을지도 모른다. 하지만 어설픈 첫걸음에 턱을 찧고 무릎을 깨는 게 무서웠던 것만은 아닐 테다. 걷고 나면 뛰게 될 것이었다. 뛰어 내달리다 보면 더 넓고 먼 곳으로 가고플 것이었다. 그러기에는 지금 여기가 너무 좋았다. 다정한 어머니와 다감한 아버지, 사랑으로 충만한 요람 속의 나날이 지극히 만족스러웠다. 하지만 아버지는 어서 발을 옮기라 한다. 섬마섬마 이끌어 일으킨 손을 떼고 걸음마찍찍 손뼉을 치며 걷기를 재촉한다. 아버지의 향기 나는 손끝을 따라잡으려 어설프게 첫 발걸음을 내딛던 바로 그때, 마침 약속이라도 한 듯 눈이 내린다.

—어허, 우수도 지났는데 비님 대신 웬 봄눈인가? 천읍(天泣)이로고! 구름 한 점 없는 하늘에 눈이 내리는구나!

아버지가 느닷없는 하늘의 눈물에 탄복하며 잠시 그녀에게서 눈길을 거둔 사이, 새순 같은 돌쟁이의 손이 그의 손을 답삭 움켜잡는다. 아이는 스스로 움직여 몸을 옮긴 데 놀라 제풀에 왕 울어버린다. 봄눈 한 송이가 그녀의 보드라운 손등 위에 잠시 머물렀다 스르르 녹아 사라진다. 세상의 처음은 꼭 그 모양으로 그녀의 기억 속에 자리 잡는다. 아버지와 봄눈, 뜨겁고도 차가운 추억.

　박씨는 그녀가 여섯 살이 되기 전까지의 일들을 반복해 들려주길 좋아했다. 실로 박씨의 행복이 그때로 끝난 것이나 진배없기 때문이었다. 그 추억담을 곱씹을 때 어머니의 얼굴이 유독 행복해 보여서이기도 했지만, 그녀는 오직 자신의 취미로 이야기를 조르기도 하였다. 무릇 아이들은 제 몸이 세상에 나기까지의 내력을 듣는 일에 설레기 마련이었다. 자신이 주인공인 옛날이야기는 좀처럼 지루하거나 따분하지 않았다. 그리고 무엇보다 과거는 현재보다 흥미롭고도 안전했다.

　할아버지가 가족들을 이끌고 고향인 함양을 떠나 타지인 장수로 이주한 것은 빈궁한 살림살이 때문이었다. 먼 옛날 백제와 신라를 갈랐고 지금은 영남과 호남을 나누는 덕유산 육십령은 두 지방의 경계인 동시에 오래된 통로였다. 대간(大幹)의 서쪽 자락에 사는 장수 사람들에게는 같은 전라도의 남원장보다 민재를 넘어 산줄기 동쪽의 경상도 함양장을 보는 편이 더 수월했다. 장수나 함양이나 두메산골이긴 매한가지였으나 함양은 장수와 형편이 적이 달랐다. 함양은 신라 말의 대문장가인 고운(孤雲: 최치원) 선생이 태수를 지낸 데다 낙동강을 사이에 두고 '좌강 안동 우강 함양'이란 말이 있을 정도로 훌륭한 유학자를 많이 낳은 땅으로 알려져 있었다. 그런 만큼 학문의 전통이 굳건하여 서당이 흔하고 위아래 가릴 것 없이 자식에게 글 가르치는 것을 당연시했다.

하지만 그에 비해 고개 하나 너머의 장수는 일찍이 나라의 유배지로 정해졌을 정도로 뫼 높고 골 깊은 오지였다. 무주와 진안과 장수는 전라도 북쪽 산간의 지붕을 이루는 고장으로 널리 알려졌으되 그 척박한 형편만큼은 누구도 알아주지 않는 그들만의 멍에였다. 전라도에서 경작지의 넓이가 가장 작은 무주와, 산지가 전체의 팔 할을 차지하는 진안과, 읍과 현의 지명이 모두 산과 계곡의 뜻을 지녔을 정도로 산고수장(山高水長)의 지형을 가진 장수는 농작물의 소출이 부실하여 문화와 학문이 꽃필 여유가 없었다.

하지만 고향에 대한 애정과 자존심만큼은 누구보다 강했던 장수 사람들은 함양을 드나들면서 큰 자극을 받았음이 분명하였다. 그런 데다 중종 임금 시절에 들어서 향약을 보급하여 향촌을 짜임새 있게 조직하려는 사림파들이 득세하면서 지방의 작은 마을까지 서당이 확산되기 시작했다. 이러저러한 배경으로 장수군의 궐촌 마을에서 서당을 열고자 하는데 마땅한 훈장을 찾지 못해 애쓰고 있다는 소식이 할아버지의 귀에까지 닿게 되었다. 때마침 할아버지는 한사(寒士)의 설움과 간곤한 생활에 지쳐 일신이 괴롭고 고적하던 터였다. 벼슬과 재물이 있을 때나 떵떵거리며 위세를 부릴 가부장이지 식솔들 끼니 잇는 일이 걱정인 바에야 이름 좋은 하눌타리가 따로 없었다.

할아버지는 고민 끝에 마침내 이주를 결심했다. 굶주림과 추위로부터 처자를 건사하는 데데한 일이 가명(家名)을 보존하는 거룩한 일에 못지않다는 생각 때문이었다. 타향살이의 고단함이나 고향에 대한 향수 따위는 셈에 넣을 겨를이 없었다. 다행히 궐촌 마을은 그와 별반 다르지 않은 이유로 먼저 이주하여 정착한 신안 주씨네가 몇 호 되었기에 주촌 마을이라고도 불리던 터였다. 그리하여 할아버지는 식솔들을 모두 끌고 경상도 함양군 금촌 방지 마을에서 전라도 장수군 대곡리 궐촌 마을로 이사하기에 이르렀다.

"기왕지사 떠나기로 마음먹은 이상 미루적거리면 객쩍은 말만 난다고 너희 할아버지가 재촉하시는 통에 겨울 초입에 이사를 하게 되었느니라. 마침 추수철이 지나고 농한기가 돌아오는 터라 학부형들도 마음이 급해서 몇 번이고 빨리 오시라는 전갈을 보내왔지. 어쨌든 얼기설기 살림을 추려서 이고 지고 산등성을 넘어서는데, 하이고, 억새가 어찌나 흐드러졌던지! 너희 아버지는 얼른 새 집에 가서 지붕 갈이부터 할 생각에 바쁜지 새로 덮은 건새집이 어떻고 갈로 덮은 초가집은 또 어떻고 하시는데, 그런 소리는 내 귀엔 도통 들리지 않고 그저 억새에 흘려 아득하기만 했단다. 말로만 들었던 바다가 어쩌면 이러려니 하였지. 바람이 불 때마다 은물결이 일렁이듯 우수수 솜털이 날아다니는 모습이 아름답고도 놀랍더라. 그 황홀함 끝에 설운 울음이 왈칵 쏟아질 것도 같더구나. 우리도 꼭 억새마냥 바람을 타고 낯선 곳으로 옮겨 가고 있지 않더냐? 어느 논두렁이나 산비탈에 앉게 될지 모르지만 꽃 다 진 겨울에도 끝까지 남는 억새처럼 살게 되길 바랐단다. 타향도 정들면 고향이라니 마음 붙이고 살 수 있기를……."

남들 앞에선 소심하고 수줍기 이를 데 없는 박씨도 어린 딸 앞에서만은 능변하여 구수한 옛이야기를 술술 풀어놓곤 하였다. 또다시 그녀의 기억 속에 장면 하나가 또렷이 새겨진다. 어머니의 이야기와 겹쳐 아버지가 초가지붕을 갈던 모습이 눈앞에 삼삼하게 떠오르는 것이다. 실제로 보았는지 어머니의 이야기를 들으며 했던 상상이 기억으로 둔갑한 것인지 가늠하긴 어렵지만, 그녀는 눈앞에 그 풍경을 손에 잡힐 듯 선명하게 그려낼 수 있다. 그녀가 태어난 집, 어머니 아버지와 함께 살았던 집, 공간 속에 영원히 정지되어 버린 시간을.

묵은 지붕을 내리고 개초(蓋草)하는 일은 보통 수고로운 행사가 아니었다. 아버지는 울력으로 며칠 동안 새끼줄과 이엉을 꼬아 온 학부형들에게만 일을 맡기기 미안하다며 몸소 잠방이 차림으로 지붕에 올랐다. 썩은 새끼줄을 걷고 한 해 동안 묵은 짚들을 몰아 내리면 지붕은 대번에 민숭민숭해졌다. 마당에는 그동안 짚 더미에 숨어 살았던 굼벵이들이 후두두 떨어져 굼실거리고, 종지를 들고 그것들을 잡아 모으는 어머니의 움직임이 바빴다.

"애고머니! 징그러워라! 무슨 벌레가 이렇게 흉하게 생겼담?"

어린 그녀는 진저리를 치며 어머니의 치마꼬리를 잡고 늘어졌다.

"아서라, 이게 어디가 흉하다는 게냐? 이슬 먹고 바람 마시고 깨끗한 짚만 베고 살았는데, 이것들만큼 몸을 보하는 약이 되는 것이 천지간에 흔하겠니? 이리 와서 살펴보렴. 얼마나 미쁘고 살뜰한지!"

어머니는 손바닥 위에 곰지락대는 굼벵이 하나를 올려놓고 살살 그녀를 달래어 꾀었다. 이슬 먹고 바람 마시며 자랐다는 말에 혹하여 다가가 가만히 들여다보니, 투명하여 속까지 다 비치는 그것들이 제법 귀엽기도 하였다. 그녀는 손끝으로 살짝 굼벵이를 건드려 보았다. 모든 어리고 죄 없는 것들이 그러하듯, 그 감촉은 뭉클하고 찡했다.

꼬챙이로 꿰어 올린 새 이엉 마름이 벌거숭이가 된 지붕 위에 펼쳐져 켜켜이 쌓인다. 이엉을 이어 엮는 장정들의 부지런한 손길만큼 부엌에서 사이참을 마련하는 어머니의 몸놀림도 바빠진다. 콩밥과 박고지 나물 익는 구수한 냄새가 집 안팎에 진동한다. 가지런히 쟁인 이엉을 길게 틀어 엮은 용마름으로 마무리하고, 바람에 들떠 날아가지 않도록 새끼줄로 꽁꽁 묶었다. 손에 익지 않은 상일인데도 불구하고 아버지가 묶어놓은 매듭은 얌전한 처녀 뒷맵시 같다고 학부형들이 감탄하였다. 느닷없는 칭찬에 맥쩍고도 부듯해진 아버지가 허리를 펴며 이마의 땀을 훔친다. 거무데데한 헌옷을 벗고 새 옷을 입은 초가집은 어린 짐승처럼 어여쁘다. 가지런히 작은 집을 감싼 지붕은 갓 태어난 병아리 털처럼 부드럽고 곱다. 그 위로 햇살이 반짝반짝 부서져 내리면 황금도 필요 없고 보옥도 부럽잖다. 땀에 씻긴 아버지의 이마가 유달리 희다.

기억의 조각보는 그렇게 한 땀 한 땀 이어진다. 뒤꼍에 차곡차곡 쌓인 장작, 묵직한 돌화로, 화로 위에서 달여지던 달곰쌉쌀한 탕약 냄새, 새카만 무쇠 솥, 어머니가 솥뚜껑을 뒤집어 구워주시던 부추전, 방 윗목의 콩나물시루, 질그릇에 내려

듣는 경쾌한 물소리가 좋아 어머니 몰래 자꾸 물을 주다가 콩나물을 다 썩혀버리고 말았던 일…… 그 모두를 오랫동안 잊지 않고 간직할 수 있었던 건 유별난 기억력이라기보다 아낌없이 듬뿍 받았던 정애 덕분이었다. 기억을 키우는 것은 사랑이었다.

할아버지가 세상을 떠난 후 아버지는 할아버지의 뒤를 이어 궐촌 마을의 하나뿐인 서당의 훈장이 되었다. 애당초 대부분의 학동들은 과거를 보아 벼슬을 할 수 있는 신분이 아니었기에 고급의 학문을 배우길 요구하기보다 눈뜬장님 신세나 면해보자는 수준이었다. 그럼에도 주달문은 문중에서 직접 연서당에서처럼 학식이 높아 초빙된 훈장은 아니었으되 학동들을 아끼며 성실하게 가르쳐 마을 사람들의 존경을 받았다. 하지만 장수군의 여느 마을이 그러하듯 궐촌 사람들의 살림살이도 곤궁하긴 매한가지라 학부형들이 수업료로 염출하는 몇 말의 곡식 외에 땔감이나 의복 따위의 잡급은 기대할 수가 없었다. 학부형들이 여유 있고 규모 있는 서당에서야 학전(學田) 따위의 논밭을 훈장에게 지급하기도 한다지만, 주달문은 다른 사람들처럼 도지를 얻어 농사일과 강의를 병행할 수밖에 없었다. 그래도 주달문과 박씨는 그럭저럭 행복했다. 결핍이란 결국 본래의 필요보다 비대해진 욕망에서 비롯되는 것이니,

제 몫이 아닌 복록을 탐내거나 누리고자 하는 마음이 없는 그들에게는 조밥 먹고 물 마시는 나날이 그리 나쁘지 않았다.

하지만 착하고 어진 그들도 하늘이 정한 불운은 피할 수 없었다. 그들의 가계는 무슨 까닭인지 대대로 자손이 번성하지 못했다. 할아버지와 할머니도 달랑 달문과 달무 두 형제만 두고 떠났고, 주달문과 박씨도 혼인한 지 몇 해가 지나서야 어렵게 잉태를 하여 아들 하나를 보았다. 그녀가 만난 적 없이 이름만 들은 오빠의 이름은 대룡(大龍)이었다고 하였다. 누구에게라도 죽은 자식은 더더욱 아깝고 애틋하기 마련이지만, 대룡은 특히 어려서부터 총기가 있고 행동거지가 민첩하여 주달문 부부의 사랑을 담뿍 받았다. 대룡은 다른 학동들과 어울려 주달문에게서 글을 배웠는데, 그 나이 열서너 살이 되어서는 능히 접장(接長)의 구실을 할 만하여 주달문의 강의를 돕고 동문들의 사형 노릇을 하기까지 하였다.

"가인박명이란 말이 여자의 기박한 팔자만을 칭하지 않더구나. 약간은 늦되고 조금은 모자랐다면 귀신의 시기를 받지 않았을 것인가? 그리 빨리 가려고 남보다 총명하고 일찍 철이 났었나 보더라……."

죽은 아들을 추억하는 박씨의 눈에는 언제나 서러운 무지개가 걸려 있었다. 잡을 수 없어 더욱 요요한 햇빛의 장난질처럼, 비로소 정남(丁男)이 된 열다섯 나이에 그는 느닷없이 괴질에 걸려 세상을 떠나고 말았다.

주달문과 박씨는 애지중지하던 귀동자를 잃은 상명지통(喪明之痛)을 길게 회고하지 않았다. 행여 부질없는 회상으로 아름다운 추억을 해칠까 하는 두려움에 그들은 그야말로 죽은 자식을 가슴속에 묻었다. 하지만 새끼가 탄 배를 좇아 삼협의 강기슭을 백 리나 따라 뛴 원숭이의 뱃속이 어떠했던가. 이길 수 없는 슬픔에 장이 토막토막 끊어져 흩어졌으니 단장(斷腸)이라는 말은 이로부터 생겨났다고 하였다. 장이 끊긴 어미 원숭이는 새끼가 탄 배에 뛰어들어 죽었으나 사람의 목숨은 그보다 훨씬 모질고 끈질긴 것이었다. 주달문과 박씨는 차마 자식을 따라 죽지 못했다. 하지만 그렇다고 온전히 살 수도 없었다.

기실 행불행은 삶의 조건이 아니었다. 허깨비처럼 살아도 시간은 갔다. 어느덧 주달문과 박씨는 나이 마흔을 훌쩍 넘어서게 되었다. 눈으로 드러나 보이는 것만으로는 짐짓 아무것도 변하지 않은 듯했다. 그들은 여전히 열심히 일했고 조용히 서로를 의지했으며 가끔 소리 없이 웃기도 하였다. 괴로움에 몸부림치거나 쓸쓸함을 토로하지 않았다. 어쩌면 부부 금슬이 더욱 좋아진 듯도 하였다. 대룡이 병으로 죽을 당시 어이없는 횡액을 맞은 그들을 가엾어하던 사람들의 눈초리가 조금씩 시기와 의심으로 뾰족해졌다. 부부의 의가 너무 좋으면 자식이 잘되기 어렵다느니 어쩌니 하는 모지락스런 구설까지 떠돌았다.

하지만 남들의 짐작과는 상관없이 그들은 함께 누리는 즐거움으로 다정한 것이 아니었다. 그들이 의좋은 오누이를 넘어서 거의 쌍둥이처럼 보일 지경에 이른 것은 가장 아끼고 사랑했던 어떤 것을 가슴으로부터 도려낸 자리, 그 베어진 상처의 모양이 한 치 어긋남 없이 들어맞았기 때문이었다. 그래서 그들은 가끔씩 대상도 없이 솟구치는 미움과 원망과 분노와 한탄을 차마 드러낼 수가 없었다. 그것이 상대의 마음속 똑같은 곳에 똑같은 꼴로 자리할 바에야 굳이 꺼내어 확인할 까닭도 없었다.

이러구러 가을걷이가 끝나가던 어느 화창한 날이었다. 겨울 군음식거리나 장만해 볼까 하고 숲에 들어갔던 박씨가 별안간 지천에 널린 산열매들을 다 놔두고 산비탈을 달려 내려와 사랑문을 열고 멀거니 해바라기를 하고 있던 주달문의 옷자락을 부여잡았다.

"이렇게는 못 살겠어요! 견딜 수가 없어요! 처음부터 몰랐으면 살았겠지만 알고도 잊은 채론 애가 끓고 마음이 부대껴 못

살겠어요. 치성을 드려봅시다! 어디라도 빌어봅시다! 못나도 좋고 둔해도 좋으니 데려간 귀자 대신 자식 하나만 점지해 달라고 삼신할미 치마꼬리라도 잡고 간청해 봅시다……."

주달문은 눈물범벅이 되어 호소하는 박씨를 한동안 물끄러미 바라보았다. 그는 놀라거나 당황하지 않았다. 다래와 도토리와 밤과 으름과 버섯과 오미자를 거둬 오겠다던 작정이 어쩌다 난데없는 자식 타령이 되었느냐고 묻지도 않았다. 그는 다만 시들어 지기 직전의 꽃처럼 한 줌 남은 젊음을 안타깝게 움켜잡고 있는 아내의 얼굴을 어루쇠 들여다보듯 찬찬이 뜯어볼 뿐이었다. 윤이 나던 검은 귀밑머리에는 어느덧 이른 서리가 비치고 있었다. 도도록이 팽팽하던 눈가에도 잔주름이 물결치고 눈 밑에는 못다 풀린 생의 피로가 검붉게 그늘져 있었다. 몇 해만 지나면 아내는 달거리가 끊기는 폐경을 맞을 것이다. 그녀의 몸에도 삭막한 겨울이 찾아올 테다. 그러하기에 천지에 그득히 맺혀 익은 열매들이 문득 모성을 바특하니 자극했을 것이었다.

"그럽시다. 내 뜻 또한 당신의 마음과 다르지 않소. 학동들을 맡아줄 후임을 구하는 대로 함께 떠나도록 합시다. 명산과 명천, 바위와 고목, 어디라도 산신(産神)이 계신다는 곳이라면 찾아가 봅시다. 몸을 깨끗이 하고 마음을 다 바쳐 치성을 드린다면 하늘도 반드시 우리 내외를 갸륵하게 여겨 굽어 살피실 것이오."

주달문은 박씨의 손을 마주 잡으며 힘주어 말했다. 자식 잃은 설움을 참기 위해 한껏 주먹을 부르쥐고 살아온 아내의 손은 차갑고도 축축하였다.

남자를 존중하고 여자를 비천하게 여기는 일이 작금의 법도라고들 하지만, 주달문은 명교의 진정한 가르침이야말로 분별이 아닌 조화에 있다고 믿었다. 『예기(禮記)』에도 남녀의 사귐을 귀하게 여겨야 한다는 대목이 있는 것처럼 부부의 도는 음양을 대립이나 어긋남 없이 어울리도록 하여 천지의 넓고 큰 뜻에 따르는 데 그 참된 의미가 있다고 생각하였다. 그러하기에 아내의 지극한 소망을 외면하지 않기로 한 것이었다. 설령 그것이 주술기자(呪術祈子)와 같은 미신적인 것이라 할지라도 함부로 그 간절함을 무시하지 않을 작정이었다.

주달문과 박씨는 머리를 맞대고 기도처를 정하기 위해 궁리하였다. 금강과 섬진강의 발원처를 비롯하여 울울창창한 처녀림과 맑고 깨끗한 물과 기기묘묘한 기암괴석들이 도처에 널린 장수 땅에는 영험하기로 소문난 기도처가 많았고 신이를 바라며 모여든 사람들도 많았다. 바위와 계곡과 폭포 곳곳에 사연은 다르지만 하나같이 절절한 염원으로 쌓아 올린 돌탑 아래 한낮부터 밤중까지 촛불이 타고 있었다. 내외는 고심 끝에 팔공산과 더불어 명산으로 널리 알려진 장안산에 들어가 자식을 점지해 줄 것을 신불(神佛)에게 빌기로 결정하였다.

궐촌의 집에서 남으로 십오 리쯤 떨어진 곳에는 용이 덩실덩실 춤을 추는 듯 삼십여 굽이로 비탈진 무룡고개가 있었다. 이 고갯마루 지적이 영취산이고, 영취산에서 남으로 조금 더 내려가면 서쪽에 장안산, 동쪽에 백운산이 자리 잡고 있었다. 장안산은 영취산보다 높고 백운산보다 낮으며, 백운산과의 사이에 지지계곡과 청심폭포를 품고 있었다. 백운산은 또한 장수와 함양의 경계를 이루는지라, 몸이 난 고향의 신령과 몸이 사는 고향의 신령이 모두 보우하사 소원을 성취하게 되기를 바라는 희망도 함께하였다.

장안산의 제일 계곡은 덕산계곡이었다. 덕산계곡에는 용이 살았다는 용소가 두 개나 있고 민들바위, 용바위, 신선바위, 정승바위 등 이십여 개의 기암과 은골, 절골, 감골 등 수많은 골짜기와, 깊이를 짐작할 수 없는 푸른 소가 십여 개나 있었다. 주달문과 박씨는 그 은밀하고 정갈한 계곡 한 구석에 동굴을 등지고 얼기설기 초막을 지었다. 그리고 산나물에 빻아온 보릿가루를 넣어 쑨 나물범벅으로 연명하며 꼬박 세 해를 장안산에서 보냈다.

세월이 어떻게 가는지 몰랐다. 어디서든 어떻게든 산목숨 고대로 죽으라는 법은 없는지라 산중의 생활도 어느덧 익숙해지고 나름대로 살림의 방편도 생겼다. 주달문은 몇 달에 한 번씩 장날을 셈해 그동안 갈무리해 둔 약초며 산나물이며 버섯 따위를 챙겨서 산을 내려왔는데, 그때마다 번잡한 저자에서 어질증을 느끼며 문득 백거이의 당시(唐詩) 한 구절을 떠올리곤 하였다.

아, 나는 이제야 알았네,
고독하게 사는 인간만이
편한 마음 오래도록 보존할 수 있음을.

산기슭을 뒤덮은 억새, 사람의 키를 훌쩍 뛰어넘는 싸리나무, 계곡을 따라 무성한 골풀과 둥글게 말아두었던 대롱을 펴물을 빨고 바위에 기대어 젖은 날개를 쉬는 줄나비, 온 산을 다 불태울 듯한 용추의 단풍과 골짜기에서 피어오르는 연하가 모두 어질고 고요한 벗이었다. 시간이 지날수록 그들은 더욱 간절하고 정결해졌다.

산신풀이는 십이시 중 자시(子時)의 한가운데인 자정에 치러지도록 계획되었다. 의식을 치르기에 앞서 산자락의 약수로 머리를 감고 목욕을 했다. 아래윗니가 딱딱 맞부딪히도록 차가운 물은 일말의 고뇌와 번민마저 말끔히 앗아갔다. 젖은 몸을 말리고 미리 빨아둔 깨끗한 옷으로 갈아입었다. 광주리와 그릇은 새로 장만해 준비했다. 밥과 미역국, 떡과 삼실과를 차리고 정성껏 절을 바쳤다. 정해진 기원문은 따로 없었다. 사람의 소원이야말로 모두가 다를 수밖에 없고 달라야 마땅하였다.

"장안산 산신이시여, 수신이시여, 영묘하신 삼신할미시여! 천하고 몽매하여 신령을 노엽게 한 미욱한 사람의 잘못을 부디 용서하소서! 저희가 잘나 귀동자를 얻었다며 오만스레 거들먹이다 삼신께서 내리신 귀하디귀한 옥동자를 그만 잃고 말았나이다……. 마땅히 받아야 할 벌을 받았으되 어리석은 사람인지라 차마 미련을 버리지 못해 이렇게 다시 자식을 점지해 주시길 간청하나이다. 오늘 이렇게 변변치 못한 제물이나마 차려 저희의 잘못을 뉘우치오니 받아주시고 부디 용서하시어 후사를 점지해 주소서! 저희의 소원을 들어주신다면 길월 영신 잊지 않고 성찬을 차려 세세연년 정성껏 모시겠사오니, 가련한 이 가정에 영험을 내려주소서!"

그들은 거듭 머리를 조아리고 손을 비벼 발원을 한 뒤 미리 떠둔 정화수를 서로에게 끼얹어 벌을 가했다. 찬물이 날카로운 바늘처럼 머리끝부터 발끝까지 찌르르 파고들었다. 박씨는

춥고 아프기다보다 처량하고 슬픈 마음에 하마터면 울음을
터뜨릴 뻔하였으나 괜한 청승으로 삼신할미의 노염을 살까 두
려워 모질게 입술을 깨물었다. 그리고 행여 시새움할지 모를
잡귀를 달래기 위해 밥과 국과 떡과 과실을 수풀과 물가에 골
고루 뿌렸다. 이것으로 모든 제사는 끝났다. 주달문은 가늘게
어깨를 떨며 서 있는 박씨를 말없이 끌어 품에 안았다. 어쩌
면 사람이 할 수 있는 일은 너무 적었다. 그마저도 기꺼이 감
당하며 전력을 다하기란 쉽지 않았다. 박씨는 귓불에 닿는 남
편의 뜨겁고도 서러운 숨결을 느끼며 소원 성취를 빌고 또 빌
었다.

건강한 아이를 갖게 해주소서!
슬기롭고 지혜로운 아이를 갖게 해주소서!
드넓은 마음으로 세상을 품을 수 있는 아이를 갖게 해주소서!

첫 해산은 아니라고 하나 초산보다 나을 것이 없었다. 생산
을 한 지 이십 년이 넘은 마흔 중반의 노산이니 난산을 각오
하지 않을 도리가 없었다. 진통은 하룻밤을 넘겨 끈질기게 이
어졌다. 해산구완으로 불러온 노파가 요강을 비우러 나와서
는 체머리를 잘잘 떨며 아직 산모의 하문(下門)이 열리려면 한

참이나 남았다고 하였다. 주달문은 그나마 훈장 된 체면에 안절부절못하여 안마당을 서성거릴 수 없어 집을 나섰다. 산모의 머리맡에 벗어두고 온 저고리가 그를 대신하여 의지가 되길 바라며 주달문은 허정허정 떨어지지 않는 발걸음을 옮겨 학부형의 사랑방을 향했다.

장안산에서 꼬박 삼 년 동안 치성을 드린 뒤 천지신명의 보우하심으로 박씨는 마침내 회임하였다. 그리고 뱃속에서 아이를 키우는 아홉 달 이레 동안 지극정성으로 태교했다. 복숭아와 미나리와 도토리묵, 닭고기와 꿩고기와 개고기 등 민간에서 금기로 정한 음식들은 일절 입에 대지 않았고, 냉수를 많이 먹으면 아이에게 열이 생긴다 하여 물도 꼭 덥혀 마셨다. 궂은일을 보지 않고 작은 생물이라도 살생하지 않으려 애쓰며, 시시때때로 소나무 숲을 찾아 솔바람을 맞으며 마음속에 티끌만큼이라도 남아 있을지 모를 시샘과 원망의 앙금을 털었다. 태아를 위하는 박씨의 마음은 집요하달 만큼 곡진하였다. 그리하여 비둘기처럼 유순한 박씨가 출산에 임박하여 보여준 강단은 주달문까지 놀라게 할 정도였다.

아이는 작게 낳아 크게 키우라는 속담은 단순히 임신 중의 지나친 보신을 경계하거나 양육의 중요성을 강조하는 말이 아니었다. 산파들이 아이를 받기 위해 방으로 들어가며 은근슬쩍 댓돌 위에 놓인 산모의 신코를 밖으로 돌려놓는 것이나, 산모가 해산에 앞서 섬돌 위에 놓인 신을 세 번 보는 습속은 부디 무사히 몸을 풀고 나와 신을 꿰어 신고 제 발로 걸을 수 있기를 바라는 오래된 신앙이었다. 그만큼 아이를 낳는 일은 죽음을 각오할 정도로 위험했기에 민간에서는 해산을 앞두고 산모에게 특별한 약을 지어 먹이기도 했다. 그 약의 이름이 불수산(佛手散)이니, 부처님의 손길이라는 뜻이었다. 당귀와 천궁을 주재료로 한 약은 산모의 고통을 덜기 위해 태아를 여위게 하는 효능을 가지고 있었다.

그런데 누구보다 이 약이 절실히 필요할 박씨가 극구 불수산의 복용을 거부했다. 자신의 안전보다는 혹시나 태아에게 미칠지도 모를 약독을 걱정한 것이었다. 그녀에게는 더 이상 남은 기회가 없었다. 일곱 날마다 산신에게 상을 바치며 한 탯줄에 다섯 형제 여덟 형제를 낳게 해달라고 빌 수도 없었고, 이번에 딸을 낳았으니 다음에는 반드시 아들을 점지해 달라고 조를 수도 없었다. 마지막이었기에 그녀는 슬프고도 장한 각오를 품을 수밖에 없었다. 미련하고도 어리석게, 사랑과 삶의 증표를 생산하는 일에 목숨을 걸기로 했다.

"아이고, 어머니! 아이고, 아이고!"

삼신 끈을 잡고 늘어진 박씨의 절규가 하루 온종일 초가삼간을 울렸다.

"저러다 죽지! 저러다 사람 잡지! 그놈의 자식새끼가 뭐라고 늘그막에 저 고초를 사서 겪는가? 낳을 때 고생이요, 기를 때 근심이요, 죽어 무덤 속에서까지 걱정거리라! 무자식이 상팔자란 말이 괜히 있단 말인가?"

늙은 형수가 몸을 푼다는 소식을 듣고 말참견이라도 해볼까 하여 달려온 주달무가 걱정스런 낯빛으로 사립 밖에서 기웃거리는 이웃 아낙들에게 주절주절 수작을 걸었다. 꼭 저같이 생겨먹은 말만 한다 싶어 아낙들이 퉁바리라도 놓으려는 찰나, 마침내 안방에서 힘찬 첫울음 소리가 터져 나왔다.

"이제야 나왔는가? 어쨌거나 낳았네! 뭔가? 태를 낫으로 잘랐는가, 가위로 잘랐는가? 형님은 어느 집 사랑에 계신가? 내가 아니면 누가 한달음에 달려가 목이 빠져라 기다리는 형님께 반가운 소식을 전할까?"

주달문은 늦저녁에 요란스레 활개를 쳐 선잠 든 동네 개들을 다 깨우며 달려오는 동생의 모습을 보고 박씨가 무사히 몸을 풀었다는 사실을 알았다. 혹여 무슨 탈이라도 생겼다면 경망스런 주달무는 저렇게 헤적헤적 나부대는 대신 온 동네가 떠나가라 강울음을 울며 들뛰었을 것이었다. 이윽고 어룽대는 불빛에 주달무의 얼굴 표정이 드러날 즈음에 이르러서는 박씨가 사내아이가 아닌 계집아이를 낳았다는 사실까지 짐작할 수 있었다. 본디 먹은 마음이 얼굴에 고스란히 표정으로 드러나는 속없는 인물이라 한 다리 건너 조카라도 아들이 아니라 딸인 것이 적이 섭섭한 듯 입가장이 실룩실룩하였고, 한편으로 꼬이고 빗나간 품성을 가진지라 비록 동기간이라지만 남의 행복보다는 불행을 즐기는 못된 심사에 득남 아닌 득녀를 고소해하는 빛 또한 역력하였다. 주달문은 아무리 나이를 먹어도 철들 줄 모르는 주달무의 행동거지에 심란하긴 하였으나 아내가 무사히 아이를 낳았다는 사실에 감격하여 뒤숭숭한 마음 따윈 얼른 접었다.

"가만있자, 지금이 몇 날 몇 시인가……?"

비로소 한시름을 놓은 주달문은 집을 나설 때 품고 왔던『만세력(萬歲曆)』을 펼쳐 뒤적여 방금 태어난 아이의 사주를 짚기 시작했다. 주달문은 평소에 역(易)을 공부하는 일을 특별히 즐겨 틈틈이 동네 사람들의 사주를 풀어주거나 혼간(婚簡)을 써주는 일을 취미로 삼고 있고 있던 터였다.

"올 해가 갑술년, 이번 달이 구월이니 갑술월이고, 오늘이 초사흗날이니 갑술일……. 아, 그리고 지금은 갑술시가 아닌가? 사주 전체가 갑술이니, 어허, 사갑술(四甲戌)이로구나!"

무심코 생년월일시를 셈하던 주달문은 새로 난 딸아이의

사주가 매우 특이하다는 사실을 깨닫고 깜짝 놀랐다. 사주 전체가 하나로 구성된 것을 '천지일기격(天地一氣格)'이라고 하는데 이는 대단히 귀하고도 기이한 것이었다.

"여식아이의 사주가 하필이면 사갑술이라니……."

본인은 변변찮은 재주라는 이유로 한사코 마다했으나 여차저차 근동에 신통하다는 소문이 퍼지는 바람에 주달문은 자의반 타의반으로 그간 꽤 많은 사람들의 사주를 보아왔다. 하지만 이런 경우는 난생처음이었다. 지금껏 한 번도 접해보지 못한 특이한 사주를 풀어가는 주달문의 손끝이 긴장으로 가볍게 떨렸다. 사주에서 중요한 기둥으로 삼는 것이 바로 태어난 일주(日主)인데, 진(辰)이나 술(戌) 일에 태어난 사람은 고집이 강하고 결단력이 있다고 보았다. 그런데 새로 난 아이의 사주에는 이런 일주가 하나만이 아니라 나머지 세 개의 기둥에까지 전부 걸쳐져 있었다.

"천간의 갑은 아름드리 소나무처럼 굽힘이 없이 꼿꼿한 나무를 가리킬지니, 솔이야말로 한 번 베어버리면 다시 움이 나지 않을 정도로 구차하게 살지 않는 나무가 아니던가? 한번 옳다고 믿으면 세상이 전부 그르다 하여도 굽히지 않을지니, 바위를 뚫고 태산을 옮기는 일이 불가하지 않으리라! 또한 사주에 진(辰)과 술(戌)이 많으면 총명하여 호문호술(好文好術)

하리니, 문장과 술법을 좋아하여 경전을 수월하게 독파하고 세상 돌아가는 이치를 쉽게 깨달으리라!"

주달문은 저도 모르게 감탄하여 무릎을 쳤다. 그때 주달문의 어깨 너머로 비비적거리며 고개를 빼어 뜻도 모르는 하얀 종이 위의 검은 글씨를 곁눈질하던 주달무가 냉큼 잔미운 입방아를 찧었다.

"아따, 계집 팔자는 뒤웅박이라 하였으니 부잣집에서는 뒤웅박에 쌀을 담지만 가난한 집에선 여물을 담지 않더이까? 사내도 아닌 계집이 타고난 사주 좋은 게 무슨 대수랍니까? 그저 모자라지도 넘치지도 않는 서방을 만나 두루뭉술하게 사는 게 계집 팔자로 최고가 아닌가요? 소나무처럼 쨍쨍하다고 계집이 재상이 되겠소이까, 장수가 되겠소이까? 고집불통의 소 죽은 귀신을 어느 사내가 귀애한다고……."

주달무는 밉살스런 말을 함부로 지껄이던 끝에 혀까지 끌끌 차려다가 형의 얼굴이 와락 구겨지는 것을 보고서야 서둘러 입을 닫았다. 갓 난 조카에게 덕담은 못할망정 남도 않는 악담을 퍼붓는 득보기의 허튼소리쯤이야 한 귀로 듣고 한 귀로 흘리면 그만이지만, 주달문 역시 딸아이가 유달리 남다른 사주를 타고났다는 사실에 얼마간 걱정과 불안이 깃드는 것이 사실이었다. 주달문은 대번에 주달무에게 호통을 치는 대

신 이 유난한 사주를 자기 나름대로 순화하여 설명해 보려 애썼다. 재상도 장수도 될 수 없는 여자의 강직함과 고집이라 니…….

"소나무의 잎은 생겨날 때부터 두 개가 한 엽초 안에 나서 늙어 떨어질 때까지 서로 헤어지지 않고 하나가 되어 최후를 맞으니, 솔이야말로 백년해로와 부부애를 보여주는 음양수가 아니던가? 그래서 부부는 솔잎처럼 살아야 한다는 속설이 있으려니……. 비록 계집이라 출세하여 스스로 이름을 드높이지는 못할지언정 절개와 지조로 일편단심 지아비를 따르는 열녀가 되리라!"

주달문은 아비의 애정으로 내놓을 수 있는 가장 부드럽고 온건한 해석을 덧붙였다. 귀 얇은 주달무는 그 풀이도 제법 그럴듯하다고 느꼈는지 그제야 좋네, 좋아, 열녀문 내리는 것도 집안의 광영이지, 하며 혼잣소리를 중얼거리다 문득 고개를 돌려 물었다.

"그런데 아이 이름은 정하셨답니까?"

"그것이……. 아직 정하지 못했다네."

"포대기와 기저귀와 미역을 준비하는 것만 산후속이 아닐진대, 한 벌로 맞춰 나온 돌쩌귀 같은 형님 내외가 어찌 작명은 미리 의논하지 않으셨습니까?"

치근치근하게 달라붙어 참견을 하던 주달무는 무엇이 재미스러운지 벌어진 앞니를 드러내고 낄낄 웃었다. 하지만 주달문은 동생의 채신없음을 탓할 여력이 없었다. 어쨌거나 오늘은 고대하던 늦자식을 본 좋은 날이다.

"허긴 계집아이 이름을 거창하게 지을 일이 무엇 있습니까? 음양배합, 상생상극, 사주오행 따져봤자 어디 써먹을 데도 없고 남길 것도 아닌 이름인데!"

주달무는 학부형이 윗목에 들여놓은 주안상에서 식은 부침개를 손가락으로 집어 먹으며 너털거렸다.

실로 속내를 살펴자면 주달문도 박씨가 아들이 아니라 딸을 낳았다는 소식에 적이 난처했던 것이 사실이었다. 치성을 드려 점지 받은 늦둥이를 아들딸 가리려는 작정은 아니었지만 박씨가 꾼 태몽이 아무래도 딸의 그것은 아니었기 때문이었다. 영취산과 장안산과 백운산을 잇는 우람한 마루금에서 불현듯 솟구쳐 떠올랐다는 불덩이, 작열하는 해를 두 팔로 안았다는 박씨의 꿈 이야기를 듣고 주달문은 어떤 옥인을 얻게 되려나 싶어 가슴이 두근거려 잠까지 설쳤다. 그리하여 마음으로만 정해둔 몇 개의 이름이 모두 남아의 것이었다. 그런데…… 주달문은 다시 사주를 푼 책을 뒤적였다. 아들이 아니라 딸일지언정 어쨌거나 평범치 않은 사주를 타고난 것은 분명하였다. 옥동이 아니라도 옥녀로다. 필시 비범한 여중군자(女中君子)가 되리라! 하지만 여전히 주달문은 아이에게 꼭 맞는 마땅한 이름을 떠올려낼 수가 없었다.

그때 안주 본 김에 술상 차린다고 주달문의 눈치를 흘금흘금 보아가며 스스로 술잔을 치던 주달무가 주정질처럼 흥얼거렸다.

"개의 달, 개의 날, 개의 시에 개띠 조카를 얻었구나! 형수는 개를 낳았네! 개를 낳았어!"

주달문은 동생이 별생각 없이 내뱉은 혼잣말에서 뜻밖의 암시를 얻었다. 십이지 중 열한 번째 동물인 개의 띠를 가진 사람은 천예성(天藝星)이라고 하여 기예가 뛰어나고 부지런할 뿐더러 청렴하고 정직한 기질을 가졌다고 알려져 있었다. 민간에서는 개를 하찮고 비속한 동물로 취급하기도 하지만 그만큼 명민하고 친근한 짐승인 것이 사실이었다.

'옛사람들이 말하길 귀한 자식일수록 이름은 천하게 지어야 한다지 않았던가?'

한편으로 주달문은 첫아이에게 대룡이라는 너무 거창한 이름을 지어주어 수명을 재촉했다는 자괴감을 갖고 있던 터였다. 점잖고도 천한 이름, 높고도 낮은 이름, 흔치 않고도 능히 그 이름 뒤에 숨어 살 수 있도록 스스럼없이 그러루한 이름.

가문도 재물도 대단하게 물려줄 것 없는 늙고 가난한 아비는 이름 두 자에 소박한 희망과 소원을 실어 선물하고자 하였다. 하늘이 내리신 귀한 아이, 중한 사랑이기에 더욱 사람 냄새 물씬 풍기는 다정한 이름으로 불리며 살게 하고 싶었다.

박씨는 오랫동안 진통에 시달린 터라 나른하고 고단한 얼굴로 주달문을 맞았다. 가까스로 기력을 찾아 밥상을 받고 앉았는데, 아이를 낳고 처음 받는 그 밥상의 이름이 바로 사자밥이었다. 산모가 몸을 추슬러 일어나 받지 못하면 그것이 고스란히 저승사자의 몫이라는 데서 비롯된 말이었다. 피로의 기운은 역력하지만 죽음의 한 고비를 넘은 박씨의 얼굴은 삶의 희열로 발갛고 말갰다. 곁에는 탯줄을 자르고 따뜻한 물에 깨끗이 씻긴 아이가 강보에 싸여 누워 있었다. 박씨가 포대기를 들어 주달문에게 안겨주었다. 이십 년 만에 품어본 갓난것의 감촉은 부드레하고 말캉하였다. 그 느낌이 어쩌면 아련한 슬픔과도 닮아 있어, 주달문은 절로 벙싯 벌어진 입을 다물지 못한 채 손잔등으로 시큰한 눈시울을 눌렀다.

"남아가 아니라 여식이라 섭섭하시겠습니다……."

박씨는 남편의 침묵을 서운함으로 해석했는지 시르죽은 목소리로 말했다.

"아니오! 정녕 그렇지 않소! 행여 그런 소리는 다시 입에 담지 마오. 늦복을 내리신 신령과 부처가 노하시오."

　주달문은 서둘러 박씨의 말을 막으며 달콤하고도 비릿한 배
냇냄새를 풍기며 잠들어 있는 아이를 지그시 바라보았다.

　"논개야! 부디 곱고 참된 사람으로 자라주렴!"

　"당신, 지금 아이의 이름을 무어라 부르셨습니까?"

　"논개, 주논개요. 이 아이의 사주에 개가 넷 들었으니 말하
자면 당신은 개를 낳은 셈이고, 우리 고향 사투리로 '낳는다'
를 '놓는다'고 말하지 않소? 그래서 이두문식으로 말할 논(論)
자에 끼일 개(介) 자를 써서 아이의 이름을 논개라고 지었소.
어떻소? 당신도 아이의 이름이 마음에 드오?"

　"사주에 개가 네 마리라고요? 논개, 논개라! 듣고 부를수록
듣기 편하고 부르기 쉬운 이름이긴 한데……."

　"이 아이는 비록 여아이나 특이한 사주를 가지고 태어났으
니 장차 큰일을 성취하고 명성을 드높일 것이 분명하오. 내 성
의를 다하여 여공(女功)이라 칭하는 침선방적(針線紡績: 바느
질, 직물)뿐만 아니라 시서서산(詩書書算: 시, 글씨, 산수)까지도
가르칠 작정이오. 시서와 육예로 총명함을 드높이고 범절과
인사로 진선진미한 품성을 기르려오. 그러면 반드시 국사에
이름을 남길 여군자가 될 터이니, 우리 내외의 나이가 많아 그
모습을 보지 못하고 죽을까 봐 염려스럽고 한스러울 뿐이오."

주달문과 박씨는 가슴 벅찬 기쁨으로 강보에 싸인 새빨간 젖먹이를 둥개둥개 얼렀다.

"논개야! 논개야!"

그러자 마치 자기의 이름을 알아듣기라도 한 듯 갓난것이 반짝 눈을 떴다. 그리고 푸르도록 검은 눈망울을 굴려 낯선 세상을 가만가만 엿보기 시작했다.

운명의 재판

등등한 융복을 떨쳐입고 왼편 옆구리에 칼을 비껴 찬 수령이 북과 피리를 울리며 등청하면 관아의 하루가 시작된다. 집무에 앞서 수령은 국궁을 하고 늘어선 이속들의 인사를 받고 엄숙히 조회를 거행한다. 이어 수령이 좌기하여 공무를 보기 시작하면서 동헌은 바야흐로 분주한 일과 속에 빠져든다. 육방 아전과 통인들이 제각기 맡은 바 대로 질청과 향청과 내아와 객사에서 바쁘게 움직이고, 사사로운 목적으로 잡인들이 출입하지 못하도록 엄격하게 혼금된 관부에도 활기가 돈다.

그래도 어쨌거나 등청의 북소리를 가장 반기는 이들은 헐소*에서 발을 구르며 내삼문이 열리기를 고대하던 사람들이다. 그들은 어둑새벽부터 관아의 맨 바깥 대문인 외삼문의 솟을지붕 아래 옹송그린 채 한시바삐 자기 차례가 돌아오기만을 바라고 있었다. 동헌의 앞뜰에 들어서 궤배하고 부복한 채 호통바람에 시달리며 법의 처결을 기다리는 것은 소송인에게나 피고인에게나 한결같이 괴롭고 힘든 일이었다. 하지만 어차피 피할 수 없는 일인 바에야 송사는 최대한 빨리 끝내는 것이 최선이다. 솟을삼문 아래 몸을 구겨 빗줄기와 땡볕을 피하는 일도 구차하지만 증인을 대고 소지를 쓰고 구구사정과는 아무런 상관없이 이리 불려 오고 저리 불려 가는 절차가 여간 번거로운 것이 아니었다.

어쩌면 구차하고 번거롭기만 할 것인가. 앞뒤에 번드르르 실속 없는 상투 어구를 장황히 붙인 소지를 쓰기 위해서는 어지간한 글치레나마 하는 양반이나 질청의 서리를 찾아가 부탁해야 하는데, 이 모두가 돈을 들이지 않고는 해결할 수 없는 일이었다. 또 재판을 위해 관아에 질지 값을 내게 되어 있는데 관청에서 쓰는 종이는 솜씨 있는 장인이나 승려가 질 좋은 닥나무로 만든 것이어야만 하니 그 가격이 만만찮았다.

그나마 규정대로만 처리된다면 앵하기는 하나마 억울하지는 않을 것이다. 일단 소송을 시작하면 금전적인 손해와 함께 지독한

*헐소(歇所): 관아의 외삼문 앞쪽에 있는 미원이들의 접수 대기실.

마음고생까지도 각오해야 했다. 송사를 하는 인물은 죄가 있거나 없거나 하나같이 얼뜨기에 공밥으로 보이는지 거머리처럼 들러붙어 피를 빨고 즙을 짜내려는 작자가 한둘이 아니었다. 사건의 실무를 담당하고 형을 집행하는 신분의 위력을 빌려 질지 값을 정해진 것보다 더 많이 뜯어내고 뇌물까지 요구하는 아전들을 비롯하여, 홍살문 밖에서 어슬렁거리다가 만만쟁이를 보았다 싶으면 들러붙어 다리를 놓겠다, 뒤를 봐주겠다며 삯돈을 요구하는 거간꾼들, 행여 형옥에라도 갇힐라치면 협박과 회유로 금품을 뜯어내기에 혈안이 된 포교와 문지기와 사장이(옥문지기)에 이르기까지 곳곳에서 인두겁을 쓴 아귀들을 만나기 마련이었다.

그리하여 형옥과 관련된 옥송이든 민사와 관련된 사송이든 일단 송사가 시작되면 장유와 신분을 가릴 것 없이 모두가 하루빨리 이 지옥에서 벗어나기만을 바랐다. 그러나 대부분의 사건이 법령으로 오십 일 안에 처리하도록 정해져 있건만 이런저런 이유로 날짜 안에 끝을 맺기란 하늘에 별 따기나 다름없었다. 기한이 늘어날수록 당자를 비롯하여 그 가족들까지 더불어 겪는 괴로움은 커졌다. 재판은 본래 농번기에는 열리지 않고 농한기에만 열리도록 되어 있지만, 운수 나쁘게 급한 처결에 밀리기라도 하면 이미 반절은 날짐승과 들짐승의 밥이 되어버린 쇠어 마른 나락을 거두는 일도 피할 수 없었다. 수확이 늦으면 논을 갈아엎어 보리를 파종할 시기도 놓치게 되고, 보리가 없으면 웬만한 농투성이는 혹렬한 춘궁기를 견뎌낼 재간이 없었다. 송사란 결국 몸이 지치고 마음이 메마르고 몸과 마음이 함께 가난해지는 악순환이었다.

그러하기에 수령이 가진 큰 권한 중의 하나인 사법권의 근거가 되는 소송절차법의 기본 목표는 단송(斷訟)이었다. 재판을 엄정히 하여 정의를 세우는 것도 중요하지만, 그보다는 교화를 통해 소송이 없는 사회를 만드는 것이 우선이라는 이상적인 원칙이었다. 조선은 법 자체보다 유교의 도덕과 질서가 기준이 되는 사회였다. 따라서 나라에서도 향촌 내에서 벌어지는 크고 작은 분쟁들은 마을의 덕망 있는 연장자나 사군자에 의해 해결하는 것을 권장하였고 되도록 소송을 일으키지 않는 것을 미덕으로 삼았다.

하지만 애정만큼이나 끊을 수 없는 것이 미움인지라, 무리를 지어 얼키설키 어울려 사는 이상 사람과 사람 사이에 말썽과 다툼이 빚어지지 않을 수가 없었다. 또한 지워 없애지 못한 분노는 혈기를 솟구치게 하여 기어코 고발을 하고 고소를 해 고생문에 함께 들어서고야 말았다. 향약에서는 이 형편을 일컬어 '작은 일에도 분노하여 욕하고 구타하거나 관에 소송을 제기하여 그만둘 수 있는 것임에도 불구하고 그만두지 않는 다'고 개탄하고 있으되, 이해가 얽히고 원한이 맺히면 이를 두려워하거나 부끄러워하는 이가 많지 않았다. 형과 벌이 아닌 덕과 예로써 인간을 지배하는 사회란 애초부터 아득한 꿈에 지나지 않을는지도 모를 일이었다.

입추가 지나 염제(炎帝)의 기세도 한풀 꺾였다고 하나 일더위의 요망만큼이나 늦더위의 의뭉스러움도 만만치 않았다. 최경회는 반빗간(관청의 주방)에서 내어 온 점심을 몇 술 뜨는 둥 마는 둥 하고 상을 물렸다. 더위도 더위려니와 오전 내내 악다구니 같은 사송에 시달렸더니 입맛조차 쓰고 떫었다. 정녕 인심세태가 간사하게 변하여 소송을 다투는 일이 그치지 않는 것인가, 본디 사람이란 짐승은 자기 한 몸의 이익만을 꾀하도록 사악하게 생겨난 것인가. 그의 높은 이마가 고독한 번민으로 찌푸려져 있었다.

그나마 장수는 두메산골인 데다 사람들이 순박하고 인정이 많은 편이라 흉악한 옥송은 자주 생겨나지 않았다. 그래서 최경회에 앞서 장수에서 고을살이를 했던 지방관들은 '울고 왔다 웃고 간다'는 말을 남기기도 하였다. 하지만 제각기 다른 욕심을 가진 사람이 모여 사는 데라면 어디라고 시비가 없을 수 없어 장수현청도 늘 소송인으로 북적대었다.

　분쟁의 경과는 조금씩 차이가 지되 그 기본적인 내용은 소유권 다툼이라, 가장 많은 사례는 묏자리와 노비와 빚에 관련된 재판이었다. 조상의 음덕이 발복하길 소원하며 남의 장지를 훔쳐 투장한 자와 졸지에 명당을 빼앗긴 자 사이의 산송(山訟)은, 비록 죽은 자라 할지라도 명예를 보장해야 한다는 유교의 윤리와 맞물려 판결이 난다 해도 쉽게 조처할 수 없는 미묘한 사건이었다. 그런가 하면 노비는 생각하며 말하는 사람이되 팔고 사고 물려주고 물려받을 수 있는 물건 같기도 한 존재여서 주인과 주인 사이, 주인과 노비 사이에 싸움이 끊이지 않았다. 눈에 보이지 않는 손으로 목을 조르고 가위눌리게 하는 빚은 또 어떤가. 속이 타든 채권자는 돈을 빌려가고 갚지 않는 채무자의 집에 들어가 솥단지를 떼어 전당품으로 삼고, 독촉에 시달리다 못한 채무자는 밤도망을 치고, 쫓고 쫓기고 내리패고 얻어터지고……

　논과 밭, 집과 산, 노비와 돈, 그리고 묘지까지. 살아서나 죽어서나 움켜잡고 놓지 못하는 욕망에 대한 공력과 집념들이 아귀다툼을 하였다. 관아 앞뜰에서 사계절을 독야청청하며 말없이 지켜선 소나무는 인간들의 탐착을 어떻게 느낄는지.

그 푸른 족속은 하늘의 신들이 땅으로 내려올 때 견결한 통로가 되었는지라 본래 지상보다는 하늘에 속해 있다고 하였다. 태허는 깨끗이 비어 있으니, 적막하여 평화로웠으리라.

최경회는 어린 날부터 한 치의 어긋남도 없이 명교의 진리와 법칙을 배우고 익혀왔다. 충과 효를 기둥으로 세우고 어짊과 의로움과 예의와 지혜와 믿음[仁義禮智信]의 도리를 지붕으로 삼는 정백한 삶을 최고의 가치로 여기며 자라났다. 과거에 급제하여 처음 봉직할 때에는 그 금과옥조에 의지한 평화로운 사회를 실현하는 데 보탬이 되리라는 다짐에 가슴이 설레었다. 하지만 관리가 되어 마침내 십여 년이 흐른 지금, 의심 없이 따르고 부끄럼 없이 말할 수 있는 진리는 도리어 미궁에 빠진 듯만 싶었다. 언젠가 다시 스승의 문하에서 글을 읽던 유생 시절처럼 거침없이 사람은 이러이러하고 저러저러하게 살아야 한다고 목소리를 높일 수 있을까. 사람의 본성이 이러하고 저러하다고 자신 있게 말할 수 없는 지경에 이르러, 과연 사람을 모르면서 사람이라면 마땅히 어떠해야 한다고 주장할 수 있을까.

"이 사건은 대곡리 풍천 마을에 사는 척(隻: 원고) 김 풍헌이 궐촌 마을에 사는 원척(原隻: 피고) 주달무와 밀양 박씨를 상대로 낸 소이옵니다."

챙이 좁은 갓을 눌러쓴 형방이 김 풍헌이 낸 소지를 줄줄 읽었다. 점심을 먹으며 반주라도 한 잔 걸쳤는지 낯빛은 제가 차려입은 홍단령처럼 불그죽죽했고 입에서 역한 문뱃내가 확 끼쳤다. 조금의 실수와 오차도 없어야 할 재판을 앞두고 술타령을 한 오만무례에 문득 역정이 솟구쳤으나 최경회는 애써 그 꼴을 못 본 척하였다.

대를 이어 관아에서 일하며 저희들끼리 통혼하여 동아리를 짓는 아전들은 아래로 백성들을 누르고 위로 수령을 주무르는 데 도통한 작자들이었다. 그런 만큼 그들을 다루는 데는 밀고 당기기의 수완과 당근과 채찍의 요령이 필요했다. 최경회가 십여 년의 지방관 생활을 통해 얻은 교훈은 큰일을 철저히 하기 위해 작은 일은 이따금 알고도 묵과하는 것이 노련한 아전들을 무리 없이 다루는 비법이란 것이었다.

시간은 모든 것을 마모하였다. 세상에 대한 태도와 처세도 날이 무뎌지고 모가 깎여 어지간히 두루뭉술해졌다. 아직도 다른 고을의 수령들에 비하면 성미 빳빳한 외골수란 평을 듣기는 하지만, 본래 담백한 성정을 지닌 최경회로서는 이 정도만으로도 충분히 놀랍고 씁쓸한 변화가 아닐 수 없었다.

형방이 살짝 혀 꼬부라진 소리로 읽어낸 소지의 내용인즉슨 이러하였다.

지난해 모월 모일 김 풍헌은 제집 사랑에서 주달무를 접객하였다. 때마침 김 풍헌은 혼기를 넘긴 자식에 대한 근심으로 밤을 지새우던 터라 주달무를 앞에 두고 넋두리를 하였는데, 그 이야기를 들은 주달무가 얼마 전 아비를 잃은 자신의 질녀 이야기를 꺼내었다. 그 아이의 비절참절한 처지를 생각하면 한 다리 건너 숙부라지만 자신의 가슴이 찢어진다며 곧 합가하여 가련한 모녀를 구원할 작정이라고 하였다. 그러면서 주달무가 말하기를 박복한 초년 운세로 고초만상을 겪으니 서둘러 조혼하여 지아비의 그늘에 들어 사는 것이 낫지 않은가 하며 자신의 질녀와 김 풍헌의 장자를 혼인시킬 것을 제안하였다. 처음에 김 풍헌은 주씨의 질녀가 연소하고 신랑 신부의 나이 차이가 많다며 거절하였으나 주달무가 끈질기게 청하는 통에 결국 약조를 하고 말았다. 일이 그쯤에 이르자 주달무는 드디어 마각을 드러내어 질녀를 민며느리로 들이는 대신 김 풍헌에게 자신의 채무 전액을 갚고 기름진 상토 논 서 마지기를 내놓으라고 하였다. 허랑방탕한 건달꾼이라는 평판은 익히 들어 알고 있었으나 혼사를 두고 흥정을 붙이는 꼴이 자못 상스러워 김 풍헌은 약속을 물려버릴까 하는 생각도 했지만, 가없은 주씨녀와 노총각 아들을 위해 그의 요구를 받아들이기로 하였다. 그뿐이 아니라 주달무는 빙폐로 엽전 삼백 냥과 고운 백포 세 필까지 요구하였다. 이에 모월 모일 다시 만나 논문서를 비롯하여 약속한 빙물과 신랑의 사주단자를 주달무에게 건넸다. 그런데 사주를 받고도 신부 집에서 날을 정했다는 소식이 없기에, 모녀가 공허한지라 여력이 없는가 하여 신랑 측에서 길일을 골라 택일하는 수고까지 감수하였다. 해가 바뀌어 정이월 모일 마침내 납폐하고 초례를 치를 일만 남았는데, 그만 신부와 신부의 어미가 하루아침에 감쪽같이 몸을 감추고 말았다. 당황하여 주혼자인 주달무의 행방을 수소문하였으나 그 역시 어디에 틀어박혔는지 알 수가 없다. 이만저만한 사정이 있었기에 김 풍헌은 향촌의 호족으로서 무송의 모범을 보여야 함에도 체면 불고하고 장수 관아에 주달무와 박씨를 처벌해 달라는 고소장을 내기에 이르렀다. 주달무와 박씨는 인륜상사인 혼사를 파기하여 양반을 우롱하고 강상을 어지럽혔으며 빙폐를 빙자하여 물품을 횡령하고 도망쳤으니 마땅히 이 죗값을 치러야 할 것이다…….

"이 소지의 내용은 일전에 김 풍헌이 송을 제기하며 사또께 바쳤던 것과 다름이 없으며, 죄인을 체포 압송하라는 명을 받들어 마침내 경상도 함양군 봉전 마을에 숨어 있던 박씨를 잡아 대령하였나이다!"

"원척이 본디 박씨 일인인가?"

"아닙니다. 소지에 기록된 원척은 주달문과 밀양 박씨 이인이지만, 근동을 아무리 뒤져도 주달무의 종적은 찾을 수 없으니 박씨를 문초하여 공범의 행방에 대한 물고를 받아야 할 줄로 아옵니다!"

형방은 알근한 취기에 기대어 더욱 거오스럽고 쩡쩡한 목소리로 경과를 고하였다. 이미 뜰에는 형리와 사령들이 형틀을 비롯하여 원칙적으로 지방 수령이 사용할 수 없도록 되어 있는 신장까지 갖은 형구들을 주르륵 차려놓고 명령이 떨어지기만을 기다리고 있었다.

'인륜대사를 모욕하였다는 강상죄인이 바로 저들인가?'

최경회는 팔월의 따가운 햇볕이 내리쬐는 가운데 동헌의 앞뜰에 납작 꿇어 엎드린 중년의 여인과 계집아이를 물끄러미 바라보았다. 후끈한 열기를 내뿜는 땡볕마저 미칠 겨를이 없는지 여인은 마치 한기라도 들린 양 부들부들 떨고 있었다. 곱송그린 그녀의 마른 등이 애잔하였다. 과연 온정 있는 조처로 죄인을 신중히 심의하라는 흠휼(欽恤)의 논리를 저 가련한 아녀에게 어떻게 적용할 것인가.

"형구를 물리라! 죄의 진상이 드러나기까지는 평문하도록 하겠노라!"

형구를 쓰지 않고 심문하겠다는 최경회의 말에 모녀로부터 얼마간 떨어진 자리에 부복한 김 풍헌이 못마땅한 듯 움찔거리며 자세를 비틀어 잡았다.

"하오나 야간도주까지 했던 죄인들인데……."

형방이 궤란쩍게도 좀처럼 안 하던 참견을 하고 나섰다. 그러고 보니 누구에게 대단한 점심을 얻어먹었는지 짐작할 수 있었다. 하지만 최경회는 형방의 주장을 일거에 물리쳤다.

"저뢰*하여 나라의 법을 능멸한다면 마땅히 형구를 쓸 것이나 직초**한다면 인정으로 다스리리라!"

무시무시한 형구들이 눈앞에서 치워지자 그제야 두려움이 조금 누그러졌는지 어미의 곁에 바싹 붙어 앉았던 계집아이가 순간 반짝 고개를 쳐들어 주위를 두리번거렸다. 비록 차림새는 볼품없지만 용모를 누추하거나 너절하게 만들지 않는 되똑한 코끝을 가진 아이였다. 무죄한 자라도 동헌의 앞뜰에 부복하면 권세와 위력에 눌려 켕기고 꿀리기 마련인데, 호기심으로 반짝이는 아이의 눈은 일체의 비굴함이나 구김살 없이 투명했다. 섬돌 너머 마루에 앉은 최경회와 눈이 마주치자 얼른 자라목을 하며 고개를 숙이긴 했지만 계집아이의 무서움은 이미 사라진 듯하였다. 최경회는 그 아이다운 천진함에 자신도 모르게 빙그레 미소 지을 뻔했다.

*저뢰(抵賴): 변명을 해가며 신문에 복종하지 아니함.

**직초(直招): 지은 죄를 사실대로 말함.

"박씨는 이러한 소지의 내용을 모두 인정하는가?"

그렇다고 해도 동정심으로 물러져 시비의 분별을 경솔히 할 수는 없었다. 최경회의 추상같은 호령에 놀란 박씨가 고개를 내저으며 부르짖었다.

"아, 아니옵니다! 절대 진실은 그렇지 아니하옵니다!"

"그렇다면 이 소지가 사실이 아니란 말인가? 벌을 피하고자 거짓을 고하는 일은 더 큰 죄가 될 것이다!"

"쇠, 쇤네가 모르는 일까지 안다고 말할 수는 없으려니와, 아는 일의 내용만은 소지와 다르다고 감히 말씀드리오리다."

"그토록 완강히 주장한다면 네가 아는 내막을 발괄*하도록 하라!"

최경회의 명령이 떨어지자 박씨는 여전히 와들와들 몸을 떠는 채로 눈을 부릅뜨고 정신을 가다듬어 스스로를 변호하기 시작했다.

"쇤네는 신안 주씨 주달문의 과녀이옵고 이 아이는 쇤네의 여식 논개이옵니다. 지금 행방불명이 되어 생사를 알 수 없는 주달무는 주달문의 아우로 쇤네에게는 시동생이 되고 아이에게는 숙부가 되나이다. 그런데 지난해 지병을 앓던 지아비와 사별하고 과부의 몸으로 홀로 어린 딸과 지내던 중……."

*발괄[白活]: 관장에게 나아가 입으로 억울함을 토로하는 일.

84

박씨는 자신이 자아낼 수 있는 용력을 다하여 그간의 사정을 수령에게 설명했다. 가슴이 우둔우둔 방망이질을 하고 등줄기를 타고 식은땀이 흘러내렸다. 기실 입으로는 무언가를 떠듬떠듬 주워섬기지만 박씨의 머릿속은 쭉정밤처럼 텅 빈 것이나 진배없었다.

혼사비와 사주단자를 받아 챙긴 뒤 일방적으로 혼인을 파기했으니 이것은 명백한 사기 사건이요 인륜을 저버린 패악이라는 김 풍헌의 소지 내용을 듣고 박씨는 절반쯤 얼이 빠져버렸다. 가량없이 높은 대청에 올라앉은 수령과 형방, 수령의 지근거리에 국궁을 한 채 말 한 마디 한 마디를 초서체로 쓱쓱 써 갈기는 서리, 섬돌 위에 늘어서 목을 길게 뽑아 명령을 복창하는 급창, 그리고 사람의 기름과 때가 반들반들 배어 있는 형구를 훔켜잡고 눈을 부라리는 사령들 앞에 꿇어 엎드리는 순간 이미 박씨는 치도곤을 치른 양 먹먹하였다. 뜰에서 섬돌까지, 섬돌에서 다시 대청마루까지는 너무나 멀뿐더러 아득히 높았다. 뜰에서는 마루를 함부로 쳐다볼 수 없고 반드시 목을 꺾어 우러러야만 하니, 하정배(下庭拜)란 말이 바로 여기서 생겨난 연유를 이해할 만했다.

읍성 밖 남문으로 끌려 들어와 성안 민가를 지나 홍살문에 다락문에 솟을삼문을 거치는 동안 박씨는 서서히 마음의 중심을 잃었다. 스스로 발을 움직여 걷되 허공을 젓는 듯만 하였고, 황망하고 얼없으니 그 흔한 눈물조차 나오지 않았다. 아니, 박씨가 넋 없는 허깨비마냥 허황해진 것은 봉전 마을의 친정집으로 사령들이 들이닥치던 때부터 시작되었다. 친정붙이와 이웃의 면전에서 그들이 부린 행패가 너무도 흉악하여 그다음부터 겪은 일들은 모두 하잘것없이 느껴질 정도였다.

사령들은 처음부터 왁작하게 사립을 박차고 들어와 흙발로 여러 방을 마구 뒤졌다. 시렁 위의 그릇들이 쨍겅쨍겅 떨어져 부서지고 토벽이 울려 처마 끝 제비집이 무너졌다. 곳집의 알곡 자루가 끌려 나오고 무작스런 발길이 마구간을 향할 즈음에서야 갑작스런 봉변에 질겁하여 차마 말리지도 못하고 물러서 있던 박씨의 남동생이 벌벌 떨며 간신이 입을 떼었다.

"이, 이게 무슨 사정으로 빚어진 일이랍니까? 댁들은 대체 어디서 온 사령이시오? 무슨 영을 받잡고 왔기에 찾아온 연유도 밝히지 않고 다짜고짜 남의 집을 뒤진단 말입니까?"

"우리는 장수현청에서 죄인 주달무와 박씨녀를 잡아 오라는 명령을 받잡고 온 사령님들이시다! 이 집구석의 기둥뿌리를 통째로 뽑아버리기 전에 어서 죄인들을 내놓지 못할까?"

사령들은 본디 근본 없이 떠돌아다니던 광대 출신이었다. 꼭두각시놀음을 벌이고 땅재주를 넘고 줄타기를 하던 노바치가 오다가다 통지기와 배가 맞거나 관청의 말단과 끈이 닿으면 그 고을에 눌러앉아 사령 일을 하곤 했다. 공정하게 죄인을 다루고 형벌을 가하기 위해서는 면식이 있는 같은 마을 사람을 쓰기 어렵거니와 사령이 맡은 일이 워낙 험하고 거칠어 인의지정을 아는 자라면 차마 감당하지 못하기 때문이었다.

하지만 사령은 관아로부터 정해진 보수를 따로 받지 않기에 자연히 횡령과 회뢰로 생계를 유지할 수밖에 없었다. 관아의 문을 지키고 서서 출입하는 민원인들에게 돈을 뜯는 것은 말해 봤자 입만 고단한 예삿일이었고, 미리 적당히 쇳가루를 쳐 두지 않으면 마치 제 형제를 죽인 원수라도 되는 양 모지락스레 매질을 하거나 중죄인에게나 씌우는 칼을 함부로 끼우고 비녀장을 바투 질러 숨통을 죄었다. 사람의 귀천이란 결국 신분을 넘어 부끄러움을 아느냐 모르냐에 달려 있었다. 사람들은 등 뒤에서 그들을 손가락질하며 거지 중의 상거지라고 비소하였다. 설날에는 떡국 값, 추석에는 제수 값, 망종에는 보리, 상강에는 면화…… 사시사철 구걸하다시피 토색질을 하는데 손과 낯이 부끄러운 줄 모르고 뻔뻔하기 이를 데 없으니 비렁뱅이 각설이들도 이들과 비교당한다면 발깍 성을 낼 일이었다.

원래 자기 구역도 아닌 남의 고을에 들어온 사령들은 더욱 활개를 치며 작폐하였다. 꼬장꼬장한 수령의 눈이 미치는 곳에서야 함부로 포학하게 굴 수 없지만 여기는 도의 경계까지 넘어선 낯선 마을이니 그간 못한 소드락질의 손해까지 다 벌충할 작정이었다.

"다 알고 왔다! 죄인들은 어디 있느냐? 또 어디로 빼돌린 건 아니냐? 입을 갖풀로 붙였느냐? 왜 얼른 대답을 못하느냐?"

"저, 저어……."

사령들의 으름장에 중씰한 가장이 사시나무처럼 떨었다. 그래도 차마 고미다락에 큰누이와 조카딸이 몰래 숨어 있다는 것을 제 입으로 고해바칠 수 없어 그는 반벙어리처럼 말을 더듬었다.

"네 이놈! 죄인을 숨겨주었으니 너도 대략 한 패거리겠다? 좋다! 네놈이 내놓지 못하겠다면 우리가 찾아내마. 그때는 그 꼬리 없는 말을 아예 못하도록 네놈 혀부터 잘라주지! 이봐, 저기 마구간부터 샅샅이 뒤져!"

몰려온 서넛 중에 우두머리 도두로 보이는 자가 남동생을 협박하며 수하 사령에게 수색을 명하였다. 일의 순차가 어찌 되었는지는 모른다. 퉁방울눈에 험상궂게 생긴 사령이 육모방 망이를 바투 쥐고 마구간 울을 열어젖힌 것과, 부엌문에 기대어 서서 치맛자락으로 아이들의 눈을 가리고 있던 올케가 갈퀴 같은 손으로 제 남편의 옆구리를 쥐어지른 것과, 남동생이 다급히 도두의 옷소매를 그러쥐며 남은 손 집게손가락으로 박씨와 논개가 숨어 있는 다락 쪽을 찔러 가리킨 것이.

"저, 저기요! 건넌방 보꾹 아래 임시로 만든 방이 있소이다!"

놀라 기겁할 일만은 아니었다. 마구간에는 오늘 내일 안으로 해산할 조짐을 보이는 암소가 무거운 몸을 부리고 있었다. 농사꾼에게 소야말로 최고의 재산이요 보물이나 다름없었다. 논밭갈이에 남의 소를 빌리는 값이 사람 품값의 다섯 배에 이를 정도이니 소는 농토와 마찬가지로 흔들리지 않는 부의 상징이었다. 더욱이 친정의 암소는 이번이 만배라 남동생이 들이는 정성이 지극하였다. 콩을 넣어 끓인 쇠죽으로 영양을 돕고 해산일이 다가와서는 부정을 타면 안 된다며 마당에서 들뛰는 아이들까지 단속했다. 사람도 인정사정없이 위협하는 사령들이 해산을 앞둔 암소라고 봐줄 리가 없었다. 그러다 뱃속의 송치가 잘못되기라도 하면, 행여 무사히 해산한다더라도 사나워진 어미가 태반을 삼키는 대신 새끼의 목덜미를 물어뜯기라도 한다면…….

누구도 원망하고 미워할 수 없었다. 사람이 소보다 못하냐고, 핏줄의 정이 재산보다 헐하냐고 따질 수도 없었다. 박씨는 사령에게 머리채를 꺼둘려 다락에서 끌려 나왔다. 논개가 울음보를 터뜨리며 굴러떨어지듯 어미를 좇았다. 사령들이 붉은 포승줄로 박씨의 손목을 꽁꽁 옭아매었다. 손목이 끊기는 듯한 아픔에 박씨는 절로 외마디 비명을 질렀다. 죄책감과 부끄러움으로 얼굴이 납빛이 된 남동생이 흑흑 느껴 울며 도두의 옆구리에 마누라의 혼물이었던 은가락지를 찔러 넣고서야 그들은 포승줄의 옭매듭을 풀매듭으로 느슨히 고쳐 묶어주었다.

먼 길을 압송되어 오는 동안 박씨와 논개의 머리에는 먼지가 뽀얗게 앉았다. 흙먼지와 그을음, 검부러기와 꼽재기, 비틀비틀 쓰러질 듯 끌려가는 그들을 향한 사람들의 동정 없는 싸늘한 시선까지. 세상의 먼지는 짙고 탁했다. 목이 메고 눈이 흐려 앞길이 보이지 않았다. 박씨는 고만 혀라도 끊어 명줄을 훌쩍 놓아버리고 싶었다. 이대로 남편의 뒤를 따라 저승으로 간대도 이승에 남길 미련이 없었다. 하지만 그녀의 목숨이 그녀의 것일 수만은 없으니, 뛰다시피 잔걸음질 치며 쫓아오는 어린 딸을 남겨두고선 아무 데도 혼자 가버릴 수 없었다.

박씨는 북받치는 설움과 통곡을 간신히 누르며 전력을 다해 그간의 사정을 발괄하였다. 박씨의 이야기를 듣는 동안 최경회의 낯빛이 점점 어둡고 심각해졌다.

"허어! 박씨의 말이 정녕 사실이라면 이것은 명백한 매매혼이요 강제 혼사가 아니런가? 도박 빛을 갚기 위해 주달무는 질녀를 팔아넘기려 하였고 김 풍헌은 어미인 박씨와는 아무런 의논도 없이 일방적으로 혼사를 진행하였으니, 이야말로 사람의 도리를 벗어난 변괴가 아닌가? 박씨를 고발한 김 풍헌이 직접 대답해 보라!"

"소인은 국법이 정한 혼사의 규약을 일절 거스른 바가 없사옵니다! 주혼자인 주씨녀의 숙부 주달무에게 혼사를 약조하는 빙폐를 건넸거니와 납채의 절차까지 온당히 거쳤습니다. 신부가 신랑의 사주단자를 받았으니 정혼하여 결혼한 것이나 다를 바가 없습니다. 예는 행하지 아니하였으나 양가 주혼자가 정해진 절차를 수행하였으니 이미 주씨녀는 김씨 집안사람이라고 해도 무방할 것입니다. 충신은 불사이군이요 열녀는 불경이부라, 솔선하여 삼강과 오상을 지키지 않고서야 어찌 양반이 상사람들을 가르칠 수 있겠습니까?"

김 풍헌은 분에 겨워 수염발을 파들파들하면서도 일절 태도를 수그리지 않고 반박해 들었다. 하지만 최경회의 표정 역시 조금도 달라지지 않았다. 수령 생활 십여 년 동안 최경회는 김 풍헌과 같은 바닥쇠들을 질릴 만큼 보았고 물릴 만큼 겪었다. 그들은 비록 버슬 없이 허울 좋은 양반이지만 한 고장에 대대로 눌러 살며 재물을 모아 가세를 일으켜 토호로 떠세하는 족속이었다. 그들은 일찍이 향회를 조직하여 징세를 하고 신역을 나누는 등 마을의 살림살이에 관여하다가, 근래에 들어 향청이란 이름하에 관의 일부로 편입되기에 이르렀다. 어느덧 조선에서는 과거를 보아 얻는 신분의 하나였던 양반이 대물림되어 이어지는 부동의 지위로 굳어져가고 있었다. 애초에 없었던 높고 낮음이 생겨나고 그것이 현실의 이해와 맞물리면서 신분의 간격은 점점 넓고 깊게 벌어졌다.

우물 안에서 일생을 사는 개구리라고 상하 구별이 없을 리 없었다. 서울이라는 권력의 중심부에서 멀어질수록 열패감과 소외감이 풀무질을 한 탓인지 호족들의 텃세와 옹고집은 풍토병이라고 불릴 정도로 깊었다. 지방 호족들의 위세는 질청*을 거느리고 지배할뿐더러 임금의 명을 받잡고 중앙에서 파견된 수령까지 감시하고 견제하였다. 수령의 임기가 보통 삼 년을 못 미치는 데 비해 지방의 양반들은 누대에 걸쳐 살아온 토박이들일뿐더러 수령의 임무 중 가장 중요한 부역과 군정을 수행하기 위해서는 향청의 적극적인 도움이 꼭 필요했기 때문이었다. 혹여 향청과의 불화로 행정에 차질을 빚는다면 상부의 사나운 문책을 피할 길이 없었다.

'토반과 향리는 둥우리를 가진 나무요, 수령은 잠시 머물다 가는 철새라는 말이렷다!'

*질청(秩廳) : 이방을 비롯한 아전들의 집무처.

최경회는 비록 부복했을망정 목을 꼿꼿이

쳐들고 제가 어떤 사람인지 알면 아는 대로 대우하라는 자세를 취해 보이는 김 풍헌을 성난 눈으로 노려보았다. 하지만 풍천 마을 최고의 부자로 이재에 밝고 능소능대하기로 평판이 난 김 풍헌도 만만치 않았다. 그는 최경회의 침묵을 무언의 동의로 해석했는지 목청을 돋우어 항변을 이어갔다.

"소인이 불미한 탓에 불의지변을 겪는 것은 수치스런 일이오나 이는 반드시 이치를 따져 짚고 넘어가야 할 사안이라고 생각되옵니다. 소인이 비록 낙방거자*로 입신하지 못하고 향촌에 묻혀 살지만 사서삼경을 읽었고 법전 몇 권을 뒤적였나이다. 마침 성종 임금 시절 이경세의 딸이 납폐의 혼인 절차를 끝낸 후 돌연 파혼하고 다른 사람에게 시집을 가는 바람에 일어났던 소송이 금번의 사건과 심히 유사하니 판결에 귀감이 되지 않을까 하옵니다. 그때 대신들이 하나같이 주청하기를, 대저 혼인은 가장이 주장하는 것일 뿐 아녀자가 아는 것이 아닐지니 『대명률(大明律)』에 의거하여 주혼자인 이경세에게 곤장 팔십 대를 내리시라 하였습니다. 하지만 현명하신 임금께서는 인륜대사인 혼인 서약을 위반한 가장에게는 그 벌도 약하다 하시며 이경세의 딸을 도로 빼앗아 처음 혼약한 사람에게 주고 가장의 죄 또한 중하게 벌하라고 하시었습니다. 선대의 사례가 대략 이러하니 부

*낙방거자(落榜擧子): 과거에 떨어진 선비.

디 현명한 사또께서는 참작하여 주옵소서!"

김 풍헌의 말인즉슨 이경세의 선례에 따라 주달무와 박씨는 재물의 손괴를 책임지어 태형으로 처벌받도록 하고 논개는 인신을 구속하여 김씨 집안으로 데려가겠다는 것이었다. 바다는 메워도 사람의 욕심은 못 채운다던가. 김 풍헌은 과연 한 치의 손해도 인정치 않는 타고난 수완가에 수전노였다.

하지만 최경회는 동요하지 않았다. 옳지 않은 주장에 맞서는 방법은 간단하다. 도리를 들고 나오면 도리로, 법을 들고 나오면 법으로 맞서는 것이다. 그는 여전히 믿었다. 순전한 도리 그 자체, 법 자체가 사람을 기만할 리 없다. 그것은 오직 사람의 욕심과 셈평에 의해 꼬여 비틀린다. 애초부터 이해관계에 어두운 사람이 꼬여 비틀린 것을 펴보겠다고 부엉이셈을 해서는 안 된다. 그럴수록 단호히 원칙을, 진리를, 있는 그대로를 펼쳐 보일 뿐이다.

"지금 『대명률』을 말하였는가? 과연 풍헌이 율서를 읽었다면 이 구절 또한 기억하고 있는가? 남녀가 정혼을 할 때는 불구이거나 폐병이 있는지, 늙었는지 어린지, 서출인지 수양자인지 반드시 양가가 확인한 뒤 해당 사실이 있을 시 혼서를 쓰고 예로서 맞이해야 한다. 이 절차를 거치고도 나중에 싫다며 약속을 지키지 않는 자는 태형 오십 대, 다른 사람에게 다시

승낙하여 이중으로 혼인하면 칠십 대의 벌을 받을 것이다."

"네, 네. 물론 기억하고 있사옵니다. 정식으로 문서를 쓰지 않은 것은 소인의 잘못이오나 명문보다는 신용을 앞세우는 것이 향촌의 도리가 아니오리까?"

"그렇다면 이 부분에 대해서는 어떻게 생각하는가? 합당한 절차에도 불구하고 혼인 이행을 하지 않는 것도 죄가 되지만 처음부터 사실을 속이고 상대 집안을 기만하였을 경우 더 큰 죄가 될지니, 혼례 전이면 장형 칠십 대에 처하고 혼례를 치른 후면 장형 팔십 대에 처한다는 조항 말이다. 원척에게 다시 묻노라! 박씨는 언제 주달무와 김 풍헌이 혼약을 했다는 사실을 알게 되었는가?"

최경회의 날카로운 눈길이 김 풍헌으로부터 박씨에게로 옮겨졌다. 박씨는 바위옹두라지를 잡고 절벽에 매달린 심정으로 기를 쓰며 호소하였다.

"쇠, 쇤네는 정월 모일 김 풍헌 집안의 집사가 찾아와 택일할 것을 재촉했을 때에야 처음 이 흉사를 알았사옵니다. 청천벽력 같은 소리에 놀라 집 안을 뒤져보니 시동생이 받아 숨겨 둔 사, 사주단자가 장롱 안에서 발견되었습니다. 숙부라면 마땅히 망부를 대신하여 자애로 질녀를 보호해야 한다며 합가를 주장했던 그가 도리어 내구(內寇:내부의 적)가 되어 옳지 않은 일을 모의했던 것이었습니다. 아무것도, 아무것도 모른 것이 죄가 되리까? 그렇다면 쇤네가 죄인이옵니다. 무슨 벌을 내리셔도 받아 마땅한 중죄인이옵니다!"

박씨는 솟구치는 격정을 누르지 못해 마침내 울음을 터뜨렸다. 최경회의 시선이 다시 김 풍헌을 향했다.

"주씨녀의 친모인 박씨는 사윗감이 불구라는 것은커녕 혼담이 오간다는 사실조차 알지 못했다지 않은가? 빙모 될 사람이 신랑의 사주단자를 받은 줄도 모르는 채 택일을 할 수 있단 말인가? 이것이 대체 어찌 된 영문인가?"

"하지만 소인과 혼담을 나눈 주혼자는 박씨가 아니라 지금 도망하여 행방이 묘연한 주씨녀의 숙부 주달무입니다! 비록 주씨가가 변변한 구색을 갖추기 힘든 잔반이라고 하나 반가의 혼사는 주혼자가 주관하는 것이 원칙이온데, 모녀를 보호하는 주달무가 명명백백한 주혼자로서 혼약을 주도했으니 문서가 없는 언약이라 할지라도 어찌 효력이 없다고 할 수 있겠습니까? 주혼자 없이 혼사가 치러졌을 경우 무효가 되는 것은 물론 화간이라 하여 간통으로 처벌받을 수도 있는 것이 조선의 법이온데, 어찌 일개 아녀자가 사실을 몰랐다고 하여 일의 내용을 뒤집을 수 있겠습니까?"

"풍헌은 『대명률』은 보았을지나 『경국대전(經國大典)』은 읽지 않았나 보다. 『대명률』은 본디 대국의 법전이니 동국(東國: 조선)과 심히 다른 점이 많아 조정에서는 『경국대전』과 『속대전(續大典)』에 더욱 상세한 조항을 만들어 보충하였다. 우리나라의 법에 남자는 십오 세, 여자는 십사 세로 혼인할 수 있는 나이를 제한하되 그보다 연소한 자의 결혼은 반드시 부모의 허락을 받도록 되어 있다. 물론 부모 모두 사망했을 시에는 유부(猶父:아버지의 형제)나 표숙(表叔:어머니의 형제) 등의 근친이 부모를 대신할 수 있을 것이나 이 경우는 분명히 그와 다르다. 박씨가 어떻게 일개 아녀자일 뿐인가? 박씨는 엄연히 미성한 주씨녀의 생모이며 보호자가 아닌가? 아니, 법을 떠나 만인이 이해하고 인정할 수 있는 상식으로 생각해 보라! 풍헌은 저들이 강상에 어긋나는 죄를 저질렀다고 하였다. 하지만 그 이전에 진정 삼강과 오상의 도리로 과연 이 혼사가 합당하다고 생각하는가?"

그러면서 최경회는 어미의 곁에 바싹 붙은 채 옹크려 엎드린 논개를 향해 물었다.

"네 이름이 논개라고 했더냐?"

"예, 그러하옵니다!"

"네 나이가 올해로 몇이냐?"

"지난 설을 지나 여섯 살이 되었습니다."

논개는 격한 대거리들이 오가는 서슬 푸른 관정의 분위기에도 용케 놀라거나 질려 울지 않고 댕돌같이 야무지게 대답했다. 그 모습이 신통하기에 더욱 가엾고 불쌍하여 찔러도 피한 방울 나오지 않을 듯 몰인정한 형리들까지 목덜미를 움찔하였다.

"여섯 살! 열여섯 살이 아니라 여섯 살이라고 하지 않는가? 아직 부모 슬하에서 응석이나 부릴 모우미성*의 육 세 여아를 시집보내는 일을 생존해 있는 친모가 아닌 그 누구와 의논하여 결정한단 말인가? 김 풍헌은 소지에서 혼례의 빙폐를 추징하여 회수해 달라고 주장하였지만 실상 그 물품은 어린 주씨녀의 몸값이 아닌가?"

"억울합니다! 매매혼이요 강제 혼사라니, 아둔한 아녀자의 공뜬 말만 믿고 오지의 여두소읍**에서일망정 체통을 지키고 살아온 토반을 사기꾼에 발괄꾼***으로 몰아세운단 말입니까?"

적반하장이려니 도둑이 되레 매를 들고 설친다고 김 풍헌은 최경회의 치밀한 추궁에도 기세가 꺾이지 않고 펄펄 뛰었다. 수령이라도 함부로 체포하거나 물고를 낼 수 없는 양반, 향촌의 풍속을 순화한다며 고을의 대소사를

*모우미성(毛羽未成) : 새의 깃이 덜 자라서 날지 못한다는 뜻으로 사람이 아직 어림을 이르는 말.

**여두소읍(如斗小邑) : 아주 작은 고을.

***발괄꾼 : 송사나 일삼는 자.

일일이 간섭하고, 나라에서 정한 금령쯤은 우습게 여겨 어기며, 민고*의 운영과 잡역세의 징수를 빌미 삼아 수령까지 쥐락펴락하는 호랑이 없는 마을의 우두머리 여우.

"사또는 애먼 사람을 족치지 마시고 진짜 사기꾼에 도적놈부터 먼저 잡아들이소서! 애초에 혼담을 꺼낸 것도 주달무이고, 제 조카딸을 민며느리로 들이라고 들쑤신 것도 그자이고, 노름빚에 상토에 빙물을 어찌어찌 내놓으라고 수작한 것도 다 그놈입니다. 병신 자식을 둔 아비의 괴로운 사정을 빌미잡아 머리 가죽도 마르지 않은 조카를 팔아먹으려고 온갖 감언이설을 하였으니, 소인에게 죄가 있다면 사람으로서 차마 끊지 못할 애자지정(愛子之情) 때문에 그 꾐에 솔깃하여 넘어간 것뿐입니다. 승냥이처럼 음흉한 주달무가 처음 혼사를 제안했을 때 소인은 도리어 그를 나무라기까지 하였습니다. 만약 근동에서 소문난 향선생이었던 주달문이 살아 있었다면 언감생심 그 옥녀를 며느리로 들이는 꿈이나 꿀 수 있었겠냐며 주달무의 경망을 꾸짖었습니다. 천하의 악독한 사기꾼은 바로 난봉쟁이 주가 놈이고 소인은 억울하고 원통한 피해자이옵니다! 교활한 그놈이 사전에 박씨와 더불어 치밀한 계획을 세워두고 소인에게서 금품을 갈취한 다음 후일을 기약하며 어디론가 도

*민고(民庫): 지방관청의 비용을 충당하기 위하여 지방민에게서 거둔 돈·곡식을 보관해 두던 창고.

망쳐 몸을 숨긴 것이 분명합니다. 저, 저년을 물고 내소서! 장을 치고 칼을 채우면 반드시 공범 주달무의 거처를 불 것입니다!"

돌아가는 형편이 자신에게 불리해지자 물에 빠져도 개헤엄은 안 치고 얼어 죽어도 겻불은 안 쬐는 양반이라는 사실을 휘장처럼 걸고 살던 김 풍헌은 체면이고 뭐고 다 걷어치운 채 자기변명을 위해 입에 거품을 물었다. 김 풍헌이 목에 핏대를 세우고 으르렁대며 삿대질을 해대자 박씨는 불침이라도 맞은 듯 펄쩍 뛰며 외쳤다.

"아, 아니옵니다! 쇤네는 작년 섣달그믐 이후 시동생의 얼굴조차 보지 못하였습니다. 그리고 팔이 들이굽지 내굽지는 않는다고 가속이기에 두둔하는 마음이 생기는지는 모르겠으나, 미련한 쇤네의 생각에 주달무가 주색에 빠져 행실이 추저분하고 노름에 몰두하여 착실하지 못한 것은 사실이오나 치밀하게 계획하여 남을 속일 만큼 교악한 자는 아니옵니다. 무, 물론 항간에 떠도는 소문을 모두 믿을 수는 없겠으나 언중유골이라니 때로 예사로운 입말 속에 드러내고 말할 수 없는 비밀과 진실이 담겨 있지 않습니까? 마을 사람들 사이에는 이미 오래전부터 김 풍헌이 작심을 하고 노름빚에 시달리는 주달무를 금전으로 회유했다는 소문이 파다합니다. 현명하신 사또께서는 부디 대동지론(大同之論: 공공의 여론)에 귀를 기울이시어 진실을 규명하여 주소서!"

오래 들여다본다고 더 잘 볼 수 있는 것은 아니다. 구름에 잠시 가린다고 해가 사라지지 않듯 진실은 더러운 티끌에 가리어서도 스스로 번쩍이며 빛나는 것이었다. 진실은 명징하다. 그러나 때로 그것은 아름답기보다 추하여 마주 보기에 고통스럽다. 문제는 그를 피하지 않고 진정으로 보기를 원하느냐 아니냐 하는 것이었다.

최경회는 그즈음에서 심리를 멈추고 좀 더 사증(辭證: 증인이나 증언)을 보강한 뒤 재판을 다시 진행하기로 하였다. 사증이 분명치 않고 양척의 주장이 다른 상태에서 결론을 내린다면 반드시 무고와 억울함이 있을 것이었다. 그러하기에 율문(律文)에서는 관련자 모두를 빠짐없이 조사하고 심문한 후에야 판결을 내리도록 이르고 있었다.

최경회는 즉시 사령을 풀어 주달무의 종적을 다시금 추적하도록 하고, 형리를 대곡리에 보내어 소문의 진상을 탐문할 것을 명하였다. 또 한편으로는 주달무와 박씨가 계획적으로 금품을 갈취한 다음 무죄로 방면된 이후 다시 만나기로 모의했다는 김 풍헌의 주장이 사실인지도 조사했다.

형리의 보고가 속속 도착할수록 처음 제출되었던 소지의 내용과는 달리 혼인을 매매하려는 농간이 실패하자 김 풍헌이 주달무에게 모든 죄를 덮어씌우려 한다는 사실이 자명해 졌다. 항변한 바대로 박씨가 사전에 주달무와 사기 혼사를 의논하기는커녕 돌아가는 일의 내막조차 알지 못했다는 사실도 확인되었다. 하지만 사건의 가장 중요한 피고인이자 증인인 주달무가 행방불명되어 궐석이니 재판이 제대로 진행될 리 만무했다.

하루 이틀 보름 한 달 심리는 계속 연기되었다. 주달무는 하늘로 솟은 듯 땅으로 꺼진 듯 행방이 묘연하였고, 장수 현감으로서 최경회의 임기도 어느덧 끝나가고 있었다. 수다한 공무에 밀려 짐짓 잊은 듯도 하였으나 최경회에게는 이 순리롭지 못한 사건이 목에 걸린 가시 같았다. 일가붙이에게 속아 비참지경에 빠진 모녀의 처지가 애처롭기도 하려니와 재물로 얻은 권세를 믿고 향리의 질서를 어지럽히며 설치는 김 풍헌의 수중에 사건을 미결로 남겨두고 떠난다는 것이 못내 꺼림칙하였다. 김 풍헌은 재판이 지연되는 동안 모사는 재인이요 성사는 재천이라는 폐습에 기대어 청탁으로 손을 쓰기에 여념이 없었다.

"송사라는 것이 결국은 꾸며대기에 달렸으니 이른바 이현령 비현령(耳懸鈴鼻懸鈴)이라, 귀에 걸면 귀걸이고 코에 걸면 코걸이가 아니겠는가?"

김 풍헌은 공공연히 법을 비웃으며 최경회가 마침내 굴복하리라 장담하였다.

그는 우선 한 고을의 주민을 대표하는 풍헌이라는 지위와 소작과 장릿벼를 놓는 지주라는 권력을 앞세워 일의 속내를 아는 사람들의 입단속부터 하였다. 풍헌은 고을 내에서 세액을 통고하고 직접 징수하는 역할을 맡고 있으니 그의 작심에 따라 주민들의 부담이 줄기도 하고 더 커지기도 하였다. 사정이 그러하니 강단이 웬만한 자라도 사증을 자처하고 나서기가 쉽지 않았다.

그런가 하면 이미 한패나 다름없는 아전들을 통해 은근슬쩍 청구멍을 뚫고 들어왔다. 장수에 머무를 날도 얼마 남지 않았으니 시회를 겸한 잔치를 열면 어떻겠느냐, 가을이 깊어 만산홍엽이니 풍광 좋은 암자에서 잡희라도 벌이면 어떻겠느냐며 사사로운 자리를 꾸미려 들었다. 최경회가 공무 다망하여 행사를 벌일 여력이 없다며 거절하자 호장*을 통해 수청을 거간하여 동헌에 들이기까지 하였다. 한밤중에 벽력같은 호통을 듣고 기생이 쫓겨 나오는 소동이 벌어지니, 최경회가 평소 도학자의 삶을 흠모하기도 하려니와 수령의 시정 지침서인 『임관정요(臨官政要)』에 관기의 수청을 국법으로 금한 것이 바로 기생

*호장(戶長): 아전들의 대표로 지방 관청의 관노비를 관리.

들의 베갯머리송사에 인사와 재판이 휘둘리는 폐단 때문이
었다.

그도 저도 통하지 않자 김 풍헌은 마침내 비열한 본성을 드
러냈다. 행여 최경회가 포흠*한 사실이 없는지 뒷조사를 하고,
조금이라도 꼬투리가 잡히면 영소**를 하겠다고 교만스레 협
박의 말을 흘렸다.

참기 힘든 모욕이었다. 괴로울 만큼 수치스런 일이었다. 그
런데 더욱 개탄스러운 것은 이 모든 모략을 꾸미는 김 풍헌의
공공연하고 자신만만한 태도였다. 그는 자신의 잘못을 돌아보
기는커녕 남에게 책임을 전가하는 일을 당연시하였다. 하늘과
땅이 다 아는 불의를 저질러놓고도 버젓이 사람의 눈을 속이
려 들었다. 아니, 사람들은 속는 것이 아니라 기꺼이 속아주었
다. 그의 재물과 권세 앞에 당달봉사 시늉을 하며 기어이 속으
려 했다. 남의 허점과 약점을 잡아 자신의 이익을 취하는 자
에게 눈먼 세상은 너무도 쉽고 편한 곳이었다. 승리한 악덕은
순식간에 선덕으로, 그리고 미덕으로까지 둔
갑하였다. 그는 현실에서 신통방통 요사를
피우는 이 사악한 술법을 맹신했다. 그리고
그 방식은 지금껏 단 한 번도 실패 없이 성공
했을 터였다.

*포흠(逋欠): 관청의 물품을
사사로이 써 버림.

**영소(營訴): 수령에게 잘
못의 시정을 요구하였음에
도 통하지 않아 상급 관청
인 감영에 진정하는 것.

마침내 사기 혼사 사건의 최종 뎨김[題音 : 판결]이 내려지는 날이었다.

"아직도 이 사건의 원척인 주달무를 체포하는 데는 성공하지 못하였으나 이미 사송이 시작된 지 여러 달이 지났으니 더 이상 미룰 수 없어 판결을 내리노라! 우선 척 김 풍헌이 낸 소지와 그간 조사한 사증이 여러 모로 달랐음을 지적하고자 한다. 사정에 의해 오늘 관정에 증인들이 직접 출두하지는 않았으되 풍천 마을의 아무개, 주촌 마을의 아무개 및 다수가 박씨의 발괄 내용이 사실임을 확인하였다. 이번 사건에서 김 풍헌과 주달무가 주혼자로서 혼약을 했던 것은 사실이나, 미성한 육 세 여아의 생모와 사전에 아무런 동의도 없이 혼사를 일방적으로 진행하려 한 것은 사람으로서 마땅히 지키고 따라야 할 도리와 질서에 어긋나는 일이 분명하다. 또한 박씨가 김 풍헌과 직접 계약관계를 맺은 사실이 확인되지 않으니 박씨에게 사기와 횡령의 혐의를 적용할 수 없다. 사증의 과정에서 척 김 풍헌이 거짓으로 소지를 작성했다는 혐의가 새롭게 발견되었으나, 이 역시 주달무가 궐석이니 사실을 확인하여 처벌하기는 어려울 것이다. 김 풍헌이 사증의 사실과 다른 소지의 내용을 입증하려면 계약의 상대인 주달무를 데려와야 할 것이며, 주달무가 체포된다면 후일에라도 심리를 재개할 수 있을 것이다. 그때 주달무와 박씨와 김 풍헌을 삼자대면하여 진상을 밝히고 죄가 있는 자를 엄중하게 처벌해야 옳으리라. 이에 오늘부로 사건을 임시 종결하고 박씨를 무죄 석방 하도록 하리라!"

최경회가 우렁우렁한 목소리로 판결문을 읽어 내리자 박씨는 감읍하며 거듭 머리를 조아렸다. 그에 반해 김 풍헌은 짐작과는 다른 결과에 당황하여 얼굴이 붉으락푸르락 어쩔 줄을 몰랐다. 하지만 함부로 판결에 저항했다가는 긁어 부스럼이 될지도 모를 형국이었다. 미리 사금까지 받아 챙긴 형방이 송구하여 쩔쩔 매며 박씨뿐만 아니라 김 풍헌에게도 다짐(죄인의 공술서)을 받아 갔기 때문이었다. 다짐이란 바로 자신이 했던 진술이 사실임을 못 박고 만약 이것이 허위로 드러날 시 어떤 벌도 달게 받겠다는 조건을 확인하는 증서였다. 이제 공식적인 문서까지 남겼으니 세상없는 김 풍헌이라도 꼼짝달싹 못할 일이었다.

김 풍헌과 같은 자들이 득세하는 세상이기에, 그들이 한 치의 의심조차 없이 승리를 확신하기에 최경회는 결코 그의 손을 들어줄 수가 없었다. 본디 수령이란 어떤 뜻을 지닌 명칭이던가. 수(守)에서 지킬 것은 영토와 백성이고 령(令)은 참마음에서 우러난 정성으로 왕명을 받들어 행하는 것이니, 그가 두려워할 것은 하늘과 진실이요 부끄러워할 것 은 오직 그 자신의 이름뿐이었다.

*방아: 하루 일과에서 놓여 나 퇴근함.

퇴청의 신호가 울렸다. 어스레한 박명 속에 또 하루가 저물고 있었다. 최경회는 그동안 어깨를 무겁게 짓눌렀던 짐을 벗어던진 듯 홀가분한 심정으로 방아*하였다. 세상에는 여전히 한 사람의 의지만으론 씻가실 수 없는 분진이 매캐했다. 문득 목이 말랐다. 오늘따라 군자목(君子木: 소나무)과 벗하여 마실 약주 한 잔이 더욱 간절하였다.

꽃샘이샘

바람이 분다. 아직은 쌀쌀한 기운을 머금은 살바람이다. 그 바람결에 버들잎 하나가 두레박 안으로 사푼사푼 날아든다. 능숙한 솜씨로 줄을 당겨 두레박을 우물 턱까지 끌어올린다. 갓 뜬 물 위에 투명하고 싱싱한 연록 빛깔 이파리가 동실 얹혀 있다.

"차암, 색도 곱다!"

논개는 잠시 숨을 고르며 그 푸른 계절의 수신호를 가만히 들여다본다. 찬물에 불어 얼은 손이 새빨갛고 입에서는 더운 날숨이 하얗게 뿜어 나오지만, 그래도 이젠 봄이다. 논개는 트고 갈라진 손등으로 이마에 돋은 땀을 훔친다. 고개를 드니 이파리를 떨어뜨려 장난질을 걸어온 버드나무가 새치름히 가지를 흔들고 있다. 비님이 오신 지 며칠 만에 버들은 몰라보게 새로워졌다. 가지마다 물이 오르고 새부리처럼 뾰족한 잎도 탱탱하다.

봄은 살금살금 발소리를 죽이고 다가와서 무심중간 와락 덮쳐든다. 그래도 그 무쌍한 변화에 놀라는 일이 반갑고 즐겁기만 하다. 고달픈 겨울, 서러운 추위도 이제 다 갔다. 일이 많아지고 손은 바빠질 터이나 귀찮고 성가시지만은 않다. 봄은 시끄럽다. 마음의 귀를 기울이면 저마다 살아 있음을 목청껏 부르짖는 생명의 아우성에 귀청이 떨어질 듯하다. 겨우겨우 견뎌야 한대서 겨울이라는 혹독한 지난 계절을 잘 참아낸 데 대한 귀중한 갚음이다. 그 유쾌한 소란 한가운데로 기꺼이 끌려 들어가면, 살고 싶어진다. 누구라도 무엇이라도 반드시 살아야 할 이유를 알 것만 같다.

논개는 두레박을 조심스레 기울여 동이에 우물물을 들이붓는다. 전에 살던 영암과 달리 영해는 관아에서 가까운 곳에 샘이 없어 성내 서쪽 못골의 한데우물을 이용해야 한다. 그래도 영암으로 이주하기 전에 머물렀던 무장처럼 한데 것이라도 누렁우물이 아니니 다행이다. 그때는 아침저녁 매실나무를 바라보며 푸른 열매가 맺힐 때부터 목을 매었다. 매실이 누렇게 익으면 곧 장마철이 닥칠 것이었다. 주룩주룩 비가 내리면 장독대와 부엌 처마 밑에 빗물을 모아두는 수조가 넉넉히 찰 테고, 그러면 종일토록 읍성 바깥 멀리까지 물을 길러 오가지 않아도 될 것이기 때문이었다. 논개는 옛 생각을 하며 피식 웃는다. 고단한 일을 덜 생각에 따뜻한 봄도 넉넉한 가을도 아닌 후텁지근한 초여름이 오기만을 고대하던 어린 마음이 간사하게 느껴졌기 때문이다.

하지만 그때를 떠올리면 여전히 마음 한구석이 자릿하다. 시간은 안개처럼 기억 속에 스미어 험한 것은 지우고 아픈 것은 가리지만, 그 모두가 완전히 사라질 수는 없다. 고통은 즐거움보다 몇 곱절 두렷하다. 필사적으로 지워보려 애를 쓴대도 마찬가지다. 까마득히 잊었노라 스스로를 속일 지경에 이르러서도 어느 순간 어제 일처럼 말짱하게 되살아나 늑골을 들이쑤신다. 그럴 때면 고스란히 내상을 쓸어안고 고부라지는 수밖에 없다. 기억은 예고하지 않고 습격한다. 방비할 겨를이 없다. 그나마 분주한 낮때라면 들이치거나 내치거나 경황없이 이러구러 넘길 수나 있다. 그러나 밤이라면, 도망쳐 숨을 곳도 없는 꿈속이라면 그 날카로운 기억의 칼날을 피할 길이 없다. 마음이 두부모처럼 섬벅섬벅 베어진다. 피도 한 방울 흘리지 않은 채 죽는다. 피 한 방울도 흘리지 못한 채 죽었다가 다시 살아난다. 꿈은 논개가 오랫동안 비밀히 앓아 온 난치의 병이었다.

꿈에도 빛깔이 있다. 시간이 흐를수록 그것은 옅어지기는커녕 더욱 선명해진다. 샛노란 초가지붕 위의 아버지, 잿빛 가래침이 가득 든 타구, 드러누운 어머니의 머리에 매여 하얗게 빛나는 허리띠, 이웃집에서 한 움큼 얻어다 끓인 쌀죽의 보얗고 미미한 온기와 슬픔, 그리고…….

돌아보지 마라. 뒤통수가 근질근질, 어깻부들기가 스멀스멀, 무언가 바싹 뒤쫓아 오는 것 같아도 절대 고개를 돌리지 마라. 귀신도 뒤돌아보지 않는 사람은 해치지 않는다더라. 앞만 보고 씩씩하게 걸어가면 상제님, 부처님, 조상님, 칠성님, 이 산의 산신님이 우릴 지켜주실 게다. 돌아보면 안 된다…….

뒤돌아보지 않을 테다! 야청빛 어둠을 헤치고 달린다. 도망친다. 쫓긴다. 잡힌다. 끌려간다. 어머니는 회백색으로 풍겨나는 먼지를 마시며 울고, 낯선 사람들은 흰 눈으로 흘겨본다. 코와 입과 몸뚱이는 다 지워지고 사납게 흡뜬 눈들만 밤의 먹지 위에 동동 떠올라 그녀를 내립떠본다. 그때 누군가 묻는다.

— 네 이름이 논개라고 했더냐?

그것은 빛이다. 암흑을 갈라 찢는 눈부신 화살이다. 따지거나 윽박지르거나 야단치는 목소리가 아니다. 그는 그녀의 편짝인 게다. 세상에서 그녀를 편들어줄 마지막 사람인 게다. 간힘을 다해 그러잡아야 할 튼튼한 동아줄일 테다. 바짝 죄어켕긴 몸이 누그러진다. 바람이 골안개를 몰듯 두려움이 천천히 밀려 걷힌다. 예, 예! 내 이름이 바로 논개라고, 아버지가 남겨준 수수하고도 귀한 선물이 바로 그것이라고 스스럼없이 대답한다.

—네 나이가 올해로 몇이냐?

바싹 뒤를 밟아오는 불행을 예감하지 못한 채 즐겁고 흥겹기만 했던 지난 설날, 어머니는 그녀에게 설빔으로 색동저고리를 지어주며 말했다.

"너희 아버지가 생전에 즐겨 읽으시던 『주역(周易)』이라는 현서에는 사람의 운명을 알려주는 여섯 괘가 나온단다. 때로 끊어지거나 이어지거나 서로 겹친 그것들이 사람의 앞날에 길잡이가 되어준다지. 영원히 변하지 않는 우주의 괘도 여섯 개, 너도 이제 여섯 살이다. 지금부터 생겨나는 기억들은 네 마음속에 평생토록 간직될 보석이 될 게야."

우주 속의 먼지 같은 인간, 인간이 움켜쥔 한 줌 먼지 속의 우주. 사실인즉 논개는 그 어려운 이야기를 이해하지 못했기에 억지스럽든 말든 상관없었다. 장중보옥(掌中寶玉)같이 아끼고 사랑하며 어린 딸의 장래를 축복하는 어머니의 마음만 온전히 느낄 수 있으면 충분하였다. 여섯 살이어서 행복했다. 아무것도 모를 듯 무언가를 알 것만 같았다. 하지만 그 좋은 여섯 살에 그녀를 친친 옭은 운명의 괘는 삐걱대며 움직이기 시작했다.

물 방구리를 처음 이고 나섰던 길은 재판이 열리던 동헌 앞뜰의 살벌한 풍경과 함께 논개의 꿈에 가장 빈번히 등장하는 장면이었다. 진흙을 구워 만든 투박한 질그릇은 여섯 살배기 계집아이에게 너무 무거웠다. 그나마 빈 그릇을 이고 우물까지 가는 길은 어설프게라도 감당할 만했다. 논개보다 두 살 손위인 선참 급수비는 눈에 암상이 닥지닥지한 심술패기였다. 물을 뜨고 똬리를 받고 동이를 이는 요령을 찬찬히 가르쳐주기는커녕 심하게 텃세를 하며 강짜를 부렸다. 아무래도 그녀가 닷 발쯤 주둥이를 빼물고 퉁퉁대는 이유는 자기의 물동이에 비해 논개의 방구리가 작은 것을 시새움한 탓인 듯했다.

하지만 아무리 작은 옹방구리라도 처음 우물질을 하는 논개에겐 힘겨운 짐이었다. 눈치껏 두레박을 내리고 물을 퍼 담아 올리는 순서를 흉내 내긴 하였으나, 막상 줄을 당겨 두레박을 끌어올리려니 누가 안에서 잡고 놓아주지 않는 듯 좀처럼 두레박이 올라오지 않았다. 그래도 논개는 포기할 수 없었다. 어쩌면 두레박 속에 출렁이는 것은 한 바가지의 우물물이 아니라 어미와 그 자신의 생존일 것이었다. 놓칠 수 없었다. 기필코 끌어올려야 했다.

어웅한 우물 속은 좀체 들여다보이지 않았다. 논개는 가슴까지 오는 우물 턱에 몸을 의지한 채로 까치발을 돋워 세웠다. 까마득한 저 아래 타래박 그림자가 어른어른하였다. 두레박줄을 풀리지 않도록 팔뚝에 감고 안간힘을 써서 몸을 젖혔다. 하지만 물이 가득 담긴 두레박은 생각보다 훨씬 무거웠다. 그 순간 논개의 가냘픈 몸이 휘청거리며 중심을 잃었다. 발이 땅에서 떠올라 허공에서 버둥거렸다. 밧줄은 모질게 팔뚝을 옥죄며 파고들었다. 반동으로 튀어 오른 몸의 반절쯤은 이미 우물 안으로 기울어 있었다. 얼굴에 닿는 물 기운이 선득했다. 논개는 어둠을 보았다. 어둠의 한가운데 웅크린 채 음험하게 웃고 있는 저승사자의 서늘한 옷자락을 보았다. 그 치런치런한 자락에서 몰큰 풍기는 비리고 고린 이취를 맡았다. 삶이 무언지조차 알 수 없는 어린 나이에도 죽음의 예감은 생생하고 돌올했다.

"얘는 무슨 첫날부터 장난질이니? 까불기도 작작 까불어라! 그러다 사람들 눈에 띄기라도 하면 약우물에 부정 탄다고 경을 칠 일이다!"

때마침 선참 급수비가 뒷덜미를 잡아 끌어내리지 않았다면 논개는 고스란히 우물에 빠져버리고 말았을 것이다. 끝이 보이지 않는 굴우물 속에서 기어 나올 수 없었을 것이다. 심통맞고 시샘 많은 선참이 생명의 은인이었다. 그리하여 논개는 무엇이라도 자신을 해할 수 있으며 누구라도 자신을 도울 수 있다는 사실을 생생히 깨달았다.

하지만 논개가 소용돌이치는 운명 속에서 새롭게 배우고 익혀야만 할 일들은 그 밖에도 무수히 많았다. 물을 차란차란 채운 방구리를 이고 관아까지 돌아가는 길은 더욱 고역이었다. 몇 걸음 떼지도 않아 온몸이 머리부터 발끝까지 흠씬 젖었다. 척척히 젖은 치마가 다리에 감기어 왜틀비틀 걷다가 금방이라도 고꾸라질 지경이었다. 짚을 틀어 만든 똬리는 머리에 얌전히 얹혀 있지 못하고 풀어 헤쳐진 채 앞뒤 좌우로 어지러이 흘러내렸다. 할 수 없어 똬리를 벗어 던지고 맨머리로 물 방구리를 이니, 마치 곡괭이질을 당하는 듯 정수리가 쪼개지도록 아팠다. 그 순간에도 물은 줄줄 넘쳐흐르고, 눌린 머리에 목이 죄고 어깨가 굽었다. 으으으…… 앙다문 입술 사이로 신음이 절로 새어 나왔다. 더할 나위 없이 괴롭고 고통스러웠다. 얼굴을 적셔 눈을 가리는 물기가 우물물인지 눈물인지 분간할 수 없었다.

그럼에도 논개는 덜 여문 간니를 악물고 죽을힘을 다해 제게 주어진 첫 번째 임무를 완수하고야 말았다. 비록 수통에 부을 때까지 방구리에 남은 물은 처음 떴을 때의 절반밖에 되지 않았지만, 척 보기에 애지중지 향수에 씻겨 키운 어린애를 무엇에 써먹겠냐며 뚜덜뚜덜 불평하던 칼자의 입은 적이 막을 수가 있었다. 하지만 신고의 절차는 도지었다. 예정된 수순처럼 그날 밤 논개는 호된 몸살을 앓았다. 불덩이처럼 펄펄 끓어오르면서도 우물에 가야 한다고, 물을 길어야 한다고 헛소리를 하였다. 논개는 이미 알고 있었다. 그것이 아무리 험하고 고된 일일지라도 기꺼이 감당해야 마땅할 자신의 몫이라는 사실을.

다음 날 새벽 논개는 눈을 뜨고도 차마 우물질을 하러 나가지 못했다. 그러나 오후 들어 얼마간 신열이 내리자 몸을 일으켜 깡동치마를 걸쳤다. 박씨가 간곡히 뜯어말렸음에도 불구하고 논개는 단단히 꼬아든 똬리를 끼고 반빗간을 향했다. 불행은 피할수록 좋다. 피하지 못한다면 도망치는 것도 나쁘지 않다. 하지만 피할 수 없다면, 도망칠 수 없다면, 끝끝내 맞서 싸우는 수밖에 없다. 괴로움도 즐거움만큼이나, 불행도 행복만큼이나 익숙해지기 마련이었다. 이 세상에 영원히 이길 수 있는 숨박질은 없다. 속 깊이 박혀 숨어 들키지 않을 데란 없다. 논개는 고작 여섯 살에 그 사실을 사무치게 깨달았다.

두레박 밑바닥에서 건져낸 버들잎을 비벼 입속에 넣고 가만히 씹어본다. 쓰다. 버들은 참꽃처럼 먹을 수 있는 풀이 아니다. 두견새가 한 번 울음을 토할 때마다 한 송이씩 핏빛으로 피어난다는 진달래는 어여쁜 전설처럼 서러운 허출함을 달래준다. 하지만 배를 채우지는 못할지언정 버들은 이른 봄 가장 먼저 새순을 피워 새로운 계절을 알리는 반가운 전령이다. 첫눈을 뜬 어린 짐승 같은 버들강아지가 형형색색 꽃술로 바뀌고, 눈부시게 피어난 그것이 솜털을 단 버들개지가 되어 바람을 타고 눈처럼 날아다니면, 봄은 또 한 번 그렇게 왔다 간다.

한가득 채운 물동이를 머리에 이고 논틀밭틀 두렁길을 솜씨 있게 헤쳐 간다. 숲속 서낭당을 지날 때에는 잠시 걸음을 멈추어 붉은 차돌 하나를 돌무더기에 보태었다. 긴 세월을 침묵으로 견디고 있는 신령스런 노거수에는 앞서 거쳐 간 사람들이 바친 돈과 비단보 따위의 물색이 주렁주렁 걸려 있다. 축원을 하며 사른 향내가 물씬 코끝을 스친다. 사람들은 무얼 저리도 열심히 기도했을까. 재물을, 장수를, 무사무고를, 혹은 그 어떤 행운의 발복을.

논개도 그들처럼 머리를 조아리고 손을 모았으나 기실 아무 소원도 마음에 떠오르지 않았다. 욕심내어 바랄 것이 없었다. 그저 담담한 나무와 무심한 돌 앞에서 가난해지고 간설해지는 마음이 좋았다. 그 마음을 나뭇가지에 걸고 돌탑에 쌓아 둔 채 돌아서는 일이 흔연하였다. 그리하여 아무것도 가진 게 없고 무엇도 가질 수 없다는 사실조차 그녀를 얽매어 짓누를 수 없었다.

✦

내아에서 며칠 동안 벌인 봄맞이 소제가 끝나자 박씨는 어김없이 몸살치레를 하였다. 논개가 깨끗이 부신 수통 가득 물을 채우고 돌아왔을 때 박씨는 갈무리해 두었던 겨울 핫이불까지 끌어내 덮은 채 끙끙 앓고 있었다.

"어머니, 괜찮으셔요? 미수라도 만들어 올까요?"

논개가 근심스레 묻자 박씨는 간신히 기력을 돋워 일어났다. 흙벽에 기대앉은 박씨는 딸을 향해 심상한 척 희미하게 웃어 보였다.

"걱정하지 마렴. 좀 고단해서 눈이나 붙일까 했던 것뿐이야. 물독은 다 채웠니?"

"그럼요. 여기 반빗간은 물독이 커서 하루에 서너 번만 우물질을 해도 되겠는걸요? 시간을 벌었으니 내아의 빨래나 심부름도 도와드릴 수 있을 거예요."

"내 일 도울 생각일랑 말아라. 네가 반빗간에서 하는 노역에 비하면 마님 시중은 일도 아니지. 요즘은 마님의 환후가 어지간히 회복되어서 탕약 달이는 수고도 많이 줄었단다. 어미 걱정은 하지 않아도 괜찮아."

"하지만 오늘도……."

"오늘은 새로 튼 솜으로 지은 이불에 깃을 시치느라 하루 종일 웅크려 앉았더니 눈이 침침하고 어깨가 아픈 것뿐이야."

그러면서도 박씨는 부지불식간에 아프다는 어깨 대신 가슴팍을 쿵쿵 쳤다.

"아이고, 갑자기, 이놈의 가슴이 왜 자꾸 치미는지……."

논개는 얼른 자리끼를 끌어다 박씨에게 건넸다. 박씨는 물을 몇 모금 들이켜다 말고 가슴을 움켜잡은 채 가느다란 신음을 흘리며 자리에 비껴 누웠다. 박씨의 머리에 베개를 고이는 논개의 손끝이 바르르 떨렸다.

"가슴이 또 아프셔요? 지난번 소태 뿌리를 고아 드시고는 좀 괜찮아진 줄 알았는데……."

논개는 어딘가에서 무엇이 가슴 병에 좋다는 소리를 듣기만 하면 기어이 그것을 구해 박씨에게 바라지하였다. 샘가에서 아낙들이 나누는 수다 중에 소태 뿌리가 가슴앓이에 좋다는 이야기를 귀여겨듣고는 하루 꼬박 야산을 뒤져 소태나무 뿌리를 캐어 왔다. 그것을 밤새 끓여 우려내어 어머니에게 바칠 때, 논개는 조심히 약사발을 괴어 긁히고 찔려 상처투성이가 된 손을 감췄다. 어린 딸의 정성이 미쁘고 갸륵하기에 박씨는 그것을 마지막 한 방울까지 아껴 마셨다. 달지 않고 쓰기에 약이라지만 오래 고아 달인 소태는 욕지기가 절로 나고 고개가 홰홰 돌아갈 정도로 썼다. 하지만 아무리 쓰디쓴 것이라도 사람에게서 당한 고통, 어긋나버린 운명의 고미(苦味)만 하겠는가. 박씨는 또다시 주르르 새어 흐르는 눈물을 딸에게 들키기 싫어 벽을 향해 돌아누웠다.

"마음 쓰지 마라. 내 병은 내가 안다. 어디 하루 이틀에 나을 병이겠니? 내 몸이 제게 맞춤하여 떠나기 싫다면 그저 벗삼아 사는 수밖에……. 고단하겠다. 어서 자자."

박씨는 자신의 가슴앓이가 몸의 병이라기보다 마음의 병이라는 사실을 알고 있었다. 마음이 아프기에 몸이 아프고, 몸이 아플수록 마음이 더욱 아팠다. 그것은 이미 오래전에 발병하였다. 환부는 눈에 드러나 보이지 않았지만 그 치밀한 상처는 점점 덧나갔다. 배신감, 분노, 모욕감, 수치심, 그리고 어린 딸에 대한 지극한 사랑으로부터 비롯된 깊은 실의와 절망까지.

그로부터 벌써 다섯 해가 지났다. 한결같이 청청한 강산도 그 모습이 바뀐다는 유장한 십 년 세월의 허리가 곱꺾였다. 강과 산에 비해 경조부박하기 이를 데 없는 사람살이야 말할 나위도 없을 것이다. 하지만 그중에도 박씨와 논개에게 닥친 신상의 변화는 실로 상전벽해란 문자가 무색지 않았다. 뽕밭이 변해 푸른 바다가 되기만 하겠는가. 규중처자로 글방 훈장의 사모로 오십여 평생을 규방에만 숨어 살았던 박씨는 별안간 안잠자기에 따라마님이 되었고, 삼 년의 치성 끝에 얻은 금지옥엽 같은 논개는 난데없는 무자리에 아비*가 되었다. 그나마도 구걸하다시피 빌어 얻은 일이었다. 어쩔 수 없었다. 막다른 길이었다. 하지만 유일무이의 선택이었다 할지라도 자신의 우둔함으로 딸의 운수를 망쳤다는 죄책감과 무력감은 날 선 비수가 되어 박씨의 앙가슴을 관통했다.

재판이 끝나고 무죄 방면이 선고된 뒤에도 박씨는 관정을 떠나지 못하고 한참을 그대로 꿇어 엎드려 있었다.

"아니, 왜 아직도 물러가지 않고 있는가? 이제 재판은 모두 끝났다."

일과를 마치고 방아를 하려던 현감이 문득 모녀를 발견하지 않았다면 박씨는 그만 동헌의 앞뜰에 석상처럼 굳어버렸을지도 모를 일이었다.

"무슨 연유로 관정을 떠나지 못하는가? 이제 어디로든 자유로이 가도 좋다 하지 않았는가?"

어쩌다가 그 순간 현감의 위엄찬 호령조차

*아비(衙婢): 수령이 사사로이 부리던 계집종.

두렵지 않았는지 알 수 없다. 어쩌면 김 풍헌의 행세와 수작에도 아랑곳없이 소신 있는 판결을 내린 현감이라면 반드시 동정을 베풀리라고 넘겨짚었는지 모른다. 박씨는 지푸라기라도 잡는 심정으로 울부짖으며 호소하였다.

"가, 갈 곳이 없사옵니다! 비록 현감 어른의 지혜로우심으로 쇤네의 무죄는 판명되었사오나 자유로이 가라 하셔도 갈 곳이 없으니, 이 우매한 아녀는 어린 여식을 데리고 어찌할 바를 모르겠습니다!"

"갈 곳이 없다고? 그게 도대체 무슨 말인가? 본래 살던 곳으로 돌아가면 되지 않겠는가?"

"본래 살던 집으로는 돌아가고 싶어도 갈 수가 없습니다. 대곡리는 김 풍헌의 세도가 어느 구석이라도 미치지 않는 곳이 없는 동리일지니, 비록 재판에서 쇤네의 죄 없음이 밝혀졌다 해도 뒤따르는 원망과 학대를 과연 어떻게 감당하오리까? 친정으로 돌아가 볼까는 궁리도 해보지 않은바 아니옵니다. 하지만 양친 부모 구몰한 친정에 출가외인이 찾아가 무슨 환대를 받겠습니까? 이미 도피하였다가 체포되는 험한 일로 집안에 누를 끼치고 일족에게 욕을 보였으니 차마 받아 달라고 청할 면목조차 없습니다……."

박씨의 딱한 처지를 알게 된 현감이 난처한 표정을 지으며 물었다.

"그렇다면 어찌할꼬? 무엇으로 궁폐한 앞날을 구제할 수 있을 것인가? 따로 소망하는 바가 있더냐?"

"저희 모녀 이곳을 나서면 당장 갈 데가 없으니, 걸개가 되어 떠돌다 맹수의 밥으로 최후를 마치는 일만이 남지 않았겠습니까? 오직 하나 남은 희망이 있다면……. 부디 고립무원의 궁지에 빠진 모녀를 가엾이 여기사 거처를 찾을 때까지만이라도 현청에 머무르도록 허락해 주소서! 무슨 일이라도 시켜주시면 꺼리지 않고 하겠습니다!"

박씨는 두 손을 모아 비비며 현감에게 간청하였다. 박씨의 애원을 듣고 잠시 고민하던 현감이 마침내 통인을 불러 일렀다.

"지금 즉시 관노청에 가서 수노*를 찾아 배방** 하나를 비워 소제하라 이르라. 그리고 내아에 들어가 혹 어느 자리에 손이 필요한지 살펴보시라 아뢰어라!"

박씨의 평생에 그처럼 길었던 하루는 없었다. 그처럼 큰 용기를 낸 적도, 그처럼 얼혼이 들락거리며 지옥과 극락을 바쁘게 오간 적도 없었다. 그리고 그날 이후 모든 것이 달라졌다.

보통 지방의 수령은 미설가(未挈家 : 단신 부임)하여 가족을 임지까지 데려가지 않는 것이 원칙이었다. 그 관례가 생겨난 이유는 다

*수노(首奴) : 노의 우두머리.

**배방(陪房) : 하인들이 거처하는 방.

름이 아니라 지방관이 가족들을 모두 끌고 부임할 시 생겨나는 수다한 폐해와 잡음 때문이었다. 수령의 식솔들이 축내는 관곡도 관곡이려니와 비 내린 뒤 죽순 솟듯 별안간 없던 벼슬들이 생겨나는 것이 더 큰 문제였다. 수령의 아비는 대감이었고 수령의 나이 많은 형은 관백이라 하였다. 서면 앉기를 원하고 앉으면 눕기를 바라는 게 사람의 심사려니 그것이 말로만 벼슬일 리 없었다. 수령보다 한층 위세 땅땅한 것이 수령의 아비였고 수령의 형제였고 수령의 마누라였다. 그들은 관노나 기생을 제 주머니 속의 당추자(唐楸子: 호두)쯤으로 여길뿐더러 아전들까지도 제집 종처럼 부리려 들었다. 그래서 무릇 지방관으로 부임할 시에는 부모나 처자를 데리고 가지 않는 것이 청렴한 선비의 미덕이라고 치부되었던 것이다.

그러나 최경회는 남의 이목에 아랑곳없이 가족을 이끌고 부임지를 옮겨 다녔다. 실상 식솔이라 해봐야 부인 김씨가 전부인 단출한 가족이었다. 최경회가 군이 동부인을 하여 임지를 옮겨 다니는 데는 피치 못할 사정이 있었다. 혼인한 지 삼십년이 넘도록 그들 부부에게는 자식이 없었고, 부인 김씨는 한시도 홀로 지낼 수 없는 병자였다. 화순의 고향 집에는 형제와 질자들이 번성하여 살고 있으나 차마 그들에게 아내의 병간을 맡기고 홀로 떠나올 수가 없었다. 불가피한 형편이었으나 그럼에도 최경회는 행여 민인들이나 아전과 관노들에게라도 폐를 끼칠까 봐 매사에 주의를 기울였다. 혹자의 말처럼 청백리라는 소리를 듣지 못할까 봐 두려워했던 것은 아니었다. 다만 부인 김씨를 수발하기 위해서는 내아의 관비와 아전들의 소소한 도움을 받지 않을 수 없으니, 그 가외의 수고를 끼치는 일이 서머서머할 따름이었다.

박씨는 최경회의 배려로 내아를 임시 피난처로 삼아 들어가면서 먼저 현감의 부인인 김씨를 찾아갔다. 박씨는 느닷없는 군식구를 맞게 된 안주인이 어떤 반응을 보일지 알 수 없어 몹시 긴장하였다. 귀찮아 내치고자 할지도 모르고 과부라고 홀대하며 모욕할지도 모를 일이었다. 하지만 죽으라면 죽는 시늉이라도 해야 할 처지이니 어떤 심성을 가진 안주인일지라도 마땅히 섬기고 좇아야 할 것이었다. 박씨는 장수현청의 관노도 아니고 최경회의 사노도 아니었으나 이미 노비의 심성이 자신에게 깃드는 것을 느꼈다. 그것은 아주 간명한 비굴함이었다. 자신의 명줄을 상대가 쥐고 있음을 깨달은, 이미 빼앗긴 모든 것을 포기한 자의 초라한 조바심이었다.

"마님!"

박씨와 논개를 댓돌 아래 세워두고 통인이 조심스레 안방을 향해 소리쳤다. 경황없는 터수에 난생처음 들어선 내아의 정경에 흥미를 느낄 만한 형편이 아니었지만 박씨는 무언가 좀 이상스럽다고 생각하였다. 땅거미가 질 무렵이라고는 하나 한낮의 열기가 채 가시지 않은 팔월의 오후에 안방의 문은 잠긴 듯 꼭꼭 닫혀 있었다. 물론 그것까지는 단속이 특별한 귀부인의 정렬함 때문이리라 넘겨짚을 수 있겠지만 닫힌 문 안에서 인기척조차 나지 않는 것이 괴이하였다.

낌새 없는 적막이 길게만 느껴졌다. 박씨의 손을 단단히 그러잡은 논개가 긴장하여 침을 꼴깍 삼키는 소리까지 들렸다. 찰나에 박씨의 가슴에서 별스런 신호가 전해왔다. 달막달막 울렁이던 가슴이 어느새 쑤시는 듯 저리며 사납게 조여오기 시작한 것이었다. 하지만 함부로 통증을 호소할 처지나 상황이 아니었다. 박씨는 찌르르 통증이 끓는 가슴을 부르쥔 주먹으로 간신히 내리눌렀다. 그런데 잔심부름을 하는 통인 아이는 이런 고요에 어지간히 익숙한지 거듭 응답을 청하는 대신 얌전히 문대령을 하고 있었다.

한참이 그렇게 길고도 짧은 듯 흘렀다. 박씨는 서서히 모든 기대와 희망이 끊겨 나가는 것 같았다. 문 저편의 침묵은 완강한 거부의 의사일 것이다. 어느 누가 송사에 휘말려 오라까지 지었던 사람을 스스럼없이 집 안에 두려고 하겠는가. 문간에 어슬렁대는 동냥치나 각설이패만 보아도 동티가 난다고 소금을 치는 세상이다. 제집 문 안에 든 것은 마땅히 지켜 보존해야 하며 문 바깥의 것은 아무리 따지고 살펴도 부족지 않다. 그러니 그 안과 밖, 갖고 가지지 못한 경계를 넘어서는 일이 쉬울 리 없다. 가까스로 뻗장인 박씨의 다리가 실의와 절망으로 스르르 풀리려던 즈음이었다.

드디어 방문이 열렸다. 하지만 홀홀하게 확 열어젖혀진 것은 아니었다. 그런 성미라면 사근사근한 맛이 없고 까다로워 이런저런 잔소리와 지청구가 요란하겠지만 그런대로 비위를 맞추면 의외로 시원시원 쉽게 풀리는 면이 있을 것이었다. 허나 그렇다고 조심성스럽게 조촘조촘 밀어 열린 것도 아니었다. 지금껏 뜻을 정하지 못해 주저했던 것이라면 마침내 문을 열었을 때에는 가부간의 결정이 내려졌을 터이다. 그처럼 행동거지가 단정한 안주인이라면 범접하긴 쉽지 않을 것이나 정성을 다하면 언젠가는 그 마음이 통하게 될 것이었다. 어쨌거나 박씨는 안주인의 성정에 맞추어 민첩하게 몸을 움직일 작심이었다. 죽으라면 눈을 뒤집고 혀를 빼무는 시늉이라도 할 것이었다. 끝끝내 살아남기 위해, 자신의 생에 남겨진 마지막 책임인 어린 딸을 살려내기 위하여.

그런데 안방 문이 열리는 모습은 그녀의 예상과 전혀 달랐다. 그것은 마치 사람의 힘이 미치지 않은 듯 소리 없이 가만히 틈을 벌렸다. 그리고 그 비좁은 틈새로 언뜻 해끄무레한 자취가 내비쳤다. 아직 상투를 얹지 못한 행색이지만 남녀유별의 도리를 지키기 위해 머리를 조아려 시선을 비껴 피한 통인 아이가 얼른 그 틈으로 용무를 고하였다.

"현감 어른의 영으로 당분간 내아에 머물며 일손을 돕기로 한 박씨 모녀이옵니다. 어느 자리에 두고 쓰면 좋을지 마님께서 헤아려 명하소서!"

통인이 아뢰어 여쭌 뒤 또다시 한참 만에 바람이 문을 민 듯 틈새가 스르르 조금 더 벌어졌다. 그리고 마침내 최경회의 아내인 내아의 안주인 김씨가 모습을 드러냈다.

"박씨라고 했더냐?"

안주인의 음성은 억양 없이 낮고 조용했다.

"예. 저는 대곡리 주촌 마을에 살던 박씨이옵고 이 아이는 쇤네의 여식 논개입니다. 뜻밖의 변고로 거처를 잃고 진소위 오도 가도 못하는 신세가 되었으니, 부디 저희 모녀를 가엾이 여기사 비바람을 피하여 일신을 누일 곳을 허락해 주소서! 어떤 일이라도 맡겨 주신다면 모자란 재주로나마 성심을 다해 기꺼이 따르겠습니다."

박씨는 허리조차 제대로 펴지 못한 채 생애에 가장 굴욕적인 자세로 생로를 구걸하였다. 스스럼을 느껴 수줍어할 겨를이 없었다. 지금은 부끄러움조차 사치였다. 하지만 안주인의 하답은 좀처럼 떨어지지 않았다. 박씨는 몸에 익지 않은 자신의 굴신이 행여 뻣뻣하게 보인 것은 아닌지 두려워 더는 울며 매달릴 용기조차 생겨나지 않았다.

"부, 부디……"

그래도 이대로 내쳐질 수는 없다는 생각에 박씨가 안간힘을 써 마지막 통사정을 하려던 찰나였다. 김씨 부인이 예의 그 느리고 맥없는 목소리로 물었다.

"글을 읽을 줄 아는가?"

"예? 예! 쇤네의 사별한 남편은 살아생전 아동들의 훈학을 업으로 삼았습니다. 그리하여 이 아이는 부부가 늙바탕에 어렵게 얻은 자식인지라 여아임에도 불구하고 천자와 추구, 사자소학을 조금씩 배웠사옵니다."

"아이가 아니라, 자네 말일세."

"예? 쇤네…… 말씀이십니까?"

박씨는 돌연한 질문에 놀라 저도 모르게 김씨 부인을 쳐다보았다. 자칫 무례한 언동으로 책을 잡힐까 봐 얼른 고개를 떨어트리긴 하였으나, 머리를 수그린 박씨의 눈앞에는 김씨 부인의 야릇한 잔상이 어른대었다. 부인은 박씨와 엇비슷한 연배인 듯싶었다. 아니, 어찌 보면 그보다 윗길인 듯하였고, 다시 생각하면 훨씬 아랫길인 것 같기도 했다. 화려한 홍장 미인이 아니었지만 기품이 있고 맵시가 고운 귀부인인 듯했다. 아니, 터무니없는 박색인 듯도 하였다. 박씨는 분명 부인의 얼굴을 정면으로 마주하였는데 돌이켜 곱씹을수록 자신이 본 것에 의심이 생겼다. 김씨 부인은 정녕 무어라고 한마디로 표현할 수 없는 희미하고도 서느런 인상을 가지고 있었다.

머리카락은 붉은 듯 누르고 눈썹이 성근 눈에 눈이 깊었다. 어깨는 태산을 얹은 듯 무겁게 처졌고 몸피 전체가 가늘고 허약했다. 무섭도록 흰 얼굴에는 유독 검푸른 입술만이 도드라졌고 말을 할 때에도 입술을 거의 열지 않았다. 불분명한 이목구비 때문에 편평하게 보이는 김씨 부인의 얼굴은 파리하니 병색이 완연하였다. 그녀는 몸을 거누기조차 버거운 듯 문틀에 비스듬히 한쪽 어깨를 기대고 졸린 듯 나른한 표정을 짓고 있었다. 힘겹게 한 마디 한 마디 말을 끊어 내뱉을 때마다 해쓱한 이마에 파르께한 핏줄이 돋았다 스러지곤 하였다.

박씨는 불현듯 오래전부터 김씨 부인을 알아온 듯한 느낌을 받았다. 기질이 닮은 자들끼리는 쉽게 서로의 정체를 알아채기 마련이었다. 그녀는 많은 것을 요구하거나 새로운 것을 도모하려 하지 않을 것이었다. 마치 더듬이 끝에 간신히 빛과 어둠만을 분별하는 눈을 가진 와우(蝸牛: 달팽이)처럼 소심근

신할 터였다. 그런 상전이라면 낯빛을 꾸며 부러 쾌활한 척 하지 않아도 좋을 것이었다. 박씨 역시 달팽이 집마냥 좁은 세상에 숨어 살아온 연골이기 때문이었다.

"쇠, 쇤네는 여공 범절을 익혀 따르기에도 모자란 깜냥인지라 면무식하지 못하였사오나 언문 정도는 겨우 읽을 줄 아옵니다."

"언문……. 그거면 되었지. 눈은 어둡지 아니한가?"

시쳇말로 천생 사내라 할 만한 호남아이자 장수의 풍모를 지닌 현감과 유다르게 안주인은 볼수록 용모와 기운이 기묘했다. 하지만 엉뚱한 질문에라도 정성껏 응대하는 수밖에 없었다. 박씨의 겨드랑 밑으로 땀이 채여 진득거렸다.

"쇤네의 나이 오십 줄에 접어들었으나 다행히 안총이 좋은 내력을 타고나 아직까지 바늘귀를 꿰는 일에 남의 손을 빌리지 않을 정도인 줄로 아뢰옵니다."

"그것 잘 되었구나……."

김씨 부인은 여전히 박씨의 곁에 붙어 선 논개에게는 눈길 한번 주지 않은 채 혼자 무언가를 골똘히 생각하였다. 아이들이야말로 길들여 기르는 집짐승처럼 누군가 저를 아끼는지 아닌지를 본능으로 깨닫게 되어 있었다. 그동안 집안에서 늦둥이에 귀녀로 애지중지 자라온 논개로서는 김씨 부인의 철저한 무관심에 얼마간 주눅이 든 듯도 하였다. 아랫사람이 되어 윗사람의 귀애를 받지 못한다는 것은 단순히 기쁘고 섭섭한 심정의 문제가 아니었다. 주종의 관계에서는 윗사람의 눈에 들면 엿죽방망이를 쥐는 셈이었고 눈 밖에 나면 솜을 지고 물에 빠지는 것이나 다름없었다. 헐하거나 험하거나 일을 몫몫이 나누는 결정권을 쥔 사람이 바로 상전이기 때문이었다.

이윽고 김씨 부인이 무거운 입을 열었다.

"성씨가 무엇이라고 했던가?"

"박, 박가이옵니다."

"박씨는 내일부터 안채에서 내 시중을 들도록 하라. 짐은 곁방이 치워지는 대로 곧장 옮기도록 하고."

후일 알게 된 바로는 마침 박씨가 내아에 들어오기 몇 달 전에 김씨 부인을 오랫동안 모셔왔던 여종이 갑작스런 병으로 세상을 떠났다고 하였다. 그녀는 김씨가 혼인해 친정을 떠날 때부터 교전비(轎前婢)의 구실로 김씨를 따라온 몸종이었다. 여종은 나이 스물이 되기 전에 잠깐 같은 집의 사노와 부부로 살았으나 몇 해를 못 넘겨 청상이 된 뒤 줄곧 안잠자기에 따라마님으로 김씨를 시중했다. 안잠자기란 모시는 여주인과 함께 생활하는 비(婢)이며 따라마님은 안주인의 바깥나들이에 동행하는 여종이니, 갖은 심부름과 수발을 도맡을뿐더러 말벗이 되어 심창(深窓)의 고적함을 달래는 가장 가까운 동무이기도 하였다.

보임새로는 주인과 종자이되 실상 소꿉동무요 무연고의 낯선 시가에서 허물없이 대하는 유일한 벗이다시피 했던 여종이 죽자 김씨 부인은 한동안 아무도 곁에 두려 하지 않았다. 아무리 심지가 야물고 입 무거운 충비라도 머슬머슬하여 가까워지기 어려웠다. 김씨의 낯가림은 유난스럽고 집요했다. 더군다나 김씨는 끝없이 병치레를 하던 끝에 근래에는 소갈증의 객증*으로 눈까지 부쩍 어두워져 유일한 소일거리였던 책 읽기마저 포기하고 있던 터였다.

그러던 차에 박씨가 제 발로 구실살이를 자처하고 들어온 것이었다. 김씨 부인은 첫눈에도 번잡한 장거리에서 함부로 내둘려 살지 않은 박씨의 내력을 거니챌 수 있었다. 행동거지가 조신하고 기민하면서도 밉살스럽도록 약빠르거나 영악하지 않으니 장지문 너머 아래 칸에 두기에 맞춤할 듯하였다. 그런데다 언문이나마 까막눈이 아니라니 예상하지 못했던 요행이다 싶어 김씨는 간만에 고단함을 잊고 긴말을 주거니 받거니 하였던 것이었다.

"그러면 이 아이는……."

"계집아이이니…… 반빗간으로 보내라. 칼

*객증(客症): 본래의 병에 더하여 일어나는 다른 병.

자가 손이 필요한 자리를 일러줄 것이다."

"그렇다면 쉰네와 아이는 함께 지낼 수 없는 것이옵니까?"

"아이는 동노(童奴) 방에 머물게 하면 되지 않는가?"

"허, 허나 아직 한 번도 어미 곁을 떠나 지내본 적이 없는 연소한 아이인지라……."

그러나 김씨 부인의 작정이야말로 오로지 김씨 자신만을 위한 것이었다. 졸지에 안주인의 안잠자기가 되어 어린 딸과 한집에서 각방거처를 하게 될 처지에 놓인 박씨가 울음 섞인 목소리로 하소하였다.

오랫동안 햇빛을 보지 않아 백지장처럼 얇고 창백한 김씨 부인의 얼굴이 순간 불쾌감으로 자잘하게 구겨졌다. 그녀에겐 분명 아이를 낳거나 길러본 경험이 없는 듯하였다. 그녀는 아이를 싫어한다기보다 아이라는 존재 자체를 몰랐고, 아이 딸린 어미의 삶이 어떤 것인지 도무지 짐작하지 못하였다. 하지만 노안*에 올라 있는 천인도 아니고 반치기(가난한 양반)의 내력이나마 가진 엄연한 자유민을 함부로 강제하여 다룰 수는 없었다. 김씨 부인은 제 편에서도 아쉬운 처지인지라 거미치미는 마음을 애써 누르고 말했다.

"그렇다면 아이와 함께 기거하되…… 무야(戊夜)에는 미리 나와 대기하도록 하라."

*노안(奴案): 노비의 이름을 적어놓았던 장부.

"감사합니다, 마님! 마님, 감사하옵니다!"

비로소 모녀가 안전하게 기거할 곳을 찾았다는 기쁨과 안도감에 박씨가 거듭 굴신하였다. 얼결에 논개도 어미를 따라 머리를 조아렸다.

고개를 떨어뜨린 논개의 저만치 앞에 화초밭의 봉선화가 눈에 띈다. 봉선화에는 봉황의 형상을 닮은 꽃들이 붉고도 희게 조롱조롱 매달렸다. 어머니의 짓무른 눈을 비집고 나온 굵은 눈물방울 하나가 마당 흙바탕으로 툭 떨어진다. 올해는 어머니가 손톱에 봉숭아 꽃물을 들여 주는 일을 잊었다. 열 손가락 전부를 물들이지는 않을 테다. 엄지손가락에 봉숭아 물을 들이면 어머니가 일찍 돌아가신댔다. 새끼손가락에만 하나쯤, 그래도 손톱 끝에 그 발간 불을 켜는 일을 포기하고 싶지 않다.

유난히 여름이 길었던 기묘년(己卯年, 1579년) 늦가을, 최경회는 삼 년을 꼬박 채운 장수 현감의 직에서 무장 현감으로 전보되었다. 바야흐로 최경회가 장수를 떠날 때에 장수의 민인들은 공덕비를 세워 최경회의 선정을 기리고자 하였다. 흔히 선정비는 상부의 감찰을 의식하여 영전을 노리며 세워지기 일쑤였으므로 최경회는 그런 허례는 필요치 않다고 만류하였다. 기실 석비든 목비든 세우려고 들면 그 비용이 고스란히 민인들의 부담으로 돌아가게 되니, 백성들의 고혈로 관복을 살 수는 없었다.

그러던 와중에 혜살과 잡소리로 최경회를 헐뜯는 김 풍헌의 방해 공작이 끼어들기도 하였다. 이전의 사송 건으로 앙심을 품은 김 풍헌은 기어이 최경회를 음해하여 흠뜯으려 하였다. 최경회는 지난해 보릿고개에 굶주린 이들을 먹이기 위해 부민들에게 원납(願納: 자원해서 재물을 바침)을 권고한 일이 있었다. 그런데 김 풍헌은 이 일을 두고 수령의 월권이요 수탈이라고 비난하였다. 하지만 지우이신*이요 천려일득**일지니, 아무리 그럴싸하게 말전주를 하여도 뜻과 양심을 가진 자라면 그 빤한 농간에 휘어넘어갈 리 없었다. 대의충절***에 순응하는 장수의 민심은 옥과 돌을 가리어 헤아릴 줄 알았다. 그들은 최경회가 베푼 선정에 대한 감사의 마음을 무던한 돌에 새겨 오래도록 기억하고자 하였다.

최경회의 전보에 박씨와 논개의 처지가 난처해졌다. 그들은 장수현청에 소속된 관노가 아니었기에 떠나느냐 남느냐는 오로지 스스로 선택할 문제였다. 박씨는 며칠 동안 고민

*지우이신(至愚而神): 어리석은 사람에게도 신령한 마음이 있을 수 있다. 백성의 마음을 비유.

**천려일득(千慮一得): 어리석은 사람일지라도 많은 생각을 하다 보면 한 가지쯤은 좋은 생각을 얻는다는 뜻.

***대의충절(大義忠節): 사람이 마땅히 지켜야 할 도리를 따르려는 꿋꿋한 태도.

한 끝에 최경회의 일가를 따라 무장으로 이거하기로 결심했다. 최경회를 따른다면 사노나 다름없는 처지나마 덕이 높고 의리 있는 존자(尊者: 집안의 제일 어른)에 의지할 수 있을 것이었다. 또한 사정을 뻔히 알수록 더욱 호구로 삼아 해코지하는 것이 세상인심일지니, 어린것 딸린 홀어미로 푸대접을 받으며 섧게 살기는 고향이나 타향이나 다를 것이 없을 터였다. 이로써 박씨는 두 번째로 삶의 터전을 등지고 낯선 땅으로 떠나게 되었다.

살아 다시 돌아올 수 있을까. 박씨는 고갯마루를 넘는 마지막 순간까지 자신의 청춘이 묻힌 그곳을 돌아보고 또 돌아보았다. 누군가 자드락밭에 뒷거름을 하였나. 몰씬몰씬 풍기는 퀴퀴한 냄새가 지난 때의 한 순간을 돌이킨다. 시간이 흘러 몸은 늙어가도 추억은 정지된 시간 속에 오롯하다.

언젠가 기근이 들어 사흘을 꼴딱 굶었을 때 주달문이 반나절 꼬박 발품을 팔아 백암 마을까지 가서 흰 흙을 캐어 온 적이 있었다. 초근목피까지 모두 캐어 먹어버린 처지에 죽지만 않는다면 흙으로라도 배를 채워보겠노라고 그 끈끈한 것에 감자와 쑥을 넣어 떡을 쪘다. 흙떡은 생각보다 찰기 있고 든든했다. 세 식구는 오랜만에 부른 배를 두드리며 잠들었다. 그런데 다음 날 뒷간에서 때 아닌 난리가 벌어졌다. 흙떡을 삭이지 못한 배가 변통을 일으킨 것이었다. 주달문과 박씨도 눈물이 질금거릴 정도였고 어린 대룡은 아랫배를 싸쥐고 뒹굴었다. 하는 수 없이 식구들이 서로 돌아가며 싸리나무 가지로 분문에 막힌 강똥을 파내기에 이르렀다. 웃자니 너무 슬프고 울자니 기막히게 우스운 일이 아닐 수 없었다. 그 구리고 애달픈 옛사랑의 냄새……. 산등성 저편 양지바른 기슭에는 남편 주달문과 횡래지액으로 중상*한 아들 대룡의 무덤이 있다. 눈물이 앞을 가려 박씨의 발걸음이 자꾸만 허정대었다.

논개는 비틀거리는 박씨의 겨드랑에 몸을 바싹 붙였다. 그리고 자그맣고 가는 몸피를 어머니의 버팀대로 삼아보려 발돋움을 하였다. 아직 논개는 시간을 거슬러 곱씹는 미련 같은 추억 따윈 모른다. 그저 시간이 빨리 흘러주었으면 할 뿐이다. 어머니의 의지가 되려면 어서 자라야 한다. 더 들차고 탄탄해져야 한다. 잊으려도 잊을 수 없는 가혹한 일을 연이어 겪으며 어느덧 논개는 안쓰러우리만큼 조숙한 아이가 되어 있었다.

그러나 아무리 야무지고 영악하대도 절로 볼가지는 천진난만한 동심을 숨길 수 없었다. 고개티를 오를 즈음 비탈길에 구르는 자그마한 곱돌 하나가 논개의 눈에 띄었다. 그 매끈매끈한 납석(蠟石)은 입자가 치밀하고 단단하여 불에 잘 견디고 쉽게 깨지지 않으면서도 깎

*중상(中殤) : 12~15세 사이에 죽음. 또는 그 사람.

기 알맞게 물러서 노구솥이나 화병 따위의 재료가 되는 장수 지방의 특산물이었다. 특히 장수 곱돌로 만든 밥솥은 밥을 지으면 잘 식지 않아 항상 따뜻한 밥을 먹을 수 있대서 식복과 행운을 상징하기도 했다. 값진 보석만이 반짝이는 것은 아니다. 논개는 얼른 그것을 주워 주머니 깊숙이 넣었다. 평지보다 높아 하늘에 더욱 가까운 동네, 그녀의 고향 땅이 등 뒤에서 점점 멀어지고 있었다.

다연(茶煙)

　찻물이 끓는다. 그 소리가 댓잎을 훑고 솔숲을 스치는 맑은 바람인 양 소소하다. 모락모락 담연이 피어올라 청명한 하늘에 낮게 퍼진다. 오랜만에 다구를 챙겨 차를 달이는 흥취가 진진하다. 여종을 닦달하여 바치게 해서야 진정 차를 즐긴다고 말할 수 없다. 직접 차나무를 키우고 찻잎을 뜯어 말릴 여력까지는 없으나, 차 살림은 역시 손수 끓여 마시고 거두는 과정에 의미가 있다. 지리산에서 자생한 차나무에서 곡우의 절기에 멧새 혀끝만큼 조붓이 자란 애잎을 따서 찌고 덖어 만든 병차(餅茶)는 뒷맛이 달고 향긋하다. 누군가의 보살핌도 없이 수천 년을 스스로 견뎌온 야생의 냄새, 시간의 맛이다.

최경회는 차를 달이며 절로 수굿해지고 자애로워지는 마음을 즐긴다. 잎사귀 하나를 키우기 위해 젖었다 마르고 달았다 식기를 거듭한 천지가 흙으로 만든 질박한 찻잔 속에 가득 고여 출렁인다. 하늘과 땅이 만난다. 죽음과 삶이 만나, 마침내 갱생한다. 불가의 고승들은 한 잔의 차로 모든 분별에서 벗어날 수 있다고 하였다. 차 한 잔에 닫힌 마음이 열리고 무른 마음이 견고해져 금강 반야가 되기도 한다고 하였다. 아름다운 말, 향기로운 마음이다.

물론 최경회는 뼛속 깊이 명교(名敎)의 도리를 새긴 유학자였다. 그리고 그의 고향인 화순 능주는 유달리 배불숭유의 기운이 높은 곳이었다. 세종 임금이 불교를 옹호하는 정책을 폈던 시절에는 능주의 유생들이 이에 반발하여 불교의 재암(齋庵:암자)을 불태우는 사건이 있기까지 하였다. 최경회의 아버지 최천부는 기묘년(1519년)에 화를 입어 능주에 유배되었다가 달포 만에 사사당한 조광조를 오랫동안 기억하고 있었다. 최천부는 선조가 즉위하면서 정암이 오명을 씻고 추증되기 전까지 춘추로 문인들과 더불어 그의 제사를 지내왔던 사문이기도 했다.

하지만 최경회는 또한 기억한다. 백중날이나 사월 파일이면 아버지의 눈을 피해 몰래 계당산 기슭의 쌍봉사를 찾아 불공을 드리던 어머니의 곱송그린 작은 어깨를. 아버지의 그늘 아래 숨죽여 살며 자식들을 품어 안는 일에 일생을 바친 어머니에게 사바는 어떤 곳이었고 극락은 어떤 세계일까. 사람을 계도하는 일이 긴요하다면 사람을 위로하는 일 또한 소중하였다. 어린 시절 아들만 셋을 둔 어머니의 딸 맞잡이로 귀애받던 최경회는 어머니를 이해하는 마음으로 이교에 대한 배타심을 누른다. 그리하여 육신과 정신의 조화를 아울러 강조하는 다도의 가르침에 선선히 머리를 끄덕인다.

그러나 아무리 음식과 약의 효능을 함께 지니는 식약동원(食藥同源)의 차라도 때로는 약이 아니라 독이 되기도 한다. 좋은 차를 마시면 입이 타고 목이 마르는 갈급증을 해소할 수 있지만 잘못 만든 차는 속이 쓰리고 입안의 침이 마르며 마실수록 오히려 갈증이 심해진다. 어디 차만 그러하랴. 세상에 생겨난 수다한 것들이 뵈든 뵈지 않든 양날의 검을 품고 있지 아니한가. 명상의 끄트머리에 상념이 깃든다. 어느덧 봄빛이 애애한 앞산을 바라보며 나직이 한숨짓는 최경회의 눈이 고뇌의 실안개로 자욱하다.

최경회의 본관은 해주였다. 그는 임진년(1532년) 전라도 화순현의 삼천리에서 아버지 최천부와 어머니 순창 임씨 사이의 셋째 아들로 태어났다. 그의 집안은 문무를 공히 숭상하는 가풍을 지니고 있었고 특별히 자식들의 효심이 지극하였다. 최경회는 양응정의 문하에서 학문을 익히며 열다섯 살이 되던 해에 부모의 뜻에 따라 동갑내기 나주 김씨와 혼인했다. 그는 비교적 늦은 나이인 서른 살에 사마시에 응시하여 생원과 진사 양과에 합격을 하였는데, 이는 소년 문사로 과시를 준비하던 중 부친상을 당하여 모든 사안을 미루고 삼년초토에 진력하였기 때문이었다. 스물여섯 살부터 기대승의 문하에서 수학하여 마침내 이립(而立)의 나이에 입격하였고, 서른여섯 살에는 식년 문과에서 을과 일등으로 급제하여 관직에 오르게 되었다. 하지만 드디어 그가 입신하여 나설 때에, 이미 세상은 그의 기대와 달리 정도(正道)를 따라 이상(理想)을 향해 가는 깨끗한 곳이 아니었다.

그는 정도가 사도(邪道)에 밀리어 외면당하는 것을 보았다. 청정한 진유(眞儒)보다는 처세에 능한 세유(世儒)가 칭송받는 것을 보았다. 권세 있는 벼슬아치의 와가는 보통의 부잣집과 또 달라 길을 모르는 자라도 동네 어귀에만 이르면 능히 찾을 수 있을 지경이었다. 각양각색 선물을 짐바리로 실어 얹은 수레가 골목을 가득 메우고, 방문객들이 끌고 온 말과 노새가 울려대는 워낭 소리가 요란했다. 바라는 것도 천차만별, 청하는 것도 각가지였다. 계류 중인 노비 송사에 힘을 써달라, 과방에 참예할 계획이니 과제를 미리 귀띔해 달라, 계화(桂花) 제일지를 꺾게 해 달라, 변방 오지로 발령 난 벼슬자리를 요직으로 바꿔 달라, 관작을 승진시켜 달라 등등. 지름길이라면 시궁창을 포복하는 일도 마다않는 모리배들과 하늘을 쓰고 도리질하며 제가 가진 힘을 마구 휘두르는 권력가들은 아귀가 딱 들어맞는 짝패였다.

최경회는 스승인 고봉 기대승의 부침을 통해 나라를 망치는 당파의 폐해와 곡학아세가 판치는 중앙 정계의 사정을 꿰뚫어볼 수 있었다. 기대승은 최경회보다 다섯 살 연상에 불과하였으나 독학으로 고금에 통달하여 주자학의 기틀을 새로 세운 큰선비였다. 또한 자신의 스승인 퇴계와 십이 년간 서한을 주고받으며 높낮이 없이 교유하여 선학(先學)의 성가에 영향을 끼친 탁월한 출람(出藍)이기도 하였다. 하지만 사관(史官)으로 시작하여 중앙 관직에 머무르는 동안 기대승은 조선의 망국병인 당쟁의 회오리 한가운데서 시달리다가 마침내 그 희생물이 되어버리고 말았다.

중종 임금의 계비로 명종 임금을 섭정했던 문정왕후가 죽고서야 윤원형을 중심으로 한 외척의 전횡이 마침내 끝났다. 하지만 이후의 무주공산을 놓고 벌어진 권력 다툼은 더욱 치열하고도 추악하였다. 그 와중에서 기대승은 신진 세력의 우두머리로 지목되어 삭탈관직 되었다. 열다섯의 나이로 즉위한 선조 임금이 인순왕후의 섭정을 받던 몇 해 동안은 바야흐로 '서인'과 '동인'이라는 파당이 생겨나기에 이르렀다. 애초에 그 각각의 우두머리인 심의겸과 김효원은 모두 명망 있는 사람이 었다. 하지만 그들은 출신과 기질이 매우 달라, 명문가 출신인 심의겸이 시골 출신인 김효원을 반대하여 출셋길을 막으면서 부터 갈등이 시작되었다.

좋은 날 좋은 자리에서 만난다면야 누구라고 무골호인에 영웅호걸이 아닐 수 없었다. 하지만 사람의 본색은 궂은 날 궂은 자리에서야 비로소 확연히 드러나는 것이었다. 그 좋은 때 와 궂은 때란 결국 자신의 이해관계가 얽히고 이익이 갈리는 지점에서 나뉘었다. 그들은 서로를 헐뜯으며 제 낯에 침 뱉기 를 하였다. 도성 서쪽 창의동에 사는 심의겸을 따르는 자들은 서인이라 불리며 '외척의 발호'라고 비난받았고, 도성 동쪽 낙 봉에 사는 김효원을 편드는 자들은 동인이라 불리며 '윤원형 에게 빌붙은 아첨꾼'이라고 손가락질 당했다.

같은 하늘을 이고도 하늘을 두려워할 줄 모르는 이들은 시 시각각 나뉘고 또 갈라졌다. 훈구와 사림이, 동인과 서인이 서 로 자기를 군자라 부르고 상대를 소인이라 욕하며 붕당을 지 었다. 그 와중에 선조의 즉위와 함께 다시 벼슬길에 올랐던 기대승은 해직과 복직을 거듭하다가 끝내 병을 얻어 귀향하던 중 객사하였다. 난세를 사는 재인과 지사는 불운하였다. 민심의 이반을 경고하며 붕당의 조절에 나섰던 율곡 이이는 기호 지방 출신이라 서인의 편을 든다는 공격을 받아야 했다. 이이가 선조 임금에게 올린 긴 상소문은 현실에 대한 통렬한 비판이자 앞날을 내다보는 혜안에서 비롯된 경고였다.

"오직 현인과 재사만을 등용하시고 어질지 못하거나 재주 없는 사람은 가차 없이 버리소서! 같은 조정의 선비들이 한마음으로 나라를 위하며 다시는 의심해 틈이 벌어지지 않도록 하소서! 탁한 것은 내치고 맑은 것은 올려서 조정의 기강을 엄숙히 바로잡아야 합니다. 자기의 의견만을 편벽되게 주장해 공의를 쫓지 않는 자가 있거든 임금의 권위로 제재해 눌러야 합니다. 분쟁을 일으켜 말을 만들고 일을 꾸미려는 자가 있거든 멀리 쫓아 기강을 세워야 합니다. 부디 통촉하여 주시옵소서!"

이이는 죽기 직전까지 직언을 멈추지 않았으나, 선조는 더이상 미성한 소년 왕이 아님에도 불구하고 그의 충간을 귀담지 않았다.

최경회는 자기의 깜냥에 정직했다. 그는 기대승과 같은 천재도 아니었고 이이 같은 대학자도 아니었다. 성인을 동경하며 따라 쫓고자 하였으나 그 자신은 그들을 흠모하는 수수한 범인(凡

人)에 불과했다. 그는 일찍이 뛰어난 스승의 문하에서 학문을 배우며 자신의 범재와 꼭 그만큼 내계에 깃들어 있는 의욕과 열정을 깨달았다. 타고난 성품이 검소하고 수수하여 욕심이 눈을 가리는 일이 없었기에 더 빨리 스스로를 인정할 수 있었다.

성인이라면 길이 없는 곳에서도 새로운 길을 만들 것이었다. 하지만 성인이 아니기에 능히 자신이 가야 할 길을 스스로 닦지는 못한다 할지라도, 최소한 성인의 고결한 이상을 아는 범인이라면 다기망양*하여 절절매는 일은 피할 수 있을 테다. 여러 갈래 길 중에 어느 길로 가야 할지는 모른다고 해도, 어느 길로 가지 말아야 할지는 마땅히 헤아려야 하지 않겠는가.

그는 중앙의 미관(美官)을 얻기 위해 청촉하는 일을 포기했다. 세상의 명리를 취하기 위해 삿된 세력과 무리를 짓는 일을 거절했다. 그는 특별하지 않은 사람이기에 가장 평범한 방법을 택하였으나, 그것이 도리어 그를 남들과 다른 별스런 사람으로 만들었다.

그는 처음 벼슬에 들 때 성균관 전적으로부터 시작하여 사헌부의 감찰과 형조 좌랑을 두루 거쳤으나, 본디 한미한 지방 양반 출신인 데다 권세가에 붙어 교힐하게 처세하지 못하였기에 서울살이 다섯 해 만에 전라도의 오지 옥구 현감

*다기망양(多岐亡羊): 방침이 많아서 어찌할 바를 모름. 달아난 양을 찾다가 길이 여러 갈래로 갈려 마침내 양을 잃었다는 고사에서 유래한 말.

으로 좌천되었다. 이후로 그는 줄곧 흥양과 장수, 무장과 영암 등을 전전하다가, 서울을 떠난 지 꼬박 십 년 만에 경상도 북단의 작은 마을 영해에서 부사로 복무하게 된 것이었다.

물론 한 지방의 우두머리로 사법권과 행정권을 가진 수령이 헐후한 자리일 수는 없었다. 과거의 합격자 중에서도 사서오경과 법전뿐 아니라 과거에 지방을 통치했던 사례에 관한 지식인 치민방략을 유려히 논술할 수 있어야 사또의 자격이 있다고 하였다. 하지만 실력이 있어도 실지에 수령으로 부임하는 것은 또 다른 문제였다. 매년 정월 삼품 이상의 고관들은 수령이 될 만한 자질을 가진 자를 추천하는 명단을 이조에 올렸다. 그러면 이조에서 문서를 검토하여 결격 사유가 있는지 없는지를 살핀 뒤 발령을 내는 것이 조선에서 지방 수령을 임명하는 방식인 '천거제'였다.

뭇별 같은 인재들 중에서 기민을 진휼하고 인민의 원억한 사정을 공평히 다스려 처결할 청백리를 뽑는 데 평판과 감식이 중요치 않을 리 없었다. 하지만 사람이 사람을 평가하여 판단하는 천거제는 비리가 곰피기 좋은 토양이 되는지라 날이 갈수록 잡음이 심해졌다. 수령을 뽑아 발령하는 인사의 전권을 장악한 자리가 바로 이조 전랑이니, 각기 지은 파벌과 붕당이 그 자리를 따내고자 아귀다툼을 벌였다. 점차 고관들의 천거 없이도 전랑을 바로 통해 수령으로 나가는 자들이 생겼고, 실력은 있으나 가난하고 문벌이 변변치 못한 자는 뒷전으로 밀려났다.

사람이라면 누구나 오래 살고 영원히 젊기를 바라지만, 모두가 늙고 쇠하여 죽지 않는다면 세상은 얼마나 더 끔찍할 것인가. 젊은 이상은 아름답지만 늙어서도 여전히 꿈의 실현을 고집한다는 것은 위험하다. 늙은이들은 이미 삶의 함정과 도처에 매복된 복병들을 안다. 그들은 때로 그것에 사로잡히거나 그것을 뛰어넘었다. 사로잡혔다 빠져나오기까지 위태롭고 힘겨웠고, 뛰어넘어 달리기에 숨이 차고 고단했다. 그리하여 뒷사람이 자신의 전철을 밟지 않기를 바라는 마음은 너무도 자연스러운 것이었다.

하지만 유한한 인간이 꿈꾸는 영원이란 결국 소유의 문제로 귀착되었다. 누구도 가진 것을 포기하지 않으려 했다. 손아귀에 움켜쥔 것을 놓지 않으려고 앙버텼다. 본래 필요한 것을 넘어서 지나치게 많이 가진 사람들은 순순히 시간의 경로를 따르는 일마저 억울해했다. 그 길 위에 남길 수 있는 것은 고작 바스러지는 흙 발자국 몇 개뿐, 결국 빈손을 털며 동동걸음으로 물러나야만 한다는 사실을 견디지 못했다. 그래서 그들은 기어이 분신과 같은 혈족에게 자신의 부귀영화를 물려주려고 하였다. 그들은 그 욕심이야말로 피붙이를 위하는 인지 상정이라고 우겼지만, 기실 그것은 유령이 된 후에도 이승의 복록을 놓치고 싶지 않은 지독한 자기애에 지나지 않았다.

자기 노력으로 일구지 않은 것을 공것으로 얻어 누리는 세상은 나쁜 세상이다. 하지만 낭떠러지에 밀려 함께 꼬꾸라지기 전까지는 눈가리개를 쓴 채 달리는 말이나 마상에서 채찍을 휘두르는 자나 끝끝내 가는 곳을 모르기는 매한가지였다. 공정하게 인재를 가려 쓰기 위한 과거제를 통한 등용은 점점 줄어들었고 조상의 덕으로 벼슬에 나가는 음관들이 더 많아졌다. 지방에서 재주 하나만 믿고 천리 길을 헤쳐 온 촌뜨기보다는 물정에 밝고 요처에 지인을 둔 서울 경아리가, 사돈 팔촌 줄줄이 감투를 쓴 세족이 득세하였다. 더 나쁜 것은 그것을 지극히 온당하다고 여기는 저속한 인심세태였다. 벌열(閥閱: 귀한 가문)의 득세는 지당하였고 고족*은 무시해도 그만이었다. 기율을 세우고 원칙을 지키자는 주장은 한낱 몽상가의 잠꼬대로 치부되었다. 애꾸눈이 세상에선 두 눈을 버젓이 부릅뜬 자가 병신성스럽게 취급되기 마련이었다.

지방관으로 현지에 부임하기 전에는 임금께 나아가 절을 바치고 관안**에 이름을 올리는 절차를 거쳤다. 어전을 물러 나오면 다

*고족(孤族): 일가가 적은 한미한 집안.

**관안(官案): 각 지역에 배치된 관원의 명부.

음 순서는 이조와 병조에 문안치레를 하는 것이었다. 그런데 이때 반드시 당참채(堂參債)를 준비해 바쳐야 하니, 빈손으로 찾아갔다가는 참기 힘든 수모를 당하게 되어 있었다. 그래서 수령으로 임명을 받으면 우선 부임할 영지의 경비를 당겨 선물을 준비하고 환송회를 마련하느라 법석을 떨었다. 바르고 깨끗한 정사를 펼치기에는 애당초 첫 단춧고리가 잘못 끼워지는 셈이었다.

어쩌면 살아간다는 것은 모욕을 견디는 일일지도 모른다. 최경회는 양전(兩銓: 이조와 병조)에 들어가 신고를 바칠 때마다 한 고을의 우두머리라는 자부심보다는 권력의 끄트러기라는 모멸감을 느끼기 일쑤였다.

그들의 말은 언제나 점잖았다.

"매사에 공렴 정직하게 행하여 백성이 그 덕화에 화하게 하고, 송성이 일도에 가득한 명관이 되도록 하라!"

입으로는 천하의 가언을 지껄이면서 그들은 힐끗힐끗 비단보자기에 싸인 예물이 무엇이고 누가 얼마나 신경을 써서 바쳤는지 눈짐작을 하였다. 그러면 줄줄이 나립하여 늘어선 예비 수령들은 짐짓 드레진 목청을 돋우었다.

"예에! 백성들을 제 몸같이 사랑하고 고을을 제 고향처럼 아끼어 임금의 덕화가 만방에 퍼지도록 일신을 아끼지 않고 공무에 힘쓰겠사옵니다!"

그 정경은 누가 보아도 장엄하고 정숙하였다. 태평성대 요순 시절이 머지않아 조선 땅에 펼쳐질 듯하였다. 하지만 인사를 마치고 돌아서 나올 때에는 어느 누구 할 것 없이 발끝에 가래침을 뱉어 비볐다.

"이제부터 고을살이가 시작되는군! 나한에도 모래 먹는 나한이 있다더니, 젠장, 어떤 작자는 육조 거리에서 벽제*를 하는데 우리는 조랑말에 아이놈을 앞세워 세를 독촉하러 다녀야 하는구나! 뒷줄도 없고 셋줄도 없으니 고단한 떠돌이 생활에서 벗어날 방도가 어디 있단 말인가?"

그들끼리는 지방 수령 생활을 '고을살이'라는 변말로 불렀다. 관아에 딸려 구실**을 사는 아전들의 구실살이에 빗대어 일 많고 빛없는 지방관의 처지를 한탄한 말이었다. 흥청망청 상다리가 부러져라 음식을 차리고 휘청휘청 코가 삐뚤어져라 술을 마셔대는 환송연에서 그들은 어디서 누가 만들었는지 모를 속가를 부르며 신세타령을 하기도 했다.

> 고을살이 낙보다 근심
> 저자같이 소란한 공판정
> 산같이 쌓인 소송 소첩

감옥에 넘치는 죄수

아랫사람 꾸짖고 윗사람엔 무릎 꿇고

성황당에 비 빌기가 일이라던가……

그렇게 늪지 같은 세상에서 부평초처럼 살아온 지도 벌써 십 년이다. 최경회는 어느 사이 한 가닥 한 가닥 늘어난 흰머리로 은발이 되어가는 자신을 발견한다. 옛 시인들은 운치 있게도 그것을 상빈(霜鬢)이라 불렀다. 서리를 맞은 머리, 피어오르지 못한 꿈이 허공에서 얼어 애꿎은 머리카락에 하얗게 엉겨 붙었다. 그의 나이 이제 지천명을 넘어섰으니 과연 어떤 하늘의 명령에 순종해야 옳을 것인가.

그는 입안에 한 모금 푸른 찻물을 머금고 무심히 하늘에 먼 눈을 던진다. 자연은 스스로 그러한데 사람만이 어지러이 들논다. 그를 흔드는 것은 지난 시간에 대한 회한, 고단한 현실에의 염오, 여전히 자욱한 연기 뒤에 가린 냇내 나는 미래에 대한 뻐근한 시름이다. 그러나 그는 치밀어 오르는 감상을 침묵과 함께 꿀꺽 삼킨다. 하소하고 개탄하고 울분으로 목청을 높이는 것도 젊음의 용무다. 모든 꿈이 깨어져간다. 세속의 명리에 눈을 뜰수록 도리어 세상과는 소원해지고, 마침

*벽제(辟除): 지위가 높은 사람이 행차할 때 따르는 하인이 잡인의 통행을 금하던 일.

**구실: 공공(公共)이나 관아의 직무.

내 아무도 믿지 못하는 지경에 이르러 누구에게도 믿음의 대상이 될 수 없으리란 생각에 쓰라리다. 한편으로 스스로에게 실망스럽고 서글프기도 하지만, 다른 한편으론 미미한 찻잔의 온기 같은 안도감과 자유로움을 느낀다.

그런데 이건 또 무슨 요사일까. 깨끗하게 닦인 맹춘의 하늘에 희끗희끗한 것들이 나비친다. 때 이른 꽃잎일까? 아니, 때 아닌 봄눈이다. 뜻하지 않은 시절에 흩날리는 눈은 가죽신을 신은 도둑처럼 조심스레 온다. 흔적을 남기지 않고 사라지듯 녹는다. 꽃봉오리가 더욱 선명해진다. 물오른 가지는 강건해진다. 봄이 점점 좋아진다. 춘색을 완상하는 일이 흐뭇하여 기쁘다. 돌이킬 수 없는, 인생의 봄으로부터 차차 멀어지고 있다는 증거이리라.

그때 문득 반빗간을 향해 열린 샛문으로 계집아이 하나가 넘어 들어온다. 가냘픈 몸피에 머리에 인 물동이가 꽤나 무거워 보인다. 하지만 고단한 노역에도 불구하고 아이의 얼굴은 홍진을 떨친 동자중의 그것처럼 맑고 환하다. 이상스러우리만큼 어둡거나 무거운 그림자를 발견할 수가 없다. 거칠고 험한 일을 하는 비녀(婢女)답지 않은 선선하고 심상한 표정이다. 아이는 대청에 나와 앉은 최경회를 발견하지 못하고 문턱을 넘다가 갑자기 발걸음을 멈추어 선다. 아이도 소리 없이 오시는 봄눈을 눈치채었나 보다.

하아⋯⋯.

아이가 뿜어낸 하얀 입김이 살얼음이 깔린 듯한 꽃샘 하늘을 가른다. 아이는 멈추어 선 그 자리에 가만히 물동이를 내린다. 그리고 한 손에 똬리를 옴켜쥔 채 다른 한 손을 뻗어 내민다. 버선을 신지 않은 적각(赤脚)에 초라한 베옷을 보니 반빗간에서 부리는 무자리인 모양이다. 그래도 봄눈은, 하늘의 비밀한 편지는 공평하게 모두의 머리 위에 내린다. 가슬가슬 마른버짐이 핀 얼굴로 아이는 웃고 있다. 그 한결같은 축복이 아이의 동그란 머리통 위에, 벌겋게 살갗이 얼어 상한 손등 위에, 하늘을 향해 고개를 쳐든 아이의 되똑한 코끝에⋯⋯!

아, 그제야 계집아이의 정체를 알아챈 최경회가 무릎을 쳤다. 한 번 들어 쉽게 잊을 수 없는 그 이름이⋯⋯. 그래, 논개라고 하였겠다! 장수현청의 동헌에 부복하였던 여섯 살의 어린 신붓감, 그 올차고 도랑도랑하던 꼬마 아이가 벌써 그만큼이나 자란 것이었다. 최경회가 무슨 알은체라도 할까 하여 다시 쳐다보니, 어느새 아이는 내렸던 동이를 챙겨 머리에 이고 오졸오졸 샛문을 빠져나가고 있다. 빨강 제비부리댕기가 아프도록 눈부시다.

어린 논개의 손을 잡고 장수를 떠난 박씨는 한동안 그곳의 소식에 귀를 기울이고 살았다. 뒤늦게나마 주달무가 나타나 죄에 대한 대가를 치르고 나면 다시 돌아갈 수 있으리라 믿었기 때문이었다.

박씨는 좀처럼 새로운 생활에 적응하지 못했다. 가끔은 그녀답지 않은 불평 만만으로 산 설고 물 선 새 보금자리를 탓하기도 하였다. 몸은 비록 떠났으나 마음은 여전히 그곳에 머물러 있었다. 한여름에도 모기 파리 한 마리 들끓지 않는 서늘한 골짜기, 청량한 물소리를 따라 푸른 반딧불이 지천으로 날아다니는 산천. 거창스러운 관아의 와가에 머물지언정 더부살이가 편편하고 탐탁할 리 없었다. 눈앞에는 여전히 장수에 두고 온 외딴 초옥이 아른대었다. 작은방과 큰방 그리고 대청과 부엌의 네 칸이 고작이었지만 반질반질하게 기름칠해 닦은 마루, 국화 꽃잎을 넣어 바른 문풍지, 요긴한 것들만 차곡차곡 정돈된 시렁…… 어느 한구석 그녀의 손길이 닿지 않은 곳이 없었다. 그곳이 아니라면 천상의 고당(高堂)일지라도 편히 발 뻗고 누울 수 없기는 매한가지였다.

언젠가부터 박씨는 허열을 앓는 사람처럼 입맛조차 잃어버렸다. 박씨는 바탕이 비대하지 않고 호리호리한 편이었지만 살림살이가 넉넉한 자농의 집안에서 자라나 요리에 일가언이 있었다. 때로 굶고 때로 먹을지라도 끼니를 차릴 때에는 반드시 정성을 쏟아 음식을 조리하였고 절기마다 별식을 차려 나누는 데 인색하지 않았다. 박씨는 논개에게 말하곤 했다.

"대성인 공자님도 도철*의 흥을 무릅쓰고 말씀하셨지. 곡물은 깨끗할수록 좋고, 회는 가늘수록 좋고, 쉰밥이나 악취 나는 생선이나 상한 고기는 피해야 하고, 냄새가 나쁘거나 썬 솜씨가 나쁘면 차라리 먹지 않는 편이 낫다고."

기실 행복의 증거는 잘고 시시하였다. 반빗간에서 한껍에 끓여낸 밥과 남새 쩨마리로 대강 무쳐낸 반찬은 통째 앗긴 행복의 증거물만 같았다.

"장맛이야말로 사람의 손맛일지니 솜씨보다는 성의가 그 맛을 달게도 쓰게도 하지 않더냐? 어쩌자고 밥은 이렇게 찐 듯 설게 지었을까? 밥맛은 그저 커다란 가마솥 가득 쌀을 넣고 장작불로 펄펄 끓여 뜸만 잘 들이면 그만인데……."

하지만 박씨의 구실은 김씨 부인의 병간과 수종을 겸하는 안잠자기일 뿐이었다. 쌀과 식료를 관리하는 주리에 소채의 조리를 맡은 원두한, 음식을 만드는 칼자(刀子)와 장비(장 담그는 여종)의 구분과 질서가 엄격한 반빗간에는 낯선 손이 파고들 구석이 없었다. 부엌은

*도철(饕餮): 재물과 음식을 탐하는 것.

바깥세상에서 공간을 허락받지 못한 아낙들의 마지막 자존심이기도 하였다. 제 몫의 부뚜막과 솥과 아궁이를 지니지 못한 박씨는 발을 벋디딜 자리를 잃은 듯 공허하고 처량해 보였다. 논개는 박씨의 구미를 돋우고 울적한 마음을 위로하기 위해 우물질을 나간 참에 산나물을 거둬다 어미의 상에 받쳐 올리곤 하였다.

"이것들을 뜯노라니 손끝에 봄이 피는 것 같았어요. 어머니, 이 향기 좀 맡아보셔요."

논개는 살짝 데쳐낸 취나물과 달달 볶은 원추리, 겉절이 한 달래와 조물조물 무친 냉이를 한상 가득 차려내었다. 그러면 박씨는 봄나물에서 풍기는 땅내 풋내를 콩콩 맡으며 찌끔찌끔 몇 젓가락을 집어 먹다가, 이내 서러운 생각이 북받쳐 흐느끼며 상을 물리는 것이었다.

그래도 그리움과 시름에 겨워 향수병을 앓을 즈음에는 실낱같은 희망이나마 남아 있었다. 장수로부터 전해온 마지막 전갈은 박씨의 조바심 어린 소망마저 잔인하게 끊어버리고 말았다. 최경회의 덕과 기개를 흠모하여 공덕비를 세우는 데 앞장섰던 장수 사람이 문안차 무장현청을 찾아왔다가 논개 모녀에게 놀라운 소식을 전했다. 마침내 주달무의 종적이 발견되었다는 것이었다.

"서방님은 지금 어디 계십니까? 지금까지 어디 있었답니까? 제 발로 나타났더이까? 김 풍헌이 풀어놓은 사람들에게 잡혀 끌려 왔답니까? 장수 현청에서 재판이 다시 열린답니까? 답답합니다. 어서 내막을 속 시원히 말해 주셔요!"

박씨는 한때의 학부형으로 안면이 있던 그를 붙잡고 돌아가는 사정을 빨리 말해 보라며 재촉을 하였다. 전에 없던 성화를 하는 박씨의 얼굴에는 실연기처럼 가느다란 기대가 지펴 있었다. 흉악망측한 송사에 휘말리어 떠날 때에는 미련 없이 침을 뱉고 돌아서고픈 마음도 적잖았으나, 막상 떠나와 타관살이를 하자니 정든 산과 내가 삼삼하니 눈앞에서 지워지지 않았다.

김 풍헌과 얽힌 거짓 혼사 사건만 잘 해결된다면 박씨는 장수로 돌아가 남편의 무덤가에 초막을 짓고 살 생각이었다. 어린 딸과 두 입에 풀칠하는 일이야 삯품팔이를 해서라도 해결할 작심이었다. 잔치가 있으면 일손을 돕고, 들밥도 여다 주고, 길쌈을 하고 멍석을 메는 허드레 일꾼으로 살지언정 고기도 저 놀던 물이 좋다고 했다. 그곳에서라면 동무들과 가댁질을 하고 소꿉놀이나 벌일 나이에 종일토록 물을 길어 나르느라 몸이 마를 날이 없는 어린 딸의 고초도 얼마쯤은 덜 수 있을 터였다.

박씨의 눈에 눈물이 한가득 그렁그렁하였다. 하지만 논개는 그새 울분으로 부쩍 늙어버린 박씨의 눈길을 애써 피하는 장수 사람을 보고 무언가 기대와는 다른 일이, 어쩌면 더 나쁜 일이 벌어졌으리라는 예감에 사로잡혔다.

"그게……. 잡힌 것도 아니고 제 발로 나타난 것도 아니랍니다."

"그럼 뭐랍니까? 아까는 분명히 서방님의 종적이 발견되었다고 하지 않았습니까?"

"주씨가 직접 나타난 게 아니라……. 김 풍헌이 혼인을 약조하며 건넸다는 상토 서 마지기 논문서를 들고 거간꾼도 없이 맞흥정을 하겠다는 작자가 나타났답니다. 마침 그 작자가 수작을 부리려던 상대가 김 풍헌의 사돈뻘이 되는지라, 흥미를 보이는 척 김 풍헌이 사령들을 이끌고 나타날 때까지 기다렸다가 잡아서 문초할 수 있었다지요. 그런데 그 작자의 말인즉, 자신은 주달무의 종적에 대해서는 아는 바가 없는 먹지*일 뿐이라고 하더랍니다. 그러니까 주씨는 노름판에서 논문서는 깡그리 잃고 빈털터리가 되어 어디론가 사라졌다는 게지요……."

박씨가 밑동 베인 산쑥처럼 섰던 자리에 풀썩 주저앉았다.

시금씁쓸한 낙담으로 차마 다리를 곧추서 견딜 수가 없었다. 논개가 달려들어 어머니를 부축했다. 장수에서 온 사람은 차마 모녀의 참경을 맞보기 딱한 듯 고개를 모로 꺾은 채 말을 이었다.

"그리고 얼마 전에 민재를 넘던 등짐장수들이 수풀에 감춰져 있던 피 묻은 잠방이를 찾아갖고 와서 현청에 신고를 하였답니다. 노름판에서 주씨를 마지막으로 보았던 사람들의 증언으로는 그게 바로 당자의 것인 듯하다고……. 아마도 김 풍헌에게 받았던 재물을 다 날리고 홀로 민재를 넘다가 화적 떼를 만난 듯싶다고들 하더이다. 이로써 김 풍헌과의 송사는 아주 끝나버린 것이나 다름이 없으되, 시신도 찾지 못하고 장사도 지내지 못한 형편이니 무슨 말로 이 횡화를 위로 드려야 하는지요……."

이보다 더 나쁘고 참혹할 수는 없었다. 주달무가 비명횡사했다는 소식을 전해 들은 박씨는 끝내 실신하여 쓰러지고 말았다. 논개가 재빨리 찬물을 떠 와 얼굴에 뿌리고 사지를 주무르고서야 박씨는 가까스로 정신을 차렸다. 그리고 땅을 치고 가슴을 두드리며 통곡하기 시작하였다.

"낭사여, 개죽음이여, 천하에 값없는 죽음이여! 상전옥답에 엽전과 백포는 다 어디 있는가? 그렇게 죽는 값을 치르려고 조카딸을 팔았는가? 먼저 떠난 아들의 무덤 곁에 상하장*으로 묻히는 것

*상하장(上下葬): 부부의 묘를 위아래로 잇대어 자리 잡게 하는 장사.

밖엔 아무것도 바라지 않은 이내 팔자는 어쩌자고 이렇게 기박할꼬? 형제는 잘 두면 보배요 못 두면 원수라더니, 원수 갚을 길도 없이 먼저 떠나면 어쩌자는 건가? 횡사여, 변사여, 가련한 죽음이여!"

박씨는 마지막 기대마저 앗아간 주달무를 원망하며 서럽고 애달프게 울었다. 시신도 수습하지 못한 채 객사한 주달무의 혼백이 뜬것이 되어 해코지하지 않기를 빌며 곡했다. 그렇게 쉽게도 끊기는 것이 목숨이었다. 하지만 죽어라 죽어라 하여도 결코 쉽게 끊이지 않는 것 또한 사람의 목숨이었다. 이제는 더 이상 바라고 기다릴 것이 남아 있지 않았다. 논개 모녀는 눈앞의 현실을 정해진 사실로 받아들여야 했다. 박씨는 안방마님의 몸종이고, 논개는 바깥주인의 아노다. 그러하지 않고서야 어디서든 어떻게라도 살아낼 재간이 없었다.

생면강산의 이향에서 나는 계절들은 더디게만 느껴졌다. 박씨는 급속도로 늙고 쇠락했다. 진이 빠진 듯 가무러져서 쉽게 눈물 바람을 했고 자주 자리보전을 하였다. 설움과 분노가 골수에 맺혀 가슴앓이는 점점 깊어졌다. 그럼에도 불구하고 박씨가 지금껏 수명을 연장할 수 있었던 것은 오로지 어린 딸 논개 덕분이었다.

언젠가 안방마님을 진찰하러 왔던 의원이 박씨의 낯빛이 심상치 않다며 청하지도 않은 맥을 짚어준 적이 있었다. 그가 말하길 지나치게 기뻐도, 지나치게 성내거나 근심하거나 생각하거나 슬퍼하거나 놀라거나 무서워도 생기는 것이 심병이라고 했다. 그중에서 기쁨을 제외한 나머지는 모두 가슴을 답답하게 꽉 막아 조르는 성질을 지녔고, 오직 기쁨만이 그 막힌 심기를 흩어지게 하여 아픔을 멈추게 한다고 하였다.

박씨의 사나운 늙바탕 운수에 유일한 기쁨이라면 무탈하게 올곧이 자라주는 논개뿐이었다.

"비록 나이는 어리지만 인사(人事)를 아는 아이랍니다."

논개는 어머니가 사람들 앞에서 자신을 그렇게 소개하는 것을 들었다. 아버지도 없고 집도 없고 흉한 송사에 얽혀들어 마침내 고향을 등지고 천인으로 전락한 처지였지만, 박씨에게는 특별한 사주를 지니고 태어난 총명한 딸에 대한 믿음이 바람 끝의 촛불처럼 남아 있었다.

"천지신명에 맹세코, 내 배를 앓아 너를 낳았으되 자식이라고 함부로 대한 적이 단 한 번도 없단다. 모두가 하늘 아래 땅이 있듯 남자 아래 여자가 있다고 믿는 세상이지만, 너는 장차 땅의 정성으로 하늘을 울리는 여군자가 되는 명운을 타고났다지 않느냐? 돌아가신 아버지가 신신당부를 하셨단다. 고집을 다스린다며 결기를 꺾지 말고, 순종을 가르친다며 절의를 꺾지 말라고. 네가 장성하는 모습을 보지 못하고 먼저 가셔서 얼마나 한스러우실지⋯⋯. 아버지는 아마 하늘에서라도 반드시 널 지켜보고 계실 게다. 틀림없이 그러실 게야."

어머니는 시시때때로 그녀에게 새기듯 다짐하였다. 모든 것을 잃고 고향을 등지는 순간에도, 타향에서 더부살이에 눈칫밥을 먹으면서도 박씨는 밤마다 주문처럼 그 말을 외웠다. 남편을 잊지 않는 것, 자식의 미래에 기대하는 것, 그리하여 스스로를 추억과 소망으로 위로하는 것만이 힘없는 늙은 과부가 그러쥔 마지막 희망의 끈이었다. 설령 그것이 공허한 말치레에 지나지 않는다 할지라도, 논개 역시 어머니의 말을 믿었다. 간절히 믿고자 하였다.

어쩌면 한겨울의 추위보다 꽃샘이 더 맵고 독하다. 봄이 오길 바라는 마음이 빚어낸 기대가 겨울 끝자락의 짧은 추위를 도두 사납게 느끼게 하는지도 모른다. 하지만 논개는 이월에서 삼월 사이, 맑고 서늘한 이때가 좋았다. 바람이 삽삽한 손끝으로 수그린 턱을 치켜세운다. 고개가 절로 하늘로 향한다. 하늘을 보며 걷는다. 길가의 꽃나무들과 눈을 맞추며 걷는다. 봉오리 맺힌 그것들의 설렘이 즐겁다. 활짝 피기 전, 무르익기 전, 조마조마 아슬아슬한 긴장이 좋다.

오늘도 반빗간의 칼자이는 생트집을 잡으며 논개를 들볶았다. 며느리가 미우면 발뒤축이 달걀 같다고 나무란다더니, 돌아서면 눈 깜짝할 새 까먹고 말 너주레한 허물을 흉잡아 몰아쳤다.

"흥! 잘난 척 하지 마라! 애초에 타고난 신분은 달랐을지 모르지만, 지금은 너나 내나 푸른 베옷을 걸치고 석새짚신을 신은 밑바닥 처지가 아니더냐?"

그런데 가탈은 때마다 다르되 휘갑치는 말은 한결같았다. 논개가 끄트럭 반치기나마 양반 출신이라는 이유로 노비들은 더욱 기를 쓰고 모욕하려 달려들었다. 결국 논개가 하는 잘난 척이란 그들과 다르다는 것이었다. 같을 수 없다는 사실이었다. 그래도 논개는 애써 마음을 삭이며 습습하게 굴려 애썼다. 울기보다는 웃으려 하였다. 힘들고 고단할수록, 슬프고 서러울수록 눈물을 삼키고 입술을 짓씹으며 웃었다. 다만 가끔씩 슬픔과 설움이 북받칠 때면 다리쉼을 하는 척 길섶에 주저앉아 가만히 동이 속을 들여다보았다. 좁은 그 속에서도 끝없이 흔들리며 찰싹이는 물을 바라보노라면 마음속에서 멀미처럼 일던 파문이 서서히 가라앉곤 하였다.

지난 일에 미련을 두지 않을 터였다. 다가올 일이 두려워 멈

첫대지 않을 것이었다. 논개는 오직 한 곬으로 오늘만을 살았다. 지금 지나가고 있는 이날을 남김없이 살아내고자 하였다. 오늘은 순백색이다. 다른 색이 일절 섞이지 아니한 순수한 흰색이다. 양반도 노비도 아닌 논개, 다만 그녀처럼. 찰나에 영원한 눈을 뜨고 바라보면 세상은 여전히 살아낼 만하다. 오늘따라 솟을대문처럼 치민 객사의 지붕이 유독 아름답다. 잘생긴 팽나무가 웅숭깊은 눈으로 날개를 퍼덕이며 비상하려는 새인양 늠름한 그것을 바라보고 있다. 숲은 짙푸르고, 홍살문은 붉디붉고, 삶은 신비롭고 검질기었다.

어머니와 아버지는 최선을 다해 그녀를 사랑했다. 아버지는 병석에 눕기 전까지 논개에게 세상의 이치와 사람의 도리를 가르쳤다. 시서와 육예뿐 아니라 남아의 몫으로만 치부되는 교육을 차등 없이 행하였다. 숫자와 동서남북의 방위를 헤아리고 삭망육갑의 날짜를 셈하는 법을 가르쳤다. 그리고 무엇보다 세상이 평화롭기 위해서는 천지의 만물이 조화를 이루어야 한다는 사실을 일깨워주었다.

논개는 꽃과 새와 나무를 사랑하여 아꼈다. 매어놓은 개의 배를 걷어질러 분풀이로 삼지 않고 주인 없는 고양이와 밥찌끼를 나눴다. 그래서 반빗간에서 일하는 다른 사람들에게 헛배가 불렀다느니 분수를 모른다느니 하는 뒷소리를 듣기도 하였다. 그들은 오로지 주고받을 것을 에끼고 자기에게 손해가 되는지 이득이 될는지를 셈평하기에 바빴다. 당장 배를 불리고 수족을 한가롭게 하는 일만이 이롭고 좋은 것이었다. 하지만 논개는 돌림쟁이가 되기 싫어서 자신의 가장 큰 기쁨을 포기할 수 없었다. 때로는 배를 채울 수 없는 것들이, 눈에 보이지 않는 것들이 깊다란 허기와 갈증을 가시게 한다. 논개는 다만 그 비밀을 알고 있을 뿐이었다.

어머니가 여사(女師)가 되어 방적과 양잠과 길쌈을 훈육하기엔 논개가 너무 어렸지만, 어머니는 어머니 나름의 넘치는 사랑으로 그녀를 길러냈다. 어머니는 늘 무언가를 향해 무엇인가를 빌고 있었다. 보름달이 뜨면 정화수를 떠놓고 항아님께 삼신할미께 수명과 재복을 관장하는 칠성님께 정성을 다해 기도하였다. 어릴 때 할미꽃을 먹으면 오래 산다며 자줏빛 꽃을 치마 가득 따오기도 했고, 논개의 베개에 조를 채워 좁쌀의 알맹이처럼 많은 세월 동안 장수하기를 빌기도 하였다. 아버지 살아생전 함께 살던 집 마당에는 꼭 논개의 키만 한 사과나무가 한 그루 심어져 있었다. 어딘가에서 사과나무가 있는 집의 딸은 귀인에게 시집간다는 이야기를 들은 어머니가 아버지를 졸라 심은 것이라고 하였다. 가을이면 이제 그 나무에 홍보석같이 빛나는 사과가 열릴까?

하지만 모든 것을 잃은 뒤 어머니에게 마지막으로 남은 것은 구석방 윗목의 막치 소반에 얹은 물 한 그릇과 비손뿐이었다. 마치 헛것에 들린 사람처럼 박씨는 논개가 돌이 되기 전까지 매일 조반 전에 바쳤다는 치성을, 이제는 한낱 공뜬 염불이 되어버린 소원을 쉼 없이 흥얼거렸다.

"비나이다. 비나이다. 자비하고 인자하신 삼신할미께 비나이다! 자손 점지 하실 적에 수명장수 시키시고, 부귀화 화중왕 꽃방석에 앉게 하시고, 입에는 말문 주고, 귀에는 총기 주고, 눈에는 열기 주고, 공부를 시키면 한 자 가르쳐 열 자 알고 열 자 가르쳐 백 자 알도록 해주시고, 수명장수 자자손손 명복을 많이 많이 주시기를 비나이다. 비나이다. 열 손 들어 비나이다……."

골바람 부는 산기슭에 아총을 짓고 돌아섰지만 땅이 아니라 가슴에 묻힌 자식을 어떻게 잊을 수 있을까. 치성을 드려 어렵사리 논개를 잉태하고도 박씨는 새록새록 떠오르는 대룡에 대한 기억 때문에 마냥 즐거울 수가 없었다. 금강석만이 금강석을 끊을 수 있듯 사랑만이 사랑의 상처를 지울 수 있다지만, 죽은 자식을 어찌 다른 자식으로 대체하겠는가. 배가 만월처럼 부풀어 오를수록 박씨의 그리움과 죄책감도 커졌다. 그러던 어느 밤 헛잠에 들었다가 문득 꿈길에서 대룡을 만났다. 생전에 그토록 다정했건만 죽은 뒤 단 한 번 꿈에도 나타나준 적이 없던 매정한 대룡이 웬일인지 함박웃음을 지으며 나타나 박씨의 품에 살포시 안기었다. 가볍고, 따뜻하고, 부드러웠다. 그 한없이 충만한 기쁨으로 박씨는 화들짝 헤떠 깨어났다. 대룡이 다녀갔다. 곧 태어날 동생의 앞날을 축복하며 어미의 뚫린 가슴을 어루만져 다녹이기 위해 와주었다. 못다 한 사랑의 미련에 꺼둘리지 말고 더욱 아낌없이 사랑하라고.

헛된 소망에라도 마음 자락을 매어두고자 안간힘을 쓰는 어머니는 혹 불면 금방이라도 꺼져 날아갈 불티처럼 위태로웠다. 그러나 천지 사방 어디에도 바람막이는 없었다. 약한 어머니는 어린 딸을 보호할 수 없었다. 아니, 어쩌면 어린 딸에 의지하여 기어이 간신히 살아가는 셈이었다. 눈물로 눈가가 짓무른 어머니 앞에서 투정 부리고 찜부럭을 낼 수는 없었다. 풍우가 몰아치는 세상 속에서 어머니를 보호하기 위해, 스스로를 지키기 위해 논개는 강해져야만 했다.

─나는 다르다. 누구와도 달라야 한다. 하지만 진정으로 강하여 마침내 다르다는 것은 무엇일까? 시련을 견디는 것으로, 피하거나 물러서지 않는 것만으로 불에 달구어 두들긴 쇠붙이처럼 단련될 수 있을까? 그것을 이겨내어 더 높고 넓은 어딘가로 솟구쳐야 할까? 마침내 지상의 고난을 까마득한 한 짐

으로 굽어볼 수 있을 때까지, 시시풍덩하고 구차한 수고 따위
는 허허바다에 쳐진 그물처럼 아랑곳 않을 때까지.

하지만 사서와 경전을 뒤지지 않아도 마음눈만 뜨고 있으
면 환히 보인다. 자연은 묻지 않아도 대답하였다. 살아 있는
것들은 다 다르다. 신령에 의해 지어진 것들은 모두 그 이치에
충실했다. 참꽃은 참꽃대로 곱고 버들은 버들대로 어여뻤다.
봄은 봄대로 화사하고 가을은 가을대로 그윽했다. 비는 비대
로 상쾌하고 눈은 또 눈대로……

"어머나, 눈이 내리네! 봄눈이 오시네!"

논개는 얼른 물동이를 내리고 손바닥을 펼친다. 해묵은 동
상으로 겨울이면 어김없이 상하여 헌데가 지는 손으로 무람
없이 하늘의 편지를 받쳐 든다. 뜨겁거나 차가움을 느낄 겨를
도 없이, 그 신호는 너무 짧다. 아쉬워 코끝이 찡하다. 하지만
자취 없이 녹지 않으면 그게 어디 봄눈이겠는가. 논개는 싱긋
웃으며 다시 내렸던 물동이를 인다. 그리고 봄의 가락에 맞추
어 춤추듯 나풀거리며 문지방을 넘는다. 봄눈은 겨울의 작별
인사라기보다 봄의 첫인사다. 생에 다시 한 번은 없을 새봄이
눈물처럼 녹는다. 논개의 잔등이가 매지근히 젖어든다.

업이

흥한 집안은 맵시부터가 다르다고들 하였다. 기름걸레로 문질러 닦은 대문은 손 얼룩 흙 발자국 하나 없이 반지랍고, 암톨쩌귀와 수톨쩌귀가 문얼굴에서 딱 들어맞아 삐걱빼각 잡소리 없이 열린 듯 닫히고 닫힌 듯 열린다. 잔자갈까지 두루 골라낸 널찍한 앞마당에는 댑싸리비 자국이 선명하고, 집채를 돌아 뵈지 않는 곳까지도 갖은 과실나무에 계절마다 돌아가며 피는 꽃들로 뒤태가 곱다. 행여 주인이 도가(道家)에 심취한 풍류랑이라면 정원과 연못도 빠질 수 없는 구색이다. 연못을 네모지게 파고 그 가운데 둥근 섬을 두니, 네모난 것은 땅이고 음(陰)이며 둥근 것은 하늘이요 양(陽)이라 하였다. 음양

오행의 방향을 맞추어 심은 화초가 푸르고 붉고, 물을 넉넉히 끌어들인 연못에는 미끈한 관상어가 노닌다.

집 안을 들여다볼라치면 어느 방 하나 먼지 올라 구저분한 곳이 없고, 책상이며 장롱이며 경대와 문갑이 하나같이 빤드르르 윤기가 흘러 파리가 앉았다 낙상할 지경이다. 부엌 시렁의 깊은 데에는 기왓장 가루를 묻혀 닦은 유기들이 반짝이며 갈무리되어 있고, 얕은 데는 합사발과 보시기들이 깨끗이 씻가시어 엎디어 있다. 솥뚜껑은 언제나 정갈하고 부뚜막에는 흘러넘친 밥물 국물 흔적이 없다. 광에는 갈고리와 곰배와 키와 괭이들이 줄지어 걸려 있고, 작두와 두지(쌀통)와 말대도 제자리에 착착 정돈되어 있다.

새물내 나는 진솔옷을 학처럼 떨쳐입은 바깥주인과 안주인이 위엄 있는 목소리로 행호령하면 잘 먹여 미끈한 양마가 마구간에서 끌려 나오고, 나들이에 들뜬 도련님 아기씨들은 알록달록 꼬까옷에 은 고두쇠를 차고 재잘재잘 까르르 웃음꽃을 피운다. 가화만사성(家和萬事成)일지니 복이 넘치고 정이 샘솟는 화목한 집안에서 못할 일이 어디 있고 안 될 일은 무엇인가?

그러나 이 잘되는 집안의 그럴듯한 때깔을 버텨 지키는 데는 보이지 않는 수많은 손이 있었다.

어둑새벽부터 일어나 마당을 쓸고, 문짝을 닦아 손보고, 시들세라 다칠세라 뒤뜰과 정원의 화초에 물을 주고, 온종일 한가로이 헤엄질을 하며 피둥피둥 살쪄가는 물고기들에게 밥을 먹였다. 솔가리를 쏘시개 삼아 캑캑 매운 기침을 하며 불을 지피고, 설세라 질세라 고두밥이 될세라 종종걸음 치며 조반을 차리는 사이사이, 남달리 깔끔한 성벽을 지닌 안주인에게 통매를 맞을까 봐 행주질을 치는 일에도 소홀할 수 없었다. 나들잇벌을 차리려면 미리 창옷과 바지저고리를 깨끗이 빨래하여 풀새해 두어야 했고, 불호령이 떨어지기 전에 말의 여물을 든든히 먹여두고 말구종 노릇을 해야 했다.

어찌 그뿐이랴. 일상을 받침하기 위한 숱한 잡일들을 어떻게 일일이 초들어 말할까. 밥 짓고 방 데울 땔나무를 마련하기 위해 지게에 낫과 갈퀴를 얹고 매일 산에 오르고, 마실 물 씻을 물을 대령하기 위해 아침저녁 우물질로 수통을 채우고, 상전의 생신과 제사 명절에 쓰일 떡과 술을 빚기 위해 때마다 디딜방아 절구질도 빠질 수 없고, 안주인의 친정 나들이에 가마를 메고, 바깥주인의 용무에 서한을 들고 달리고, 구석구석 치우고 번지르르 광내기 위해 해야 하는 그 셀 수 없이 많은 허드렛일들을.

흥한 집안에는 자랑삼아 뽐내는 맵시만큼이나 고단한 노농에 시달리는 노비들이 있었다. 누리는 호사는 모두 상전의 것이요, 호강 바라지를 위해 손발톱이 닳는 일은 전부 종들의 몫이었다. 종이요 사내라기에 해야 할 일도 많으니, 멍석 짜고, 마람 엮고, 불 때고, 새 날리고, 볕이 나면 쇠똥 치고, 비가 오면 도랑 치기가 그의 정해진 일이라고 했다. 종이요 계집이기에 더욱 바쁘니, 오뉴월에는 누에를 치고, 긴긴 겨울밤 베를 짜고, 제 자식은 젖을 굶겨가며 주인집 자식들을 걷어안아 키우고, 때로는 술내 훅훅 끼치는 주인 영감의 불뚝 배 아래 깔려 아비 이름도 없이 호적에 올라 사람 취급조차 제대로 못 받는 얼자 얼녀를 낳는 일도 마땅히 그녀의 임무라고 하였다. 상전들은 귀신이 되어서도 그들의 울대를 눌러 조였다. 빈소와 무덤에는 노래인 듯 울음인 듯 목을 뽑는 곡비가 따로 있으니, 이들의 곡성이 얼마나 애처롭고 슬픈가에 따라 상가의 위세를 판단한다 하였던가.

조선은 양반의 나라, 드물고 귀하여 높은 이들을 위해 모래알처럼 값없이 많은 낮고 천한 것들이 밤낮도 계절도 없이 온몸을 바쳐 일하는 세상이었다. 고귀한 이들은 시를 지어 향기로운 입으로 이 미풍을 노래하였다.

"제왕은 많은 현인을 보물 삼아 품으나 지금 내게 제왕의 현인처럼 보배로운 것이 있으니, 재치 있고 날렵한 종이 바로 나의 보물이라!"

역사에 밝은 학자 정인지는 『고려사(高麗史)』에 쓰기를, 우리나라에 노비 제도가 있었기에 풍속을 교화하는 데 큰 도움이 되었으니 예의를 차릴 수 있게 된 것이 여기서 비롯되었다고 하였다. 양성지는 명민한 학자답게 사정을 간단명료하게 정리해 말하니, 땅이 사람의 혈관이라면 노비는 선비의 수족이라고 하였다. 그러나 썩어먹기 좋아 팔이요 없으면 불편하니 다리랬다. 상전들은 지근거리에서 온갖 궂고 질고 귀찮고 허접한 일들을 대신하는 종들을 결코 같은 인간으로 취급하지 않았다.

언뜻 보기에도 그들은 사람으로 쳐주기에 그른 몰골을 하고 있었다. 『예기』에서 말하길 대저 사람됨은 예의에 있으며, 예의의 단서는 용모를 단정하게 하고 몸에 맞는 의복을 입는 데서 시작된다고 하였다. 그런데 사시사철 검덕귀신과도 같은 그 꼴이라니! 중이나 징역꾼마냥 상투 앉힐 자리에 배코를 쳐서 박박 깎은 알머리와 쇠짚신을 신은 것마냥 거무튀튀한 맨발이 흉물스러웠다. 걸쳐 입은 푸른 베옷이나 산에서 칡 줄기를 잘라다 만든 칡베 옷에는 구멍이 숭숭 뚫려 있어 민망한 살성이 부끄러운 줄도 모르고 드러났다. 어쩌다 긴대답이라도 빼어 바칠라치면 썩어 부러진 앞니가 비위를 거스르니, 차라리 모르쇠를 잡는 편이 낫겠다 싶을 지경이었다.

그들은 감정과 생각을 지닌 사람이라기보다 말을 알아듣는 집짐승이며 걸어 다니는 재산이었다. 굶주리고 병들고 더위를 먹고 추위에 떨고 가난하고 구차하고 고통스러운 것은 모두 그들의 팔자소관이었다. 천인들은 애초부터 그 종자가 다르기에 더러운 피를 퍼뜨리지 않기 위해서는 몸값을 스스로 마련할지라도 속량*을 시켜서는 안 된다는 주장 또한 높았다. 그들은 본시 교활하고 게으른 족속이라 회초리와 몽둥이가 아니라면 다스릴 길이 없었다. 죽이는 것까지야 불법이되 공경을 바치지 않고 배반한다면 엄연한 반상의 예를 따라 매질과 멍석말이를 하는 일이 흉허물이 될 수 없었다. 때려서라도 가르쳐야 한다. 하늘이신 주인이 얼마나 높은 자리인지를 알게 하려면 자근자근 밟아 배를 깔고 땅을 기도록 해야만 한다.

누구보다 노비를 노비답게 다루는 데 이골이 난 경륜가는 문지기 출신 재상 한명회였다. 그는 걸핏하면 노비들을 마당의 나무둥치에 묶고 화살을 쏘며 상전의 위엄을 보이니, 주제와 분수를 모르고 오만불손하게 굴던 종들도 귓전으로 비전이 휙휙 스치면 선 채로 소피를 내깔기며 천만 번을 개개빌었다. 이보다 더 의젓하고 단호하고 또한 쉽게 하천인들을 다루는 방법이 어디 있겠는가?

*속량(贖良): 종의 신분을 면하여 양민이 됨.

그들은 팔렸다. 증여되고 상속되었다. 그들

이 사고 팔릴 때 세는 단위는 인(人)도 두(頭)도 아닌 구(口)였다. 그들은 머릿수가 아니라 입이 몇 개인가로 헤아려졌다. 시장에서 그들은 저화* 사천 장, 쌀 사백 말, 그리고 무명 사십 필이나 오승포 백오십 필과 맞바뀌졌다. 젊고 건강하고 잘생긴 것이 비쌌다. 새끼를 배어 낳는다면 재산을 늘리는 셈이니 계집종은 사내종보다 값이 후하게 쳐졌다. 같은 때에 좋은 말 한 마리를 사기 위해서는 오승포 사오백 필을 지불해야 했다. 그들의 목숨 값은 우마보다도 헐했다.

그리고, 조선 사람 셋 중의 하나가, 바로 짐승이나 진배없는 그들이었다.

관아의 수많은 잡무 역시 관노의 노역을 바탕으로 삼고 있었다. 수령이 동헌에 등청하기 전에 아전들이 질청으로 나오고, 아전들이 출근부를 적기 전에 관노청에서 점고를 마친 관노들이 동헌과 향청과 질청에 배치되어 일을 시작했다. 수령을 모시는 임무를 부여받은 시노(侍奴)들은 새벽부터 궁둥이에서 비파 소리가 났다. 수령이 기침하자마자 양칫물과 세숫물을 대야에 떠다가 방 안으로 들이고, 반빗간에서 갓 지은 조반을 가져다 식기 전에 바

*저화(楮貨): 조선 초기 화폐로 통용되던 종이.

치었다. 종일 수령의 곁을 선 채로 지키며 갖은 잔심부름을 하는 급창(及唱)은 관복을 들이고 신발을 닦았다. 책방에 머무르는 수령의 아들이 있다면 방자가 그 역할을 수행하였다.

개인의 소유물이 아니라 나라의 자산인 관노는 체계와 관리가 더욱 엄격했다. 우두머리 수노(首奴)는 필요한 물자의 구입과 임무의 분배를 맡았고, 공방에는 곳간지기 공노(工奴)가, 마구간에는 구노(廏奴)가, 방을 덥히고 뒷간을 치우는 일에는 방노(房奴)가 따로 정해져 있었다. 관리나 지주들이 소유한 사노비들은 내거하며 생계를 보장받거나 외거하며 주인의 땅을 부쳐 수확을 나누어 먹고살았다. 반면 공노비인 관노들 중에서 보수라는 것을 받는 이는 주방의 곳간지기인 주노(廚奴)와 고깃간지기인 포노(庖奴), 그리고 창고지기인 창노뿐이었다. 보수라고 해봤자 품질이 좋지 않은 낙정미(落庭米) 몇 섬이 고작이었지만 이조차 다른 관노들의 부러움을 샀다. 그들을 제외한 나머지는 모두 공으로 노동을 바치고 소금엣밥이나 얻어먹는 게 고작이기 때문이었다.

희망이 있을 리 없었다. 기대하고 바라는 것이라곤 내일은 선참의 심기가 편편하여 발길질을 덜 하였으면 좋겠다, 객사에서 삭망례가 끝나면 제수 턱찌끼라도 얻어 배에 기름칠을 했으면 좋겠다는 것 정도였다. 희망이 없으니 사랑할 수 없었

다. 희망이 없기에 살아갈 수조차 없었다. 그저 살아지고 살아
낼 따름이었다. 분노와 원망과 비애는 잘근잘근 다지고 지근
지근 짓씹어 환약 먹듯 꿀꺽 삼켰다. 혀끝에서 굴리며 곱새겨
보아야 검쓰고 떠름할 뿐이었다. 그들은 점점 주인들이 원하
는 방식으로 길들여졌다. 스스로의 의지로는 단 한순간도 살
지 못하는 버러지 같은 존재가 되어갔다.

논개는 비록 노안(奴案)에 이름을 올리거나 정식으로 체지*
를 쓴 적은 없었지만, 어머니 박씨가 자유인으로서의 권리를
포기하고 생존을 위해 더부살이를 자청하면서부터 관아의 노
비나 다름없이 살아왔다. 논개가 급수비(汲水婢)인 무자리 구
실을 시작한 것은 여섯 살 때였다. 여염의 아이라면 여전히 생
떼거리나 부리고 응석받이 노릇을 할 나이였다.

하지만 부모에게서 물려받은 더럽고 상스러운 피가 흐르는
몸뚱이라면 그 사정이 전혀 달랐다. 젖 떼고 걸음마하고 똥오
줌을 가리고 말을 할 지경에 이르러서는 조막만 한 그것들의
손이라고 놀릴 리가 없었다. 상전이 노비를 부리는 데는 성별
이든 나이든 그 어떤 정황이든 인정사정이 없었다. 아이종은
아이가 아니라 종일 뿐이었다. 종을 부리는 데 아이를 대하듯
보살피고 돌볼 까닭이 없었다.

그렇다고 부모의 보호를 기대할 수도 없었

*체지(帖紙): 관아에서 이속과
노비를 고용할 때 쓰던 서면.

다. 종인 아비와 종인 어미는 자기들의 비참한 한 일생을 감당하는 것만으로도 힘겨웠다. 사람으로서 느끼는 연민은 고사하고 부모와 자식 사이의 혈육애조차 사치스러웠다. 전생에 지은 죄가 많고 팔자가 더러워 금생이 험하고 괴로운 건 네오내오없이 같지 아니한가. 가슴 아파하고 불쌍해한다고 달라질 일이 아니다. 감싸고 두남두어 해결될 일도 없다. 그리고 결정적으로 부모 역시 자식들과 마찬가지로 비절참절한 어린 시절을 보냈다. 귀애받기는커녕 동정 받은 적도 없었다.

"이놈의 애새끼, 죽 그릇은 왜 엎어? 빙충이같이 굴 바에야 나가서 벼락이나 맞고 뒈져라!"

"육시랄 놈의 새끼들, 밥 처먹자마자 배 꺼져라 왜 싸움질이냐? 호랑이한테나 물려가라!"

아이들은 그저 실수로 그릇을 엎고 형제끼리 토닥거리며 드잡이를 했을 뿐이었다. 그런데 고단한 생을 견디기에 버거운 부모의 입에서는 곧장 무시무시한 저주의 욕설이 쏟아졌다. 몸보다 더 가난한 마음이 독살스런 추욕으로 새어 나왔다. 그러나 그들은 다만 자신의 부모와 똑같은 방식으로 자식들을 다루었을 뿐이었다. 귀찮다 발길질하고 밉살맞다 매질하는 것이 일상사였다. 비좁고 음습한 배방에서는 아침저녁 광목 찢기는 듯한 아이들의 울부짖음이 터져 나왔다. 얼굴이 달고 목이 쉴 때까지 울어 젖히다가 제풀에 지치면 그들은 소금기가 버석거리는 얼굴로 눈물과 코를 빨며 잠들었다. 태어나면서부터 세상의 밑바닥에 머무르도록 낙인을 새겨 나온 이상 어떤 다른 방식으로 성장할 수 있는지 아무도 몰랐다. 알지 못하기 이전에 상상조차 하지 못했다.

관아에는 그나마 동노방이라도 따로 마련되어 있지만 민간의 형편은 더욱 무자비했다. 남도에서는 일찍부터 종살이에 나선 동노(童奴)들을 '담살이'라고 불렀다. 드넓은 누리 어디에도 그들을 위한 좁은 방, 어린 꿈과 비밀을 지키고 키울 수 있는 작은 공간이 없었다. 부뚜막 어귀나 굴뚝 가에서 희미한 온기에 의지해 웅크리고 자면 그만이었다. 어린 종들은 천인들의 세상에서도 가장 낮은 곳에 살았다. 업저지들은 상전의 젖먹이 아이를 업고 종일토록 등으로 오줌을 받았고, 관아의 무자리나 반빗아치와 비슷한 역할을 하는 여염집의 통지기는 우물질을 하고 반찬감을 사 나르는 잔심부름으로 오금에서 불이 났다. 주인집 담장에 붙어산다 하여 담살이, 꼭두새벽부터 마소를 먹일 꼴을 베기 위해 산길을 오르는 이슬받이라 하여 꼴담살이, 새벽녘 오줌버캐가 찌든 요강을 비우는 일로 하루를 시작한다 하여 요강담살이였다.

논개에게는 동무가 없었다. 관아에도 나이가 엇비슷한 어린 노비들이 있었지만 그들은 관아 안팎을 소세하고 뜰의 잡초를 뽑는 등 각자 맡은 일로 하루해가 짧았다. 반빗간에서 같이 일하는 계집종들은 해야 할 일이 많아서 쉴 겨를이 없기도 하려니와, 다들 신세가 곤고해서인지 입을 열면 쏟아지는 말이 시비하거나 남을 헐뜯는 것인지라 가까이 두고 사귀기가 어려웠다. 더구나 논개는 종살이를 하고 있으나 관노가 아닌 데다 실답지 않은 소리를 지껄이고 남의 험담을 하는 데는 소질이 없어, 무리를 지어 독살을 피우는 그들에게 은근히 따돌림을 받았다.

하지만 논개는 그들을 미워할 수가 없었다. 대저 이해할 수 있는 것은, 이해할 수밖에 없는 것은 끝내 미워할 수 없는 법이다. 약한 것들은 필사적으로 패거리를 짓는다. 안으로 사로잠근 동아리에서만은 무력감으로부터 오는 실의와 절망을 잊을 수 있기에, 초록은 동색이려니 비루한 본새를 감출 수 있기에, 여리고 못난 것들은 기어코 떼를 이룬다. 그럼에도 논개는 그들에게 연민을 느끼려니와 결코 그들과 한패가 될 수 없었다.

타고난 바탕이 다르기 때문일 수도 있을 것이다. 그러나 신분과 됨됨이를 넘어선 무언가가 있었다. 비록 초라한 행색은 다르지 않을지언정 그들에겐 없는 것이 논개에게 있었다. 살아가는 이유를 가르치는 것은 사랑이었다. 자신에게 자족하며 자존할 수 있는 힘은 사랑의 경험에서 비롯되었다. 논개와 다른 노비들의 가장 큰 차이점은 바로 그것이었다. 어버이의 슬하에서 귀녀로 산 것은 고작 여섯 해에 지나지 않지만 논개는 담뿍이 사랑받았던 기억을 보석처럼 품고 있었다. 그리하여 기억하는 자는 본능적으로 알았다. 분노로 자신을 상하게 하고 절망으로 돌보아 거두지 않는 것은 아무 의미가 없었다. 누군가 등 뒤에서 손가락질하고 흠구덕하는 일도 아랑곳없었다. 보지 않고 듣지 않으려 애쓰지 않아도 이미 보이지 않고 들리지 않았다.

그리하여 논개는 자기에게 주어진 운명을 원망하지 않았다. 그렇다고 눈감고 외면하지도 않았다. 그저 그것을 말갛게 응시할 뿐이었다. 달라지려 애쓰지 않아도 다르고, 강해지려 힘쓰지 않아도 강해야만이, 참으로 다르고 강한 것이다.

여섯 살 때부터 비가 오나 눈이 오나 더우나 추우나 숱한 나날을 하루같이 우물질을 하다 보니 어느새 논개도 능숙한 무자리가 되어 있었다. 논개의 심줄은 노역에 길들어 날로 검질기고 옹차졌다. 비록 목이 굵고 어깨가 바라진 튼실한 동자치의 형상은 아니었으나, 무릇 일은 힘이 아니라 솜씨와 꾀로 하는 것이었다. 죄어칠 때 바싹 몰고 끄를 때는 나슨히 풀어야 한다. 될 때 풀고 끄를 때 몰아서야 헛심 쓰며 물똥 싸는 꼴이다. 배움은 책방에만 있지 않았다. 옛사람들이 말하길 논밭을 가는 일은 하인에게 물을 것이요, 베 짜는 일은 계집종에게 물어볼 것이라고 하지 않았나. 아무리 낮은 사람 천한 일에도 반드시 배워 깨우칠 것이 있다. 논개는 이제 무거운 짐을 이고 수십 리를 걸어도 끄떡없는 미립난 일꾼이 되어 있었다.

장수에서 무장과 영암을 거친 최경회의 고을살이는 논개가 열한 살이 되던 해 전라도를 떠나 경상도 영해부에 이르렀다. 서로 사양하고 존대하는 미풍을 지닌 곳이라 하여 고려 때는 예주(禮州)라고 불렸던 영해는 동해에 면한 아름다운 마을이었다. 바다? 논개는 여태껏 한 번도 바다를 본 적이 없었다. 바다! 소문으로만 들어온 그것은 불현듯 허기를 일깨우는 이름이었다. 정체 모를 무언가를 그리워하도록 마음을 들쑤시는 이름이었다. 바야흐로 논개는 꽃기운 무성한 사춘기에 접어들고 있었다. 논개는 성안 서쪽의 못골로 우물질을 나설 때마다 버릇처럼 코를 킁킁거렸다. 얼핏 바람결에 짭조름한 간수 냄새가 섞인 듯도 하였다.

그날도 논개는 못골의 한데우물에서 두레박질을 하고 있었다. 똬리를 받치고 물동이를 머리에 얹으려다, 논개는 문득 물 비린내에 해초 냄새가 섞인 듯하여 동이를 다시 내리고 낯선 향기를 맡아보았다. 그때를 놓치지 않고 같이 우물질을 나온 무자리가 냉큼 말을 붙여왔다.

"무슨 냄새라도 나나?"

아이는 처음부터 대뜸 말꼬리를 자르고 반말로 물었다.

"아니, 여기 우물물은 다른 곳들과 좀 다른 것 같아서……."

"여기서 좀만 더 올라가면 시거동이라는 마을이 있다. 여기 물이 정이 안 좋으면 거기 우물에 가봐라. 그래봤자 우리 얼굴에 찍어 바를 물도 아닌데 허튼 발품 팔면 뭐하겠나? 옹기 물독에 넣어서 하룻밤만 재우면 비린내 짠내는 다 빠진다."

홍살문을 같이 나설 때부터 수작을 붙이고 싶어 멈칫멈칫 망설이는 걸 논개도 낌새채고 있었다. 그래도 낯가림을 하느라 눈치만 보며 주저하던 아이는 한번 말문이 트이자 호도깝스런 제 본색을 자락자락 드러냈다.

논개는 느닷없는 친절을 베풀며 다가서는 무자리를 찬찬히 살펴보았다. 눈꺼풀이 살짝 위로 처들린 들창눈이 때문인지 어쩐지 맹하고 나른해 뵈는 얼굴이었다. 머리통은 논개의 어깨쯤에 걸릴까 말까, 아무리 논개가 또래보다 키가 큰 편이라고 해도 서너 살쯤은 아래로 보였다. 그런데도 아이는 처음부터 끝까지 반말질이었다. 예의고 범절이고는 아예 모르는 듯했다. 그래도 그 천연덕스런 모습이 아수 빕살스럽시만은 않아 논개는 가탈 없이 응대하였다.

"고마워. 칼자 아주머니가 일러준 우물이 여기뿐이라 다른 데가 있다는 건 생각도 못했네."

"흥! 그 칼자년 하는 소리를 곧이곧대로 듣지 마라. 못골 우물 딱 하나 알려주고도 시거동 우물물 안 떠 왔다고 들볶을 년이다!"

아이는 입술을 삐쭉거리며 없는 사람의 흉을 보았다. 자그마한 몸피에 어울리지 않게 눈 하나 깜짝 않고 상소리를 내뱉으며 잇새로 침을 찍 내깔기는 모양이 여간내기가 아닌 듯했다.

"이번에 새로 오신 부사 어른을 따라왔다며? 그럼 원래 고향이 영암이었나?"

"아니, 내 고향은 전라도 장수야. 장수 현감으로 계시던 어르신을 따라 무장에서 영암을 거쳐 왔지."

"딴 종년들이 수군덕거리는 소릴 주워듣자니 너는 원래부터 종은 아니었다며?"

"……."

"말하기 싫음 하지 마라. 태어날 때부터 종이었던 년놈이 있으면 살다가 종이 된 년놈도 있을 테지. 핑계 없는 무덤이 어디 있고 사연 없는 사람이 어디 있겠나? 그런데 그 몸으로 무자리 노릇은 어떻게 하나? 목이 튼튼해야 임질을 잘할 텐데

모가지가 꼭 윗가지 같네! 아이고, 저 빼빼한 등짝에 개미허리에…… 그나마 손을 보니 생판 거짓말은 아니로구나."

아이는 무례한 눈길로 논개를 모모이 뜯어보며 평을 하였다. 얼떨결에 당한 봉변에 논개의 얼굴이 새빨개졌다. 어쨌거나 논개 또한 남몰래 물거울에 용모를 비춰 보는 소녀였다. 논개는 얼른 똬리를 쥐고 있던 손을 거두어 감췄다.

"그런데, 네 이름이 뭐냐?"

"내 이름은 논개야. 앞으로 서로 도와가며 사이좋게 지내자."

"논개? 참말로 희한한 이름이네. 개를 놓았다고? 개를? 어쨌든 한 번 들으면 잊어버리진 않겠다."

"……"

"……"

"……왜? 내 얼굴에 검댕이라도 묻었어? 뭐 더 물어보고 싶은 게 있니?"

"아니, 그런데 넌 왜 나한테 묻지 않는 건데?"

"무얼?"

"내 이름이 뭐냐고, 넌 그것도 궁금하지 않다는 게냐?"

"아아, 미안해. 내가 깜박 잊었다. 오늘 처음 만났는데도 네가 오랜 친구처럼 스스럼없이 대해줘서……. 그래, 네 이름은 무어니?"

토라진 듯 눈을 샐쭉하니 흘기던 아이는 논개가 사과를 하자 금세 맘이 풀렸는지 해해거리며 말했다.

"그래, 있으나 마나 한 이름 따위라도 주거니 받거니 하는 맛이 있어야지. 나는 업이(業伊)다. 업이! 넨장맞을 이름이지!"

논개는 그렇게 업이와 동무가 되었다. 하루에 수차례 나서는 우물길에 말벗이자 길벗이 생겼다. 혼자라도 아주 나쁘지는 않았지만 시시풍덩한 수다나마 함께 지껄여 나눌 동무가 생기니 길도 짧고 일도 수월해지는 느낌이었다.

내가 나이기에 너와 다르고, 네가 너이기에 나와 다를 수밖에 없는 헤아림의 참뜻을 알지 못하는 사람들은 기어이 남과 여, 나이의 많고 적음, 신분의 높고 낮음을 갈라 나누려 한다. 세상이 정해놓은 분류의 기준이 아니라면 스스로 남과 얼마나 어떻게 다른지 알지 못하기 때문이다. 그런 면에서 극단은 닮기 마련이었다. 밑바닥 천인이라고 질서와 규범이 없을 리 없었다. 어쩌면 노비들의 기율은 더욱 가혹하고 냉엄했다. 사내들은 제 계집을 바심하듯 내리패기 일쑤였고, 한 살이라도 나이가 많으면 기필코 받들어 대하길 우격다짐하였고, 쥐꼬리만 한 권한을 황모(黃毛)마냥 움켜쥐고 으스대었다. 꼭 남녀유별이요 장유유서에 노주구별의 명목을 보검처럼 매어 찬 저희의 포달스런 상전들처럼.

업이는 워낙 키가 작고 몸피가 가늘어 어려 보였지 실제로
는 논개와 한 살 터울밖에 지지 않았다. 그래서 논개는 업이를
한동갑마냥 다정히 대하였다. 한 살이면 또래나 다름없는 어
금버금한 나이이니 굳이 언니 동생을 따질 필요도 없었다. 업
이는 논개가 무람없이 대해주자 아예 단짝패가 될 작정인 듯
시도 때도 없이 논개의 꽁무니에 따라붙었다. 때로는 그 붙임
붙임이 지나쳐 항상 혼자 지내며 일하기에 익숙했던 논개가
얼마간 거북함을 느낄 정도였다.

그럼에도 업이는 그런 낌새 따윈 맡지 못하는 것 같았다. 아
니, 아예 눈치채지 않으려는 작정인 듯했다. 업이에게도 논개
가 둘도 없이 하나뿐인 동무이기 때문이었다. 업이는 영해부
의 관노들 사이에서 내놓다시피 한 돌림쟁이였다. 논개처럼 최
경회의 임지를 따라 여기저기 옮겨 다니느라 본토박이들과 틈
바귀가 생긴 경우도 아니었는데, 관노들 중 누구도 업이를 살
갑게 대하며 가까이하지 않았다.

때로 업이는 군불아궁이 옆에서 묵재 속에 발을 묻은 채 봇
돌의 온기에 의지해 자곤 했다. 무슨 사연으로 동노방에서 칼
잠조차 자지 못하고 쫓겨났는지 알 수 없었다. 하지만 그런 날
새벽 우물질을 나선 업이의 모습은 차마 눈을 뜨고 보기 어려
웠다. 봉두난발한 머리칼부터 눈썹까지가 재강아지마냥 회백

색으로 뒤덮였고, 겨울의 삼베옷 여름의 단벌 무명옷이 걸레쪽보다 나을 게 없었다.

하루는 그 꼴을 보다 못한 논개가 업이를 개울로 데려갔다. 마을 사람들의 공동 식수인 먼우물에는 손도 담글 수 없게 되어 있지만 골짜기에 흐르는 실개울이야 누구의 것도 아닐 터였다.

"머리를 감고 얼굴을 씻으렴. 내가 망을 봐줄 테니 목간을 하면 더 좋겠다. 잿물이랑 참빗도 챙겨왔다. 머리를 다 감으면 빗겨 땋아줄게."

논개의 말에 업이의 얼굴이 야릇하게 일그러졌다.

"왜? 내가 더러워서 같이 다니기에 낯이 깎이나?"

"여염집에선 여아 나이 열 살이면 나다니지 않고 여공을 배운단다. 규중의 꽃으로 의복을 장만하고 제사를 보살피는 법을 배우는 것이야 우리 몫이 아닐지언정, 사람이라면 모양새는 단정히 갖추고 살아야지 않겠니?"

"때를 밀고 낯을 닦으면 누가 날 귀애하나? 지금껏 이가 끓고 옷이 험해서 나를 홀케 돌렸다더냐? 다 귀찮다. 너나 꽃단장해라. 향유랑 연지는 왜 안 챙겼나?"

업이는 멋쩍고 쑥스러워 맘에도 없는 소리를 불퉁거렸다. 그래도 논개는 자신의 호의를 무시한다고 화를 내는 대신 업이의 손을 가만히 끌어당겼다.

"내가 재미있는 고담 하나 들려주런? 내 고향 장수에는 한여름에도 임금님의 빙실이 부럽지 않은 깊은 숲속에 각시소라는 연못이 있단다. 못의 이름이 왜 각시소인가 하니, 옛날 옛적 그 계곡에 화전을 일구고 살던 집이 있었다지. 그 집에는 장성한 딸이 하나 있었는데, 아마도 딸애는 평소에 너처럼 씻는 일이 귀찮고 소용없다 했었나 봐. 어느덧 딸이 자라 혼인을 하게 되어 난생처음 단장을 하고 신랑 집에 가기 위해 가마를 탔다네. 그런데 연못을 건너다가 우연히 너울거리는 물그림자를 내려다보니, 어쩌면 양귀비가 연못 안에 들어앉아 있지 않겠니? 색시는 처음 본 미인에 홀딱 반해 몸을 기울였다가 그만 가마에서 굴러떨어져 연못에 빠져 죽고 말았어. 색시가 본 미녀가 누구였겠니? 그래, 맞아! 색시는 자기가 그만큼이나 아름다운 줄 모르고 있었던 거야. 시냇물에 비춰 보렴. 네가 얼마나 곱고 예쁜지. 스스로 아껴 돌보지 않고서야 누가 먼저 너를 귀애하겠니?"

논개는 어머니에게서 전해 들은 각시소의 전설로 업이를 야스락야스락 꾀었다. 처음엔 귀찮다는 듯 심통을 부리던 업이도 양귀비를 닮았다는 색시의 이야기를 듣더니 못 이기는 척 슬그머니 걸치고 있던 홑저고리를 벗었다. 누더기 솜을 자아 짠 북덕무명은 그녀의 생애처럼 남루했고 땀에 절고 때에 씨

들어 구진한 냄새가 고약했다.

논개는 얼핏 업이의 가슴에 봉긋이 솟아오르는 동백꽃 망울만 한 젖 몽우리를 보았다. 망을 보는 양 고개를 내둘려 외면했지만 문득 눈시울이 시큰하였다. 고 작고 여윈 몸의 피를 빨겠다고 달라붙은 흡혈충들이 마들가리 사이에서 고물거리고 있었다. 논개는 손톱을 세워 그중 한 마리를 눌러 터뜨렸다. 손끝이 매작지근한 피로 새빨갛게 물들었다.

"너…… 업이랑 같이 개울에 갔었다며?"

그로부터 며칠 뒤의 일이었다. 논개가 반빗간에서 물통을 부셔 닦고 있노라니 논개보다 손위인 반빗아치 하나가 곁에 다가와 슬쩍 말을 붙였다.

"예. 마침 볕도 좋기에 빨래나 할까 해서 같이 갔었어요."

"네가 머리도 빗겨주고 새 옷도 나눠줬다며?"

"업이가 얘기하던가요? 하도 차림새가 심란해서 그랬지요. 새 옷은 아니고 제가 입다 작아진 여벌인 걸요? 동무끼리 그 정도야 나눌 수 있지요."

"동무? 논개 넌 업이랑 동무가 될 수 있다고 생각하는 거냐?"

"그럼 동무가 될 수 없는 이유가 있나요? 고단하고 힘든 처지에 서로서로 의지하면 좋지 않아요?"

그러자 반빗아치는 스스럽잖게 대답하는 논개를 뚫어져라

바라보며 말했다.

"네가 우리랑 근본이 다르다는 건 알고 있다. 하지만 글줄을 읽는 정도를 넘어 아무리 야물고 남다르대도 그 나이에 사람의 속내까지야 들여다볼 수 있겠니? 업이 그것, 보통내기가 아니라는 것만은 마음에 새겨두고 있어라. 믿는 나무에 곰핀다더라!"

반빗아치는 호의를 베푼답시고 논개에게 일침을 놓고 갔다. 업이는 관노들 사이에서 꽤나 미운털이 박혔나 보았다. 하지만 그럴수록 논개는 업이에게 마음이 짠하게 쓰였다.

언젠가 논개는 박씨의 가슴앓이 구완을 위해 산약(山藥: 마의 뿌리)을 캐러 산에 오른 적이 있었다. 업이도 바늘을 따르는 실처럼 졸래졸래 논개를 뒤따라왔다. 행여 실뿌리 하나라도 다칠세라 호미질을 하는 대신 손으로 흙을 파는 논개를 물끄러미 바라보던 업이가 문득 물었다.

"너는 왜 그리 어미에게 지극정성을 바치나?"

업이의 엉뚱한 질문에 논개는 어이가 없어 피식 웃었다.

"어머니를 위하는 데 무슨 이유가 따로 있겠어? 배를 앓아 나를 세상에 내셨으니 고맙고, 젖 물려 먹이고 대소피 가려 키우셨으니 고맙고…… 효행이 인류의 으뜸 덕목이라는 가르침을 떠나서라도 고마운 분께 성의를 다하는 거야 물이 위에서 아래로 흐르는 것만큼이나 자연스럽지 않니?"

논개는 흙내가 물씬 풍기는 산마를 베수건에 조심히 거두면서 말했다. 하지만 여전히 업이는 맹문을 모르는 얼굴이었다. 업이는 제 몫의 일만으로도 등이 휠 지경에 박씨의 수고를 덜어주려고 밤새워 버선볼을 박고 다듬이질을 하는 논개를 이해하지 못했다. 툭 하면 앓아눕고 일어나서도 고통에 겨운 얼굴로 가슴을 두들기고 앉은 박씨를 병구완하느라 잠을 줄이고 끼니까지 거르는 논개가 유별나고 희한하다고 말하기도 했다.

"빨가숭이 때야 어미가 널 거두어 돌보았을지도 모르지. 하지만 늙고 병들어서야 너한테 무엇을 해주나? 누구는 약 바라지로 모자라 똥오줌 수발까지 한다고 하더라만, 그렇게까지 늙다리 목숨을 붙여두어 뭘하나? 그게 삯도 못 받고 웃짐 지는 꼴이지, 효자면 무슨 광영을 보고 효녀면 무슨 영화를 누리나? 나라에서 상을 내리고 비도 세워준다고? 아나, 그깟 국도 못 끓여 먹을 돌덩이!"

업이의 말이 가당찮고도 언짢았으나 논개는 성을 내는 대신 차분히 맞받았다.

"사람의 인연도 수다하고 그 인연으로 지은 정도 갖갖이라지만 무엇이 부모 자식의 그것처럼 질기고 끈덕질까? 나는 어머니가 내게 아무것도 해주지 못한대도 좋아. 그저 곁에 계셔주는 것만으로 충분해. 물론 나도 일신이 괴로우면 짜증스럽고 서러울 때가 있어. 그것조차 아니라면 거짓말이지. 하지만 때때로 한밤중에 일어나 어머니의 코밑에 가만히 손가락을 들여대보곤 해. 꿈속에서 어머니가 돌아가셨다는 기별을 들었거든. 그럴 때면 손끝에 닿는 그 희미한 숨결이 어찌나 고맙고 다행한지…….날 걱정해 주는 네 마음은 알겠다만 모두 내가 기꺼워서 하는 일이니 그런 말은 다시 하지 않아주었으면 좋겠다."

그때까지도 논개는 업이가 왜 그런 소리를 함부로 지껄이는지 알지 못했다. 그저 가르치는 이가 없으니 배우지 못해 그러려니, 혹은 어머니를 살뜰하게 위하는 논개에게 시새움을 느껴 빈대는 줄만 알았다.

업이는 고아였다. 관노든 사노든 아비 잃고 어미 죽은 동노가 한둘이 아닐진대 그게 무슨 대수냐고 할 수도 있지만, 업이는 그 짧은 생애에 숨은 내막이 보통의 종들과 적이 달랐다. 그래서 그 이름이 가혹하고도 무서운 업(業)이었다. 그녀가 세상에 생겨나기 전부터 비롯되어, 마침내 고통의 과보로 그녀를 낳은 업.

업이의 어미는 까막과부였다. 정혼을 하자마자 신랑 자리가 급살을 맞아 죽는 바람에 초례청에도 서보지 못하고 열일곱의 나이에 과부가 되었다. 지근거리에서 사내의 더운 숨결 한 번 느껴보지 못한 채 시커먼 댕기로 쪽을 지게 생겼으니, 자식 없는 청상과부나 친정에서 혼례를 올린 다음 시가로 가기 전에 신랑과 사별한 마당과부조차 그녀에 비하면 호강에 겹다 할 것이었다. 그럼에도 고규*를 지키며 수절하는 것이 거룩한 도리라기에, 업이의 어미는 꼬박 십 년 동안 제가 타고난 상부살**을 감내하며 살았다.

그러는 동안 동무들도 모두 혼인을 하여 살림을 꾸렸다. 올망졸망한 어린것이 서넛쯤 딸리기는 예사였고 금낭화 피듯 예닐곱까지 주렁주렁 매단 애어멈도 적잖았다. 고런 몽실하고 돌돌한 얼뚱아기 하나만 품어봤으면 하고 당찮은 생각을 했던 것이 화를 불렀을까? 그녀에게도 어느 날 문득 사랑이란 요사가 찾아왔다. 법이 무섭고 굳세다지만 사람이 만들어낸 것이 스스로 그러한 자연을 넘어설 수는 없었다. 아무리 남녀 칠세부동석에 내외 구별을 내세워 빗장을 친대도, 문풍지가 댓바람을 못 막고 갯둑이 해일을 막지 못하는 이치였다. 행여 바깥사람이 넘겨다볼까 내외 벽을 치고 내외 담을 두르고 안채와 사랑채 사이에 중문을 세워도 소용없었다. 양반들이 하도 남녀

*고규(孤閨) : 젊은 과부가 홀로 자는 방.

*상부살(喪夫煞) : 과부가 될 불길한 살.

196

유별이니 내외법이니 요란을 떨어대기에 하민(下民)들까지 이 풍속을 흉내 내어 집 안에 널벽을 쌓기에 이르렀지만, 무릇 지어지기를 사랑은 허공을 제집 삼는 바람이나 경계 없이 밀어치는 파도와 같았다.

하지만 업이의 어미는 운이 나빴다. 차라리 청상과부의 팔자고침수로 허장을 지낸 뒤 몰래 개가하거나, 날강도나 다름없는 건달꾼의 보쌈을 기대하거나, 소박맞은 여인들처럼 임자 없는 몸이라는 징표로 세모꼴 옷섶을 지닌 채 새벽녘 성황당 앞을 서성이는 편이 나았을는지도 모른다. 느닷없이 왔기에 피할 수가 없었다. 외길에서 마주쳤기에 비껴 설 방도가 없었다. 그녀는 다짜고짜, 난데없이, 꼼짝 못하고 맞받아오는 악인연에 된통 부딪혔다. 그렇게 팔자만이 아니라 생애 전부를 송두리째 바꿀 사랑에 빠져버렸다.

하필이면 그 상대가 토반으로 행세하던 집안의 깎은서방님이었던 것이 그녀의 잘못이라면 잘못이었다. 남자의 성정이 다정하고 부드럽다 못해 약하고 물러빠지고, 그 안주인의 성미가 강건하고 올곧다 못해 표독하고 잔인하다는 것 또한 그녀의 불운이라면 불운이었다. 까막과부와 깎은서방님의 정분은 금세 온 동네에 소문이 났고, 곧 부인의 귀에까지 흘러들었다.

조선에서는 남편과 아내가 아니라면 그 누구도 남자이거나 여자일 수 없었다. 혼인 관계가 아닌 남녀의 접촉은 모두 간통이었다. 처녀 총각도 예외가 아니었다. 몰래 내통하다가 현장에서 잡히면 마누라와 간부를 때려죽여도 죄가 아니었다. 도리어 사실을 알고도 모르는 체 넘겨버리면 벌을 받았다. 신분 간의 간통은 더욱 혹독하게 다루어졌다. 양인 여자가 노비와 결혼한 경우 그 자녀는 무조건 아비의 신분을 따라 노비가 됨은 물론, 만일 그들이 혼인 관계를 떠나 서로 통했다면 죄 중에서도 일급으로 취급되었다. 다만 예외가 있다면 양반 사내가 통간하는 경우였다. 사건이 덧나 커지어 서울의 금부에까지 올라가지 않는다면 수령도 그들을 함부로 구금하거나 신체형을 가할 수 없었다. 수금이 된다면 체수*할 방도도 있었다. 속전을 내면 태형이든 장형이든 얼마든지 피할 수 있으니, 화간의 벌로 내리는 장(杖) 팔십 대라면 면포 두 필에다 돈 다섯 냥어치밖에 되지 않았다.

깎은서방님의 안주인은 끓어오르는 울분을 삭일 수가 없었다. 처음에는 남들에게 우셋거리가 되는 것이 두려워 아는 놈만 아는 쪽에서 막음하려 하였으나, 궁도령으로 떠받들려 자란 깎은서방님이 누울 자리도 모르고 다리를 뻗어 아예 이참에 과부년을 첩실로 들여앉힐 요령을 피우는 것이었다. 천지가 모두

*체수(替囚) : 인질을 넣고 일시적으로 수인을 방면하는 것.

남자의 세상이니 안 될 것도 없었고 못할 일도 아니었다. 자칫하면 나무 족쇄를 차고 엉덩이 살이 너덜거리게 곤장을 맞는 꼴조차 보지 못하고 겹살림을 하게 생겼다. 그리하여 마침내 안주인은 화목하고 다복한 가정과 숭고한 반가의 명예를 지키기 위해 거룩한 결단을 내리기에 이르렀다. 업이가 제 어미의 쓸쓸한 자궁에 싹터 모락모락 자라날 즈음이었다.

업이의 어미는 만삭의 몸으로 노성당에 끌려갔다. 노성당은 관의 묵인과 향청의 비호 아래 고을의 원로들이 사형(私刑)을 집행하는 곳이었다.

"네, 이년! 네 죄를 네가 알렷다?"

상좌에 앉은 백발노인이 카랑카랑한 목소리로 불호령을 하였다. 업이 어미는 이미 노성당에 끌려 들어올 때부터 치도곤을 당할 일을 각오했기에 적이나 담담하고 차분했다. 보름달처럼 부풀어 오른 배가 무엇으로도 가릴 수 없는 불행한 사랑의 증거일지니 변명을 하고 발뺌할 도리가 없었다.

"네년이 무슨 불측지심으로 예의를 숭상하고 인도를 추앙하는 우리 향촌을 욕보이는가? 나라에서 엄금한 억불의 방침을 듣지 못하였더냐? 절의와 정절을 지켜야 할 과녀의 몸으로 떠돌이 병신 중과 배를 맞추어 더러운 씨앗을 배다니, 너는 수오지심조차 느끼지 못하느냐?"

아무리 매운 벌이라도 달가이 받을 다짐으로 묵묵히 엎드려 있던 업이의 어미는 불현듯 괴이하게 돌아가는 추문에 놀라 고개를 쳐들었다.

"무, 무슨 말씀이십니까? 떠, 떠돌이 중이라니요?"

"네년이 과연 인두겁을 쓴 금수로구나! 고변을 입증할 증인이 있고 상간자의 자백이 있는데 어쩌자고 끝까지 거짓으로 양반을 우롱하려 하느뇨?"

"증인은 누구이고 상간자는 누구를 칭하는 것입니까? 끝내 수절하지 못하고 법을 거슬러 사통한 죄를 물으신다면 지벌을 각오하겠사오나, 신문하시는 한 마디 한 마디가 금시초문이니 어찌 감히 억울함을 견딜 수 있으오리까?"

제 분에 겨워 수염을 파들파들 떨던 늙은 양반은 업이 어미의 항변에 턱짓으로 좌우에 늘어선 종들에게 무언가를 지시하더니, 다시 목청을 돋우어 캐물었다.

"그렇다면 지난가을 네 사가에 걸개 중 하나가 동냥 왔던 일은 인정하느냐?"

"예. 자미중 하나가 목탁동냥을 하기에 마침 가을걷이 끝이라 쌀 한 되와 콩 두 되를 시주했던 것으로 기억합니다."

"이 중놈이 바로 그 걸개 중이더냐?"

그때 노성당 마당으로 장년의 중 하나가 온몸을 피로 칠갑

한 채 질질 끌려 들어왔다. 업이 어미가 자세히 살펴보니 바로 그가 작년 가을에 시주를 바쳤던 스님인 듯하였다.

"네, 그렇사옵니다."

"이년이 수작하는 작태를 좀 보아라! 꼬리가 아홉 개 달린 구미호가 따로 없구나! 남녀 사이에 치마를 당기고 밥상을 마주 대하는 것도 간음과 다름없을진대, 떠돌이 중놈의 새끼를 배고도 하늘 무섭고 남부끄러운 줄 모르는구나!"

"지, 지금 제 뱃속의 아이가 저, 저 자미중의 씨앗이라…… 하셨나이까?"

"귓문에 들보를 박았는가, 왜 더러운 말을 거듭하게 하여 고인을 능멸하는가? 꼭 내 입으로 다시 추사를 확인해야 마땅하겠는가? 알았다. 네 이놈! 네놈 입으로 이년과의 화간을 개개 승복*한 사실이 있는가, 없는가?"

거슴츠레 초점 없이 풀어진 눈에 정강이뼈가 부러졌는지 꿇어앉지도 못하여 엎드리다시피 한 자미중의 고개가 꺾이는 듯 끄덕이었다. 얼마나 호되게 고문을 당했는지 그는 벌써 물고가 난 상태나 다름없었다. 그럼에도 거물거물한 정신에 무어무어라 섬어를 지껄이는데, '어으, 어, 어……', 그는 아예 부당함을 주장하거나 따질 수 없는 벙어리였다.

"이 무서운 일이 누굴 죽이기 위해 꾸며졌

*개개승복(個個承服): 죄를 낱낱이 자백함.

단 말입니까? 쉰네는 갈기갈기 찢겨 죽어도 싸다고 하겠습니다. 하지만 죄 없는 자미중의 목숨 값이 쌀 한 되 콩 두 되밖에 되지 않더란 말입니까? 이 무고의 고발인이 과연 누구인지 짐작하겠습니다. 차라리 제 입으로 제 죄를 말하고 달게 벌을 받겠사오니 뱃속의 아이아버지를 불러 주십시오. 서방님은 반드시 진실을 밝혀주실 것입니다!"

업이의 어미가 피를 물고 울부짖었다. 만삭의 임부가 독기를 뿜으며 막서는 모습이 하도 참혹하고 기괴하기에 꼬장꼬장한 늙은 양반조차 고자누룩하여 얼김에 한 발 뒤로 물러섰다.

"저, 저 악랄한 것의 행패를 보아라! 네가 정히 죽기를 각오했다면, 좋다! 이미 만천하에 죄상이 드러나긴 하였으나 죄인의 주장이 이토록 강렬하니 과연 무엇이 진실인지 대질하여 밝혀보자!"

그리하여 마침내 그녀의 정인이 노성당으로 불려 오기에 이르렀다. 그러나 안주인을 동부인하여 나타난 깎은서방님은 마누라의 바가지에 진절머리가 난 데다 자칫하면 패가망신을 하리라는 으름장에 잔뜩 주눅이 들어 업이 어미와 눈조차 마주치려 하지 않았다.

"공자를 이런 난장판에 불러내어 객심스럽소. 하지만 죄인이 공자의 이름을 초들어 욕보이려 하니 무고함을 밝히기 위해서라도 출두하여 대질하는 것이 온당타 생각하였소. 그러니 대명천지 만장중에 진실을 밝히시오. 정녕 공자는 이 과녀와 서로 알고 지내셨소?"

복숭아꽃도 당신만큼 어여쁘지 않고 능수버들도 당신만큼 날렵하지 않다고 속삭이던 그가 도화보다 버들보다 곱디고운 연인을 일별조차 않은 채 대답하였다.

"……모릅니다. 처음 보는 여인입니다."

우렁우렁 낮고 굵직한 목소리는 귓가에 속살거리던 바로 그것인데, 땅을 파고 기어들듯 움츠러지며 흘린 이야기는 지옥에서 들려온 메아리인 듯하였다. 치맛꼬리를 옴팡지게 말아 잡고 서방의 곁에 바싹 붙어 선 안주인의 입아귀가 찬웃음과 함께 비틀렸다. 그녀는 잘난 사랑 놀음의 종말을 한껏 비웃었다. 산일이 며칠 남지 않았음에도 불구하고 뱃속에서 요란스레 놀던 아이가 문득 잠잠해졌다. 업이의 어미가 배를 싸쥐고 고꾸라졌다. 그녀의 조롱당한 가랑이 사이로 미지근한 모래집 물[羊水]이 새어 나오고 있었다.

법전이 없는 향촌의 사벌(私罰)은 때로 국법으로 정해진 형벌보다 모질고 맹렬하였다. 삼강오륜을 어긴 강상죄는 역모와 마찬가지로 엄중한 범죄였기에, 강상죄인의 고향은 전체가 연좌(緣坐)되어 읍호를 강등당하고 수령은 파직도록 되어 있었다. 그러니 대부분의 마을에서는 공식적인 송사가 이루어지기 전에 향촌의 규약으로 손도*하거나 법을 넘어선 모욕과 학대를 가하여 다시 같은 일이 일어나지 않기를 꾀하였다.

보통의 간통 사건에 대한 처벌은 회술레였다. 옷을 찢어 발가벗기고, 얼굴에 백토를 바르거나 횟가루 칠을 하고, 귀를 활로 꿰어 당기는 대로 끌리게 하고, 놋쇠 징을 등에 묶어 요란스레 치면서 우셋거리로 온 마을을 돌아다닌 뒤 회초리로 볼기를 오육십 대쯤 때렸다. 하지만 업이 어미의 경우는 예사의 경우와 달랐고 그보다 더 나빴다. 산기를 보이는 임부는 구완받기는커녕 향청의 곳집에 홀로 갇혔고, 벙어리 자미중은 난장(亂杖)에 처해졌다. 난장이란 죄수 하나를 가운데 두고 여럿이 둘러싸 붉은 몽둥이로 닥치는 대로 때리는 형벌로, 근친상간 따위의 패륜이나 상민이나 천민 남자가 양반 여자를 범하는 일이 일어났을 때 행해지는 민간의 혹형이었다. 노비가 주인을 죽이면 심한 고문 끝에 반드시 처형되는 반면 주인이 노비를 죽이는 건 죄가 아니었고, 상사람이 노비를 죽여도 몸값의 세 배를 주인에게 물면 그만이었다. 그리고 조선에서 승려는 노비나 다름없는 천민이었다.

때리는 자의 얼굴은 보이지 않고 오로지 맞는 자의 끔찍한 비명과 고통만이 존재하

*손도(損徒): 도리를 저버린 사람을 마을에서 쫓아냄.

는 무리의 폭행. 업이는 자신의 이름을 넨장맞을 것이라고 불평하였다. 그 욕의 뜻을 모르고 했다면 슬픈 일일 테고, 알고 했다면 더욱 슬픈 일일 테다. 네 난장을 맞으려니 '넨장맞을'이며 네게 난장을 치려니 '넨장칠'이랬다. 만천하에 공공연히 확인된 업이의 아비, 그러나 아무러한 핏줄의 인연도 없는 자미중은 비겁하여 한층 가혹한 난장 속에서 희생되었다. 그리고 그 시간 업이의 어미는 송곳니로 탯줄을 자르며 자신의 목숨까지 함께 끊었다. 어리석은 사랑에 대한 마지막 복수였다.

그럼에도 난장을 당한 중과 곳집에서 홀로 해산을 한 업이 어멈이 앞서거니 뒤서거니 죽었다는 소식을 들은 깎은서방님의 안주인은 싸늘히 웃으며 말했다고 하였다.

"옛사람의 말이 한 치도 그른 바 없다네. 능히 할 수 없는 일을 했다면 능히 받아서는 안 될 벌을 받는 게 마땅한 이치지!"

좋고 좋은 것 중 더 좋은 것을 가리는 일과, 나쁘고 나쁜 것 중 더 나쁜 것을 가리는 일 가운데 무엇이 쉽고 무엇이 어려운가? 애초에 좋고 나쁜 것의 측점은 그 누가 쥐고 있는가?

논개가 최경회의 시비(侍婢)로 동헌을 소제하고 의복 일체의 침재를 도맡게 된 것은 영해에 온 다음 해로 논개의 나이 열두 살이 되던 때였다. 논개의 남다른 풍모를 눈여겨본 영해의 수노가 막일꾼이나 다름없는 무자리로 쓰기에는 재주가 아깝다며 자리를 옮기도록 하였다. 영해부는 조선 창업기에 진(鎭)으로서 부사가 병마절제사를 겸했던 고장인 만큼 문무 쌍전한 수령의 임무가 막중하였고, 따라서 그를 시중하여 받드는 손도 특별히 분주하고 야물어야 했다.

마침 논개가 최경회의 시비로 옮겨갈 때에 수노가 논개를 불러 의중을 물었다.

"동헌의 일을 돌보자면 네 혼자 힘으로는 아무래도 버거울 게다. 마음에 맞는 짝이 있으면 도울 손 삼아 데려가 쓰도록 해라. 심중에 누구 떠오르는 아이가 있느냐?"

논개에게 동무라곤 한 명뿐이었다. 무자리 일을 그만두고 동헌의 시비로 옮겨가게 되었다는 소식을 전했을 때 부러움과 두려움으로 일그러지던 그 얼굴을 논개는 차마 외면할 수가 없었다.

"업이? 업이를 데려가겠다고?"

"예. 업이의 평판은 저도 알고 있지만, 뱀뱀이가 없어 그러할 뿐이지 깨우친 일에는 실수하여 결례하지 않을 만큼 명민하고 재바른 아이라고 생각합니다."

"잔고기 가시 세다고 업이가 몸집은 작아도 속은 오달지다는 건 알지만 가끔 그게 너무 지나쳐서 걱정이란 말이지. 그리고 부사 어른을 시중하는 일을 아무에게나 허투루 맡길 순 없다. 제례와 의식에 쓰일 관복을 짓고 도포하는 일도 만만치 않을 뿐더러 접객과 행차 등 부사 어른의 일정에 차질이 없게 하려면 정신을 똑바로 차리고 항상 긴장해 있어야 한단 말이야."

"서투르면 서투른 대로 짚신과 돗자리를 짜고, 익숙하면 익숙한 대로 미투리와 부들자리를 짜면 되지 않나요? 부족하고 넘치는 부분은 서로 보태고 덜도록 할게요."

"……좋다! 아무튼 논개 네가 그렇게 자신을 하니 나는 너만 믿겠다. 어쩐지 요즘 들어 업이가 부쩍 조신해진 듯하여 웬일로 철딱지가 나려나 했더니, 업이가 논개와 짝패라니 그것참 재미있는 일이로고!"

천인 중에서도 가장 천하고 동노 중에서도 가장 고단한 일을 하는 무자리가 동헌의 시비가 되었다는 것만으로도 관노청에선 구설이 되었다. 다들 입 모아 하는 말은 한 가지였다. 늑대는 늑대끼리 노루는 노루끼리 서로 모이고 사귀기 마련인데 논개와 업이의 경우는 이와 크게 다르니 기이하기 짝이 없다는 것이었다. 문자를 써서 양유(良莠)요 훈유(薰蕕)니 하는 소리도 들렸다. 양유란 벼와 가라지요 훈유란 향내 나는 풀과 나쁜 냄새 나는 풀이니, 착한 사람과 못된 사람을 더불어 부르는 말이었다. 천하의 외돌토리를 싸안는 논개의 어질고 너그러운 품성을 칭송하는 목소리도 있었지만, 한편으로는 믿는 도끼에 발등 찍히고 내 밥 먹은 개가 발뒤축을 무는 법이라고 수군거렸다.

발등을 찍히고 발뒤축을 물린데도 짤름발이에 외다리가 되기야 하겠는가. 논개는 깍듯하되 누군가에게 쉽사리 마음을 열지 않는 성미인 만큼 한번 준 마음을 가볍게 거둘 줄도 몰랐다. 모두가 업이를 경계하며 꺼리어 피하지만 논개는 친구가 되어 그녀를 믿어주고 싶었다. 어차피 빈탈타리나 다름없는 처지에 본디보다 밑지거나 해가 될 것이 무얼까 하였다.

태어날 때부터 자신의 뿌리를 부정당한 아이는 어디에도 머무를 수 없는 뜬구름 같았다. 기쁨도 잠깐, 슬픔도 잠깐, 밑동을 앗긴 떠돌이에겐 오래 앓고 새길 마음마저 없었다. 길 위에서는 꿈꿀 수 없다. 낯선 길마저 잃게 될까 봐 쉽사리 꿈길을 따라갈 수 없다. 그럼에도 겉잠에 꾸는 객몽이 있다. 서먹하고 어설퍼 차마 발설하기조차 두려운 꿈.

"나는 이다음에 조비연이 될 거다!"

목욕을 마친 뒤 참빗으로 서캐를 캐어 땋은 머리에 댕기를 드리고 헌옷이나마 정갈한 새것으로 갈아입은 업이가 흥김에 논개의 귓가에 속살거렸다.

"조비연? 한나라의 왕후 조비연 말이냐?"

만무방에 까막눈인 업이의 입에서 한나라 성제의 사랑을 받았던 경국지색 조비연의 이름이 나오다니 놀라운 일이 아닐 수 없었다. 업이는 논개의 눈이 휘둥그레지는 것을 보고는 더욱 의기양양하여 목소리를 높였다.

"그래, 한나라인지 두나라인지 아무튼 옛날 중국의 가난한 집안에서 태어나 하녀였다가 황제의 사랑을 받아 왕후까지 되었다는 그 여자 말이야!"

업이가 아는 대로 조비연은 지독하게 가난한 집안에서 태어났다. 반갑지 않은 딸이라고 하여 부모는 핏덩이를 엎어 윗목에 밀쳐두었는데, 사흘 동안 젖 한 모금 먹지 않고도 숨이 끊이지 않기에 신통타 하여 거두어 길렀다. 자라나 성제의 누님인 양아 공주의 하녀가 되었다가 공주에게서 가무를 배워 마침내 성제를 매혹시키기에 이르니, 춤추는 맵시가 제비처럼 날렵하기에 그 애칭이 바로 비연(飛燕)이었다.

"지난번 부사가 호호 불며 싸고돌던 기생의 별명이 조비연이지 않았겠나? 매일매일 동헌의 골방에서 쿵더쿵쿵더쿵 살수청을 받더니 결국 고을을 떠나면서 관적에서 빼내어 데리고 갔단다. 사실 흔해빠진 얼굴에 별 볼 일 없는 계집이었어! 그런데 애초에 기생이 부사를 호린 데가 바로 춤판이었다지 않나? 먼발치서 그 기생의 춤을 본 적이 있는데, 그 정도면 나도 못 할 게 없더라고!"

업이는 물동이를 머리에 인 채로 한 발 한 발 춤사위를 밟아가기 시작했다. 자못 진지한 얼굴이 평소의 천방지축 뻘때추니가 아니었다. 정식으로 배운 것이 아니라 곁눈으로 훔쳐보아 흉내 내는 것인데도 그 모습이 제법 그럴듯했다.

낯설었다. 낯설기에 아름답고, 아름답기에 낯설었다. 불현듯 실바람 같은 슬픔 한 가닥이 논개의 가슴을 스쳐갔다. 뱃속에서부터 누군가는 귀하다 하고 누군가는 천하다 한다. 누군가는 축복 속에서 누군가는 저주 속에서 태어나 자란다. 진실로 그 모두가 업(業)의 원리를 따른다면 과연 전세에 지은 어떤 악행과 선행이 현세에 응보로 현현하는가. 모두가 사로잡혔을 뿐이다. 시간에, 장소에, 그리고 눈에 보이지 않는 비밀한 그 무엇에.

업이는 타고난 춤꾼이었다. 날렵한 몸놀림에 경쾌한 움직임. 동이 아가리까지 가득 찬 물이 너울너울 남상거리면서도 넘쳐 새지 않았다. 굼실굼실 배를 밀어 기던 애벌레가 팔랑팔랑 한 마리 나비가 되어 날아오르는 듯하였다. 오색영롱한 비늘 털로 덮인 날개는 흐르는 물에도 젖지 않을지니…… 강상죄인의 사생아랬다. 화냥년의 씨앗이랬다. 하지만 업이가 그토록 철저히 고립되어 따돌림을 당하는 이유는 사람들의 마음 깊숙이에 숨은 공포와 매혹을 일깨우기 때문일는지도 모를 일이었다. 저도 모르게 홀려 끌리기에 두렵고, 두렵기에 더욱 매혹적인.

파랑 (波浪)

문갑과 탁자, 책장과 서안, 책장에 꽂힌 서책 서너 권과 서안 위에 놓인 지통과 필가와 연갑, 그리고 자그마한 거북 모양의 백자 연적.

한 치도 모자라거나 넘치지 않는다. 궁색하지도 사치스럽지도 않다. 말 그대로 적실하다. 팽팽한 긴장 속의 균형, 흔들리지 않는 무게 중심. 논개는 광택 없이 은은한 오동나무 집물을 마른 베수건으로 훔치며 마음속 깊이 탄복한다. 그 흔한 운각*이나 금구 장식도 없이 무늬목만으로 소박하게 짠 가구에는 속기를 떨친 골선비의 향훈이 배어 있다. 사람이 방을 닮고, 방은 그곳

*운각(雲刻): 기구 따위의 가장자리에 새긴 구름 모양의 새김.

에 사는 사람의 마음성을 드러낸다.

백지를 바른 깨끗한 벽에는 서화 한 축이 걸려 있다. 〈죽실봉황도(竹實鳳凰圖)〉다. 그림 앞으로 다가가 자세히 들여다본다. 두어 걸음 물러서 멀리서도 음미해 본다. 대나무 아래 봉황이 앉아 있다. 대나무에는 은행보다 붉고 꽈리 열매보다는 누른 죽실(竹實)이 소담스레 맺혀 있다. 죽실은 꽃이 피었다 지면 열린다고 한다. 하지만 대나무는 좀처럼 쉽게 꽃을 피우는 화초가 아니다. 삼십 년 혹은 육십 년, 그도 아니라면 백이십 년. 그토록 오랜 세월 애를 태우다 정작 꽃을 피우고 나면 기진한 듯 말라 죽는 것이 대나무랬다. 풀도 나무도 아닌 것이 꽃도 열매도 섣불리 바라지 않은 채 사계절 푸른 잎을 피우고 아무리 거센 눈비에도 텅 빈 줄기를 곧추세워 쓰러지지 아니하니, 옛사람들은 헛된 공명심과 허영을 고치는 유일한 약이 대나무라고 일컫기도 하였다. 세세손손 부귀영화를 기원하는 사람들은 뜰에 홰나무를 들이고 솟을대문을 세우지만, 스스로 빛나는 고아한 비군자(匪君子)는 다만 산에 오동을 심고 강가에 대나무를 가꾸었다.

그처럼 나기 어렵고 알아보기조차 쉽지 않은 죽실을 먹고 사는 새가 봉황이었다. 다섯 가지 황홀한 빛깔의 날개를 홰쳐 단번에 천 길을 나는 봉황은 아무리 배가 고파도 좁쌀을 쪼아 먹지 않고 오직 대나무 열매만을 먹는다기에, 〈죽실봉황도〉는 청렴의 상징이요 청백리의 다짐이었다.

이 방의 주인을 안다. 맨 처음 문지방을 넘어서는 순간부터 논개는 오래전 이곳에 들렀던 것만 같은 친숙함을 느꼈다. 낯설지 않다. 그는 기억의 갈피 가장 깊숙한 곳에 스며 있다. 고개를 꺾어 쳐들어 본 바깥세상의 첫 빛. 껑충한 키에 약간 구부정한 어깨가 까마득히 높았다. 일찍부터 희끗희끗이 센 머리와 굳게 다문 입매가 그의 인상을 엄격하고 완강하게 만들고 있었다. 참과 거짓을 꿰뚫는 형형한 안광은 켕기고 꿀리는 자들에겐 가차 없이 매서웠다. 하지만 논개는 아무리 그가 웃음기 없는 딱딱한 표정을 짓고 있어도 무섭거나 서먹하지 않았다.

—걱정 마렴.

그의 눈빛이 그녀를 다독였다. 깊고 좁다란 허방다리에 움쑥 빗빠진 그녀를 가만가만 위로했다. 믿고 싶었다. 기대고 싶었다. 그리하여 마침내 함정에서 빠져나와, 다시금 살고 싶었다.

—괜찮다. 모든 것이 옳은 길로, 정해진 곳으로 갈 것이다…….

시쳇말로 나그네의 귀는 석 자라고 하였다. 나그네는 주인이 자기를 어떻게 대하는가를 항상 주의하여 살피게 되므로 주인의 쏘곤닥거림까지 다 듣는다는 뜻이다. 더부살이로 얹혀 살아온 논개 모녀는 마땅히 귀가 종잇장처럼 얇아져도 모자랄 지경이었다. 박씨는 논개가 어려서부터 귀에 싹이 나도록 말해 왔다.

"현감 어른은 우리에게 생명의 은인이나 진배없다. 네가 만약 민며느리로 끌려가 심창에 갇혔다면, 나는 꼼짝없이 물명주 질긴 수건에 목을 매어 숨통을 끊고야 말았으리라. 현감 어른이 아니었더라면 어찌 우리 모녀가 이렇게나마 함께 의지해 살 수 있겠니? 사사로운 욕심을 채우려고 인신을 사고파는 세상에 누가 이득 없는 남의 일에 나서주겠니? 결초보은에 각골난망이란 말로도 부족할 게다. 까마귀 같은 축생조차 자라나면 어미에게 먹이를 물어다 안갚음을 할진데, 사람으로 태어나 희귀하고도 진귀한 그 은혜를 잊는다면 그야말로 망팔*의 죄를 짓는 것이리라."

고맙고도 고마운 분, 마땅히 진심으로 공경하며 우리를 분······.

그리하여 논개는 그의 관방(官房)이자 침방이기도 한 이곳을 소제하는 일이 조금도 힘들거나 성가시지 않았다. 아침이면 최경회가 등청하는 시간을 헤아려 장목비와 물걸레 마른 걸레부터 챙겨 들었다. 가만히 문을 열면 훅 밀려 나오는 매지근한 방 안의 공기에 그의

*망팔(忘八): 충신효제예의염치의 여덟 가지 덕을 잊은 것.

체취가 미미하게 섞여 있었다. 그 냄새로 어제 지필묵을 펼쳐놓고 붓글을 쓰셨는지, 오늘 조반으로 무슨 반찬을 드셨을지 짐작하기도 하였다. 하루하루가 매양 같은가 하면 하루하루가 아주 조금씩 달랐다. 책장에 꽂힌 서책들의 순서가, 필가에 걸린 붓의 기울기가, 목침이 놓인 자리가. 논개는 마치 까막잡기의 술래라도 된 양 어제와 다른 오늘의 비밀을 찾아내기에 골몰했다. 불가의 수행자들은 바람의 방향을 따라 비질을 하며 마음의 먼지를 쓸어낸다고 하였다. 논개는 은인의 방을 정성껏 청소하는 동안 마음의 무게와 부피가 맞춤해짐을 느꼈다. 그것은 누구도 눈치채지 못할 작고 비밀한 즐거움이었다.

최경회는 논개가 동헌의 시비(侍婢)가 되어 자신의 방을 청소하고 옷을 지어 바라지하고 있다는 사실을 한동안 알지 못했다. 하지만 논개는 처음 동헌에 들어와 수노에게 시비로서 해야 할 일을 지시받던 중 방아하던 최경회와 마주친 일이 있었다.

"새로 부사 어른을 시중할 아이들입니다. 알뜰히 가르치겠사오나 부족한 점이 있으면 언제라도 꾸중해 주옵소서!"

수노의 고해바침에 무심히 두어 번 고갯짓을 하고 지나치던 최경회가 갑자기 멈추어 섰다. 논개의 가슴이 별안간 콩닥거리며 뛰었다. 행여나 그가 자신을 기억하고 알은체라도 하려나 싶었던 것이었다. 하지만 최경회의 시선은 논개를 엇비껴 잔뜩 긴장한 채 곱송그리며 서 있는 업이의 발치에 머물렀다.

"감발을 하진 못할지언정 초리라도 여간한 것으로 챙겨주도록 하라. 아직 선족(跣足: 맨발)으로 나다니기엔 매운 날씨로다."

하필이면 볼품없이 마구 삼은 왕얽이짚신을 꿰어 찬 업이의 맨발이 최경회의 눈에 띈 것이었다. 수노와 업이가 몸 둘 바를 몰라 머리를 조아리는 사이 최경회는 더 이상의 군소리 없이 훌쩍 자리를 떴다. 어리고 약한 것들에 대한 연민과 동정은 시간이 흘렀어도 변함이 없으려니와, 그럼에도 논개는 문득 알 수 없는 서운함과 허전함을 느꼈다. 그는 자신이 누군가에게 베푼 은덕조차 기억하지 못하는 듯하였다.

실로 최경회는 밖으로 드러나기에 그다지 다정다감하고 친절한 사람이 아니었다. 붕우요 일가요 온갖 명목으로 드나드는 식객들을 상대하는 흔하고 번잡한 접객의 용무조차 그에게는 뜨음하였다. 십수 년간 객지를 떠돌며 강직하고 검소한 관리의 도리를 지키려 애쓰다 보니 뜻을 함께하는 절친한 집우(執友)를 만들 짬이 없었다. 백두여신(白頭如新)이라! 사마천이 옳았다. 흰머리가 될 때까지 교제하여도 서로의 마음이 통하지 않는다면 갓 알게 된 사람과 같으니, 일생에 단 한 명이라도 진실한 벗을 가진 이는 행복하다 할 것이었다. 고향에 가족과 구우(舊友)들이 있지만 그들에게도 나름의 형편과 처지가 있는 한 예전 같을 수는 없었다. 조금씩 어그러지고 빗나가는 대화를 나누고 돌아서면 마음의 마디마디가 자잘한 생채기로 아렸다. 피가 흐르고 격통이 느껴지는 지경은 아니었으나 알알하니 쓰리고 저린 것은 어쩔 수 없었다.

하지만 그보다 더욱 최경회를 서글프게 하는 것은, 이제는 누구에게도 열렬히 자신을 설명하거나 이해시킬 의지가 없다는 사실이었다. 그만큼 누구에게도 호기심을 느끼고 진심으로 감탄하지 못한다는 것이었다. 온갖 사물에 정통한 박물군자를 만나도 그 내면에 도사린 속취에 욕지기가 났다. 생일 연회며 시회며 불려 가 만나는 이웃 고을 수령들과 동네 양반들의 허세와 만용에는 신물이 올라왔다. 일일이 대거리한대도 고치거나 바꿀 수 없는 그것들을 견디는 방법은 간단했다. 참는 것, 그리고 침묵하는 것. 어느덧 최경회는 점점 무뚝뚝하고 말이 없는 사람이 되어갔다. 그리고 끝내 스스로 그것을 기꺼워하기에 이르렀다. 가루는 칠수록 고와지고 말은 할수록 거칠어질지니, 입이 본디 화문(禍門)이요 말이란 곧 구업(口業)이었다.

그의 낙이라곤 관복을 벗고 동옷을 입은 채 꽃가지를 꺾으며 홀로 술을 마시거나, 차 한 잔을 들이켜며 이파리 하나에 맺힌 세계와 한 송이 꽃에 열린 깨달음을 음미하는 것뿐이었다. 사람들은 지독하게 외로워 나락에 홀로 떨어진 것과 같은 지경을 고독지옥이라고 불렀다. 하지만 최경회는 흔쾌히 고독경과 그 지옥의 쾌미를 받아들였다. 그조차 괴벽이라 손가락질하는 이가 있으면 그저 허허롭게 웃으며 말하였다.

"대장부란 본래 자주독행(自主獨行)하는 법이다. 홀로 왔으니, 누구와 함께 돌아가겠는가?"

진실을 엿본 자는 외로워진다. 누구도 쉽게 그를 벗 삼으려 들지 않는다. 진실은 위험할 뿐 아니라 불편한 것이기 때문이었다. 엄격해진 관아의 기강에 잇속을 차릴 기회를 잃은 아전들과 향회의 양반들은 우스갯소리인 척 못마땅한 심사를 털어놓기도 하였다.

"산 김가 셋이 죽은 최가 하나를 못 당한다더니! 새로 오신 부사 나리는 피도 눈물도 없는 목석간장을 가졌나 보네!"

"아이고, 그래서 최가 앉은 자리에는 귀신도 돌아앉는다는 속담이 있지 않나?"

그들은 면전에서 드러낼 수 없는 불만을 희떠운 뒷소리로 마구발방 지껄였다. 하지만 논개는 알고 있었다. 어중되게 건성으로 흘러들기기에 익숙한 눈은 결코 참모습을 볼 수 없나.

기어이 보고자 하면 마침내 보인다. 그는 가난하고 힘없는 이들을 진정으로 불쌍하고 딱하게 여길 줄 아는 사람이다. 자신의 이익과 편리를 위해 불의와 정의를 간단히 뒤바꿀 줄 모르는 사람이다. 싸워야 할 때 싸우는 사람이다. 물러설 때는 미련 없이 털고 돌아서는 사람이다. 그래서 홀로 높고 외로운 사람이다…….

논개는 최경회가 자신의 존재를 알든 모르든 개의치 않고 보이지 않는 곳에서 성의를 다하였다. 논개는 본디 침재가 좋은 편이었고 취미도 있었다. 하지만 귀한 이에게 요긴한 소용이 될 바지저고리와 배자를 짓고 도포와 창옷과 두루마기를 꾸미고 버선을 박고 관복을 마련하는 일은 재미와는 또 다른 기쁨을 주었다.

그러던 어느 날, 삭망례 준비를 지시하러 왔던 수노가 용무를 마치고 돌아가려다 퍼뜩 생각난 듯 말을 전했다.

"지난번 부사 어른께서 칭사하시길 새로 들인 시비의 재주가 제법이라 하시더라. 버선코가 새뜻하고 가름솔이 얌전하여 버선발이 편하니 하루 종일이 안락하다 하시는데, 그 어른 모신지 일 년 만에 그처럼 천진스레 웃으시는 모습은 처음 보지 않았겠니?"

지나가는 말, 사소한 칭찬일 뿐이었다. 하지만 순간 논개는 왈칵 뜨겁고 달콤한 것이 정수리로 쏟아져 내리는 듯한 기분에 젖었다. 그가 기억하든 기억하지 못하든 상관없었다. 논개는 오래전 입은 아름다운 은혜를 착실하게 갚고 싶었다. 지극한 것은 어디로든 마침내 닿는다. 그리하여 소박하고 비밀한 소망이 그녀의 손끝으로부터 그의 발치로 흘러간 것이었다.

희망 없는 시간은 느리게 흘렀다. 잠시라도 게으름을 피우거나 한눈을 팔지 못하도록 촘촘하게 짜인 고단한 일상은 불행조차 잊은 듯 무감하게 하였다. 가나오나 살피며 시시때때로 확인할 일이 아니었다. 세월은 그저 어느 한순간 화들짝 놀라며 깨닫기에 족했다. 아등바등 안달복달 아옹다옹하는 사이, 문득 탈탈 털린 빈 주머니를 확인하게 되는 것.

바야흐로 논개는 열두 번째 생일을 맞았다. 종살이의 곤고한 신세에 생일이라고 별달리 기대할 바는 없었다. 하지만 그동안 논개의 생일이면 기어이 입쌀로 지은 밥 한 그릇, 미역국 한 대접이라도 상차림을 하려 애쓰던 박씨가 올해는 날짜조차 까맣게 잊은 듯하였다. 그도 그럴 것이 김씨 부인이 개조차 걸리지 않는다고 하고 복에 겨워 걸린다고도 하는 복중의 고뿔을 앓는 바람에 박씨는 병구완을 하느라 비지땀을 쏟고 있었다. 와중에 그 맵고 독한 고뿔이 박씨에게 옮겨 붙었고, 늙고 가련한 여인은 위로 병간을 하고 아래로 숨어 앓느라 힘겨운 긴긴날을 보내고 있었다.

—어느 누구라고 태어나 맞은 첫날이 없는가? 그저 살아가는 수다한 날들 중 하루일 뿐, 생일이 무슨 특별한 날이겠는가?

논개는 도리어 박씨가 딸의 생일을 잊고 지나쳤다는 사실을 깨닫고 상심할까 봐 조마조마하였다. 하지만 한편으로 휑하고 울적한 심사가 깃드는 것도 어쩔 수 없었다. 날마다 풀매기를 해도 지나는 소낙비 한 번에 또다시 극성스레 돋아 오른 화단의 쇠풀을 보니 더욱 그랬다. 자잘한 씨들을 잔뜩 매단 쇠풀은 문득 어머니가 빚어주던 수수경단을 떠올리게 했다. 수수경단은 손이 많이 가는 만큼 귀한 음식이었다. 애벌 찧어 능근 찰수수에 물을 부어 깨끗이 찧고 까불러서는 가루를 빻아 익반죽하여 동그랗게 빚었다. 그것들을 펄펄 끓는 물속에 퐁당퐁당 던져 넣는 일은 논개의 몫이었다. 익어 떠오른 것들을 건져 헹구어 팥 계피 고물을 묻힌 수수경단은 쫄깃하고도 달콤했다. 수수가 본디 가진 떫은맛은 어머니의 정성 어린 수고에 깨끗이 가셔버렸다.

"액막이에는 붉은 기운이 상수란다. 예부터 돌상에 수수경단을 올리면 아이가 낙상하지 않고 건강하게 자란다는 말이 있지. 그래서 다 자란 어른이 길을 가다 넘어지면, 돌 때 수수경단을 못 얻어먹었는가, 하고 놀림하지 않겠니? 돌상에 밥소라 가득 수수경단을 고임질하였더니, 너는 정말 돌잡이 때부터 한 번도 무릎을 깬 적이 없단다. 네 아버지가 걸음마찍찍을 하면 곧 넘어질 듯 뒤뚱뒤뚱하면서도 얼마나 대견하게 잘 걷던지……."

논개의 입안에 달곰쏩쏠한 추억이 괸다.

─하지만 어머니, 그 신통방통한 애늙은이도 때로 발끝이 위태롭답니다. 넘어지지 않기 위해 기를 쓰느라 허벅지가 팍팍하고 무르팍이 저리답니다…….

물에 만 식은 밥을 씹는 둥 마는 둥 훌훌 넘긴다. 밭갈이를 하다 쇠뿔에 받혀 죽은 남편을 산등성에 묻고 돌아와 구복(口腹)이 철천지원수라, 가슴을 치며 강밥을 꾸역꾸역 욱여넣던 영암의 찬모가 문득 떠오른다. 그때 논개는 어린 마음에 그녀의 식탐이 징그럽고 무참하게만 느껴졌다. 하지만 굶으면 무엇이 달라지겠는가. 밥때가 되면 어김없이 우는 배꼽시계가 먹어야 살고 살아야 기뻐하거나 슬퍼할 수도 있다는 서글픈 이치를 일깨운다. 하지만 한편으로 부끄러운 것 또한 어쩔 수 없다. 스스로 살아야 할 가치를 찾지 못한 삶은 살기 위해 먹는 것이 아니라 다만 먹기 위해 사는 것이다. 그것도 주려 죽지 않을 만큼, 간신이, 필사적으로.

"아침참이냐, 점심이냐? 찬도 없는 물밥을 무어 그리 헤어가며 먹느냐?"

그때 갑자기 능글맞은 목소리와 함께 등 뒤에서 사향 냄새가 물씬 풍겨왔다. 논개의 가슴이 철렁 내려앉았다.

"동헌 소제는 벌써 끝났느냐? 공 없고 낯낼 거리 없는 일을 뭣하러 그리 열심인가? 먼지떨음이나 대충 하면 될 것 같던데 너도 참 헛똑똑이다!"

작정을 한 듯 그는 논개의 곁에 자리를 잡고 털썩 주저앉았다. 허리춤에 매단 향낭에서 뿜어 나오는 짙은 향기로도 모자라 새하얗게 가르마질을 한 머리가 반질반질 요란했다. 진득진득한 머릿기름을 발라 광택과 방향(芳香)을 내는 것이 요즘 젊은 사내들에게 인기라고 했겠다. 유행을 좇아 과시하는 사람들의 마음은 한결같았다. 누군가와 달라지기 위해, 혹은 누군가와 같아지기 위해 애면글면 그것에 목을 매었다.

논개는 그만 없던 구미마저 단번에 잃어버렸다. 허튼 수작이 가소롭기도 하려니와 그가 매어 찬 사향이 관아의 곳간에서 빼돌린 것이라는 사실을 알기에 더욱 맞상대를 하기 싫었다. 어쨌든 그를 피하려면 빨리 밥그릇을 비우고 자리를 뜨는 수밖에 없다. 논개는 밥을 물 마시듯 들이켰다.

"아까는 입맛이 하나도 없는 듯한 모양새더니 나를 보니 갑자기 감빨리더냐? 히히! 그럴 줄 알고 내가 특별한 입가심을 준비해 왔지!"

고운 사람 미운 구석 없고 미운 사람 고운 구석 없다더니 약은 척 눈치 없이 구는 꼴이 참으로 맞갖잖았다. 논개는 그가 부스럭거리며 뭘 찾아 꺼내든 눈길도 주지 않은 채 묵묵히 숟가락질만 했다.

"아마 이런 건 맛본 적이 없을 게다. 아니, 무자리 구실로 물동이나 지고 다녔으니 어떻게 한번 구경이라도 해봤겠니? 이게 바로 임금님 수라상에 진상한다는 생란이라는 거다. 지난번 부사 어른과 동문수학을 하셨다는 사신 어른이 순시를 오면서 선물로 가져오셨더라. 서울 벼슬아치 자리가 짭짤하긴 짭짤한가 봐. 그도 그렇겠지, 때마다 철마다 시골에서 바리바리 봉물들을 실어 보내니 앉아서 팔도 음식을 맛보는 호사를 누리지 않겠니?"

그는 곱게 다져 꿀에 조린 생강에다 잣가루를 고루 묻힌 숙실과를 논개의 코밑에 들이밀며 떠벌였다. 생란의 맵싸하고 고소한 냄새가 훅 끼쳐왔다. 하지만 그의 속셈을 빤히 들여다보는 논개에게는 귀한 향미조차 전혀 구쁘지 않았다. 노리어 비위가 상하여 역겹게 느껴질 뿐이었다.

환심을 사려 엉너리를 치며 다가와 지분거리는 그의 이름은 경호요, 성은 박가였다. 육방의 우두머리인 삼공형(호장, 이방, 형방) 중에서도 실속으로 최고인 호방의 맏아들로 서너 해 전부터 영해부에서 통인의 구실을 시작했다고 하였다. 그러다 열여섯 살에 아비의 후광을 업고 통인 중의 우두머리인 지통통인이 되니, 사람들은 모두 그를 박 지통이라고 불렀다.

관아에서 통인들이 하는 일은 다양했다. 본디 그들은 지인(知印)이라는 이름으로 수령의 직인인 관인을 관리하였다. 하지만 통인의 또 다른 이름이 시동인고로 수령의 지근거리에서 시중을 드는 일을 겸하였다. 시노들이 하듯 자리끼를 떠올리고 요강을 부수는 일부터, 밤에는 물심부름에 잔시중을 들기 위해 동헌의 협방에서 숙직을 하였다. 그런가 하면 수령의 낮에 돋는 춘사와 색심을 적절히 살펴 호장에게 알리고, 기생이 들면 자신의 골방을 비워 수청방으로 바치는 일까지도 그의 몫이었다. 그러니까 한마디로 그들이 맡은 역할은 승망풍지(乘望風旨)라, 망루에 올라 바람결을 헤아리듯 윗사람의 눈치를 살펴 비위를 맞추는 것이었다.

그들의 일생은 아전의 자식으로 태어나 통인으로 자라 저희 아비와 같은 아전이 되는 것이 통례였다. 태어나는 순간부터 잔뼈를 키워 어른이 되기까지 일체의 삶이 곁길 없는 외길이니, 그만큼 간략하고 분명하면서도 단순하고 교만한 것이 그들의 특성이었다. 중인의 신분으로 관아에 신역(身役)을 바치는 아전들은 저희들의 족보인 이안(吏案)이라는 명부를 가지고 있었다. 그리고 대대로 고을의 읍저(邑底: 읍내)에 눌러 살며 직업을 세습하고 같은 신분끼리 통혼하니 그들만큼 응집력이 강한 동아리가 흔치 않았다.

아전의 근무처인 관아의 질청은 규율이 엄하기로 유명했는데, 저희들끼리는 철저히 상명하복하고 상부상조하였다. 그것도 의리라면 의리고 전통이라면 전통이라 할 것이었다. 하지만 중간자로서 수령을 보좌하며 감시하는 한편 민인들을 관리하고 위로해야 할 그들은 오히려 수령을 기만하고 백성을 착취하는 것으로 악명이 높았다. 온갖 농간과 술수로 자신들의 이익을 취할 때에는 그보다 굳건한 단결과 맹렬한 합심이 다시 없었다. 그럼에도 수령과 양반들조차 고을의 터줏대감이자 관아의 업무에 대한 실제 기술을 갖춘 그들을 헐후히 다루지 못했다. 그들에게 얽혀 데인 사람들의 뒷소리대로 그들의 밥그릇이야말로 무쇠로 지어졌거나 댕돌같이 단단한 것임에 틀림없었다.

요즈음 박 지통은 부쩍 논개에게 지분거리기 시작했다. 녀

칠 전 논개가 업이와 함께 여름내 소용되었던 모시며 베옷들을 갈무리하려고 풀 먹여 발로 밟아 다듬이질하고 있노라니, 박 지통이 반색을 하며 업이에게 다가와 말을 걸었다. 논개 역시 호기심 많은 소녀였으나 굳이 남녀유별을 들먹이지 않더라도 처음 대하는 얼굴에는 얼마간 낯가림을 하는 편이었다. 그런 데다 박 지통이 유들거리며 업이와 주고받는 수작을 귓전으로 듣자니 한 마디 한 마디가 허황하고 시시풍덩하여 낯이 뜨거울 정도였다. 그럼에도 속없는 업이는 박 지통을 오라버니라고까지 부르며 허물없이 굴었다. 그 살가운 몸짓과 말투에는 짐짓 끈끈한 교태가 묻어 있었다.

험한 무자리 일에서 벗어난 업이는 살이 오동보동 오르고 키도 한층 자랐다. 아무래도 동헌을 드나들다 보면 사람들의 눈에 많이 띄게 되는지라 수노가 신경을 써 옷차림을 챙겨주니 제법 곱살스러운 소녀 태까지 났다. 그런데 말 타면 견마 잡히고 싶기 마련이라고, 고단함이 줄어들고 일신이 가분해지자 업이는 살그머니 딴생각을 품기 시작했다.

"논개야. 내가 말이야…… 만약 기생이 된다면 어떻겠나?"

"기생? 교방의 기적에 이름을 올린다고?"

"그래. 어차피 관비로 노역을 바치고 있는데 기생으로 신역을 바치는 게 대수겠나?"

"하지만 주탕(酒湯: 기생)과 비자(婢子: 여종)는 엄연히 다른 명부를 쓰게 되어 있잖아?"

"그러니까 궁리를 해서 기생이 될 방도를 찾아보는 것도 나쁘지 않겠다, 이 말이지. 같은 천인이라도 기(妓)가 비(婢)보다 한결 처지가 낫잖아? 배방에서 살 필요도 없이 읍내에 살림집을 두고 관아로 구실을 다니면 되니 말이다."

업이는 잔뜩 달떠서 볼까지 붉히고 소곤거렸다. 논개는 어렴풋이 업이를 들쑤신 바람이 어디서 불어왔는지 짐작할 수 있었다. 달리 거들 말이 없어 논개가 입을 다물자 업이는 들썩들썩 제 흥에 겨워 속사정을 내불었다.

"박 지통 오라버니가 그러지 않았겠나? 나 정도의 재간과 인물이면 기생으로 나서도 크게 빠질 게 없다고 말이야. 촌구석에 처박힌 기생들이 시를 알리, 흥을 알리? 그 가무가 어디 제대로 배워서 하는 것이겠나? 반반한 것들은 힘깨나 쓴다는 관리들이 노리개첩으로 다 빼돌리고 둔재 박색만 남아서 궁둥잇짓을 하는 지경인걸! 그러니 객사에서 수청을 들다가 잘만 하면 서울로 뽑혀 올라가 장악원*에 들 수도 있을 거라고! 연산 임금 때처럼 운평이니 흥청이니를 뽑는 기회라도 생긴다면 조선의 조비연이 되는 일도 개꿈이라고만 할 수 있겠나?"

*장악원: 궁중의 음악과 무용을 맡아보던 관청.

파랑(波浪) 229

업이는 몽롱한 눈빛으로 궁궐의 진연(進宴: 궁중의 잔치)에서 사선무라도 추는 양 어깨를 들썩거렸다. 꿈이야 죄일 수도 흉일 수도 없으니 깨라 말라 할 필요가 없을 테지만, 논개는 허풍선이 같은 박 지통의 말에 바람 들려 봄꿈을 꾸는 업이가 안타깝고도 불안하게 느껴졌다.

승려와 노비, 기생과 백정과 광대, 공장(工匠)과 무당과 상여꾼은 팔천(八賤)이라 하여 조선 사회의 밑바닥을 이루는 여덟 가지 신분이었다. 그중에서도 기생은 교활하고 간악하고 불성한 여자의 상징으로 천대되었다. 숱한 야담들이 기생의 간사함과 사나운 음욕을 비웃었다. 행여 선량한 선비들이 그 요물에게 홀려 방종 방탕한 길로 빠져들어서는 안 된다고 한결같은 근엄한 어조로 경계하였다. 하지만 한편으로 기생을 등장시키는 많은 이야기가 그들이 본래 천녀(天女)였으나 죄를 지어 지상에 유배되었다고 묘사하였다. 기생은 존재 자체가 모순이었다. 선녀이면서 악녀이고, 하늘의 여신선이면서 땅의 매음녀인.

논개는 기생이 되고파 하는 업이를 정절부인이라도 된 양 꾸짖어 탓할 생각은 없었다. 썩은 동아줄이라도 잡고 오르고파 애를 끓이는 천인들의 절망적인 삶을 몸소 겪으며 이해하였기 때문이었다. 다만 논개의 뇌리를 스쳐가는 것은 언젠가

에두름 없이 맞닥뜨렸던 기생의 생생한 본모습이었다.

객사에 든 사신의 직급이 꽤나 높았던지 아니면 미리 호장의 옆구리를 찔러 특별한 배려를 주문했던지, 그날 연회에 불려 드는 기생들은 업이가 부러워하는 행색을 한껏 갖추고 있었다. 구름처럼 부풀려 쓴 가발에 칠보 노리개와 쥘부채를 차리고, 연두저고리와 다홍치마를 휘황하게 떨쳐입었다. 그들은 비단보에 싼 거문고를 든 아이년을 재촉하며 부리나케 객사의 솟을대문 안으로 몰려들었다. 한 무리의 그들을 스쳐 지나자 아찔한 향유 냄새가 코를 찔렀다. 논개는 문득 어질증을 느끼며 입에 문 똬리 끈을 단단히 사리물었다.

그리고 다음 날 새벽이었다. 큰 잔치가 있는 날은 어김없이 물독이 바닥을 드러냈다. 먹고 마시는 일로 기신을 탕진한 이들이 선잠에서 깨어나 세숫물을 닦달하기 전에 얼른 물독부터 채워야 했다. 논개는 첫닭이 울기도 전에 졸린 눈을 비비며 우물질에 나섰다. 그러다 잔월이 비낀 새벽 어스름에 객사 문을 나서는 기생을 만났다. 빛의 세상도 어둠의 그것도 아닌 어슴새벽에 마주치는 사람의 모습은 누구 할 것 없이 쓸쓸하고 초라하였다. 분이 벗겨진 민낯에 가발을 얹을 겨를도 없이 달려 나온 기생의 모습은 더욱 그러했다. 어둠 속에서는 그토록 화려하던 연두저고리와 다홍치마도 후줄근히 빛바래 보였다.

화장기 없는 맨얼굴의 기생은 논개보다 그다지 나이가 많아 보이지 않았다. 그녀는 논개와 마주치자 황급히 치마꼬리를 말아 쥐고 박명 속으로 달음질쳤다.

물을 길으려면 같은 방향으로 가야 했지만 논개는 곧바로 그녀를 뒤따르지 못했다. 논개는 그녀가 도둑괭이처럼 새벽녘에 객사 문을 빠져나온 이유를 알고 있었다. 국법으로 엄연히 금지되어 있음에도 불구하고 호장의 지휘 아래 기생이 수령이나 사신에게 수청을 바치는 일은 관례이자 일상사나 다름없었다. 잔치에서 흥을 돋우는 일 뿐만 아니라 관료 사신들의 객고를 풀기 위해 살수청을 드는 일이 관기들의 주요 임무였던 것이다. 비록 최경회가 도학자의 면모를 갖춘지라 동헌에 수청방 대신 통인이 쉬는 중방을 두어 여색을 멀리하는 모범을 보인다지만, 서울에서 온 사신이 객고를 풀겠노라 수청을 요청하는 것까지 거절할 방도는 없었던 것이다.

어떤 시달림을 얼마나 당하였던지 앞서가는 어린 기생은 어기적어기적 거위걸음을 걸었다. 논개는 한시가 바쁜 형편에도 차마 그녀를 앞지르지 못하고 저적대었다. 그토록 혼혼히 걷다가 돌부리에 걸려 넘어질 듯 휘청할 때에는 저도 모르게 달려가 그녀의 좁은 어깨를 텁석일 뻔하였다. 하지만 보고도 못 본 척 알고도 모르는 척 하는 것이 최고이자 최대의 예의일 때가 있다. 논개는 그녀를 뒤좇아 지름길로 가는 대신 먼 길을 에돌기로 마음먹었다. 똬리 끈을 질끈 깨문 어금니 사이로 무거운 한숨이 절로 새었다. 대체 누가 누굴 업신여기며 손가락질하는가. 무질서와 부도덕과 무절제가 어찌 기생의 탓이기만 할 것인가.

"하지만 무슨 방도로 천안(賤案)에 있는 이름을 기안(妓案)으로 옮기겠니?"

"그래서 내가 박 지통한테 그렇게 알랑방귀를 뀌어가며 공을 들이는 거 아니냐! 박 지통의 아버지가 누구인가? 질청에서도 알짜배기 노른자위 호장이 아니겠나? 수령 앞에서 녹삼에 평정건을 쓰고 나무 홀을 들 수 있는 유일한 신분이니, 우대*에 모여 산다는 서울 아전들만큼의 끗발은 아니더라도 호랑이 없는 마을엔 여우가 왕이지! 관노비들은 감히 직배**조차 못하고 마주치면 길섶으로 비켜서 설설 기어야 하는 어른이니, 기생을 점고하고 말미까지 결정하는 호장만 푹 구워삶는다면 그깟 기적에 이름을 올리는 게 대수일까?"

업이는 마치 단단한 약조라도 받은 양 침을 튀기며 열을 올렸다.

"하지만 교방도 어지간히 기율이 엄한 것이 아니라던데…… 행수기생에게 옷치레와

*우대: 육조 거리에서 가까운 필운동.

**직배(直拜): 마주 보고 절을 올림.

행동거지 하나하나를 지시받아야 할뿐더러 닷새마다 가무를 교육받는다지 않아?"

"춤과 노래로 내가 그깟 곰 같은 계집들에게 밀질 게 무어야? 거문고, 가야금, 장구, 아쟁, 해금, 피리, 대금, 소금을 배워야 하고 가곡과 당피리는 필수라지만, 그 모두를 두루 갖춘 명기라면 이런 촌구석에 박혀 썩을 리 있겠나? 그리고 뭐든 자신 있어! 손가락뼈가 빠개지고 입술이 부르튼대도 배워 따라잡을 수 있다고! 해보지도 않고 나가 자빠져 있으면 무엇해? 지금보다 더 나빠질 게 무어야?"

업이의 눈에서 단호하고도 단순한 욕망이 반짝였다. 감쳐문 입술에는 몰래 엿본 황홀에 대한 탐심이 반들거리고 있었다. 노골적인 욕망은 위험하다. 그것은 날카로운 박차를 옆구리에 박은 채 날뛰는 말과 같다. 말은 겁이 많아서 쉽게 놀라는 동물이기에 도피하는 것을 최고의 자기방어로 삼는다. 말이 요동칠수록 쇠 톱니는 가죽을 찢고 살 속으로 깊이 박힌다. 그때는 재갈도 고삐도 무력하다. 무엇으로도 제어할 수 없다. 그들은 오직 살기 위해 도망쳐 달린다. 더 이상 업이에게 헛바람에 대한 경고나 불길한 예감 따위를 들먹이는 것은 무의미하였다.

사람이 되어 속세간을 산다는 것은 마치 흰 옷을 입고 진흙

밭을 걷는 일만 같다. 아무리 발걸음을 조심한데도 곤죽처럼 질퍽한 흙탕을 한 점도 묻히지 않는다는 것은 불가능하다. 더구나 자신을 지킬 무기가 없다면, 서슬을 돋워 마주 설 수단을 애초에 빼앗긴 상태라면, 세상이 온통 감탕밭이라 하여도 틀리지 않을 것이었다.

통인들과 관노비들 사이에는 어느새 박 지통이 논개에게 눈독을 들이고 있다는 소문이 공공연히 떠돌고 있었다. 보드랍던 낯에 털구멍마다 여드름이 돋아 곪고, 며칠 밤만 자고 나면 땅에 끌리던 바지 자락이 복사뼈를 스치는 사춘기였다. 그 진진한 시절에 춘정이 발동하여 는실난실하는 것만큼 재미난 일은 다시없었다. 아무리 하늘의 명분으로 죄고 땅의 도리로 몰아쳐도 분별만큼이나 불변하는 것이 서로를 갈망하는 음양의 이치였다. 다만 그리워하는 것이 흉이요 사랑하는 것은 죄인 세상에서 그 생리가 더욱 위태롭고 은밀해졌을 뿐이었다.

고사리와 다북쑥을 뜯으러 갔다가, 솔가리와 가다귀를 긁으러 갔다가, 누군가는 뽕나무밭에서 엎어져 무릎을 깼고 누군가는 물레방앗간에서 돌베개를 베었다고 하였다. 산과 들판에서 밀회하여 보쟁이는 사내와 계집의 이야기는 우물가와 나뭇길의 수다거리 중에서도 가장 인기 있는 재담이었다. 절개며 지조며 정렬 따위는 어차피 양반이나 앙인 여자들에게나 강조되는 덕목이었다. 화냥질 잘하는 계집종을 일컫는 '통지기'라는 말이 대수롭잖은 호칭으로 쓰이는 지경이었다. 천인은 보호받지 못하는 만큼 지켜야 할 것이 없었다. 가진 게 없으니 잃을 것도 없었다. 계집종과 기생을 '여자'로 대우하는 이는 아무도 없었다. 그들은 다만 바지춤 속의 송곳을 박아넣기에 적당한 '구멍'일 뿐이었다.

논개는 땅고집에 생고집을 부리는 벽창우가 아니었다. 본디 가졌던 신분과 이력은 오래전에 의미를 잃었다. 더 이상 귀해질 수 없고 얼마든지 더 천해질 수 있는 처지와 형편을 누구보다 스스로 잘 알았다. 논개는 공연한 강샘을 부리는 사람들의 험담에서처럼 도도하고 건방지지 않았다. 그녀 역시 간절히 사랑하고 사랑받고 싶은 소녀였다. 숨이 붙어 있는 모든 날들이 사랑으로 채워지길 바랐다. 하지만 그러하기에 아무나 사랑할 수 없었다. 그저 상대가 나를 원한다는 이유만으로 가치 없는 사랑에 자신을 내맡길 수는 없었다. 그것은 자기에 대한 배반이요 사랑에 대한 모욕일 것이었다.

논개는 애초에 박 지통과 눈조차 마주치려 하지 않았다. 눈만 맞춰도 입을 맞췄다 배를 맞췄다 소문을 내는 음침하고 흉악한 사내들의 속성을 알고 있기 때문이었다. 그들은 우선 추문의 그물을 던져 사냥감을 에워싼 다음 탈로를 막고 올가미를 씌웠다. 음란하다는 소문만으로 아비가 딸을 죽이고 오라비가 누이를 죽이는 세상이었다. 빠져나가거나 도망길이 막혀버렸다는 사실을 알고 무력감에 저항을 포기하기라도 할라치면, 나중에는 스스로 덮그물을 들쓰고 통그물에 뛰어든 양 덤터기를 씌웠다. 닳아빠진 통인들은 그런 행패를 예사로 하는 악동의 무리였고, 박 지통은 그 패거리의 우두머리 꼭두쇠였다.

  통인 통인 김 통인아
  좌수 별감 딸 보려고
  열두 담장 뛰 넘다가
  쉰 냥짜리 금 패자를
  치닷분에 째였도다…….

긴 쾌자 자락을 휘날리며 성내를 휘젓고 다니는 통인들을 소재로 삼은 속요가 불릴 정도로 그들의 당돌한 난봉은 꽤나 유명하였다. 그들은 상투도 틀지 않은 미성한 때부터 허랑방탕함을 본성인 양하며 주색잡기에 능한 것을 자랑으로 삼았다. 기생을 끼고 노는 일을 예사로 삼으니 계집종 정도야 모난 데 없는 계란인 양 굴리는 대로 구르는 것으로 여겼다. 그중에서도 박 지통은 호색하기가 으뜸이라 기방을 출입하며 오입질을 시작한 나이가 열두 살이었느니 열세 살이었느니 무용담처럼 지껄이고 다닌다 하였다. 통인은 규율이 강하여 저희들끼리 으뜸이니 버금이니 서열을 세우는 형편이니, 그렇게 치졸하고 저속한 위악을 떠는 것도 나름 처세의 한 방편이라 할 것이다.

하지만 논개가 난봉쟁이 행세보다 더 역겹게 여기는 것은 자기의 이익을 위해서라면 기를 쓰고 덤비는 부라퀴 같은 박 지통의 태도였다. 그것은 한때의 치기와 객기를 넘어선 문제였다. 그가 처세에서 철석같이 믿는 것은 권력과 돈이었다. 그 이상도 이하도 없었다. 그는 믿는 대로 행동하였다. 수령의 측근에서 술을 따르며 비위를 맞춰 권력의 찌꺼기를 얻고, 위조한 첩문에 직인을 훔쳐 찍어 나랏돈을 횡령하였다. 사면발니처럼 비나리를 쳐서 얻은 권력으로 저보다 약한 자를 가차 없이 후렸다.

관아에 필요한 종이를 달마다 만들어 바치는 승려는 박 지통의 노리개나 다름없었다. 멀쩡한 물건을 퇴짜 놓아 수고를 거듭하게 하고, 독신의 수도자를 욕보이는 육담도 서슴지 않았다. 목판에 글씨를 새기는 재주로 신역하는 각수(刻手)나 그림을 그리거나 단청하는 화원도 마찬가지로 박 지통의 만만하고 홀홀한 밥이었다. 아버지뻘, 아니 할아버지뻘이나 되는

가시아비들이 박 지통에게 곤욕을 치르고 닭똥 같은 눈물을 뚝뚝 흘리는 모습도 종종 눈에 띄었다. 그런가 하면 떡고물이 떨어지는 일에는 염치도 체면도 없이 달려들어 농간을 부렸다. 서울에서 열리는 소과 과거에 응시하려면 지방의 향시부터 통과해야 하는데 박 지통에게만 잘 보이면 초시 급제는 따놓은 당상이라고 하였고, 지옥 같은 형옥에서는 염라대왕보다 박 지통이 한 등급 높다고 하였다.

"귀한 걸로 입맛 좀 다셔보라니까 우리 사이에 웬 면치레를 하는 거냐? 너도 참, 무슨 생각이 그리 많으냐? 소문을 듣자니 네가 천자와 사자소학까지 배웠다던데…… 정말이냐?"

박 지통이 은근슬쩍 논개를 향해 게걸음을 쳐오며 말했다.

"……"

"아깝다! 암글도 아니고 사자소학까지 읽은 아이가 어쩌다 관비로 잔명을 근근부지하는 지경에 이르렀는가? 만약 네가 남아로 태어났던들 계수화를 머리에 꽂고 푸른 비단 적삼을 떨쳐입고 임금님 앞에 서지 못할 까닭은 또 무엇이던고?"

논개는 비운 밥그릇을 씻가셔놓고 아무 말 없이 일어났다. 물 말은 밥에도 속이 더부룩한 것을 보니 아무래도 된통 체증을 앓을 것만 같았다. 그런데도 박 지통은 논개의 냉연한 태도에 도리어 몸이 후끈 달아 지근덕지근덕 뒤를 따라 쫓았다.

"전생에 죄가 많아 계집으로 태어났으니 나라의 동량은 되지 못할지언정 내조지현으로 군자를 섬기는 양처가 될 수는 있지 않겠는가? 소군(小君 : 아내의 통칭)이 되어 건즐*하는 것이야말로 계집이 누릴 수 있는 최고의 행복이 아니겠는가?"

박 지통은 꼴랑꼴랑 문자까지 써가며 논개를 충동이기에 여념이 없었다. 통인들은 아전이 되기 위해 서사(書寫 : 글씨를 베껴 씀)와 산술을 익히고, 법을 부리고 결옥**하기 위해 법전을 읽어야 했다. 그러하기에 실로 지식의 수준은 웬만한 사인***보다 낮다 할 수도 있을 것이었다. 하지만 그들이 기어이 학문을 과시하고 교양을 떠벌리는 것은 흉중 깊이 숨긴 열등감 때문이었다. 고을을 뒤흔드는 땅땅 위세에도 불구하고 그들은 끝없이 양반을 동경하며 자곡(自曲)하였다. 그리하여 결창이 열등감으로 꼬인 자에게는 흠모의 대상이 된다는 것조차 위험하였다. 그들은 소유욕을 충족하는 순간 싫증을 느끼며 그것을 모욕하려 드는 속성을 가지고 있기 때문이었다.

"내가 지금 실없는 소리를 지껄이는 것만 같으냐? 아니다! 내 지난날 너와 처음 마주쳤을 때 알아보았다. 우연히 만나자마자 첫눈에 반해서 든 사랑은 뗄 수도 없는 첫사랑이라더라! 겨울 추위는 첫추위가 제일 맵듯

*건즐(巾櫛) : 수건과 빗. 남편을 받드는 것.

**결옥(決獄) : 범죄인에 대한 형사 판결.

***사인(士人) : 벼슬을 하지 않은 선비.

240

첫사랑이야말로 가장 뜨겁지 않은가? 할퀴지 마라. 앙탈하지 마라. 내 말만 잘 듣는다면 꽃방석에 앉는 호강도 어렵지 않으리라!"

들보라도 뽑아 귓문을 틀어막고 싶었다. 일단 목표물로 삼은 대상은 반드시 수중에 넣어야만 직성이 풀리는 끈질기고 욕심 많은 박 지통의 구애를 벗어나기란 쉽지 않을 듯했다. 그는 달랬다가 후렸다가 다시 꼬드기길 반복하였다. 짐짓 자신의 감정이 처음이며 유일하며 진정한 듯 토로하였다. 하지만 논개는 그의 뻔한 셈속을 짚어보고 있었다. 물론 아무러한 모리배라도 만에 하나쯤은 거짓 아닌 참마음이 있을 것이다. 파락호에게라도 천에 하나쯤은 순정이 있을 것이다. 그러나 그 만분지일 천분지일의 진정이 모리배와 파락호의 본바탕을 변화시킬 수는 없다. 사람은 그리 쉽게 변하지 않는다. 어쩌면 그들조차 스스로에게 잠시 속은 것에 불과할는지도 모른다.

"오늘 밤 자시에 물레방앗간에서 만나자. 꼭 나와야 한다! 네가 올 때까지 밤을 꼴딱 새워서라도 기다리고 있을 테다!"

박 지통이 속살거렸다. 귓바퀴에 그의 더운 숨이 닿는 순간 논개는 혐오감에 진저리를 쳤다. 박 지통은 탐련에 사로잡힌 사람이라기보다 수렵에 열광하는 엽사와 같았다. 지금껏 그의 사냥 성과는 꽤나 좋았을 것이다. 그리하여 날아가는 새마서 떨어뜨리는 재주를 가진 날치꾼을 자청할는지도 모른다. 날짐승과 길짐승과 멧짐승과 집짐승을 구분하지 않고, 그것을 잡기 위해 총과 활과 그물과 올가미와 덫 등 어떤 도구도 가리지 않는다. 그는 사냥감에 열광한다. 절절히 그것을 쫓아 잡아 손아귀에 넣고파 한다. 하지만 그가 날개가 찢기고 목덜미가 뜯기고 털이 빠진 포획물들을 아껴 사랑할 리는 만무했다.

달빛이 요요한 밤이었다. 약속한 자시를 넘어 축초(丑初)에 접어들 무렵, 물레방앗간에서 초조하게 밀회를 기다리던 박지통 앞에 자그마한 검은 그림자가 불쑥 나타났다.

"아이고, 오라버니! 정말 여기 계셨네! 깜박 초저녁잠이 드는 바람에 때를 놓쳐버린 게 아닌가 걱정했더니……."

하지만 박 지통 앞에 나타난 사람은 논개가 아니라 업이었다.

"네, 네가 여기는 어떻게 알고 왔느냐?"

되바라지기로 둘째가라면 서러울 박 지통도 순간 당황하여 말을 더듬었다.

"으응, 자시에 물레방앗간에 가면 오라버니를 만날 수 있을 거라고 논개가 그러던걸? 혹시 만나게 되면 이걸 전해주라고 하면서……. 사실은 궁금해서 살짝 펴봤는데 검은 건 글씨고 흰 건 종이니, 아마도 무슨 서한인 모양이지? 히힝, 무슨 도화색 연서인가?"

박 지통은 업이의 손에서 논개가 보낸 서한을 잡아채어 펼쳤다. 거기에는 단 두 줄, 간단명료한 시(詩)가 적혀 있었다.

높은 곳에 핀 꽃을 더벅머리 총각들이 어찌 꺾을 수 있으랴.
풀밭 무성하면 개도 다니기 어려운 것을!

"쌍! 감히 날 모욕하며 가르치겠다고? 내 이 발칙한 년을 그냥 두나 봐라!"

박 지통이 서한을 와락 구기며 이를 빠드득 갈았다.

"뭔데? 대체 무슨 얘기인데? 달랑 두 줄에 몇 자 적혀 있지도 않구먼, 뭘 어떻게 오라버니를 욕보였다는 건가?"

업이가 어리둥절한 표정으로 종이 한 번 박 지통의 얼굴 한 번을 번갈아 들여다보았다. 박 지통은 마치 눈앞에 목표물을 두고 허방에 헛불을 쏜 얼치기 사냥꾼처럼 제 분에 겨워 펄펄 뛰고 있었다. 야심한 밤 창백한 달빛 아래 그 모습은 우스꽝스럽고 괴이한 탈놀음만 같았다.

사람들은 세상을 변화시킨다. 상상하던 욕망을 하나씩 갈고 닦아 기기묘묘한 문물을 만들어내고 언제나 저 홀로 그녀한 자연까지도 길들여 다스린다. 하지만 새로이 만들어지는 신기한 발명품보다는 본디의 성질을 비틀고 뒤집어 만들어내는 우연한 변이가 훨씬 더 많다. 그리하여 사람은 세상을 지배할지언정 그들의 피조물로부터 축복받지 못한다.

영암 시절 논개는 말을 다루고 치료하는 이마(理馬)로 평생을 살다가 병들어 죽게 된 뒷방 늙은이를 가엾게 여겨 며칠간 바라지를 한 적이 있었다. 그는 음식을 씹어 삼킬 힘도 없어 병사보다 아사할 지경이었다. 늙은이는 자신에게 암죽을 떠먹이며 빚없는 수발을 드는 어린 무자리가 기특하고 고마워 일생의 교훈을 전하는 것을 아까워하지 않았다.

"모든 숨탄것의 습성은 저에게 주어지는 조건과 형편에 맞게 사는 거란다. 말도 마찬가지지. 뒷발질하는 것 말고는 별다른 재주가 없으니 무리를 이루어 살면서 어느 한 마리가 뛰면 영문도 모른 채 무조건 덩달아 뛰어 달아나지. 말은 유순하고 영리한 동물이야. 마방을 떠나기 싫어 버티고, 물고, 안장과 굴레를 뿌리치고, 벽이나 문을 차고, 일어서서 앞발을 휘젓고, 몸통을 좌우로 흔들며 울타리나 나뭇가지를 씹어대는 건 원래 타고난 본성이 아니란다. 그건 모두 사람이 저희들의 편리를 위해 말을 가축으로 가두어 기르면서 생겨난 병이나 다름없어. 사람이나 말이나 따지고 보면 다 같은 짐승이지. 누가 착하고 나쁜가는 알아도 누가 옳고 그른가를 말하기는 쉽지 않아. 부디 머리 검은 짐승을 조심하렴. 되도록 깊은 정은 주지 말고 온전히 믿지 마렴. 너처럼 곱고 어진 아이를 알아보는 눈 밝은 사람이 세상엔 그리 많지 않단다……."

해가 바뀌어 봄은 다시 돌아왔지만, 논개의 곤고하고 외로운 처지는 달라지지 않았다. 논개의 거절을 멸시로 받아들인 박 지통은 사사건건 까탈을 부리는 것으로 앙갚음을 하였다. 행실이 나쁘고 방종하다는 헛소문을 퍼뜨려봤자 오히려 비슷거리가 될 터이니 생트집을 잡아 괴롭히는 수밖에 없었다. 하지만 그마저 논개의 견딜성을 꺾지 못하니 시간이 흘러 얼마간 시들해져 누그러지는 것도 같았다.

지독하게 하늘을 끓이던 더위가 한풀 꺾이고 제법 선선한 갈바람이 불어올 즈음이었다. 가을걷이까지는 얼마간 겨를이 있고 부사직의 임기도 오래 남지 않았으니 한만한 짬을 이용해 경승지 나들이를 마련하면 어떻겠냐고 아전들이 최경회에게 건의하였다. 최경회는 엄준한 대신 검소하고 질박하여 아랫사람들의 수고를 덜어주는 수령이었다. 부사의 생일이며 뭐며 때마다 성찬을 준비하고 이웃 수령들을 초청하고 명기들의 가무를 대령하느라 치다꺼리에 분주했던 아전들은 최경회의 치하에서 가욋일이 없어 한가하기까지 하였다. 그리하여 그들은 어느덧 이 담백한 상관에게 마음에서 우러난 존경을 바치기에 이르렀다. 공연한 품을 들일 필요 없다는 최경회의 마다에도 불구하고 아전들은 기꺼이 배행하여 그간의 노고를 위로하며 감사를 바치겠노라고 하였다. 그리하여 매실주가 맛나게 익어갈 무렵, 영해부의 여러 마을 중에서도 해색(海色)이 좋기로 유명한 한나리[大津里]로 소풍을 떠나기로 계획되었다.

바다!

그 이름을 읊조리는 것만으로도 논개의 가슴이 들썩거렸다. 깊고 외진 산골에서 태어나 자란 논개에게 바다는 아득한 꿈의 장소였다. 매일같이 우물에 갇힌 깊고 어두운 물만 보아온 논개는 소녀다운 감상으로 끝없이 넓디넓은 바다를 동경하였다. 어쩌면 이번이 유일한 기회일는지도 몰랐다. 관동팔경이니 관서팔경이니 이름난 명승지를 유람하기는커녕 이웃 마을조차 자유로이 다녀올 수 없는 신세로서야 상전을 붙좇아 시중하기 위한 길이라도 감지덕지할 일이었다.

그런데 어찌 된 영문인지 소풍에 입을 부사의 갈음옷을 준비하라고 지시하러 온 수노가 엉뚱한 소리를 지껄였다.

"이번 한나리 행차에는 업이가 시중꾼으로 따라가는 것이 좋겠다."

"그럼, 저는……?"

"논개 너는 남아서 할 일이 많다. 이참에 대청소도 해야 하고, 이불잇도 뜯어 빨아 시쳐야 하고, 내아에도 볼일이 있고……."

무슨 속사정인지 수노는 논개의 눈길을 피한 채 궁색하기 이를 데 없는 이유를 주절주절 늘어놓았다. 딱딱하게 굳은 표정과 쌀쌀맞은 말투가 평소 같지 않았다. 그때 수상한 기미를 낌새챘어야 했다. 하지만 논개는 오랜 소망이 물거품이 되었다는 실망감에 맥이 풀리고 설움이 치밀어 연유를 캐물을 힘마저 잃어버리고 말았다. 최경회와 마찬가지로 논개도 곧 이 곳을 떠날 사람인데, 기왕이면 붙박이인 업이보다 논개를 보내주어 눈 호강이나마 시켜주는 게 마땅할 터였다. 하지만 그조차도 분수에 넘치는 욕심이던가. 한낱 잔시중을 드는 계집종, 군더더기 더부살이 주제에 별구경이 다 무엇인가. 시키면 시키는 대로 쓰려는 곳에 쓰이면 그만이다. 바다, 푸른 물결과 백구(白鷗)에 대한 그리움 따위는 당나귀 귀 치레나 마찬가지일 것이다.

그때 풀 죽은 얼굴로 융복을 푸새하고 있는 논개에게 업이가 슬며시 다가왔다.

"많이 속상하나? 영해에 처음 왔을 때부터 그렇게 바다 타령을 하더니. 어쩌겠나? 죽으라면 죽는 시늉이라도 해야 하는 버러지 같은 팔자가 죄지."

"……."

"하지만 생각 잠깐 고쳐 잡고 맘만 단단히 먹으면 방도가 아예 없는 것도 아니지! 버러지도 밟으면 꿈틀한다지 않나?"

"그건…… 무슨 소리야?"

논개는 이미 포기하기로 작정했음에도 불구하고 '방도'가 있다는 업이의 말에 저도 모르게 솔깃하여 대꾸했다.

"그러니까 나중에 지청구를 듣고 회초리라도 몇 대 맞을 걸 각오하고 말이야, 확 질러버리는 거지 뭐!"

"뭘, 어떻게 지른다고?"

"아침에 나들이 일행이 채비를 차려 말을 묶어둔 하마석 앞에 모였을 때 너랑 나랑 슬쩍 자리를 바꿔치기하는 거지! 이미 행차가 떠난 다음에야 수노라고 어쩔 도리가 있겠나?"

"하지만……. 나한테 꼭 시킬 일이 있다 하시는데 어떻게 그런 눈속임을 하겠니?"

"내가 아무리 나무때기 같다고 해도 청소쯤은 얼추 흉내 내어 때울 수 있을 테고, 여벌 이불 한 채를 미리 빨아 시쳐놓고 가면 야단을 맞아도 덜 맞을 것 아니겠나? 그리고 말이야 바른대로 말이지, 네가 지금껏 들인 정성이 있는데 그 정도는 눈 감아줘야 마땅한 일 아니냐?"

업이의 말이 제법 그럴듯하게 들렸다. 바다를 보고 싶다는 소망도 소망이려니와 그동안 꾀부리지 않고 성심성의껏 일해왔는데 그 정도의 배려도 해주지 않는 수노의 야박함에 은근히 섭섭했던 것이 사실이었다. 딱 한 번만 요령을 피워볼까, 운이 좋으면 소년기의 협기로 이해를 받을 수 있지 않을까 싶은 생각이 논개의 마음속에서 스멀스멀하였다.

"내 말대로 해라! 부사 어른을 따라 영해를 떠나면 평생 바다 구경이나 할 수 있겠나?"

업이가 논개를 끔찍이도 위하는 양 추썩였다.

"그럼 정말…… 네 말대로 한번 해볼까?"

누군가의 들쑤심을 받았다는 것도 결국은 핑계에 지나지 않을 것이다. 허술하거나 정교하거나 상관없었다. 때 아닌 야바위의 가장 큰 바람잡이는 갈망, 그 자신의 마음속에 깃들어 충동질하는 욕망일 테다. 논개는 자신도 모르게 함정 속으로 한 발을 들이밀고 말았다.

아무도 눈치채지 못한 듯했다. 행차 인원을 점검하러 온 하리(하급 아전)도 무심히 머릿수만 세고 갔고, 앞갈망 뒷갈망에 바쁜 수노도 고개를 숙이고 선 논개를 보지 못하고 지나쳤다. 최경회의 곁에서 경마를 잡고 선 박 지통조차 평소와 달리 산만하게 주위를 두리번대는 대신 뻣뻣이 등을 돌린 채 미동히지 않았다. 얄궂은 쾌감이 쏴 번지기도 하였다. 한 눈만 질끈 감으면 세상을 속이고 자신을 속일 수 있을 듯했다. 하지만 그 것은 착각이었다. 모두가 담합하여 속이려 들면 세상의 어떤 현명하고 신중한 사람도 삽시간에 북숭이가 되어버릴 수 있다 는 것을 몰랐다. 마음이 빚어내는 촌극은 참으로 요사스럽고 망령되었다. 평소에 그토록 조심성 있던 논개도 한발 앞지른 열망에 꺼둘리어 그 모든 수상한 낌새를 간단히 무시하였다.

성내에서 동으로 괴시리를 지나 대진리까지 가는 데는 반 나절이 꼬박 걸렸다. 대진리 백성들을 대표하여 마중 나온 풍 헌과 이정이 아뢰길 갯바람이 여간 극성스럽지 않으니 중화*
는 북서쪽에 자리한 공시개 마을에서 드시고 차차 해안을 산 책함이 좋을 듯하다고 건의하였다. 그리하여 최경회 일행은 그 형국이 공(公) 자를 닮은 공시개 마을에 들러 점심을 먹기 로 하였다.

바닷가 마을 사람들이 활어와 곤이와 해초로 끓여낸 더운 점심은 싱싱하고 향기로웠다. 푸른 물결 속에 살던 것들이 이 리 싱그럽다면 그것들을 품은 바다는 얼마나 더 아름다울까 싶어 논개는 가슴이 두근두근하였다. 바람에 굽은 적송의 숲 을 넘으면 바다가 있다. 영영 닿을 수 없을

*중화(中火): 길을 가다가 중 도에서 먹는 점심.

것만 같았던 또 하나의 낯선 세계가. 논개는

250

지그시 눈을 감고 비리고 선선한 해풍을 마셨다. 그때였다.

"아니, 논개 네가 왜 여기에 와 있느냐?"

가슴이 덜컹 내려앉았다. 대경실색이요 혼비백산이 이럴 때 쓰는 말일 듯했다. 화들짝 놀라 눈을 번쩍 떠보니 양손을 허리춤에 떠억 올린 박 지통이 논개 앞에 버텨 서 있었다. 당황한 논개가 무슨 변명이라도 주워섬겨볼까 허둥대는 사이, 박 지통은 정신 차릴 말미를 주지 않고 다짜고짜 후리었다.

"이번 행차에는 원래 업이가 시중하기로 되어 있지 않았던가? 분명히 너는 내아에서 쓰실 일이 있을 거라고 수노가 전달하지 않았나? 내아의 마님이 특별히 나를 불러 엄분부를 내리셨는데 이게 무슨 낭패란 말인가? 대체 어떻게 된 일인지 자초지종을 들어야겠다. 너, 어서 나를 따라오너라!"

박 지통은 불뚝성을 내며 논개의 팔을 끌었다. 논개는 얼떨결에 박 지통에게 팔뚝을 잡혀 솔수펑이로 끌려갔다. 갑작스런 일이기도 하였으나 자신이 저지른 잘못이 명백하였기에 차마 맞버티려는 생심을 쓸 수가 없었다. 논개는 그 와중에도 불똥이 업이와 수노에게까지 튀길까 걱정하여 사실을 밝히고 혼자 벌을 감당하리라고 마음먹었다. 하지만 그조차도 논개의 오만이었다. 진실을 의심치 아니하는, 악의 어린 해코지를 믿지 못하는 순정의 오만.

"내 입으로 다 토설하겠소. 벌을 피하려는 잔꾀 따위 부리지 않겠소. 그러니 이 팔을 놓아주시오!"

덜미잡이로 끌려가다시피 길찬 숲 속까지 억지로 딸려 간 논개는 자신의 잘못을 인정하리라는 결심으로 입을 열었다. 회초리를 맞을 걱정보다는 내아의 분부가 과연 무엇일지에 대한 근심이 앞섰기에 박 지통에게 그것부터 물어보려 하였다. 그런데 으슥한 숲길에서 논개와 마주 선 박 지통의 얼굴에는 노여움도 원망도 아닌 이상야릇한 기운이 자글자글 끓고 있었다. 박 지통이 입아귀를 비틀며 씩 웃었다. 그 비열한 미소가 제 발이 저려 경황없이 따라온 논개에게 모든 정황을 일러주었다.

머리칼이 쭈뼛하며 온몸의 터럭이 일제히 곤두섰다. 도망쳐야 한다! 벗어나야 한다! 논개는 재빨리 몸을 돌려 달음질치려 했다. 하지만 스스로를 지키려는 논개의 본능보다는 치밀히 계획된 박 지통의 야만스런 충동이 한발 빨랐다. 어깨를 낚아챈 사나운 박 지통의 손길에 논개는 맥없이 덤불숲에 고꾸라지고 말았다. 철면피만큼이나 단단하고 억센 무쇠 팔이 어깨 양쪽을 짓이겨 누르니 논개가 아무리 온 힘을 다해 몸부림을 쳐도 소용이 없었다. 절로 부드득 이가 갈리고 눈물이 솟구쳤다. 어리석은 욕심이 화를 불렀다. 순간 눈맞춤조차 피하던 수노와 느닷없는 양보심을 발휘하던 업이의 얼굴이 뇌중을 스쳤다. 그들은 공범이거나 적어도 이 흉계를 사전에 알고 있었다. 논개의 가장 가까이에서 누구보다 그녀를 잘 알던 이들이.

"내 일촌간장을 봄눈 슬듯 하게 하더니, 별것도 아닌 미끼를 냉큼 물었구나! 너도 어쩔 수 없이 희떠운 계집이렷다!"

박 지통이 가쁜 숨을 시근덕대며 지껄였다. 논개는 뜨거운 모멸감과 서늘한 공포를 동시에 느끼며 소리쳤다.

"이게 대체 무슨 짓이오? 엄연한 관아의 이속으로서 이름이 부끄럽지 않소? 사람은 속일 수 있을지라도 어찌 하늘까지 속일 수 있겠소? 정녕 하늘의 벌이 두렵다면 어서 나를 놓아주시오!"

"난 남의 눈 따윈 아랑곳없고 하늘 같은 건 더더욱 모른다. 네가 날 비부*라고 비웃지 않았더냐? 왜? 내가 말라비틀어져 끈 떨어진 네게조차 어울리는 혼반**이 아니라서? 건방진 년! 네 년 입에서 이대로 죽기는 싫으니 제발 거둬달라는 애원이 새어 나오게 해주마!"

옷솔기가 투둑 터지는 소리가 들렸다. 논개는 소리를 지르지 못하도록 입을 틀어막는 박 지통의 손가락을 힘껏 깨물었다. 느닷없는 기습에 놀란 박 지통이 펄쩍 몸을 튀기

*비부(鄙夫) : 어리석고 천한 사람.

**혼반(婚班) : 서로 혼인을 맺을 만한 시제.

며 얼빰을 후려쳤다. 논개는 순간 우물 속에 빠진 듯 까마아득한 정적에 휩싸였다. 아무것도 들리지 않고 느껴지지 않았다. 얼얼한 볼 위를 실지렁이처럼 기는 것은 아마도 터져 뿜어 나온 코피인 게다.

"네 이놈! 지금 거기서 무슨 짓을 하는 게냐?"

그때 어둠침침한 숲길 저편에서 우렛소리 같은 불호령이 들려왔다. 수풀 사이로 언뜻 푸른 융복 자락이 비쳤다. 박 지통은 불침을 맞은 듯 화드득 뒤도 돌아보지 않고 달아났다. 논개는 그 와중에도 서둘러 헝클어진 머리와 흐트러진 옷매무새부터 수습했다. 정신이 반쯤 나간 채로 허청허청 덤불숲을 빠져나와 보니, 숲길 한가운데 최경회가 노한 얼굴로 서 있었다.

"물심부름을 시키려 너를 찾다가 문득 그 괴이쩍은 정경을 보았느니라. 저놈은 누구더냐? 복색을 보아 통인 중 한 놈이 분명한데…… 어쩌다가 놈의 마수에 끌려들었더냐?"

최경회는 불쾌감을 억누르며 논개가 놀라지 않도록 조용히 물었다.

"바, 바다를 볼 수 있다기에…… 어리석은 소녀에게 벌을 내리옵소서……!"

논개는 입술 새를 비집고 터져 나오는 울음을 간신히 참으며 머리를 조아렸다. 최경회는 그 모습을 한참 동안 물끄러미 바라보며 무언가를 골똘히 생각하더니, 더 이상 아무 말을 하지 않고 뒤돌아섰다.

점심을 잘 자신 부사 어른이 갑자기 몸이 좋지 않다며 환차를 명령하자, 아전과 고을 백성들은 대접한 음식으로 체기가 생긴 것이 아닌가 하여 발을 구르며 근심하였다. 하지만 부사는 그저 피로감 때문이니 염려할 것은 조금도 없다고 몇 번이고 다짐을 두어 다독였다. 코앞에 바다를 둔 채 돌아섰다. 하지만 논개는 아쉽고 서운해서가 아니라 차마 인사조차 바칠 수 없는 고마움으로 남몰래 울고 있었다. 사무치게 그립던 높고 낮은 물결이 등 뒤에서 철썩이고 있었다.

사실과 진실

　합사발을 열자마자 확 치받친 죽의 열기에 눈 깜짝할 사이 손가락을 데었다. 시립했던 종비가 놀라 허둥대며 냉수를 떠다 바쳤다. 핏줄이 새파랗게 드러난 창백한 손에 붉은 열기가 뻗쳐 욱신거린다. 쓰리다. 화기는 날카로운 가시랭이처럼 들이박혀 쉽게 빠지지 않는다. 맥없이 한 손을 찬물에 넣은 채 부르르 몸을 떤다. 냉기가 손끝으로부터 온몸 구석구석으로 찌르르 번진다. 약보*로 게으르고 나슨해진 혈맥이 놀라 새된 비명을 지르는 듯하다.

　여종이 얼김에 뛰어드느라 미처 닫지 못해 빠끔히 열린 문틈으로 마당의 풍경이 얼비친

*약보(藥褓) : 약을 많이 먹어서 여간한 약을 써서는 약효가 나타나지 않는 일.

다. 군불을 넉넉히 지핀 난실의 비단 보료 위에 앉아 좁은 틈새로 엿보는 겨울빛은 별세계마냥 괴괴하다. 한뎃부엌의 귀퉁이에서는 계집종 아이가 무쇠솥 가득 무언가를 끓이고 있다. 농한기를 틈타 신역을 나온 일꾼들에게 바라지할 사이참이라도 마련하나 보다. 무럭무럭 솟아오르는 훈김 사이로 비치는 얼굴이 벌겋게 달아올라 있지만, 계집아이는 뜨거운 기운 따위 느끼지 못하는 듯 살손을 붙여 끓어오르는 것을 젓기에 열중해 있다. 그녀의 피부는 특별히 두꺼운가? 데고 베고 어는 일 따위 개의치 않는가?

"바람이 차갑습니다. 문을 닫을까요?"

여종이 조심스레 물어온다. 먹기 맞춤하게 식혀두지 못하고 뜨거운 죽을 바쳐 상전에게 화상을 입힌 죄로 연신 몸을 곱송그리고 있다. 하지만 회초리를 치기는커녕 불호령을 내릴 기운도 없다. 안잠자기로 여덟 해 가까이를 시중했던 박씨가 죽은 뒤 급히 수노의 처를 종비로 들여 쓰는지라 병간을 드는 일이 어설프기 그지없다. 하긴 누가 눈치놀음을 한대도 까다로운 김씨의 비위를 맞추기는 쉽지 않을 테다. 여단수족*이라! 더이상 세상에 없는 사람의 자리가 손발이 잘린 듯 허전하다.

"놔두어라. 간만에 살랑한 바람을 맞으니

*여단수족(如斷手足): 요긴한 사람이나 물건이 없어져서 몹시 아쉬움.

머리가 좀 맑아지는 듯하구나."

김씨는 여전히 쑤시고 아린 손을 찬물에 담근 채 자신을 향한 시선조차 느끼지 못하고 묵묵히 일하는 계집아이를 물끄러미 바라본다. 이상스럽다. 어쩐지 자꾸 신경이 쓰이는 아이다. 허나 주책없고 경망스런 여느 계집종들처럼 비위를 거스르거나 눈꼴시게 하는 건 아니다. 다만 야무진 입매와 되똑한 코끝에서 느껴지는 기운이 만만치 않으니 기엄기엄 호기심이 솟아오른다. 김씨가 여종을 불러 물었다.

"저 아이가 박씨의 여식이라고 했던가?"

"예, 죽은 박씨의 천식(賤息) 논개이옵니다."

"나이가 몇인고?"

"다가올 설을 지나면 열네 살이 되는 줄로 아옵니다."

"열네 살이라……. 나이에 비해 꽤나 숙성하구면."

여종은 좀처럼 남의 일에 관심을 보이지 않는 김씨 부인이 논개를 눈여겨보는 것이 신기하여 묻지 않은 것까지 꿰어 바쳤다.

"쉰네의 서방에게 전해 듣기로는 박씨가 마흔 넘어 얻은 늦둥이라는데, 일찍 아비를 여의고 언덕과 골짜기가 뒤바뀌는 난리를 겪은지라 어린 나이에도 너볏하다 합지요. 날고 뛰어봤자 오갈 데 없는 계집종 처지이지만 본바탕이 달라서인지 하나를 가르치면 열을 알아 침재며 요리며 모자란 것이 없다지요. 그런데 어미를 잃은 뒤로는 저처럼 넋을 놓고 병한 얼굴을 하고 있으니, 수노 일을 맡아보는 쇤네의 서방은 행여 내아에 소용이 미치지 않는 아이를 들인 것이 아닐까 염려스러워했사옵니다."

저 모습이 얼이 빠져 멍한 것이라 하였겠다. 김씨는 그제야 심약하고 주변 없던 박씨가 고단한 신수나마 견뎌 버텨온 까닭을 알 것 같았다. 자식이라는 굳건한 발붙임이 있었기에 일순간 몰락하여 타향을 떠도는 신세가 된 수모를 견딜 수 있었던 것이다. 김씨는 싸늘한 한숨을 가만히 몰아 내쉰다. 제 살과 피를 덜어 지은 자식이란 어떤 존재일까? 하늘에 양과 음이 있듯 땅에 남자와 여자가 있어 하나로 맺어지는 혼인 관계에서 자식이란 과연 무슨 의미일까?

김씨는 목숨보다 명분을 중시하는 양반가의 귀녀로 태어나 자라, 열다섯 살이 되던 해 부모가 정혼한 해주 최씨 집안으로 시집을 왔다. 바야흐로 혼인이라는 것을 할 즈음에 그녀가 결혼에 대해 알고 있는 것은 책에 적힌 옛사람의 훈계가 전부였다. 중국에서 들여온 『여계(女戒)』와 『여논어(女論語)』로부터 조선 조정에서 간행한 『삼강행실도(三綱行實圖)』와 『내훈(內訓)』, 이에 더하여 집안 대대로 내려오는 각종 '의칙'과 '여계야

언(女戒略言 : 딸을 경계한 말)'까지. 궁중의 공주와 옹주와 내인들로부터 반가의 규중처자와 인도를 따르는 상사람의 여식들까지 조선의 규수라면 모두가 일률적으로 그 서책들을 읽는 것을 교양으로 삼고 있었다.

책의 내용은 단순하고 명료했다. 남녀를 통틀어 말을 삼가고 행동을 조심하라는 수신의 법칙이 최우선이었다. 그리고 숱한 효녀와 열녀와 현처와 현모들이 등장하여 제사를 받드는 법, 부모 섬기는 법, 남편을 공경하고 자녀를 훈육하는 법을 가르쳤다. 어쩌면 그것은 교육이라기보다 믿음이었다. 그 거룩하고 훌륭한 만고의 진리를 유순히 익혀 따르면 모든 일이 무탈하고 행복할 것이며, 거역하면 하늘의 벌과 사람의 손가락질을 받을 것이라고 하였다.

시키는 대로 했다. 하라는 대로 다 하였다. 먹고, 입고, 자고, 남의 집을 방문하고, 심지어 높은 데서 아래를 내려다볼 때에도 그 시시콜콜한 세설에 일일이 귀를 기울였다. 베어 물다 놓지 말고, 건져 먹지 말고, 던지지 말고, 부르지 말고, 소리치지 말고, 거드럭거리지 말고, 엿보지 말고, 사양하지 말고, 싫은 기색을 보이지 말고……. 무엇을 어찌하면 좋다하기 이전에 무엇을 어떻게 하지 말아야 한다는 숱한 다짐이 있었다.

그리고 그 숨 막히는 법도의 가르침을 마지막으로 빗장 지르는 것은 주술과 같은 숙명론이었다. 부부유별로 삼종지도를 좇는 것만이 최고이자 최선일지니, 여자는 제 고을 장날을 몰라야 팔자가 좋다고 하였다. 인간이기 이전에 여자여야 했다. 따라서 바깥세상의 일은 일절 알 것 없이 남편의 그늘 아래서 집안 살림이나 알뜰히 하며 사는 것이 행복한 여자의 일생이라고 하였다. 소녀들은 삶을 시작하기도 전에 높고 날카로운 계율의 가시성에 갇혔다. 그곳은 훈육의, 다짐의, 완강한 믿음의 감옥이었다.

그래도 김씨는 의심하거나 저항하지 않았다. 가풍이 지극히 범속했을 뿐더러 그녀 자신도 성질이 외곬으로 곧아 융통성이 없는 편이었다. 순진하고 아둔한 이들이 대개 그러하듯 서부렁섭적 울타리를 타 넘어 다른 세상을 엿볼 생각 따위는 꿈에서도 해본 적이 없었다. 아니, 이곳이 아닌 다른 곳이 있을 수 있다는 사실조차 상상하지 못했다.

집안끼리의 약조로 맺어진 관계이나마 김씨의 혼인 운은 그다지 나쁘지 않았다. 최경회는 과묵하고 무뚝뚝한 성격이었지만 수신하여 제가하고 치국으로 평천하하는 명교의 이상을 심지로 삼은 훌륭한 남편감이었다. 천하를 자기의 책임으로 여기라는 수양의 요구를 기꺼이 받아들여, 위로 임금에게 충성하고 안으로 부모에게 효도하며 아래로 처자를 보건하는 인자의 도리를 다하려 하였다. 그 이상 무엇을 바랄 수 있었을까. 혈통 있는 가문의 가랑(佳郞: 참한 총각)과 규수라면 누구도 부모가 정한 혼례에 성격이나 취향 따위를 따질 수 없었다. 하지만 불운하게도 김씨는 태생적으로 일만 가지 복 가운데 으뜸인 건강을 갖지 못한 약질이었다. 아무리 벽에 백동문자도*를 걸어도 김씨에게는 좀처럼 회임의 조짐이 보이지 않았다. 할 수 있는 일은 다 했고 쓸 수 있는 방법은 모두 썼다. 마지막으로는 점복과 속신에까지 매달렸다. 하지만 간절하여 더욱 어리석은 기자습속으로는 순조롭지 못한 월경과 부인병을 치유할 수 없었다. 그래도 쉽게 미련을 버릴 수 없어 알 모양의 홈이 팬 바위를 찾아가 축수하고, 중천에 뜬 달의 힘을 마시고, 은 도끼 셋을 한 줄에 꼬아 속살이 닿는 곳에 차고 다니며 한 탯줄에 아들 삼 형제를 낳게 해달라는 소원을 빌기도 하였다. 아들을 낳아야 했다. 종통(宗統)과 후승(後承)이야말로 혼인의 궁극적인 목적일진대, 아들이 없으면 기둥과 대들보 없이 집을 짓는 것이나 다름없으며 조상을 볼 면목도 삶의 희망도 없을 것이었다.

　　　　자식 없는 재상이 자식 많은 지방 아전보다 나을 게 없다고 할 정도로 후손을 보는 일을 평생의 책무이자 효의 완성으로 보던

*백동문자도(百童文子圖): 아들을 많이 낳기를 바라는 그림.

시절에 무자(無子)는 최고의 죄이면서 벌이었다. 남녀가 부부로 살며 자녀를 보는 것은 천리(天理)일진대, 생산의 길이 막힌 김씨로서는 칠거지악을 명목 삼아 소박하여도 할 말이 없는 형편이었다. 더군다나 김씨는 버림받는 여자의 일곱 가지 죄 중 또 다른 하나인 악질(惡疾)의 구실로부터도 벗어날 수 없는 처지였다. 그럼에도 최경회의 태도는 변함이 없었다. 어려서부터 그 지극한 효성이 삼 형제 중에서 으뜸이었다는 최경회가 굳이 고향을 벗어나 변방을 떠돌게 된 것도 기실 김씨 때문이라고 할 수 있을 것이었다.

김씨가 불임증을 앓은 지 꼬박 십 년을 넘어설 즈음이었다. 최경회의 부친 최천부의 삼년초토까지 마치자, 점잖고 무던한 최씨가에서도 마침내 근심의 말이 터져 나오기 시작했다. 하루는 집안의 장자인 최경운이 최경회를 불러 앉히고 말하였다.

"이제는 더 이상 일점혈육 없는 너를 걱정하며 잠 못 이루시는 어머님의 모습을 두고 보기 어렵구나. 너희 형수와 이 문제를 두고 오랫동안 난상하였느니라. 너의 안사람이 건강치 못하여 아무래도 그로부터 후사를 보기 어려울 듯하니, 차라리 부실(副室)을 맞이하는 방법을 꾸며봄이 어떠하냐? 지금 내가 하는 말은 장형으로서 맏제에게 하는 훈계라기보다 아버지가 계시지 않은 집안의 가장으로서 하는 권고다."

얼마간 예감하였던 일이지만 막상 치가의 권유를 받자 최경회는 적이 당황하였다. 철저한 사문인 아버지의 눈을 피해 몰래 사찰을 찾아 불공을 드릴 때에 어머니가 바라는 사바의 발복은 오로지 자식의 무고 무탈 무사였을 것이다. 더구나 최경회는 삼 형제 중 딸 맞잡이로 자란 막내아들인지라 어머니의 사랑이 유난하였다. 그러나 세상이 말하길 일처와 일첩은 남자의 예삿일이라지만, 또한 속언에서는 시앗을 보면 돌부처도 돌아앉는다고 하지 않나. 아무리 부덕(婦德)이라는 이름으로 짐짓 심상한 낯빛을 지어 보여도, 유처취처*하는 모습을 지켜봐야 할 여인의 상처는 무엇으로 어루만져 치유할 수 있겠는가.

최경회의 부실감으로 집안에서 물색한 여인은 양녀(良女)인 민씨라고 하였다. 다산과 다남의 관상인 십삼 구를 모두 갖추었고, 몰래 염알이하여 얻어온 머리카락이 굵고 튼튼하며 검푸른 빛을 띠는 것으로 미루어 피가 남아돌아 생산력이 왕성하리라 하였다. 그 모든 일들이 고스란히 김씨의 눈앞에서 벌어졌다. 후덕한 시어머니는 외면하며 예의를 차렸고, 현명한 맏동서는 근엄한 태도로 이 모두를 치가의 일환으로 처리하였고, 재치 있는 둘째 동서는 양편을 중재하며 뒷손을 보았다. 한낱 여종들

*유처취처(有妻娶妻): 아내가 있는 사람이 또 아내를 맞아들임.

264

까지 시시콜콜 돌아가는 일의 속내를 모두 아는 눈치였다.

그러나 지옥 같은 나날들 속에서 김씨는 놀랍도록 침착하고 냉정하였다. 애초에 김씨는 알고도 모르는 척 모르쇠를 잡았다. 바보 아닌 바보, 천치, 먹통의 행세를 하였다. 마음에 불이 돋고 기름이 끓고 재가 삭는대도 배워온 바대로 따를 수밖에 다른 수가 없었다. 옛사람의 시에서는 문왕의 후비가 질투하지 않으니 아름답다 하였고, 소학에서는 부인이 음란과 투기가 있으면 과연 쫓아내도 무방하다고 하였다.

이윽고 김씨는 스스로 앞장서 부실감을 심사하고 겹살림을 준비하기에 이르렀다. 「백두음」*을 부를 생각 따윈 아예 하지 않았다.

"숙녀의 덕은 시모를 효성으로 봉양하고 군자를 정성으로 승순하며 친척을 공경하고 비복을 인으로 무휼하는 데 있으니, 어찌 사사로운 감정으로 처처 간의 갈등을 지어 집안의 근심을 사겠는가? 두 아내가 마치 골육처럼 서로 사랑하고 중히 여긴다면 마땅히 세상의 칭송을 사지 않겠는가?"

김씨가 기괴하기까지 한 말들을 거리낌 없이 내뱉는 데는 이유가 있었다. 그녀는 조선이 가족 질서의 원칙으로 산은 종법(宗法)을 절대적인 것으로 숭상하였다. 그것은 가계 계승의 질서를

*백두음(白頭吟): 전한(前漢)의 사마상여가 첩을 두려 하매 그의 처 탁문군이 이를 경계하며 지은 이별사.

강조하는 한편 적서의 구분을 철저히 하였다. 아들을 낳지 못한 정처는 문중의 압력과 칠거지악에 대한 공포로 남편의 중혼을 허락하게 되지만, 아무리 부실이 아들을 낳는다 하여도 서자는 아닐지언정 적자로서 완전히 인정받을 수 없었다. 정처와 첩의 신분은 하늘과 땅 차이이니, 김씨는 심중을 솔직히 드러내어 세상의 비난을 받기보다는 차라리 위선으로 세상의 논리에 순응하고자 하였다. 그녀를 가두어 얽매는 장벽이 그녀를 보호하는 유일한 바람벽이었던 것이다.

혼담이 오가던 중 김씨는 양인의 여식으로서 부실이 되기를 꺼려하는 민씨에게 언간을 보내기까지 하였다.

"쌍쌍원앙이요 금슬지락이려니, 부부는 삼생을 두고 끊지 못할 연분이 아니던가? 부디 마음의 의심과 망설임을 떨치고 청혼을 허락하길 소망하노라. 하루바삐 서로 만나 형제자매와 같이 화목동심하기를 바라노니, 우리의 결심육력*으로 고문(高門: 지체 높은 가문)이 계계승승한다면 부녀로 태어나 이보다 자랑찬 일이 어디 있겠는가?"

하지만 몸은 마음보다 솔직하였다. 김씨는 이상스런 열기에 휩싸인 채 남편의 첩장가를 준비하던 중 마침내 맥을 놓고 쓰러졌다. 펄펄 끓어오르는 열병을 앓으며 마른기침 끝에 피를 토했다. 젊음이 스러져가고

*결심육력(結心戮力): 마음으로 서로 돕고 힘을 합함.

266

있었다. 설움과 원망과 한을 쌓으며 세월이 흐르고 있었다. 새 생명의 기운 대신 김씨의 몸에 깃든 것은 끝없는 질병이었다. 그녀는 모진 시간 속에서 앓을 조짐을 보이거나, 막 앓고 난 후이거나, 병석에 드러누워 신음하고 있었다. 어쩌면 외면하고 픈 현실을 뒤로하고 병 속으로 도망치는 것일는지도 몰랐다. 실로 그 어둥한 질병의 동굴이 차라리 고요하고 흐뭇하게 느껴지기도 하였다. 환자가 스스로 회복의 의지를 갖지 못하니 아무리 용하다는 의원을 대령하여도 백약이 무효였다.

최경회는 더 이상 무너져가는 김씨의 모습을 지켜볼 수 없었다. 그리하여 마침내 집안 전체의 의견이나 다름없는 치가의 제안을 거절하며 말하였다.

"성현 맹자가 말한 삼불효(三不孝)를 제가 어찌 잊었겠습니까? 부모를 불의에 빠지게 하는 일, 부모를 가난 속에 버려두는 일, 자식이 없어 조상의 제사를 끊기게 하는 일이야말로 씻을 수 없는 자식의 죄이겠지요. 하지만 이미 형님들이 다복다남하여 제가 못한 효도를 대신하시니, 저 하나는 세상에서 가장 외로운 여인을 보호하기 위해 불효자가 되는 것도 무방치 않겠습니까? 범학(梵學: 불교)에서 이른 검림지옥(劍林地獄)도 바늘빙석에 앉아 평생을 사는 여인의 고통만 하겠습니까? 부모 자식과 부부의 도리가 모두 정의 한 뿌리에서 돋아난 가지일진대, 어느 하나를 울창이 하고자 다른 하나를 분질러 자르겠습니까? 저는 차라리 칼날의 잎사귀가 돋고 시뻘겋게 단무쇠 열매가 열리는 나무로 가득 찬 지옥의 숲을 거니는 편을 택하겠습니다. 그만두십시오. 저는 욕심을 버렸습니다."

최경회는 이렇게 자신의 결심을 밝힌 뒤 단호히 분가를 결행하였다. 그리고 수령으로 봉직하게 된 후에는 행여 김씨가 시가의 눈치를 볼까 염려하여 구설을 무릅쓰고 임지마다 김씨와 함께 옮겨 다니기 시작했다.

"어허, 괴이쩍으이! 보고도 못 하는 건 왕장군의 고자라더니, 열 계집 마다하는 사내가 어디 있을까?"

"정녕 결발부부의 의리 때문에 작첩을 거부하는 것인가? 성인인 공자도 첩을 거느렸고 내로라하는 도덕군자들이 모두 첩을 두는 것을 부끄러워하지 않는 세태에 홀로 독야청청하려는가? 도학자의 풍모도 지나치면 위선자로 보이나니!"

고맙고도 미안했다. 실로 최경회는 경박하고 속된 자들에게 괴벽을 의심받을 만큼 특별한 지아비였다. 하지만 몸의 일부, 아니 전부인 양 떨쳐낼 수 없는 지병은 살금살금 몸을 넘어 마음까지 둔하고 흐리게 하였다. 언제부터인가 김씨에게는 최경회의 희생과 헌신조차 의미를 잃어가고 있었다. 너무 고맙고 너무 미안하다 보니 그마저 지쳐 익숙해졌다. 평생을 앓고 살아온 병자의 이기심은 세상 전부가 자신을 힐난하고 있다거나 세상 전부가 자신을 보호할 의무를 지닌 것처럼 느끼게 하였다. 그리하여 그녀는 양냥거릴 기운이라도 생길 짬이면 실체 없는 그 무언가를 향해 화를 내거나 뺏성을 부렸다. 마음이 곧 허물어질 해빙기의 축대처럼 약해져 응석과 안달조차 부끄럽지 않았다.

오랜 와병은 삶의 빛을 바래고 생활의 의미를 앗아갔다. 일상은 사라졌다. 시간은 굼뜨고 흐리터분하게 지났다. 느리고 미지근하게 반복되는 나날 속에서 아무것도 새로울 것이 없었다. 도무지 정체를 알 수 없는 행복을 굳이 구하려 들지 않는다면 별나게 불행할 것도 없었다. 인륜과 대의명목을 중시하는 세상에서 최경회와 김씨 부인은 여전히 법도와 의리로 다져진 완벽한 한 쌍의 부부로 살았다. 아주 가끔 통증과 통증 사이 정신이 말갛게 벗개어질 때면, 김씨는 새삼 그 사실에 놀라 남몰래 진저리를 치기도 하였다.

"머지않아 사령이 내리면 정식으로 분부가 있을 것이나, 명년에 부사 어른이 사도시정으로 입경(入京)하실 때 저 아이를 서울로 딸려 보낼 생각이네. 자네 서방에게도 미리 귀띔을 하여두게나."

김씨 부인의 말에 여종이 놀라 고개를 쳐들었다.

"예? 논개를 시비로 보내신다고요?"

"사도시정으로 임명을 받으면 공사(公舍)가 마련되고 비복이 주어질 것이나, 어찌 낯선 경아리들에게 시중을 전부 맡길 수 있겠나? 내 병세가 어지간하면 모르겠으나 이 지경으로는 낯선 임지에서 중하*가 될 뿐이니 말일세."

"……그러면 마님께옵서는?"

"나야 돌아갈 곳이 따로 있겠는가? 곧 죽어도 최씨 문중 귀신일지니 화순의 시가에 몸을 의탁하여 군색하게나마 잔명을 부지해야지……."

김씨 부인은 간만에 긴말을 한 탓인지 피곤한 얼굴로 이제 눕겠으니 문을 닫으라고 턱짓을 하였다. 고 잠깐 사이에 금세 식은 보료 잇이 선뜩하여 핫이불을 끌어당겼다. 화상을 입은 손가락 끝은 여전히 아릿하지만 견뎌볼 만하다. 때로는 예리한 아픔이 둔탁한 통증으로 무뎌진 영육에 돌연한 생기를 주기도 한다.

논개, 바로 그 아이였다. 이미 한 발은 저승길을 디딘 듯 음음한 얼굴로 박씨가 김씨 부인에게 마지막으로 했던 부탁은 남겨진 딸을 은혜로 돌보아달라는 것이었다. 스스로의 깜냥으로 누군가를 보살피고 지킨다는 생각은 단 한 번도 해본 적이 없지만, 여덟 해를 주종으

*중하(重荷) : 책임져야 할 무거운 짐.

270

로 또한 가장 가까운 말벗으로 지낸 사이에 차마 유촉*을 거절할 수 없었다. 김씨는 박씨의 간절한 눈빛 앞에서 노잣돈을 미리 지불하는 심정으로 선선히 그러하마 고개를 주억거렸다. 그러자 박씨가 웃었다. 꼬치꼬치 야위어 누렇게 뜬 얼굴로 마침내 모든 짐을 벗고 홀가분해진 듯 환하게 웃었다.

그 순간 김씨는 진심으로 박씨에게 부러움을 느꼈다. 골골하며 팔십을 살고 쭈그렁밤송이가 삼 년을 간다더니, 박씨는 몇 해 동안 시난고난 가슴앓이를 하면서도 용케 잔명을 부지하였다. 병석에 누웠던 사람은 김씨 부인이었다. 하지만 어쩌면 구완을 받는 김씨보다 간병하는 박씨의 병세가 더 위태로웠던 모양이다. 다만 세상에 할 수 있고 해야 할 일이 아무것도 없는 사람과 스스로 몸을 움직여 일을 해야만 살아낼 수 있는 사람의 차이가 있을 뿐이었다. 참아야만 할 사람과 참지 않아도 좋은 사람의, 견뎌내야만 하는 사람과 견딜 필요가 없는 사람의, 누군가를 사랑하는 사람과 아무도 사랑할 수 없는 사람의.

고아가 되었다. 양친뿐 아니라 곁붙이마저 하나 없는 혈혈단신이 되었다. 나이가 여섯

*유촉(遺囑): 자기가 죽은 뒤의 일을 부탁함.

살이거나 열네 살이거나 스무 살이나 마흔 살이면 무엇이 얼마나 어떻게 다를까. 핏줄을 이어 살을 나누고 뼈를 덜어 자신을 지어준 부모와 영이별을 하고서는 누구라도 찬비가 내리는 초겨울 아침거리를 구걸하러 나선 고아처럼 춥고 배고프고 서러울 것이었다.

논개의 어머니 박씨는 평범한 세속의 사람들이 그러하듯 남다른 무언가를 선망하면서도 두려워했다.

"우리가 낳았으되 우리 자식이 아니오!"

주달문의 말은 끝내 박씨에게 풀리지 않는 수수께끼였다. 때로는 그 말이 희망이자 의지가 되어주기도 했지만, 사내의 세상에 계집으로 태어난 이상 다른 어떤 운명을 꿈꿀 수 있을는지 박씨는 좀처럼 알 수 없었다.

어미만큼 간절히 자식의 행복을 바라는 사람은 세상에 다시없을 것이다. 어쩌면 그 자신보다 어미의 바람이 더 크고 지극할지도 모를 일이다. 하지만 그러하기에 어미는 세상에서 가장 강하면서도 가장 쉽게 나약해질 수밖에 없는 존재였다. 박씨 또한 그 빤한 이치를 벗어나지 못했다. 고집을 다스린다며 결기를 꺾지 말고, 순종을 가르친다며 절의를 꺾지 말라……고. 허나 옴치고 뛰어봤자 계집이 사내 되랴? 사내가 억세면 용감하다고 칭찬하지만 계집이 억세면 사납다고 욕한다. 사내가 고집스러우면 충신 용장감이라고 하지만 계집이 고집스러우면 소박감이라고 한다. 눈을 내리깔고, 목소리를 낮추고, 알아도 모르는 척 살아야 한다. 세상이 그것을 여자답다고 말하는 이상 비위가 사납고 기질을 거슬러도 어쩔 수 없다. 세상이 가장 쉽게 받아들여주는 방식으로, 세상의 방식으로 사는 것이 안전하였다. 최소한 위험하지는 않았다.

"여식의 혼사는 높으면 성사되지 않고 낮으면 가지 않는다는 말이 있단다. 어금버금하니 격이 맞아야 탈 없이 흉을 덮는단 뜻이야. 옛말이라고 허술히 듣지 마라. 먼저 겪은 사람들의 말은 두고두고 새겨서 손해 볼 일이 없단다."

박 지통이 논개를 눈여겨본다는 소문이 박씨의 귀에까지 굴러들었을 때 박씨가 논개에게 넌지시 말하였다.

"그게 무슨 말씀이셔요? 저는 혼인 같은 건 생각도 해본 적이 없는데, 어머니는 벌써 절 등 떠밀어 보낼 궁리를 하시는 건가요?"

논개는 내심 놀라면서도 부러 태연히 박씨의 말을 농으로 받았다.

"나도 들은 소리가 있어서 하는 말이다. 하나를 얻기 위해선 하나를 잃어야 하는 것이 세상의 셈판이니, 때로는 한 눈은 질끈 감고 못 이기는 척 끌려갈 필요도 있다는 세야. 악바리로 발밭게 구는 모습이 채신사나울 순 있으나, 그런 자가 꼭 된서방이 되리라는 법이 있겠니? 아니, 처자 보전에는 도리어 그런 자가 나을 수도 있으리라! 무던히 부창부수에 남창여수 한다면 일신이 편하고 집안이 윤택지 않겠니?"

딸의 굳은 심지를 내리쩨고 있으면서도 박씨는 안타까움에 에멜무지로 억지를 부려보았다. 하지만 단번에 박씨의 말뜻을 알아챈 논개의 낯빛이 비구름이 드리운 듯 어두워졌다. 서로의 불운함과 고단함을 손금 들여다보듯 하는 모녀 사이에 한동안 슬픈 정적이 흘렀다. 이윽고 논개가 무거운 입을 열었다.

"육미 싫다 하고 단맛 마다하는 사람이 어디 있겠어요? 배 곯지 않는 것만으로도 감지덕지한 처지에 푼소*와 준시**일망정 황감한 사치이지요. 낯선 미감에 놀란 혀는 단박 구뻐 날뛸 테지만, 저는 그런 달콤함보다는 맨밥에 소찬이 더 좋답니다. 쌀보리를 주식으로 삼아 먹을 수 있는 건 그것들에 별맛이 없기 때문이 아니던가요? 맛에 놀라 먹는 일의 고마움을 잊지 않도록 아예 맛을 갖지 않은 밋밋한 것들……. 제게도 연분이 있어 언젠가 그를 만나게 된다면, 삿된 방법으로 얻어진 구첩반상을 받기보다는 쥐코밥상이나마 함께 나누며 안분하기를 바라나이다."

*푼소: 여름에 생풀만 먹고 사는 소. 힘을 잘 쓰지 못하고 고기도 맛이 없음.

**준시: 꼬챙이에 꿰지 않고 납작하게 말린 감.

눈매는 부드럽고 말투는 다정했으나 내뱉는 한 마디 한 마디가 단호하였다. 요령을 피우거나 좀스럽고 얕은꾀를 부릴 줄 모르는 딸의 성정을 누구보다 잘 알면서도 박씨는 일면 섭섭하고 속상한 마음이 깃드는 것을 어쩔 수 없었다. 고진감래(苦盡甘來)며 흥진비래(興盡悲來)가 진실이거니와 사실이런가. 단것을 마다하며 쓴 것을 감수하는 일이, 장래의 즐거움을 위해 당장의 괴로움을 묵묵히 견디는 일이 과연 이 혼탁한 세상에서 얼마나 의미가 있을는지.

세상을 떠나기 전 박씨는 꼬박 사흘을 앓았다. 신산했던 오십여 해의 삶에 비하면 사흘의 병고는 오히려 가분하였다. 다만 홀로 남겨질 딸에 대한 근심과 걱정이 있을 뿐, 오랫동안 지병에 시달려온 박씨의 가슴은 그 어느 때보다 시원하고 가벼웠다. 그리하여 날카로운 최후의 고통과 죽음의 공포 앞에서 박씨는 놀라우리만큼 굳세고 꿋꿋했다. 천성으로 겁 많은 열쭝이였다는 것은 다만 겉으로 드러난 단편들에 대한 얕고 가벼운 평판일는지도 모를 일이었다.

"얼굴이나 몸매만 어미를 빼쏜 줄 알았는데, 그러고 보니 심지 굳고 야문 것이 고스란히 닮은꼴이구나!"

박씨가 며칠을 넘기지 못할 것이라는 소문을 듣고 문병인 듯 문상인 듯 찾아온 관비들은 입을 모아 박씨의 의연함을 칭송했다. 부녀들끼리의 말로는 나이 사십이면 매지근하리니 며느리에게 살림을 맡기고 편안히 물러나 살 때라고 하였다. 하지만 박씨는 그 낙낙한 중년에 자식을 잃고, 새로이 자식을 얻고, 다시 남편을 잃는 환난을 겪었다. 치욕을 견디며 살아내었고 천한 신분으로 굴러떨어져서도 살아남았다. 물론 사랑하는 딸이 있었기에 견뎌 버틴 일들이지만, 과연 그 모두가 자식을 위한 것이기만 했겠는가.

논개는 청정한 말로를 걷고자 간힘을 쓰는 박씨의 심정을 이해하였다. 그리하여 어머니의 정신이 혼혼히 드나드는 짬짬이 울기보다는 웃고 통곡하기보다 속삭였다. 불안과 두려움에 떨던 어린 딸에게 어머니가 들려주었던 옛이야기가 이제 그 추억으로 자라난 딸이 어머니에게 바칠 수 있는 마지막 선물이었다.

"어머니, 제가 정말 한 번도 넘어지지 않고 되똥되똥 걸음마를 잘했나요? 아무리 그래도 한 번도 넘어지지 않았을 리가요?"

논개는 이미 귀에 못이 박히도록 들어온 추억담을 처음 하는 이야기처럼 졸라 물었다.

"네…… 무릎을 좀 보렴."

논개는 깡동치마를 걷어 상처 하나 없는 동그란 무릎을 드러내 보였다. 박씨가 희미하게 미소 지었다. 따로따로 섬마섬마 이끌고 북돋우는 손이 없어도 씩씩하게 걷고 달릴 수 있는 양, 결코 매끄러지거나 뒤넘지 않을 것처럼 논개는 짐짓 호기를 부렸다. 위태로운 발끝과 저린 무르팍은 끝내 말하지 않았다. 어머니를 거짓으로 속이기 위해서가 아니라 그녀 자신의 비밀을 지켜내기 위하여.

"네 아버지는 언제나 입버릇처럼 말씀하셨지. 네가 비록 여아일지나 특이한 사주를 가지고 태어났으니 장차 큰일을 성취하고 명성이 높을 것이 분명하다고. 돌아가시는 순간까지 그 모습을 보지 못함을 한스러워하시더니……. 나도 그만 이렇게 너를 홀로 두고 가는구나. 미안하다. 아무것도 해주지 못한 못난 어미를 용서하여라."

"아니에요, 어머니. 아무것도 해주지 못하셨다니, 그럼 지금 껏 제가 받아 누린 사랑은 다 무엇이었나요? 제 걱정은 마시어요. 약속할게요. 그럴싸한 큰일로 세상에 이름을 떨치진 못할지언정 부모님께 부끄럽지 않은 딸이 되겠어요. 절 믿어주셔요……."

병상을 지키며 꼬박 사흘 밤을 지새운 논개가 새벽녘 깜박 졸다 깨어보니, 어느새 박씨는 간다는 인사도 없이 세상을 떠난 뒤였다. 꿈일 것이다. 어릴 적 한밤중에 깨어 일어나 그랬던 것처럼 어머니의 코밑에 가만히 손가락을 들여대보았다. 손끝에는 그 어떤 희미한 숨결조차 느껴지지 않았다. 꿈속에서 꿈을 꾸는 모습을 지켜보는 것이라면 좋겠다. 하지만 그것은 더 이상 꿈이 아니었다.

박씨의 입아귀는 뱅긋 웃은 끝인 듯 살포시 벌어져 있었다. 시신의 얼굴이 낯설지 않았다. 언젠가 어머니의 그 표정을 본 적이 있다. 솜병아리마냥 곱고 보드레한 초가지붕 위에서 아버지가 하얗게 땀을 훔칠 때, 지붕을 본 듯 하늘을 본 듯 지아비의 모습을 핼긋 훔쳐보며 수줍게 웃던 어머니의 얼굴. 불의의 송사에 휘말려 고향을 떠난 지 여덟 해가 지나 망종의 순간에 이르러서야 박씨는 비로소 상처 입은 명예를 회복하였다. 천한 육신의 옷을 벗어던지고 바야흐로 새물내 나는 영혼의 옷을 떨쳐입었다.

좋은 죽음이었다. 전력을 다하여 삶을 견뎌 버틴 사람에게 죽음은 홀가분한 탈출이었다. 하지만 산 자에게 죽음이란 어쩔 수 없는 이별이기에 어떻게든 흔연할 수가 없었다. 어머니를 묻기 위해 오르는 산길은 멀고 험했다. 엄짚신이 무쇠 신인 듯 내딛는 한 걸음 한 걸음이 파근하였다. 연신 바람이 몰아쳐 왔다. 간간한 소금기가 밴 낯선 땅의 낯선 바람이었다. 뿌연 흙먼지가 만장처럼 펄럭였다. 쏴쏴 솔바람이 상엿소리를 대신했다. 꽃상여도 노잣돈도 없는 가난한 저승길은 아마득하고 쓸쓸하였다.

울컥대는 설움 속에 문득 떠올렸다. 세상이 강요하는 방식대로 살 수는 없다고, 자신의 방식으로 사랑하며 살겠다고 주장했을 때 어머니의 얼굴에 그어지던 낙심의 실금들. 꼭 그렇게 쇠고집 닭고집을 부려야 했을까? 어떻게든 어머니의 심정을 상하지 않도록, 잠시나마 흡족하도록 거짓을 지어 바치는 편이 낫지 않았을까? 하지만 그것은 그녀의 뜻과 의지마저 떠난 일이었다. 거짓으로라도 옳지 않은 일과 타협하지 못하는 것이 논개가 타고난 성정이었다. 여종이고 계집이라기에 일신의 보호와 안락을 위해 세상의 포악한 힘 앞에 배를 깔고 엎드릴 수는 없었다. 그것은 스스로 경박하고 미천함을 인정하는 일과 다름이 없으므로, 그것이 바로 세상이 바라는 항복이므로.

뺨을 타고 흐른 눈물이 진흙길로 굴러떨어졌다. 점점이 피어난 붉은 눈물 꽃이 소리쳤다.

—너는 고아다! 천지간에 혼자다!

논개는 눈물 속에서 다시금 어금니를 사리물었다. 나는 고아다. 천지간에 오로지 혼자뿐이다. 그리하여……, 스스로를 믿고 스스로 의지하며 살아갈 것이다.

최경회는 외직(外職)으로 벽지를 떠돈 지 십수 년 만에 지방관으로서 선정을 베푼 사실을 인정받아 경직(京職)인 정삼품 사도시(司導寺)의 버금 책임자인 정(正)으로 임명되었다. 그의 나이 지천명을 훌쩍 넘겼으나 호협하고 호방한 기상이 조금도 흐트러지지 않아 궁중에 물자를 공급하고 재산을 관리하는 중책을 맡기에 부족함이 없다는 것이 조정의 중론이었다. 그리하여 최경회는 임금이 내린 칙지를 받고 북향사은을 바친 뒤 행장을 차려 길을 떠났다. 정해년(丁亥年, 1587년) 진월, 동남으로부터 삽상한 봄바람이 불어올 즈음이었다.

승진하여 상경하는 길이라고 하지만 최경회의 평소 성격대로 행장은 초라하달 만큼 소박하였다. 말 한 필에 달구지 하나가 고작이었다. 에우쭈루, 흰소리를 쳐 행차를 알리며 상사람들의 통행을 막을 일도 없었다. 일행은 청지기로 오랫동안 최경회를 모셔온 사노의 일가와 말구종으로 서울까지 따라갔다가 다시 돌아올 영해부의 관노, 그리고 시비 논개가 전부였다. 청지기 일가에 어린아이가 있어 그들을 수레에 태우자니 논개에게까지 걸터앉을 차례가 돌아오지 않았다. 논개는 누더기 몇 벌이 든 단봇짐을 인 채로 타박타박 달구지를 따라 걸었다.

봄, 아름다워서 믿을 수 없는 계절. 가월(佳月)이기에 가월(嘉月)이던가, 아름답기에 슬픈 시절. 논개는 바퀴 사이로 우걱지걱 소음을 자아내는 달구지와 새벽에 얼었다 낮에 녹는

진창길 틈새로 봄을 본다. 하늘은 막 자아낸 무명실로 길쌈한 봄낮이마냥 팽팽하고 부드레하다. 그것을 자르고 오려 섶귀 날렵한 저고리라도 지어낼 요량인 듯 아지랑이는 가위춤을 추어댄다. 논개가 그리도 좋아하는 봄, 그리고 봄 하늘. 하지만 그 높고 깊은 것을 흔흔히 쳐다볼 수가 없다. 턱 끝에 저울추가 매달린 듯 고개가 자꾸만 숙여 떨어진다.

배행의 인파 속에서 박 지통을 보았다. 그는 지난 흉사 따위는 까맣게 잊은 양 논개를 똑바로 쏘아보며 빙글빙글 웃기까지 하였다. 경황없이 어머니의 상을 치르는 동안 잊은 줄만 알았던 치욕과 상처가 새삼 되살아나 마음을 옥죄었다. 그 뻔뻔스런 낯짝에 침을 뱉어주진 못할망정 끝내 눈겨룸을 견디지 못하고 고개를 돌려버린 자신이 밉다. 맞은 사람은 발을 뻗고 자도 때린 사람은 꼬부리고 잔다는 말이 정녕 사실인가? 자신의 죄가 아닐진대, 기실 아무 잘못도 저지른 것이 없는데도 죄책감과 자괴심으로 마음이 기름지옥처럼 끓는다. 비열한 음모로 꾸며진 흉계에 속은 것뿐이다. 한통속이 된 흉한들의 더러운 마수에 실수로 깜박 걸려든 것뿐이다. 하지만 아무리 속다짐을 하여도 소용없었다.

대지 범죄의 희생자들이 겪는 마음의 고통은 자신의 잘못으로 피해를 입었다는 후회라기보다 자신의 잘못이 아님에도 불구하고 피해할 수 없었다는 원통함에서 비롯된다. 흉한을 의심하지 않았던 어수룩함보다 자신을 지나치게 믿었던 자만심이 오래도록 맘속에서 지워지지 않고 부대낀다. 그리하여 끝내는 흉악한 악한보다도 무력한 자신을 더 미워하기에 이른다. 논개의 괴로움도 그 마음성 안에 있었다. 주도면밀한 성정으로 일무차착*을 자부심으로 품고 있던 논개였기에 그날의 흉사는 더더욱 잊을 수 없는 충격이었다.

"저놈은 누구더냐? 복색을 보아 통인 중 한 놈이 분명한데…… 어쩌다가 놈의 마수에 끌려들었더냐?"

사연을 묻던 최경회의 나직한 목소리가 귓가에 쟁쟁하다. 그때 그의 앞에 엎드려 모든 사정을 밝히고 원통함을 호소할 수 있었다. 그랬어야 했는지도 모른다. 약한 자들의 고통을 외면하지 않는 그라면 사건의 내막을 낱낱이 파헤쳐 불측한 소행을 벌하고 질청의 기강을 세우고자 했을 것이다.

하지만 논개는 또한 알고 있었다. 한낱 천녀를 겁간하려던 미수범을 문제 삼기에는 세상의 편벽된 인심세태가 녹록지 않았다. 강간은 풍기 문란의 죄로 극형인 교형에 처하고 미수의 죄는 장 백 대로 벌하도록 국법에 정해져 있지만, 한편으로 조선은 강간 그 자체의 실제를 인정하지 않는 사회였다. 강제로 정조를

***일무차착(一無差錯):** 일 처리에 조금도 잘못이나 실수가 없음.

겁탈한 일과 남녀가 서로 눈이 맞아 간음한 일의 구별을 모호하게 취급하니, 여자가 흉악범에게 목숨을 걸고 맞선다면 강제로 욕보는 일은 있을 수 없다고 여겼다.

이를테면 어느 야담에서 말한 계집의 속성이란 이러하였다. 폐주 연산이 전국 각지에서 모아들인 홍청과 운평으로도 모자라 비구니와 고관대작의 부인들까지 섭렵하며 황음할 적에, 한 현부인이 궁중으로 불려 들어가게 되었다. 그녀는 남편 앞에서 손수 온몸에 명주를 둘러 감으며 맹세하였다.

"만약 지금 어전에 나아가 욕을 본다면 소첩은 살아 돌아오지 않겠사옵니다!"

그런데 이 때깔 좋은 정절부인이 막상 폐주의 지밀에 들자, 황홀한 음악과 화려한 춤과 쾌락의 향연에 취하여 음분한 기질이 월컥 솟구쳤다. 그리하여 제 손으로 두루두루 감은 명주를 이리 대굴 구르고 저리 대굴 굴러 풀고는 벌렁 드러누워 벌리더라는 것이었다. 계집이란 본디 요물단지로고! 음탕스러운 웃음소리 속에는 어떤 강간도 나중에는 화간이 된다는 세간의 편벽된 생각이 고스란히 드러나 있었다. 이처럼 위협과 공포와 난폭한 힘의 강제조차 교합의 한 방식으로 치부하니, 피해를 당한 여자가 도리어 헌계집에 화냥이라며 손가락질을 받는 지경이었다.

강간 사건으로 옥송(獄訟)이 일어나는 경우도 천인 남자가 양반 여자를 가해하였거나 양인 여자를 범하였을 때가 대부분이었다. 미천한 신분의 노비나 기생은 애당초 그로부터 열외였다. 천인을 상대로 한 강간이 없어서가 아니라 그들을 대상으로 하는 겁간은 아예 범죄가 아니었기 때문이었다. 심지어 강간하려 달려드는 주인에게 필사적으로 저항하다가 어혈이나 찰상을 입힌 여종에게 불충하고 무엄하다며 벌을 내리는 지경이었다. 여자에게 목숨보다 귀하다는 순결과 정조도 결국은 신분에 따라 무게가 달랐다. 낮은 자들의 세상은 거룩하고 지엄한 법도의 울타리 바깥에 있었다. 법은 까마득히 멀기만 하였고 신분과 규범이란 이름의 편견과 구속이 훨씬 더 가까웠다.

그러하기에 절박한 순간 논개의 뇌중에 가장 먼저 떠오른 것은 고통스럽게 가슴을 움켜쥐며 고꾸라지는 어머니의 모습이었다. 내막이야 어찌 되었든 과거에 김 풍헌의 집과 사주를 내왕했던 일 때문에 논개는 양갓집으로 출가하는 일이 불가능했다. 박씨가 어금버금한 지체 운운하며 혼사를 근심했던 것도 그 때문이었다. 박씨는 오래전의 추문이 장차 딸의 행불행을 결정하리라 여기어 크게 낙심하고 있었다. 그런데 이제와 다시 박씨에게 충격을 더할 수는 없었다.

또한 사건이 불가질 경우 뒤이어질 일의 추이가 눈앞에 생생히 그려졌다. 구실살이에 잔뼈가 굵은 터줏대감 아전들이 과연 제 손으로 제 눈을 찌르겠는가? 그들은 충실한 동업자일 뿐더러 관아 안에 자신들만의 신을 모시고 단오와 섣달그믐에 고사를 드리기까지 하는 운명의 한동아리였다. 사송이 있다면 반드시 그들의 신구*가 있을 것이며, 주범과 종범이 뒤바뀌는 농간 속에 누군가는 반드시 덤터기를 쓰게 될 것이었다. 죄는 누가 지었으며 벌은 누가 받겠는가? 얼마 전에 태어난 갓난것까지를 포함하여 보처자에 등골이 휘는 수노의 비루한 얼굴과, 남빛 끝동에 깃과 고름을 자색으로 댄 삼회장저고리를 떨처입은 기생의 뒤태를 황새목을 빼고 바라보던 업이의 황홀한 표정이 연이어 논개의 뇌리를 스쳐 지났다.

저녁나절 늦어서나 환차하리라던 일행이 점심참을 막 넘은 시간에 들이닥치니 관아에 남았던 사람들은 무슨 별일인가 싶어 수런거렸다. 최경회가 돌연 피로곤비를 호소하여 오후의 일정을 취소하게 되었다니, 타고난 강골한으로 몸살 한 번 앓지 않던 부사 어른도 나이는 속일 수 없는가 보다며 입방아를 찧었다. 하지만 최경회가 이른 방아를 하자마자 저도 속바람이 드나 보다 핑계를 대며 사삿집으로 줄행랑친 박 지통과 납덩이같이 무겁게 굳은 논

*신구(伸救) : 죄가 없음을 밝혀 사람을 구원함.

개의 얼굴로 미루어 업이는 저희들이 작당한 음모가 틀어졌다는 사실을 알아챘다.

"어쩌면, 어쩌면 네가 내게 이럴 수가 있니? 친구가 아니라 원구(怨仇)였구나! 나를 얼마에, 무슨 대가를 약속받고 팔아넘긴 게냐? 아서라! 애당초 사람의 선한 바탕을 믿고 널 가까이한 내가 바보다. 음란한 일을 중개하는 뚜쟁이를 곁에 두고 홀로 고절함을 뽐내었도다!"

마음으로라면 그렇게 성을 내며 욕하고 꾸짖어도 부족할 듯하였다. 그것으로 분이 풀리고 곤욕을 치른 일이 잊혀진다면 뻣센 종비들의 싸움짓거리마냥 머리채를 꺼두르며 뒹굴고라도 싶었다. 하지만 논개는 도갓집 강아지마냥 꼬리를 내리고 눈치만 살살 보는 업이에게 차마 대갚음을 할 수가 없었다.

차라리 무슨 대단한 부귀영화를 미끼로 삼았다면 용납하진 못할지언정 이해할 수는 있었을 것이다. 그런데 혈혈무의한 처지에 단 하나뿐인 친구를 잃으면서까지 얻고자 하는 대가란 것이 너무도 허름하고 너절하였다. 천안(賤案)에서 기안(妓案)으로 이름을 옮기겠다고, 계집종이 아닌 기생이 되겠다고! 허탈하였다. 그 누추하고 비굴한 모습 앞에서는 분노와 복수심마저 느낄 수가 없었다. 애처롭고 구슬펐다. 흙탕물이 휩쓸고 지나간 자리에 앉은 검고 보드라운 명개처럼 무겁고 싸늘한 슬픔이 논개를 적셨다.

읍성의 남문에서 환송하는 사람들 사이에 업이의 모습이 보이지 않았다. 한참을 두리번거리며 애써 찾으니, 업이는 차마 나서지 못하고 뒷전에서 시르죽은 꼴로 서성이고 있었다. 발등을 찍히고 발뒤축을 물린다고 짤름발이에 외다리가 되기야 하겠는가. 그때 분명 논개는 모두가 경계하고 질시하는 그녀를 끝까지 믿어주겠노라 다짐했었다. 업이는 눈앞에 마주 서 있는 논개를 발견하자 화들짝 놀라 몸을 떨었다. 논개는 말없이 업이의 차가운 손을 끌어 잡았다.

"그동안 즐거웠어. 널 잊지 못할 거야"

담담하고 습습한 논개의 인사말에 업이는 꿀 먹은 벙어리요 침 먹은 지네인 양 대꾸 한마디 하지 못했다. 잡은 손이 스르르 맥없이 풀렸다. 논개의 뒷모습이 산굽이를 돌아 사라져 갈 즈음에야 업이는 비로소 손에 쥐어진 친구의 마지막 선물을 펼쳐보았다. 여덟 해 전 고향 장수를 떠나며 고개티에서 주웠던 반짝이는 곰돌 하나. 논개는 그 매끈매끈하고 단단한 것을 무엇으로도 훼손당할 수 없는 추억처럼 아껴왔다.

"노, 논개야!"

그제야 업이의 울음보가 와락 터졌다.

사실이 모두 진실일 수는 없다. 진실을 밝혀라, 진실만이 최고이자 최선의 길이라고 하지만 정작 드러난 진실을 감당할 자는 누구인가. 과연 사실의 폭로는 진실의 잔혹함과 추악함과 비참함을 모두 감수할 만큼 가치 있는 것일까.

"바, 바다를 볼 수 있다기에……."

그리하여 고작 내뱉은 말이 그것이었다. 신음처럼, 하소처럼, 누구도 듣지 못하는 혼잣말처럼.

일순 논개의 눈동자에 빠르게 스쳐 지나던 고뇌와 상념을 읽지 못했다면 최경회는 기어이 추궁을 하여 악덕한을 잡아내려 소동을 벌였을 것이다. 하지만 변괴의 당자인 논개의 뜻이 그와 드달랐다. 단순한 두려움과 수치심 때문은 아닐 것이었다. 최경회는 논개를 마주하는 순간 깨달았다. 단단한 결기, 차진 근기, 탕탕한 생기, 그리고 그 모두를 가둬 담은 서늘한 눈빛. 그것은 타인이 모르는 지옥의 굴길을 관통해 온 사람의 모습이었다. 홀로 감내한 고통 속에서 벼려진 번득이는 자줏빛 칼날. 그런 이의 뜻이라면 그것이 아무리 참혹하더라도 존중해야 마땅할 것이었다.

최경회는 그날 이후 솔숲에서 벌어졌던 일을 다시 거론하지 않았다. 질책이나 위로조차 없었다. 다만 다음 날로 곧장 분부가 내렸다. 내아에 중한 일로 도울 손이 필요하니 논개의 자리를 동헌에서 내아로 옮기라는 것이었다. 지근거리에서 흥악한 일을 또다시 꾸밀지도 모를 악한으로부터 논개를 격리하고자 내아의 볼일을 구실로 삼은 것이었다. 그는 입이 아니라 행동으로 말하였다.

차마 감사의 인사조차 올리지 못했다. 그저 말로 다할 수 없는 숭모의 마음을 품어 안을 뿐이었다. 곧 무너질 것만 같던 위태로운 마음에 든든한 버팀목이 생겼다. 그리하여 노비에게 허용되는 구십 일의 모친상을 탈상한 뒤 최경회를 좇아 서울로 가라는 명을 받았을 때, 논개는 그것을 뜻밖의 행운처럼 느꼈다. 산등성을 넘고 산굽이를 돌 때마다 조금씩 높낮이와 빛깔이 달라지는 산천에 먼눈을 던지고 있는 그의 너른 등을 바라본다. 문득 그에게 묻고 싶다. 그라면 대답을 해줄 것만 같다.

─제가 있는 곳이 어딘가요? 지금은 어느 때인가요? 삶이 거짓말만 같아요. 입구도 출구도 없는 동굴 같아요. 저는 대체 누구일까요?

그때 문득 눈앞에 희끗한 무엇이 어른거린다. 봄은 높은 하늘에만 오는 것이 아니다. 땅 위에 얼음과 눈이 녹아 봄물로 흐르고, 다섯 잎 앵화가 향설(香雪)로 내린다. 눈이 꽃이고, 꽃이 눈이다. 봄눈이 뿌리 없는 나무에서 이파리도 없이 팔랑팔랑 나리는 꽃과 같다면, 잔잔히 낙화하는 흰 꽃은 아스라한 하늘 천정 어딘가쯤에서 떨어져 어디에도 머무르지 않고 나리는 눈만 같다. 하늘을 향해 고개를 젖힌다. 선잠에 든 천녀가 찜부럭을 내듯 배주룩이 내민 새순들로 창창한 연둣빛 천지를 본다. 눈물겹다. 고작 열네 살일 뿐인 논개에게 세상은 너무 가혹하다. 하지만, 눈부시다. 이제 열네 살이 된 논개에게 세상은 너무도 아름답다.

돌아보지 마라. 고개를 돌리지 마라. 귀신도 뒤돌아보지 않는 사람은 해치지 못한다. 앞만 보고 씩씩하게 걸어라. 뒤돌아보지 말고……. 낯선 땅 낯선 바람 아래 묻힌 어머니, 분노와 저주로 되새김되는 박 지통, 그리고 선의를 악의로 돌려준 업이. 모두를 뒤로하고 떠나간다. 돌아보지 않고 싶다. 돌아서면, 잊고 싶다.

붕과 곤, 물고기이거나 새이거나

한성은 깊고 너른 시간의 집이었다. 조선의 수도가 된 지는 이백 년이 채 되지 않지만 백제의 위례성 시절부터 셈하자면 그 춘추가 천오백 년에 육박하였다. 자갈과 모래와 진흙에 한때 지상에 머물렀던 숱한 생명들이 차곡차곡 쌓여 이룬 지층처럼, 한성은 한민족의 오랜 역사가 퇴적되어 있는 도성이었다.

백운대와 인수봉과 만경대의 세 봉우리가 꽃잎처럼 솟구친 삼각산 아래 임금이 기거하는 정궁인 경복궁이 늠름히 자리해 있고, 경복궁의 정문인 광화문 앞에는 육조 거리가 새뜻하게 펼쳐져 있었다. 이조, 호조, 예조, 병조, 형조, 공조의 관청이 나란히 열립한 육조 거리에는 티끌 하나 집어낼 수 없는 하얀 왕모래가 말끔하게 깔려 햇살 아래 반짝거렸다. 광화문 네거리에서 창덕궁 동구까지는 운종가라고 불렸는데, 광통교 북쪽에 종루를 짓고 대종을 걸어 인정*과 파루**에 북을 쳤다. 이 종루를 중심으로 하여 광화문에서 동대문까지, 종루에서 남대문까지가 바로 한성의 중심부였다.

최경회가 새로운 직무를 임명받아 봉직하게 된 곳은 사도시였다. 사도시는 궁중의 쌀과 곡식 및 장(醬) 등의 물건을 맡아 보는 관청으로 내자시, 내섬시, 사재감, 사포서, 의영고와 더불어 진상에 관련된 일을 담당하는 공상육사(供上六司) 중 하나였다. 따라서 최경회 일행은 청사에서 머지않은 적선방에 마련된 조촐한 관택에 짐을 풀고 서울 생활을 시작하였다.

십수 년간 벽지를 떠돌다 돌아왔지만 정치의 국면은 크게 달라진 바가 없었다.

정해년(丁亥年, 1587년)에는 가뭄으로 흉년이 들어 백성들의 살림살이가 피폐한 데다 변방을 넘보는 오랑캐들의 크고 작은 도발까지 겹쳐 온 나라가 흉흉하였다. 특히 바다 건너 일본은 백여 년간의 오랜 내전을 종식시킨 오다 노부나가[織田信長]가 심복에게 죽고, 천하 대권을 노리던 십수 명의 무장들 가운데 가장 출신이

*인정(人定) : 조선 시대, 밤에 사람이 거리에 다니는 것을 금하기 위하여 밤마다 이경(오후 10시)에 쇠북을 스물여덟 번씩 치던 일.

**파루(罷漏) : 오경삼점(五更三點)에 큰 쇠북을 서른세 번 쳐 야간의 통행금지를 해제했음.

비천하고 품성이 교활한 도요토미 히데요시[豊臣秀吉]가 정치의 실세인 관백(關白)이 된 이래 그 위협적인 행보가 만만치 않았다.

하지만 조선 조정은 직강(直講)으로서 자기 임무를 다하던 권협이 '혀 하나로 사람들을 시끄럽게 만들었다'며 노여움을 사 쫓겨난 이후 웬만한 신료들은 지레 겁을 먹고 감히 입을 열지 못하는 형편이었다. 그럼에도 무자년(戊子年, 1588년) 정월, 별좌 이명생을 비롯하여 여러 골경*이 장차 있을지 모를 환(患)을 대비할 것을 주장했으나, 임금의 비위를 맞추기에 급급한 간신들은 '시행할 만한 계책도 아니고 소문만 번거롭게 될 뿐'이라며 헐뜯기에 바빴고, 우둔하고 고집 센 사대주의자들은 '바다 건너 사나운 오랑캐를 어찌 중국의 예의로써 책(責)할 수 있겠는가'며 깔보아 업신여겼다.

한편 나라 밖의 위태로운 사정에는 아랑곳없이 탁상공론과 파당 싸움은 더욱 드세졌다. 동인 계열로는 영남 출신인 김성일과 유성룡, 김우옹, 정인홍 등이 포진해 있었고, 서인으로는 기호 출신의 기성 사림인 박순, 윤두수, 정철 등이 대표적인 인물이었다.

정철은 당대의 석학인 기대승과 김인후, 양정승의 문하에서 수학하고 이이, 성혼 등

*골경(骨骾): 목에 걸린 생선 가시. 임금에게 직간을 서슴지 않는 강직한 신하.

과 널리 교유하였는데, 특히 문재가 뛰어나 단가와 가사 등 많은 시문을 남겼다. 하지만 쉽게 감정에 치우치는 격렬한 성품과 출세에 대한 탐욕이 지나쳐 그 실제 풍모는 묵객이라기보다 모사(謀士)에 가까웠다. 어려서 두 누이가 왕가에 시집을 가면서부터 궁궐에 무상출입한 이력 탓인지 안하무인으로 언제 어디서나 우대받고 주목받지 않으면 견디질 못하였다. 볼 욕심 들을 욕심 겪을 욕심까지 왕성하여 금강산을 유람하며 멋들어진 가사를 써재낄 때에는 내금강의 장안사부터 승려들이 메는 남여에 올라타 일만 이천 봉을 노래하니, 어깨 가죽 벗겨지고 등껍질 까진 늙은 중은 낭만과 호방의 무게에 짓눌려 속울음을 울 도리밖에 없었다.

그리하여 동인과 서인의 갈등은 이이가 죽은 이듬해인 을유년(乙酉年, 1585년) 우찬성 정철을 탄핵하는 문제를 두고 동인 내부에서도 온건파인 남인과 강경파인 북인이 서로 갈라지면서 걷잡을 수 없는 아귀다툼이 되었다. 그리고 이 지긋지긋한 싸움의 끝인 양 시작인 듯, 마침내 정여립 사건이 터지고 말았다.

기축년(己丑年, 1589년) 시월 초이틀에 선조는 황해 감사 한준이 보낸 비밀 서장을 받고 그 밤으로 삼정승과 육승지, 최고 군직인 도총관과 홍문관 신료들을 모두 불러들였다. 한준의 서장에 의하면 황해도의 안악과 재령에서 역모의 조짐이 보이는데, 그 괴수가 바로 전라도에 사는 정여립이라는 것이었다. 역대의 왕들이 대개 그러하듯 선조는 아무러한 천재지변이나 외세의 침탈에도 비할 바 없이 민첩하고 신속하게 반역 사건에 대처하였다. 황해도에서 전해온 편지에는 역모의 무리가 한강이 얼 때를 틈타 한양으로 진격하여 반란을 일으키려 한다니, 한강이 언제 얼어붙을지는 알 수 없으나 임금의 마음은 이미 살얼음판을 딛고 있었던 것이다. 한밤의 대책 회의를 통해 선조는 예문관에서 사초(史草)를 맡아보던 이진길부터 정여립의 생질이라는 이유로 잡아들이고, 즉시 의금부 도사를 전주로 내려 보냈다.

정여립은 동래를 본관으로 두고 전주에서 태어났다. 입신하기 전 소년 문사 시절에는 고봉 기대승의 문하에 들어 공부하였다. 기대승은 호남 유림의 큰 봉우리로 정여립뿐만 아니라 최경회, 그리고 정철의 은사이기도 하였다. 기대승은 퇴계 이황의 말대로 학식이 깊어 나라 안의 학자들 중에 겨룰 이가 없었다. 하지만 한편으로 기대승은 정즉일(正卽一)을 평생의 신념으로 삼은 외골수였다. 옳은 것은 오로지 하나밖에 없다는 그 신념은 정백하고도 위험했다. 휘어질 수 없는 것은 꺾여 부러지나니, 어쩌면 정여립은 스승을 가장 많이 닮은 제자이기도 하였다.

스물다섯의 창창한 나이로 식년 문과에 을과로 급제한 정여립을 가장 먼저 알아본 눈 밝은 이는 율곡 이이와 묵암 성혼이었다. 넓게 배우고 많이 기억하며 경전에 두루 통달했으니 가히 조선의 대유들이 수제자로 아낄 만하였다. 그들은 정여립을 사랑하여 특별히 임금에게 천거했다. 하지만 정여립은 마냥 은사를 섬기며 복종하는 수굿한 제자가 아니었다. 의논이 과격하고 드높아 바람처럼 발한다는 것이 정여립에 대한 반면의 평가였다. 특히 그는 작금의 붕당정치를 바라보는 태도에서 스승과 크게 다른 견해를 보였다. 언젠가 이이가 동인들이 반대를 위한 반대를 한다고 비난하자 정여립이 반박하며 말하였다.

"그렇지만 동인들 중에서도 괜찮은 인물들이 많이 있는데 이들을 무조건 한동아리로 싸잡아 백안시하는 것은 나라를 위해 도움이 되지 않는다고 생각합니다."

"어허, 자네는 지금 동인들의 작태를 번연히 보면서도 그런 소리를 하는가?"

"삼사*의 관리로서 제가 어찌 현실의 곤란을 모르겠습니까? 하지만 동인이다 서인이다 따지기 전에 사람이면 다 같은 사람이 아니겠습니까? 그 파당

*삼사(三司) : 사헌부·사간원·홍문관.

296

이 나뉘었다고 하여 사람까지 구별하여 취급하는 것은 문제가 있다고 생각합니다."

격식과 절차를 목숨처럼 떠받드는 사회에서 내용은 언제나 다음 순차였다. 스승의 그림자도 밟지 말아야 한다는 원리가 지배하는 세상에 이이를 상대로 한 정여립의 논박은 큰 파문을 불러일으켰다. 실로 온화한 성품을 지닌 이이조차 이 사건 이후 불쾌한 마음을 감추지 못하고 자신이 사람을 잘못 본 것이 아닌가 하는 걱정을 주변 사람들에게 털어놓기도 하였다. 이이가 죽은 뒤 정여립은 끝내 스승과의 사이에 분명한 금을 그었다. 그는 수찬*이 되어 참가한 경연에서 공공연하게 이이를 비난하며 자신의 변화된 입장을 주장하였다.

"박순은 간사한 무리의 괴수이고, 이이는 나라를 그르친 소인이며, 성혼은 간사한 무리를 편들어 상소를 올려 군부(君父)를 기망하였습니다. 호남은 박순의 고향이고 해서(海西)는 이이가 살던 곳이니, 그 지방 유생들의 상소는 모두 두 사람의 사주에 의한 것이기에 공론이라고 할 수 없습니다. 신이 직접 성혼을 찾아가서 간인들을 편들어 군부를 기망한 죄를 질책하고 이이와 절교하였다는 뜻을 말하니, 성혼은 이의 없이 죄를 자복하였습니다."

하지만 선조 역시 말의 골자를 떠나 정여

*수찬(修撰) : 사서를 편찬하던 홍문관의 정육품 벼슬.

립과 이이의 사제관계를 들어 그를 추궁하였다.

"이이가 살아 있을 때에는 지극히 추존하다가 지금 와서 어찌하여 이런 말을 하는가?"

그러자 정여립이 대답하였다.

"신이 처음에는 그의 심술을 몰랐으나 나중에 곧 알게 되었습니다. 그리하여 죽기 전에 이미 절교하였습니다."

그러나 그의 해명에도 불구하고 선조는 얼굴을 와락 구긴 채 굳게 다문 입꼬리를 실룩거리고 있었다. 그도 그럴 것이 유학의 오랜 가르침이 군사부일체일지니 임금과 아버지와 스승은 하나라고 하였다. 그러니 코앞에서 스승을 힐난하는 제자의 쇳소리를 들은 임금은 마치 자신이 모욕 받은 양 얼굴이 붉으락푸르락 할 수밖에 없었다. 감정은 언제나 이성을 뛰어넘고, 아무리 논리와 이념으로 무장한 자에게라도 반 보쯤은 앞서 움직이기 마련이었다. 한편에서는 정여립이 약진하는 동인 세력에 빌붙고자 변신의 술책으로 지금껏 자신이 속해 있던 서인을 공격했다고 비난했지만, 기실 그에 앞서 스승을 배반하는 일을 강상죄의 하나로 간주하는 시대의 기류 속에서 임금에게 제대로 미운털이 박혀버린 것이었다.

정여립에겐 적도 많고 벗도 많았다. 하지만 그 사이는 없었다. 적이 아니면 독실한 벗이었고, 벗이 아니면 철천지수 같은 적이었다. 삼사의 주도권이 동인에게서 서인에게로 넘어가는 가운데 정여립이 스스로 벼슬에서 물러나니, 누군가는 쌍수를 들고 기뻐하였고 누군가는 안타까워 동정하였다. 이를테면 노수신처럼 정여립이 감히 임금의 얼굴을 여러 번 올려 쳐다보는 모양부터가 불길하고 의심스러웠다는 사람이 있는가 하면, 백유양처럼 경연에서 그가 이이를 공파하는 말을 듣고 날아갈 듯이 상쾌하였다는 사람도 있었다. 과연 그 모두가 사대부들이 편당(偏黨)에 빠졌다는 증거일는지, 이후 닥쳐 분 피바람을 정당화하기 위한 중상과 모략일는지는 알 수 없었다.

의금부에서 파견된 도사가 금구의 별장에 들이닥쳤을 때 집은 벌써 비어 있었다. 황해도 안악에서 내려온 변숭복에게서 급보를 들은 정여립이 아들 옥남 등과 함께 진안의 죽도로 몸을 피한 것이었다. 천반산 아래 죽도는 엄밀히 말하여 섬이 아니었다. 하지만 금강의 상류가 굽이쳐 흐르는 가운데 섬처럼 솟아 있으니 이른바 풍수학에서 말하는 회회지지(回回之地)였다. 장수에서 흘러오는 장수천과 무주에서 발원한 구량천이 합류하여 물줄기가 주위를 감아 도니, 상류에서는 입구로 들어오는 사람이 보이되 입구에서는 상류 쪽이 보이지 않는 천연의 피난처라 할 만했다.

아홉 해 전 관직을 버리고 낙향한 정여립은 이 죽도에 서실을 짓고 대동계를 조직하였다. 대동계는 정여립을 따르는 유생들을 비롯하여 척불숭유 정책을 펴는 조선에서 세력을 잃은 승려들과 술사들이 결합한 조직으로 매월 십오일 모임을 가졌다. 그들은 대숲이 우거진 천반산에서 함께 바둑을 두거나 천기를 읽었고, 술을 마시며 활쏘기를 겨루기도 하였다. 스승을 배반하였다는 비난을 한 몸에 받는 정여립이었지만 후일의 변란에 대비하여 군사를 양성해야 한다는 이이의 뜻에는 적극 동감하고 있던 터였다. 그리하여 정해년 왜선 열여덟 척이 손죽도에 침범했을 때 전주 부윤 남언경의 요청에 의해 정여립의 대동계 무사들이 동원되어 이를 물리치는 공을 세우기도 하였다.

후일 끔찍한 기축옥사가 조선 땅을 피로 물들인 뒤 세간에는 정여립에 대한 갖은 추문이 분분하였다. 어려서부터 성격이 난폭하고 무도하여 제비 따위의 잔짐승을 찢어 죽이는가 하면 자신의 악행을 고한 여종의 배를 갈라 죽였고, 오만방자한 품행으로 아버지가 현감이었던 시절에는 고을 일을 제 마음대로 처결해 버리곤 했다는 것이었다. 정여립의 흉악함은 모반 세력인 대동계를 조직하면서 점차 노골화하여, 송나라의 사마광이 쓴 『자치통감(資治通鑑)』을 지지하며 "선비의 절의는 아무 가치가 없다"거나 "충신은 두 임금을 섬길 수도 있다"

고 갈파했다고 하였다. 또한 "이씨가 망하고 정씨가 일어난다"
고 적힌 옥판을 지리산에서 찾아낸 뒤에는 이것이 바로 천심
이라며 민심을 선동하였다고 했다.

정여립이 품었다는 역심의 증거는 그가 주장한 천하공물설
(天下公物說)과 하사비군론(何事非君論)에서 절정을 이루었다.

"천하는 공물이니 어찌 일정한 주인이 있겠는가?"

"인민에 해 되는 임금은 죽여도 가하고, 인의가 부족한 지아
비는 버려도 마땅하다!"

이리하여 그 불측하고 흉악무도한 역신을 따르는 무리가 전
라도의 작은 섬에서부터 산을 넘고 강과 바다를 건너뛰어 황
해도와 전국 곳곳으로 확대되었다는 것이다.

하지만 당시의 나이 마흔셋, 우여곡절을 거친 장년의 정여
립이 정녕 반역을 모의했다면 그는 지나치게 순진하거나 안이
하였다. 모골이 송연해지도록 급진적이고 과격한 주장을 펼친
데 비하면 그의 최후는 어이없으리만큼 싱거웠다. 몇 달 후면
서울로 진격하리라는 반역군의 수괴가 아무런 준비도 없이
도피하여 민가에서 밥을 빌어먹고 잠을 청하니, 이를 수상히
여긴 촌로의 밀고로 진안 현감 민인백이 관군을 이끌고 죽도
를 포위하였다. 산골짜기 잔돌밭 가에 마른 풀을 쌓아놓고 그
속에 숨어 있었다는 괴수 정여립. 토벌대를 이끈 민인백은 「토

역일기(討逆日記)」에서 그의 최후를 이같이 묘사하였다.

"……변승복이 포위한 군사를 칼로 휘둘러 치면 탈주할 수 있으리라고 하자, 정여립은 무고한 양민을 죽이는 것은 차라리 자결하는 것만 못하다며 거절했다. 돌아서 변승복에게서 칼을 건네받으니, 변승복은 목을 내어 칼을 받고 죽었다. 칼이 번득일 때마다 한 사람씩 쓰러졌다. 그리고 마침내 칼을 땅에 거꾸로 꽂은 뒤 몸을 날려 칼날에 자신의 목을 박았다. 군사들을 독려하여 서둘러 다가가보니, 정여립은 몸을 뒤척여 마치 황소처럼 울부짖으며 죽어가고 있었다. 칼을 뽑아내자 찔린 구멍으로 피가 뿜어 나와 솟구쳤다. 이미 날이 어두워졌으나 달빛은 없었다. 정여립과 변승복은 완전히 죽었고 나머지 둘은 아직 숨이 붙어 있었다……. 정여립의 시신은 무명 겹저고리를 입었는데 발에 신은 짚신과 버선이 해어져 양쪽 엄지발가락이 나와 있었다. 가슴에는 사기 주발을 품고 있었으며, 주발의 입이 가슴을 향하고 있었다……."

열자(列子)가 말하길 대동(大同)이란 차별이 없는 상태라고 했다. 장자(壯子)에 의하면 그것은 지극히 공평하고 평화로우며 인심이 잘 어울려 화합하는 상태였다. 하지만 대동이든 혁명이든 정여립이 자결하여 비참한 최후를 맞자 반항하지 않고 죽은 것으로 모반의 혐의를 스스로 인정했다는 결론이 내려졌다. 갑신년(甲申年, 1584년) 이후 수년간 동인에게 밀렸던 서인들은 동인에서 역적이 나왔다며 기뻐 날뛰었다. 그때부터 서울에는 어떤 폭풍우와 된서리도 저리 가라 할 만한 끔찍한 피바람이 불기 시작했다.

정여립의 죽음은 끝이 아니라 시작이었다. 위관이 되어 취조를 맡은 정철은 이 사건을 사화로 확대시켰다. 고변과 밀고는 전광석화와 같이 처리되었고 문초는 잔혹하고도 길었다. 동인의 영수 이발을 비롯하여 정여립의 사돈에 팔촌, 인연이 있는 모든 자들이 사건에 연루되어 떼죽음을 당했다. 선조는 동인 중에서도 비교적 온건한 유성룡 등 몇몇을 등용하여 중립을 지키는 시늉을 하였으나, 삼 년 남짓 되는 기간 동안 무려 천여 명에 이르는 조선의 선비들이 희생되는 가운데 나라의 기틀이 흔들리고 원한과 공분이 하늘을 찌르는 것을 마냥 방치하여 방조하였다.

서울의 하늘은 살 타는 연기와 피비린내로 자욱하였다. 그런가 하면 정여립의 집은 헐려 연못이 되고 조상들의 묘는 파헤쳐졌으며 금구군은 없어져 전주에 소속된 후 다시 군현으로 복귀되지 않았다. 또한 고려의 태조 왕건이 죽기 직전에 심복인 박술희를 불러 남겼다는 「훈요십조(訓要十條)」가 새삼 발굴되어 끌려 나왔다. "차현 이남과 금강 아래의 사람들에게 벼슬을 주지 말라"는 조항이 무덤 속에서 살아 나오니, 전라도는 반역자의 고향이자 역모의 온상으로 낙인찍혀 인재 등용 등에서 공공연한 차별을 받기에 이르렀다.

"인간 만사 새옹지마라더니, 재주가 없고 박덕하여 살아남았구나! 과연 이를 기뻐해야 할 것인가, 부끄러워해야 할 것인가?"

이러한 일련의 사건을 지근거리에서 보고 겪으며 최경회는 염량세태(炎凉世態)에 치를 떨었다. 많은 현인들이 어이없이 목숨을 잃었다. 평소에 정철과 사이가 좋지 않았던 최경영은 지리산에 은거해 있다가 끌려 나와 감옥에서 매를 맞고 죽었다. 재주와 학식이 밝고 통달하여 만약 오랑캐가 침략한다면 팔도 도원수로 삼기에 족하다는 평가를 받았던 정개청은 나주에서 제자들을 가르치다가 정여립과 친구 사이라는 이유로 끌려와 문초당하고 유배 길에서 장독으로 죽었다.

살아남은 것이 고통이었다. 피가 피를 부르고 화가 화를 낳는 세상에서는 누구라도 얼마든지 죽을 수 있었다. 정도와 사도가 뒤엉키고 적과 아가 혼돈되는 세상에서는 누구라도 어떻게든 살아남을 방도가 있었다. 누군가는 기대승의 문하에서 정여립과 동문수학하였기에 죽었다. 그런가 하면 누구는 같은 스승 아래서 공부한 정철의 동문생이라기에 살았다. 누군가는 성품이 화락하여 친교가 두루 두텁고 넓어서 죽었다. 누구는 성미가 괴팍하여 교분이 좁고 박하기에 살았다. 누군가는 전라도에서 태어났다는 이유로 죽었다. 그리고 또 다른 누군가는 전라도에서 태어났기에, 명색 좋은 화해와 공평무사의 증거로 살아남았다.

마음대로 웃거나 울 수도 없었다. 초긴장 상태의 정국에 속없이 울었다가 하나뿐인 목숨을 어처구니없이 날린 사람까지 있었다. 그때 전라도 도사(都事)였던 조대중은 사랑하던 기생과 이별하며 아쉬움과 안타까움에 눈물을 흘렸는데, 이를 목격한 사람들이 그가 정여립의 자살을 슬퍼했다고 모함하는 바람에 끌려가 처형을 당했다. 사랑이, 눈물이, 그를 죽였다. 무고는 밝혀졌어도 한번 잃은 목숨은 되돌릴 길이 없었다.

최경회는 환란 속에서 끝내 목숨을 부지했다는 사실에 모욕과 슬픔을 느꼈다. 믿음과 의리, 지조 따위는 뜬구름 잡는 소리가 되어버렸다. 인생과 사물의 성하고 쇠함이 서로 뒤바뀌는 영고성쇠(榮枯盛衰)가 오로지 권력의 이치로 풀이되었다. 권세가 있으면 아첨하고 몰락하면 냉대하는 것이 세상의 인심이려니, 그 쟁개비 달아오르듯 오그르르 끓었다가 금세 서느러니 식어버리는 야박한 논리를 언제까지 어떻게 견뎌야 할지 모를 일이었다.

맹자단청(盲者丹靑)이라는 말이 무슨 뜻이던가. 먼눈으로 청홍황흑백의 오색단청을 구경해 봤자 무슨 소용일까. 몸의 눈이 멀지 않았더라도 끝내 마음의 눈을 뜨지 못해 보고도 보지 못하고 알고도 깨닫지 못하는 세상일이 수두룩하였다. 사물의 귀하고 혈함, 좋고 나쁨, 진짜와 가짜를 살펴 스스로 그 가치를 판정하지 못하고서야 청맹과니 망석중이가 따로 있을 리 없었다. 그럼에도 더욱 경악스러운 것은 살인자와 모사꾼과 망국배들이 한목소리로 부르짖는 말 역시 충(忠), 나라를 사랑하고 임금을 섬기는 곧고 지극하며 정성 어린 마음이라는 것이었다. 비극이면서 희극이었고, 웃지 못해 울 수도 없는 희비극이었다.

조정의 관리직은 정해진 휴일도 따로 없이 해가 뜰 때 등청하여 질 때 퇴청하는 고단한 일이었다. 하지만 최경회는 일 처리에 철저하고 공평무사하여 잇속이 있는 곳이라면 어디에서라도 빚어지기 쉬운 잡음과 구설 없이 성실히 직무를 수행하였다. 그것만이 지금 이곳에서 그가 바칠 수 있는 최선의 충정이었다. 한 고을의 수장으로서 사신의 영접으로부터 재판과 군정과 부역까지 일일이 신경을 써야 하는 지방 수령에 비하면 사도시정은 도리어 한갓지고 홀가분한 생활이기도 하였다. 저녁 빛이 어스레한 무렵 퇴청하여 돌아오면 밥상을 물리고 책을 읽는 것이 유일한 즐거움이었다. 때로는 검푸른 하늘에 붙박인 달을 벗 삼아 차 한 잔, 술 한 잔에 홀로 취하는 것도 흔연하였다.

무엇으로 근심을 풀 수 있을까
오직 두강주가 있을 뿐일세!

난세의 간웅이라고 후대에 비난받는 조조는 「단가행(短歌行)」에서 그렇게 읊조렸겠다. 정여립 일당이 지지했다는 『자치통감』은 조조가 정통임을 주장하며 유비를 깎아내리기에 위해하다고 하였다. 하지만 후인들에게 불리는 이름이 성명(盛名)이든 악명이든, 조조 자신의 말대로 인생은 아침 이슬처럼 덧없는 것이 아니던가. 시 속에서 한 사람의 술꾼으로 자족하는 그는 다만 마시고 취하고 노래할 뿐이다.

최경회는 하늘에 휘영청 떠 있는 달을 바라본다. 홀로 붙잡은 화두가 달처럼 흘러간다. 달은 맑고 깨끗하다. 달은 밝고 환하다. 달은 깊고 오묘하며, 고요하고 쓸쓸하기도 하다. 사람들은 달을 바라보며 애틋한 누군가를 떠올린다. 슬픈 시름에 잠기어 외로움을 느끼기도 한다. 달은 또한 고향을 그리는 마음을 부추기고, 오래전 잊은 줄만 알았던 옛일을 돌이켜 생각하게 한다. 달은 태음(太陰)이요, 그곳 광한전의 주인은 항아라는 선녀랬다. 여인의 일을 달의 일[月事]이라고 부르니, 달은 곧 여인이리라. 고금의 어떤 성현도 여인과의 붕우유신을 말하지 않았지만, 대저 달처럼 조촐한 여인이라면 벗하여 지내기에 부족지 않을 것이다.

늙마의 주책이요 괴탄일 것이다. 술이 과한 것일까, 고독이 지나친 탓일까. 최경회는 문득 마음을 스치는 서늘한 바람 한 줄기에 몸을 떨며 술잔 속에 든 달을 훌쩍 마셔버렸다.

하루와 한 달이 여일한 최경회를 시중하며 논개는 평온한 생활에 익숙해져 갔다. 집안일이야말로 아무리 해도 생색 없고 하지 않으면 단박에 표가 나는 잔일이지만, 동헌이나 내아에 비하면 수간두옥이라 할 만한 관사의 살림은 한층 여유 만만하였다. 층층시하 눈치 볼 필요가 없으니 옷감을 끊고 찬거리를 마련하기 위해 저자며 나루를 드나드는 일도 비교적 자유로웠다.

마소 새끼는 시골로 보내고 사람의 자식은 서울로 보내라더니, 문물이며 재화가 모여드는 한성에는 과연 구경거리로 삼을 만한 진풍경이 넘쳤다. 뚝섬강, 노량강, 용산강, 마포강,

서강은 합치어 한수 오강이라 불리는데, 그중에서도 마포강은 풍류의 강이라고 하여 뱃놀이의 명소로 꼽혔다. 강변에는 지체 높은 선비들과 시인 묵객들이 모여 노는 정자와 누각들이 즐비하고, 뚝섬과 광나루 사이에는 임금이 자주 거둥하여 일명 대궐이라 불리는 정자도 있었다.

마포의 시전은 새우젓으로 유명했다. 초봄에 붉고 투명한 쌀새우로 담그는 고소한 세하젓과 초여름 오월 사리에 잡은 오사리로 담근 오젓, 유월에 생새우 중에서도 가장 살찌고 빛깔 좋은 새우를 잡아 만들어 부드럽고 담백한 맛이 으뜸인 육젓, 가을에 담가 겨울 김장철을 대비하는 값싸고 양 많은 추젓, 한겨울에 담가 삭인 희고 깨끗한 동백하젓은 황홀한 짠맛이요 천상의 간이었다. 싱싱한 재료를 값싸게 구입하는 재미로 논개는 종종 마포 나루를 찾았다.

"참, 경치가 좋기도 하다. 가람이 이리 너르니 바다는 얼마나 더 너를꼬……?"

볼 때마다 신비로운 한강의 정취에 홀려 혼잣말을 중얼거리는 논개를 보고 새우젓국을 퍼 담아 주던 통장수가 말을 붙여 왔다.

"어디서 왔는가? 본래 한성 본토박이가 아닌가 봐."

"예. 경상도 영해 땅에서 왔어요."

"아이고, 멀리서도 왔구먼! 여기가 바로 마포팔경이라 불리는 곳이라네. 용산강 비 갠 하늘에 둥근 달이 떠오르니 용호제월(龍湖霽月)이요, 마포강 삼개 나루로 돛단배가 돌아드니 마포귀범(麻浦歸帆)이요, 방학 강가에서 고기 잡는 밤배들의 불빛이 아른아른하니 방학어화(放鶴漁火)요, 밤섬을 둘러싼 백사장이 율도명사(栗島明沙)요, 농바윗가 마을에서 저녁거리 짓는 푸른 연기가 피어오르니 농암모연(籠岩暮煙)이요, 와우산에서 들려오는 목동의 피리 소리에 우산목적(牛山牧笛)이요, 양화 나루에 놀이 지는 모습이 양진낙조(楊津落照)요, 한강 너머 관악산 허리를 두루두루 삼고 오르는 산안개에 관악청풍(冠岳晴嵐)이라! 눈 호강은 공짜배기니 눈치껏 재주껏 세상 구경을 하려무나!"

그러면서 젓국 장수는 소금기 밴 손을 들어 여기는 양녕대군의 영복정, 저기는 효령대군의 망원정, 저 건너는 세종 임금의 희우정, 그 너머에는 안평대군의 담담정이 있다고 묻지도 않은 소리를 허풍스레 떠벌였다. 과연 서울에서는 새우젓 장수도 유식하였다.

강변만이 아니라 경치 좋고 꽃 좋다는 데는 어디나 신분 높고 재물 있는 사람들의 놀이터였다. 경승지 곳곳은 그들이 기생들과 어울려 풍악과 주연과 노름의 유흥을 벌이는 화류와

풍류의 무대이기도 하였다. 하지만 사연이 담기고 추억이 묻혀 있지 않는 한 어떠한 절경과 가경이라도 눈을 홀릴지언정 마음까지 사로잡을 수는 없다. 아름다운 경치조차 익숙하여 덤덤해지자 이윽고 그곳을 터전 삼아 발버둥 치며 살아가는 사람들의 풍경이 눈에 들어오기 시작했다.

하늘과 땅, 하늘과 물, 계절과 계절 사이엔 내 것과 네 것의 경계가 없으되, 사람이라는 두 발 짐승은 어디에나 구획을 짓고 너와 나부터 나누었다. 도성 안 북촌 인근은 일명 '우대'라고 불렸는데, 우대 사람들은 동대문 밖 일대를 '아랫대'라고 부르며 은근히 하대하였다. 시골 마을에서도 신분에 따라 사는 곳이 나뉘지만 서울처럼 야멸치게 성 바깥과 성 안을 따져 가르지는 않았다. 뱃놀이와 화류놀이로 호사를 누리는 성안 귀족들은 흰 말에 안장을 얹고 수레를 끌고 다니기에 가죽신 바닥에 흙 묻을 일이 없고, 종종걸음 치며 따라붙은 하인들이 깨금발을 돋우어 떠받친 일산 아래 옥같이 희고 고결한 얼굴은 햇볕에 그을릴 일이 없었다.

하지만 아랫대 사람들은 거무튀튀한 얼굴에 더러운 신발을 끌고 다니니, 그중에서도 마포 사람들과 왕십리 사람들은 얼굴민 보아도 구별할 수 있다고 하였다.

"낯이 꺼무스름하면 마포 사람이요, 목덜미가 까무대대하면 왕십리 사람이란다. 왜 그런지 알겠는가?"

"낯 검은 사람들이 모두 마포에 모여 사는 건 아닐 테고, 왕십리에는 물이 귀해서 목욕하기 어렵나요? 아니, 그래도 목덜미만 검을 이유는 없을 텐데……?"

"흥흥, 이참에 내가 그 이유를 가르쳐줄 테니 확실히 알아두라고! 어디 가서 이 내력을 안다고 할라치면 적어도 촌뜨기 소리는 듣지 않을 터이니. 마포 사람들의 낯이 꺼무스름한 이유는 아침 일찍 쪽지게에 새우젓 옹기를 지고 서쪽에서 동쪽으로 해를 맞으며 도성으로 들어오기에 낯이 그을려 까만 것이지. 그런가 하면 광희문 밖 질펀한 들에서 채소를 가꾸는 왕십리 사람들은 동쪽에서 서쪽으로 해를 등지고 물건을 팔러 성안에 들어오기에 목덜미가 타서 까무대대하다는 게야!"

새우젓 장수는 자기의 새까만 낯짝을 문지르며 배를 잡고 한바탕 웃어젖혔다. 논개도 앞에서는 그를 따라 웃었지만 새길수록 뒷맛이 씁쓸하였다. 어쩌면 그저 실없는 우스갯소리에 불과하겠으나 듣고 말하는 사람에 따라 그것은 희롱이기도 하고 비웃음이기도 하고 한탄과 원망이기도 하였다.

저자에는 많은 말들이 떠돌고 있었다. 세상이 변했다고 하였다. 날로 나쁘게 변해간다고 하였다. 감히 입 밖으로 크게 떠들지는 못하지만 파당을 지어 이전투구하기에 급급한 벼슬아치들에 대한 불만이 드높았다. 기축년의 옥사를 정점으로 쓸 만한 선비들은 다 죽었으니 조선은 알맹이 빠진 깝대기나 다름없다고도 하였다. 양반들은 맘속으로 임금을 욕하는 것조차 불충이라며 펄펄 뛰지만, 세상 돌아가는 형편을 조금이라도 아는 자라면 그 개싸움을 불구경하듯 하는 임금에 대한 불만도 없을 수 없었다.

말[言]은 살아 있었다. 아무리 호된 단속으로도 윽박을 수 없는 민심이 펄펄 뛰는 말로 살아 있었다. 곧 무언가 괴변이 있을 것이라는 소리를 밑도 끝도 없이 내뱉는 자도 있었다. 차라리 확 그래버렸으면 좋겠다고 주정질처럼 지껄이는 이도 있었다. 서울은 많은 것들을 빠르게 느끼는 곳이었다. 논개는 시골 관아의 높은 담장 안에서는 결코 들어본 적도 생각해 본 적도 없는 것들을 듣고 보았다. 저자의 말에 귀를 기울이노라면 불안한 생동감 속에서 두려운 예감에 휩싸이곤 했다.

─그래서 나리는 모두가 부러워하는 서울의 요직으로 승진되어 부임하고도 기쁘거나 즐거운 빛을 보이지 않으셨던 걸까?

세도가의 주연에 참가하여 낯을 팔고 발을 넓히는 대신 으스름 달빛 아래서 독작하던 최경회의 모습이 새삼 논개의 가슴을 저리게 했다.

돌아오는 길에 공덕에 들러 소주 한 병을 받았다. 노르스름

한 빛깔을 띤 마포 공덕리의 소주는 이슬처럼 산뜻한 맛에 특히 오장에 좋은 술로 유명하였다. 사람들은 모두 자기의 이익을 구한다. 그것은 죄라기보다 타고난 생리에 가까우리라. 논개는 우물 많고 꽃향내 진한 도화동 고개를 넘으며 생각한다. 하지만 때로 누군가는 그 이기의 본능을 스스로 넘어선다. 그리하고자 하고 그러할 수 있기에, 짐승이 아닌 사람인 것이다.

> 부질없이 허리 더듬으니 칼집에 칼이 울고
> 태평세월 오래되니 변방에는 인적마저 끊겼구나!
> 이제는 위청과 곽거병이 또다시 태어나도
> 허무하게 늙어갈 뿐 성명도 묻히리라.

서재를 소제하다가 우연히 백지로 맨 잡기장 한 권을 발견했다. 펼쳐 들어 내제(內題)를 살펴보니 눈에 익은 최경회의 서체가 분명한데, 「진도 객관에서 읊노라[珍島客館吟]」는 제목이 붙은 시는 평소 그가 즐기는 씩씩하고 반듯한 해서가 아니라 붓이 굴러 끝이 흐른 행서로 쓰여 있었다.

─그 어떤 시름으로 한 잔 술에 취한 채 먹을 갈고 붓을 드셨을꼬?

한 글자 한 글자에 스민 울분과 소회를 가만히 짚어보던 논개의 등 뒤에서 문득 낮은 헛기침 소리가 들려왔다.

"죄, 죄송합니다. 소제를 하러 들어왔다가 궤상에 낯선 책이 보이기에 그만……."

논개는 당황하여 머리를 조아렸다. 하지만 최경회는 꾸지람 대신 논개가 자신의 시를 읽고 있었다는 데 놀라며 물었다.

"네가 지금 읽은 글의 내용을 알고 있느냐?"

"예. 어설프게나마 글자의 뜻은 해독하였으나 위청이니 곽 거병이니 하는 이름은 들어만 보았을 뿐 그 자세한 이력을 모 르나이다."

"위청은 한 무제 시절의 무장으로 흉노를 토벌한 공을 세운 인물이고, 곽거병은 위청의 조카로 외숙을 도와 크게 용맹을 날린 무장이로다. 곽거병은 스물네 살에 죽기까지 여섯 차례 나 오랑캐를 정벌하여 나라와 민인을 구원했으니……. 언젠가 홀로 변방의 객관에 머무노라니 쓸모없는 노구에 수욕을 느 끼어 그렇게 졸고를 긁적여 보았느니라."

최경회는 상전의 위엄 따위 밀쳐두고 마치 훈도하듯 친절하 게 설명하였다. 그 수수한 태도에 논개는 문득 용기를 내어 말 했다.

"작일 청춘이 금일 백발 되는 것은 차안(此岸)을 스쳐 지나 는 순리일 뿐, 어찌 사람의 탓이겠습니까? 칼은 벼리기 나름이려니 기개를 품고 기다리노라면 언젠가 나라의 근심을 풀고 만인을 도탄으로부터 건질 날이 오지 않겠습니까?"

부지불식간에 내뱉은 말이었다. 그런데 예상치 못했던 대답을 들은 최경회는 흠칫 놀라 논개를 다시 뜯어보았다. 무명 저고리에 허름한 버선을 신고 손에 마른걸레를 들고 선 모습이 영락없이 허드렛일에 잔뼈가 굵은 계집종이었다. 하지만 굴신한 자세이나마 당돌하게 자신의 생각을 밝히는 모양이 예사롭지 않았다.

─기이하도다! 정녕 이 아이는 상궤가 아닌 어떤 길을 홀로 걸어온 것인가?

위기의 순간에도 고통과 모욕을 감내하며 흔들리던 먹빛 눈동자가 기억 속에 생생하다. 지옥 길은 누구와도 동행할 수 없다. 그러나 누군가는 그 어두운 굴길을 빠져나오며 입은 찰과의 상처와 흔적을 눈치챈다. 아픔이 아픔을, 고독이 고독을 알아본다. 어린 여종의 소리 없는 애소가 어떤 통곡과 하소연보다 쓰라렸다. 그것은 오랫동안 스스로를 잡쥐어 다듬어온 인간만이 낼 수 있는 침묵의 호곡이었다. 그러하기에 더욱 애티가 가시지 않은 모습이 안쓰럽고 애틋했다. 아무리 나이에 비해서 야젓해 보인대도 아직은 잠보다 꿈이 길고 깊은 소녀가 아닌가.

"용서해 주십시오, 나리! 두려운 것도 모르고 분수없이 소용*을 부렸나이다!"

논개는 최경회의 시선에 몸 둘 바를 모르며 서둘러 물러가려 하였다.

"잠깐, 기다려 보아라!"

"……?"

"일찍이 네가 아비로부터 글을 배웠다고 들었으나 곤고한 세월 속에 그 즐거움을 모두 잊은 줄만 알았구나. 청경우독(晴耕雨讀)이라는 말이 맑은 날에는 논밭을 갈고 비오는 날에는 책을 읽는다는 뜻이렷다. 때로 학식이 경험만 못한 경우가 많거늘, 일하며 배운다면 기쁨이 더할 테다. 만약 네게 겨를이 있고 뜻이 있다면 임의롭게 서가의 책을 가져다 보도록 하여라."

그러면서 최경회는 책꽂이에 꽂혀 있던 시집 한 권을 뽑아 논개에게 건네었다. 그동안 매일 서안을 훔치고 책의(册衣)의 먼지를 떨면서도 언감생심 펼쳐볼 엄두조차 내지 못했던 전적이었다. 학예에 대한 가풍이 남다른 반가의 규중처자도 아닌 일개 계집종에게는 함부로 알아본다고 말하기도 두려운 귀물이었다.

"허나…… 제가 감히 이런 남분한 일을 해도 될는지요?"

*소용(小勇): 젊은 혈기에서 나온 쓸데없는 용기.

두 손으로 조심스레 서책을 받아 드는 논개의 목소리가 떨렸다. 하지만 담찬 기운이 느껴지는 또렷한 눈망울은 기대와 흥분으로 들떠 있었다. 최경회는 그 모습에서 음양수*를 마시는 듯한 뜨거운 기쁨과 서늘한 슬픔을 동시에 느꼈다. 어쩐지 낯설지 않다 싶었다. 최경회는 책 한 권에 행복감을 감추지 못하여 쩔쩔매는 논개의 모습에서 언젠가 삶에 대한 갈망으로 들썩이던 젊은 날의 자신을 발견했다. 그때 세상은 간단명료하였고 시비곡직을 따지던 서생은 순정하였다. 비록 어리어 어리석었을지라도 최경회는 그 시절을 옹호하고 싶다.

"맹자의 말을 믿으리라. 하늘이 사람에게 큰 임무를 내릴 때에는 반드시 먼저 그 심지를 괴롭히고, 근골을 수고롭게 하고, 몸을 굶주려 배고프게 하고, 하고자 하는 바를 어지럽혀 시험한다고 한다. 아무리 험한 생이라도 인내하지 않고서야 장차 무엇을 기대하겠는가? 비록 학문으로 입신하여 공명을 드러내는 것이 부업(婦業)은 아니지만, 율곡 선생의 자당(慈堂)께서는 시문서화에 고루 능하여 현모의 자질을 더하였음이라. 얼마 전 불운하게 요절하였다는 강릉도(江陵道)의 허씨녀도 그 문재가 대단하기로 명성이 드높으니, 어찌 여자로 태어났다는 이유만으로 시를 읽는 일을 꺼리어 두려워하랴?"

*음양수(陰陽水): 끓는 물에 찬 물을 탄 물.

318

인정스러운 데나 아기자기한 맛이 없어 성품이 벽(僻)하느니 어쩌니 하는 평판을 듣는 최경회였다. 하지만 그는 까다롭고 괴팍하다기보다 자신이 아는 단순하고 간략한 이치를 순순히 따랐을 뿐이었다. 배워 깨우치고자 하는 열망이 있다면 신분과 성별은 곁딸린 문제에 불과할지라. 가장 평범한 방법으로 순리를 좇고자 하는 것이 그를 누구와도 다른 특별한 사람으로 만들었다.

덜미잡이로 끌려가 덤불숲에 뒷머리를 찧을 때 강간범의 어깨 너머로 시근덕거리던 것은 그녀를 능멸하고 모욕하려 덤벼드는 세상 그 자체였다. 그들은 정조뿐이 아니라 그 이상의 것을 빼앗으려 하였다. 꽃을 보면 꺾고 싶은 것이 사내의 심정이라지만 그들이 정복하려는 것은 여인의 색향만이 아니었다. 미색과 박색, 숙녀와 유녀를 가리지 않고 다가들어 후리려는 마음보에는 자신보다 약하고 힘없는 존재들에 대한 경멸과 약탈의 충동이 깃들어 있었다.

그러하기에 피해자들은 무고하게 당한 처지에도 불구하고 위로받지 못한 채 무참히 망그러지고 서서히 바서지는 일까지 감당해야 했다. 불안과 강박, 우울과 배신감, 분노와 절망, 그리고 수치심과 죄책감까지. 하지만 원한과 복수의 출구를 찾지 못한 채 들끓는 감정들은 마침내 자신을 까맣게 태우고야

말았다. 무력한 자들이 찾을 수 있는 드잡이와 가해의 대상
이란 오직 자기 자신뿐이기 때문이었다. 세상을 바꿀 수 없는
약한 것들은 결국 스스로를 해치는 어리석은 방식으로 저항
하기 마련이었다.

분주한 일과에 삐치어 눈꺼풀이 절로 내려 감기는 지경에
도 한 자 한 자 읽어 내려가는 시가와 산문은 더없이 큰 즐거
움이었다. 서책들은 논개에게 단순히 교양을 쌓는 연모가 아
니었다. 그것은 신분의 몰락과 함께 산산이 조각나 나락에 떨
어진 자존과 자긍을 회복시키는 요긴한 가료이기도 하였다.
그녀는 결코 함부로 쥐뜯어 꺾을 수 있는 꽃줄기거나 짓이겨
밟을 수 있는 풀포기일 수 없었다. 스스로 느끼고 생각하고
결심하여 행동할 수 있는, 누군가를 이해할 수 있고 누군가에
게 이해받고픈…… 사람이었다.

꽃이 피었다 지고 계절과 계절이 어깨를 걸고 스쳐 삼 년이
란 세월이 훌쩍 지났다. 어느덧 실솔이 구슬피 우는 계절에 이
르러 최경회의 사도시정 임기도 막바지에 접어들고 있었다. 경
직에 계속 머무르고자 한다면 분주하게 청구멍을 뚫어야 할
터이지만, 성세를 좇아 인맥을 형성하는 교제가의 풍모 따위

는 아예 없는 최경회인지라 봉직을 받는다면 받는 대로, 그도 여의치 않다면 낙향하여 은둔할 작심을 하고 있었다.

그러던 어느 하루 퇴청하여 돌아와 보니 며칠째 보이지 않았던 굴원의 「이소(離騷)」가 얌전히 제자리에 돌아와 있었다. 무심결에 서가에서 책을 뽑아 펼쳤다.

눈물 닦으며 한숨 길게 쉬니
어려운 인생살이 서럽다
나는 비록 결곡하고 조심했으나
맙소사, 아침에 바른 말씀 올리자 저녁에 쫓겨나고 말았다

초나라의 조정에서 쫓겨나 설움과 울분의 바윗돌을 안고 먹라수에 뛰어들기 직전, 시인은 난마처럼 얽힌 세상을 향해 마지막 백조의 울음을 토해냈다. 굴원의 시가가 최경회의 마음에 비수처럼 꽂힌다. 성인을 흠모하는 수수한 범인(凡人)에 불과하다고 자평하고 자칭하지만, 어느덧 그에게도 서서히 난세의 예감이 깃들고 있었다. 조정에서는 세간에 유행하는 술가(術家)의 설을 민심을 호도하고 기군망상(欺君罔上: 임금을 속임)하는 유언비어라고 치부하였다. 그러나 나라의 재산을 관리하는 최경회로서는 공상육고에 들이친 진상품은 변함없

을지언정 국고가 비고 백성들의 형세가 피폐해져 가는 형편을 느끼지 않을 수 없었다. 국세가 기울어짐에 누구를 먼저 탓할 것인가? 누구라도 죄가 없다고 말할 수 없으리라. 더군다나 나라의 녹을 먹는 자라면!

지난날 성종 임금이 형옥을 방문하여 갇혀 있던 죄수들에게 물었다.

"너희는 대체 무슨 죄를 지어 감옥살이를 하는고?"

그러자 목에 칼을 쓰고 발에 족쇄를 찬 죄수들이 한목소리로 아우성쳤다.

"임금이시여! 부디 성총으로 죄 없이 억울히 옥살이를 하는 이 가련한 백성들을 굽어살피소서!"

"지금 너희들이 억울한 옥살이를 한다고 하였는가? 과연 너희에게 아무런 죄가 없다면 어찌하여 형옥에 갇히어 피고름으로 찌든 멍석 위에 앉아 있는고?"

"억울하고 원통하옵니다! 이 모두가 잘못된 재판 때문이지 저희의 죄가 아니옵니다!"

그런데 무죄를 호소하는 많은 죄수들 가운데 단 한 사람만이 색다른 대답을 하였다.

"소인은 죄를 많이 지은 몸이옵니다. 죄를 지었기에 마땅히 벌을 받고 있사옵니다."

그러자 성종 임금은 그 자리에서 형리를 불러 명령하였다.

"이자를 당장 석방하도록 하라! 이자 때문에 다른 죄 없는 자들이 나쁜 짓을 배우면 곤란하지 않겠는가?"

과연 이것이 자신의 잘못은 눈곱만큼도 인정하지 않으면서 남을 탓하는 세태를 꼬집는 재담이기만 한가. 최경회는 거듭되는 당쟁과 사화로 스스로 명예를 잃은 군신을 책잡기에 앞서 자신의 행적을 돌아보며 반성한다. 느껴 깨닫지 못하는 사이 시간은 불을 단 화살처럼 스쳐 지나갔으니, 몸이 아는 나이만큼 모든 것을 순리대로 이해하게 되는 순간이 언제쯤 와줄 것인가.

"나리, 아직 취침하지 아니하셨습니까?"

그때 미닫이 밖에서 나직하고 조심스러운 목소리가 들려왔다. 문을 열어보니 달빛을 쓰개처럼 하얗게 이고 선 논개가 두리반을 든 채 머리를 조아리고 있었다.

"야심한 시각에 무슨 볼일이더냐?"

"나리께서 요 며칠 불면하시는 듯하여 주안을 차려왔습니다. 마침 쌀을 팔러 싸전에 갔다가 근처의 푸줏간을 지나노라니, 대동이 숙성한 황육(黃肉: 쇠고기)이 하도 좋다 하기에 치람하다 야단 들을 것을 알면서도 조금 마련하여 보았나이다."

논개가 들인 소반에는 소주를 고을 때 맨 처음 받는 진한 꽃소주와 함께 술안줏감인 설리적이 정갈히 놓여 있었다.

"어허, 이 요리는……?"

"눈 오는 밤 주안상에 오르기 맞춤하다고 하여 설리적이라는 이름이 붙은 것으로 알고 있습니다."

"이 모두를 네가 직접 마련하였느냐?"

"예. 일전에 반빗간에서 어깨너머로 조리법을 배운 바 있사온데 모두가 눈어림이라 제대로 맛을 흉내 내었는지 모르겠습니다."

"군음식으로 삼기에는 과람한 미식이로다!"

최경회는 어느 주연에선가 식도락가로 유명한 한량이 이 요리를 예찬하는 걸 들은 적이 있었다. 기름과 훈채로 조미한 쇠고기를 일단 절반쯤 구워낸 뒤 냉수에 담갔다 꺼내어 숯불에 이중으로 익히기에, 설리적은 육미 좋고 운치 있으나 만들기에 까다로운 고기 요리라고 하였다. 그러니 무늬 없는 사접시에 소박하게 담겨 있지만 요리를 만든 이의 정성만큼은 충분히 미루어 짐작할 수 있었다.

"…… 앞으로는 이런 수고를 할 필요 없다!"

최경회는 냉정한 말투로 경계하였다. 마침 입이 궁금하던 차에 재치 있게 마련해 온 군음식이 반가운 건 사실이었지만, 평소 조의조식*하는 검약한 생활을 신조로 삼고 있었기에 사치스런

*조의조식(粗衣粗食): 허름한 옷과 변변찮은 음식. 또는 그런 옷을 입고 그런 음식을 먹음.

음식을 마냥 기껍게 받아들일 수 없었던 것이다.

그런데 그 순간 뜻밖의 일이 벌어졌다. 최경회가 무심히 한 지청구에 논개의 눈시울이 불현듯 달아올라 붉어지더니 금세 굵은 눈물방울이 뚝뚝 듣기 시작한 것이었다. 최경회는 물론 이려니와 어쩌면 논개가 더 놀랐다. 서운하고 서러울 때마다 울었다면 그녀는 오래전에 눈짓물이가 되었어야 마땅했다. 그런데 모질고 독하다는 소리를 들으면서까지 참아온 눈물이, 말라버린 줄만 알았던 눈물샘이 어쩌자고 갑작스러운 때 뜻밖의 곳에서 느닷없이 툭 터진단 말인가.

왜냐고 물을 수 없고 무엇 때문이라고 답할 수 없었다. 그리하여 그들은 마치 고황*에 든 비밀을 들킨 양 황황히 서로를 외면하였다. 소주는 달고도 썼다. 살코기는 맛깔스럽고 부드러웠다. 대답 없는 질문으로 가득 찬 마음에 알알한 취기가 빠르게 깃들었다. 달빛이 천지에 교교하였다. 그 은빛 화살이 지상의 모든 쓸쓸하고 외로운 것들을 속속들이 꿰뚫었다.

평시와 다를 것 없는 아침이었다. 다만 전날의 야음으로 최경회는 평소보다 이각**쯤 늦게 잠에서 깨어났다.

"니리! 기침하셨습니까?"

문밖 섬돌 아래쯤에서 가만히 녹은 목소

*고황(膏肓): 사람 몸의 가장 깊은 곳.

**이각(二刻): 한 시간을 넷으로 나눈 그 둘째 시각. 30분.

리가 들려왔다.

"조반을 드시기 전에 밀수부터 뫼오리까?"

"그리하도록 하라."

마침 자리끼로도 여훈*이 채 가시지 않아 갈증이 나던 차에 반가운 마음으로 하명하자 곧장 논개가 나무 쟁반을 받치고 들어왔다. 말하기 전에 스스로 생각하고 시키기 전에 움직이니 군소리를 붙일 겨를이 없었다. 방 안에 들어서자마자 사발을 괴어 바치고 밤잔물을 치웠다. 그 행동거지 하나하나가 민첩하고도 조용하여 일절 거슬릴 것이 없었다.

백자 사발에 든 물을 한 모금을 들이켜고서야 최경회는 논개가 바친 꿀물이 밀수가 아니라 미수라는 것을 알아챘다. 꿀을 개어 탄 물에 잔잔히 깔린 앙금은 아마도 갈분인 게다. 칡뿌리를 짓찧어 물에 가라앉혀 말려서 만든 가루는 해장과 해갈에 유용한 것으로 알려져 있었다.

─볼수록 참으로 신기하도다! 비록 신분은 미천하나 귀녀의 상에 함부로 할 수 없는 틀거지를 지녔으니 본바탕은 속일수 없는 것인가? 황금은 단련한 뒤에야 쓸 그릇이 되고 군자와 숙녀는 곤액을 겪은 뒤에야 현명이 나타난다는 옛말이 과연 틀리지 않은 것인가?

*여훈(餘醺) : 아직 덜 깬 술기운.

그런데 미수를 가뜬히 비우고 시립하고 선

326

논개에게 사발을 건넬 때 최경회의 눈이 저도 모르게 휘둥그레졌다. 불현듯 그의 눈길을 사로잡은 것은 빈 그릇을 받쳐 드는 논개의 손이었다. 섬섬한 몸피와 단정한 이목구비와 어울리지 않게 그녀의 손은 막일꾼이나 상머슴의 그것마냥 못 박이고 마디지어 투깔스럽기 그지없었다. 최경회의 눈길이 자신의 손을 향해 있다는 것을 낌새챈 논개가 황급히 앞치마 밑으로 적수를 감추었다. 트고 얼고 갈라지어 볼품사나운 맨주먹, 붉은 손.

"이삼일 후 조운*을 감독하러 강화도로 갈 것이다."

"그러하시면 행랑아범에게 차비를 해두라 전하오리까?"

"음, 평시와 마찬가지로 준비하면 될 것이나……. 말은 세 필을 마련하라고 이르라. 그리고 이번 행차에는 너도 수원하여 따르도록 하라."

"네? 저도 함께…… 말씀이십니까?"

논개는 행여 빗듣기라도 한 듯 깜짝 놀라 고개를 쳐들었다.

"명년에는 다시 남도로 발령될 것이 예상되니 아마도 이번이 사도시의 정으로 해로를 순방하는 마지막 임무일 터이다."

최경회의 표정과 말은 예사로웠다. 하지만 논개는 단박에 그의 의중을 파악했다. 정작 그가 하려는 말은 그가 하지 않은 말들 중에 있다. 논개가 하고

*조운(漕運): 배로 물건을 실어 나르는 일.

픈 말 역시 언제나 자신이 하지 못한 말들 중에 있었다. 넘치는 마음을 담기에 말은 턱없이 부족하기만 했다.

마침내, 바다였다. 전라도와 충청도와 황해도에서 실어 온 소금과 장(醬)들이 해로에서 수로로 거슬러 오르는 조강(祖江) 나루에서 그 넓고 깊은 물을 만났다. 강이면서 바다이고 바다이면서 강인 조상의 강. 할아버지의 할아버지와 할머니의 할머니로부터 이어진 아득한 핏줄의 강. 오랜 세월을 한결같이 사람들을 낳아 키우고 살려온 물줄기가 멀미증 같은 설렘으로 논개의 눈앞에 펼쳐졌다. 바늘구멍으로 보아온 하늘이 바다와 강의 경계에서 활짝 트여 열렸다.

"바다가 어찌 그리 좋더냐?"

서럽도록 그리웠던 바다에 홀려 물보라에 이마가 젖는 줄도 모르는 사이 선적을 지휘하는 일을 마친 최경회가 논개의 곁에 다가와 있었다. 논개는 울컥 솟구치는 격정이 오랜 소원을 성취한 감격 때문인지 말로 다 할 수 없는 감사의 마음 때문인지 알 수 없었다.

"모르겠습니다. 다만 너무 좋아 믿을 수 없을 뿐입니다."

논개의 말에 최경회가 허허, 너털웃음을 터뜨렸다. 논개가 공들여 마르고 박아 지은 쾌자를 떨쳐입은 그의 얼굴은 밝고 화했다. 솔솔이 땀땀이 성의를 박아 넣은 그녀의 마음 또한 기쁘고 즐거웠다.

"이곳 조강은 우에서 흘러온 한수의 물줄기와 좌에서 흐른 임진강이 만나는 두물머리란다. 조운선은 여기를 통해 마포 나루까지 운항하고, 한수는 여기서부터 바다가 되어 서해로 흘러 나가지. 그래, 이 같은 진풍경 앞에 어떤 시흥이 돋더냐?"

"문리가 트이지 않은 소녀가 어찌 감히 시심을 말하리까? 다만 제행무상(諸行無常)이란 한마디가 거듭하여 머릿속을 맴도나이다."

"제행무상이라……. 천지자연의 모든 사물이 때의 흐름에 따라 변천하니, 무릇 이러한 자연의 이치에 순응하는 것만이 인간의 바른 도리라는 생각이더냐?"

"그러하옵니다. 일찍이 성현 공자께서는 도를 묻는 제자들에게 흐르는 시냇물을 가리켰다고 들었습지요."

논개와 최경회의 눈길이 동시에 한 곳을 향했다. 팽팽하게 당겨진 비단보처럼 잔잔하고 고요해 보이지만 기실 여울여울 사납게 휘돌아 흐르는 깊고 너른 물. 스스로 갈 길을 찾아 깨달은 성인의 대답은 자못 단순하였다.

─흐르는 것이 저와 같구나, 밤낮으로 쉬지 않는구나!

"흐르던 강이 어느 순간 멈추더이다. 그러나 멈추었나 싶은 잠깐 동안에 돌연히 큰 물결을 만들더이다. 그내가 바로 강이 바다를 만나 손을 마주 잡듯 파도를 일으키는 순간이었습니다. 그러니 미련한 소녀에게 조강은 느리고도 빠른 강, 잠잖고도 검찬 바다라고 느껴지옵니다."

논개는 평소처럼 꺼리고 삼가는 기색조차 없이 감격에 들떠 재잘거렸다. 깜박 모두를 잊었다. 상하와 남녀의 분별뿐 아니라 아픈 추억, 고단한 일상, 슬픔과 분노의 기억들까지. 논개는 어느덧 쪼그려 앉아 참게와 붕어 따위의 먹잇감을 찾아 부리를 휘두르는 재두루미를 들여다보고 있었다. 별구경에 정신이 팔려 미처 수습하지 못하고 삐죽이 드러난 논개의 손이 또다시 최경회의 눈에 들어왔다. 하지만 잠시 잠깐 잊었을 뿐 어찌 모든 기억이 사라지겠는가. 제 키보다 높은 관아의 수통을 채우기 위해 하루 종일 손에서 물 마를 짬이 없던 무자리는 고작 여섯 살이었다. 문득 뾰족한 통증과 같은 슬픔이 최경회의 마음을 파고들었다.

"『장자(莊子)』의 「소요유(逍遙遊)」에 나오는 붕과 곤 이야기를 알고 있느냐?"

"그 길이만 몇 천 리가 되는 곤어가 몇 천 리나 되는지도 알 수 없는 등을 가진 붕새로 변하는 이야기 말씀이십니까?"

"북쪽 바다의 붕이 남쪽 바다로 옮겨 갈 때는 물이 삼천 리나 튀고 회오리바람을 타고 구만 리나 솟아오르며 한 해의 절반을 족히 날고서야 날개를 쉰다지 않느냐? 지상의 작은 것들은 무엇이 크고 작은지조차 이해하지 못하니, 곤은 과연 물고기이기만 할 것이며 붕은 새이기만 할 것인가? 사람의 생이란 결국 그믐과 초하루를 알지 못하는 하루살이 버섯이나 봄과 가을을 알지 못하는 쓰르라미 같을지니, 어찌 죽음에 꺼둘려 삶을 두려워하겠는가? 그토록 만인이 두려워 꺼리는 죽음이 소멸과 불모를 뜻하는 것이라면, 나는 죽기보다 사라지고자 하노라."

죽기보다는 사라진다……? 죽음을 상상하기에 아직 너무 젊은 논개로서는 그 수수께끼 같은 독백에 아무런 대꾸도 지어 바칠 수 없었다. 사라진다는 것은 과연 죽음에 대한 부정일까, 긍정일까? 저항일까, 순응일까? 삶에 대한 배신일까, 지극한 존중일까?

그들은 잠시 주종의 연관을 잊고 무람없이 소통하였다. 진솔하고 격심 없는 대화 속에서 문득 청차(靑茶)를 음미하는 듯한 은은한 향과 달고 가벼운 맛을 느꼈다. 물빛처럼 옅고 산뜻한 갈매, 혹은 황록색의 교감.

하지만 한편으로 낯선 그 느낌이 당황스러웠다. 감정만이 낯선 것이 아니라 그것을 겪는 자신조차 생인(生人)처럼 느껴졌다. 무언가가 부서지고 무너져 변하고 있었다. 불가에서는

일체의 변화가 모두 인연이라고 하였다. 하지
만 덧붙여 경계하기를 속인들은 무단히 인연
을 맺기에 본성을 흐리게 하는 육진*에 떨어
진다고 하지 않던가.

못다 한 말들이 물보라로 튀고 물거품으로 부서지고 물안개
로 흩어졌다. 그 또한 분분한 꽃잎 같았다. 어른거리는 물거울
속에 비친 그들은 기억하지 못하는 지난 생에 이미 만났던 사
람들처럼 빼어 닮아 있었다.

사랑, 그 밖의 아무것도 아닌

그것은 마치 아득히 먼 하늘 모서리에서 살별로 흘러온 것만 같았다. 그토록 살차게 허공을 저어 왔기에 언제 어디로부터 다가왔는지 짐작조차 할 수 없었다. 하지만 문득 그 휘어진 긴 꼬리에 포박당하여 옥죄일 때, 그것은 이미 지근지지에 바싹 붙어 잔뿌리를 뻗고 자라온 양 익숙하였다. 까마득한 간극이 일순간 좁혀지고 화합할 수 없는 모순이 무리 없이 이해되었다. 뜨겁고도 차고, 눈부시고도 어둡고, 거칠고도 부드럽고, 슬프고도 기쁜.

사랑.

그 한마디에 모든 것이 소급되었다. 고통과 초조와 번민, 그리고 발끝으로 허방을 딛는 듯 철렁한 상실감이 한순간에 설명되었다. 기쁨과 희망과 설렘과 기대, 스치는 눈길과 무심한 손짓에도 넘쳐흐르던 환희가 이해되었다. 사랑, 그것일 수밖에 없었다.

마땅히 그러하고 충분히 그러함직한 감정이야말로 여러 개의 이름을 가질 수 있다. 때로 그것은 존경이거나 동경이며 어쩌면 동정이거나 연민이기도 하다. 그 모두에는 명백히 합당한 이유가 있다. 사악한 자를 존경할 수 없으며 가치 없는 자를 동경할 수 없다. 포악한 자를 동정할 수 없으며 기만하는 자에게 연민을 느낄 수 없다. 하지만 오직 하나뿐인 사랑의 신비는 그마저 사부자기 뛰어넘는다.

그것은 존경과 동경과 동정과 연민을 포함할뿐더러 때로는 사악함과 무가치와 포악과 기만까지도 흡수하여 무화한다. 그것은 감정이라 정의되며 욕망과 혼돈되고 취미인가 하면 허영심에 불과하다. 좇으면 달아나고 그러잡으면 변해버린다. 하지만 사랑할 만하기에 사랑하는 것이 아니라 사랑할 수밖에 없으므로 사랑한다. 사랑받을 가치가 있기에 사랑하는 것이 아니라 사랑 속에서 새로운 가치가 태어난다. 그리하여 사랑이라고 부르는 순간 돌이킬 수 없다. 말하는 순간 완성된다. 한 치도 모자라거나 지나치면 그것은 더 이상 사랑이 아닌 다른 무엇이다.

처음에 그것은 이해를 갈구하는 마음으로부터 비롯되었다. 아무리 스스로 기꺼워한다고 하여도 고독은 일종의 고통이다. 안타깝고 답답한 시련이다. 고독은 영혼을 압박한다. 사람을 의기소침하게 만들고 인격을 더욱 거만하고 편벽되게 할 수도 있다. 고독은 시퍼런 감정의 어혈이다. 은성옥벽(銀城玉壁)에 갇힌 채 지은 죄보다 훨씬 무거운 벌을 감내하는 일이다. 은으로 만든 성과 옥으로 만든 벽에 둘러싸여서도 내 마음을 아는 사람이 없다면 괴롭고 아프도록 지어진 것이 사람이라는 나약한 존재였다.

그리하여 간절히 이해받고 용서받고픈, 사랑이란 살아가고자 하는 의지이자 살아가는 것들의 숙명이었다. 그녀와 그는 같은 때 같은 순간 마침내 그것을 깨달았을 뿐이었다.

경인년(庚寅年, 1590년)에 접어들어 최경회는 사도시정에서 물러나 외직인 담양 부사로 임명받았다. 최경회가 출경하여 호남으로 이거하자 화순의 본가에 머무르던 김씨 부인도 담양의 내아로 옮겨왔다. 그런데 삼 년 만에 재회한 김씨는 그 모습이 참으로 자닝하였다. 세간의 말로는 남자가 앓으면 집안이 망하고 여자가 앓으면 살림이 안 된다고 하였다. 그러나 김씨는 바야흐로 집안의 돌아가는 형편을 돌보아 관리하기는커녕 명색뿐인 안주인 노릇조차 감당하기 버거운 상태였다.

"장질(長疾 : 오랜 병)로 기허하시어 소갈증이 깊어진 데다 객증(客症 : 합병증)으로 이러저러한 잡병들이 깃든 것으로 보입니다."

인근에서 용하다고 소문난 의원을 청하여 정밀히 진맥한 바로 김씨는 이미 회복이 불가한 상태라고 하였다.

"그래도 병기에 따라 가료할 방도가 있지 않겠는가? 민간약이나 뜸질, 침술을 동원해 보면 어떻겠나?"

"송구한 말씀이오나 지금 부인의 상태로는 화타*와 손사막**이 와도 손쓸 방도가 없습니다. 환자의 소피를 맛보아 그 감미(甘味)로 소갈증을 판명했던 손사막은 소갈증 환자에게는 침을 놓거나 뜸을 뜨지 말라고 경고하였습니다. 그러니 식이를 조절하며 적절히 몸을 움직여 요양하는 수밖에 다른 방도가 없는데, 부인께는 좀처럼 투병할 의지가 보이지 않으니……."

*화타(華佗) : 중국 한 말의 명의.

**손사막(孫思邈) : 중국 당대의 의학자.

의원이 최경회의 눈치를 보며 말끝을 흐렸다.

336

굳이 의원의 설명이 아니더라도 능히 상황을 파악할 수 있었다. 수십 년간 곁을 지켜오며 스스로를 무기력으로 몰아가는 병자의 기질에 허탈했던 때가 한두 번이 아니었다. 유심소현(唯心所現)이리니 마음이 본체라면 몸은 그 마음의 그림자일진대, 생각하고 믿는 바가 곧 현실의 기질과 병력으로 드러나기 마련이었다. 그런데 환자에게는 병을 이길 생각이 없다시피 하였다. 나을 병이 아니라면 그 불편한 동서 생활이나마 받아들여야 할 텐데, 환자는 그조차도 견디지 못하여 일말의 원기마저 잃기에 이르렀다. 어쩌면 그녀는 영영 자라날 수 없는 어린아이 같았다. 병은 아이를 암흑 속에 숨겨 보호하는 나른하고 권태로운 자유였다. 그곳에는 책임이나 의무 같은 어른들의 숨 가쁜 술래잡기가 없었다. 그리하여 그녀는 한사코 낫기를 거부하며 병 속으로 달아나는지도 모를 일이었다.

한때 그렇게 믿었다. 명분의 금과옥조를 철저히 지키기만 하면 모든 것이 질서에 맞게 순탄하리라고. 그러하기에 예법에 충실하여 혼사를 치르고 나면 삼친*의 도리인 부부지정(夫婦之情)은 자연히 주어지는 대가인 줄 알았다. 예(禮)와 법으로 서로를 대하면 정(情)이 절로 지어져 경박한 애(愛) 따위를 간단히 대신하리라 하

*삼친(三親): 가장 가까운 세 친족 관계. 부자·부부·형제.

였다.

　잔병에는 효자도 없다고 하였던가? 공궤지절*과 정성지례로 몸소 근로하는 것만이 아내의 공이라고 하였던가? 하지만 부부는 마땅히 법도를 넘어 의리로 대해야 한다고 믿었다. 그래서 방풍림이 되어 세상의 비난과 의혹과 질시의 바람을 막으려 하였다. 치가(置家)의 요구를 뿌리치고 환자의 육신에서 샘솟듯 돋아나는 온갖 병치레까지 묵묵히 감수하였다. 하지만 정연한 예법과 격식으로 이루어진 관계는 빈틈없이 완전하고 튼튼하다 싶으면서도 밑돌 하나만 빠지면 삽시간에 어그러져 무너지는 공중누각이었다. 무릇 모든 사람이 여옥기인**일 수 없고, 사람의 일은 계획보다 실수에 의해 더 많이 지어지기 때문이었다.

　실수로 드러나고 흠결로 확인되는 사람의 마음.

　문득 최경회는 명치를 가격당한 듯한 격통을 느낀다. 그것은 몹시 생경한 고통이다. 생에 단 한 번도 경험해 본 적 없는, 상상조차 하지 못했던 감정이다. 지금 그의 머리는 필사적으로 그것을 받아들이길 거부하며 저항하고 있다. 그가 배우고 익혀온 성경현전*** 어디에도 그에 대한 가르침은 없었다. 경전에서도 사랑[愛]을 말하되 그것은

*공궤지절(供饋之節) : 음식을 대접함.

**여옥기인(如玉其人) : 흠이 없는 완벽한 사람.

***성경현전(聖經賢傳) : 성현이 지은 글이나 책.

338

어디까지나 '작은 나[小我]'를 넘어서 '큰 나[大我]'를 지향하는 가운데 세상을 형제이며[四海同胞] 한집안으로 받아들여[天下一家] 마침내 나와 천지만물이 한 몸[物我一體]이 되는 것이었다. 자신이 아닌 타인을 사랑한다는 것은 믿음[信]으로 어짊[仁]을 베푸는 것일 뿐, 저속하고 경박한 남녀상열지사가 아니었다.

그런데 이게 어찌 된 망령인가. 점잖게 숙어갈 늙마에 이 무슨 노추란 말인가? 실로 수문*의 자손으로 굴강한 체력을 타고나 이때까지 나이를 잊고 살아왔지만, 그는 새삼 자신의 설자리를 돌아볼 수밖에 없었다. 그 방탕하고 천박한 게염, 삶의 버팀기둥을 가차 없이 뒤흔드는 열정을 스스로에게조차 설명하여 이해시킬 수 없었다. 그것은 이미 쾌와 불쾌, 미추와 선악처럼 가치를 깨달아 일어나는 감정이 아니었기 때문이다.

맹자는 말하였다. 물고기도 내가 원하는 것이고 곰 발바닥 또한 내가 원하는 것이지만 두 가지를 함께 얻을 수 없다면 물고기를 버리고 곰 발바닥을 택해야 한다고. 삶도 내가 원하는 것이고 의리 또한 내가 원하는 것이지만 두 가지를 함께 가질 수 없다면, 삶을 버리고 의리를 택해야 한다고……

그럴 것이다. 그래야 할 것이다. 다짐으로 고개를 주억거릴 때면, 어느덧 생의 종반으

*수문(壽門) : 대대로 장수하는 집안.

로 기운 나이가 원망스럽기보다 고맙기도 하였다. 순항 중 돌연 암초에 부딪힌 듯 마음이 갑작스레 쏠려 내려앉은 지경에도 그 기울기는 오랜 시간의 단련으로 완만하고 온건하였다. 둔감하고 무심할지언정 가팔라 위험하지는 않았다. 그는 돌연 눈앞에 삼삼한 그 모습을 지우기 위해 눈을 질끈 감는다. 견딜 힘을 다하여 어금니를 물고 침묵한다. 그것만이 모두의 안녕을 지킬 유일한 길이리라.

김씨 부인과 재회한 뒤 최경회는 밤낮없이 사상*이 완연한 늙은 아내의 병석을 지켰다. 하지만 마음으로나마 다른 사람을 품은 데 대한 죄책감과 자괴지심 때문만은 아니었다. 사십여 년을 동고동락해 온 정처에게 아무 감정이 없을 수는 없었다. 명분과 의리와 신용과 예의, 물고기가 아니면 곰 발바닥. 그러나…….

최경회는 안방에 둘러친 병풍의 〈화조모란도〉를 멀거니 바라본다. 그림 속에서 꽃이 피고 새가 우짖는다. 꽃은 부귀를 상징하는 모란이요, 그 꽃가지마다 쌍을 지은 새들이 살포시 앉아 있다. 내외간에 부귀와 영화를 누리며 남흔여열**하라는 축원이다. 하지만 실상 어이없는 모순당착의 그림이 아닐 수 없다. 모란은 잎이 무성한 데다 햇볕 아래 쉬이 꽃잎

*사상(死相): 죽음을 느끼게 하는 얼굴.

**남흔여열(男欣女悅): 남편과 아내가 다 기뻐한다. 부부 사이가 화락함.

340

이 바래 시들며 비바람이라도 내리면 함부로 구겨져버리는 화초이니 실로 새들은 모란에 앉지 않는다. 그러니 그림 속의 새는 현실에 없는 것이다. 있을 수 없는 것이다.

사람의 한살이에는 불가사의하고 영묘한 비밀이 숨어 있었다. 그리하여 아무리 나이를 먹어도 미처 깨닫거나 어림할 수 없는 것들이 여전히 남아 있었다. 귀를 틀어막아도 흉중에서 메아리치는 괄괄한 소리에까지 귀머거리 행세를 할 수는 없었다. 사랑을 외면한 채 어디로든 도망칠 수 없었다. 사랑을 맞닥뜨리는 순간 누구라도 시간을 거스를 수밖에 없었다. 상식은 오만하고 편견은 집요하였다. 하지만 그 무엇도 신령스럽고 기묘한 사랑을 뛰어넘지 못했다.

논개는 문득문득 자신이 옴팡눈의 노파 같다고 생각하곤 했다. 몸닦달에 익숙해진 육신은 떼밀리는 대로 구르는 돌덩이 같고, 울분으로 사리문 잇몸은 어느덧 무디어져 시큰하게 들쑤시는 치통조차 느끼지 못했다. 무엇에도 소스라치게 놀라지 않았다. 마음이 침착하고 듬쑥해지는 만큼 어떤 새롭고 신기한 것에도 끌리지 않았다.

지나온 하루하루가 십 년, 그리고 백 년이나 천 년처럼 아득하게 느껴지기도 하였다. 뾰쭉한 돌부리에 걸려 비틀대노라면 썩어 문드러진 시간의 살비듬이 후두두 쏟아질 듯하였다. 이미 오래전부터 그렇게 젊어보지도 못한 채 늙은 것만 같았다. 의심과 후회와 머뭇거림, 곱새기어 마음에 박힌 숱한 생각들이 헤아릴 수 없이 깊은 눈 우물을 팠다. 하루의 일과가 끝나면 태산 같은 피로로 까부라져 자다가도 한밤중에 놀라 헤뜨길 수차례였다. 하지만 무너지는 마음을 들키지 않기 위해 더 크게 웃었고 두려움을 숨기기 위해 담대함을 가장하였다. 엄살을 부리며 칭얼대지 않으려 자잘한 감정까지도 바싹 잡쥐었다. 하지만 그 모든 노력이 대체 무엇을 위한 것이었던가.

그의 앞에 섰을 때 벼락같이 깨달았다. 그녀는 이제 고작 열일곱 살이었다. 아픔과 괴로움을 부풀리거나 사랑을 보채며 구걸하여도 무방한 나이였다. 어리석고 둔하여 무엇에든 들부딪고 다닥트리고 뒤집혀 엎어지기에 마땅한 나이였다. 돌덩이마냥 굳어진 줄 알았던 심장이 돌연한 기대로 쿵쿵 뛰었다. 그 때문에 그녀는 자꾸 철이 없어졌다. 그 때문에 그녀는 자꾸 팔랑팔랑 까불게 되었다. 그 때문에 그녀는 새털처럼 가벼워졌다. 그 때문에 그녀는 갖은 고초 속에서 자신을 가누느라 잃어버린 날들을 다시 겪었다. 모두 그 때문, 아니 그를 사랑한 덕분이었다.

하지만 사랑은 양날의 칼과 같았다. 아름다움이 추악함으로 돌변하는 것은 한순간이었다. 세상에는 사랑할 수밖에 없는 이유보다 사랑하지 말아야 할 이유가 훨씬 많았다. 그 황홀하고도 무섭고 아프고도 매혹적인 정열에 시달려 경경불매*할 적에 논개의 마음은 극락과 지옥 사이를 바쁘게 오갔다.

엄연한 신분의 차이, 존시간**을 넘어선 까마득한 연령의 격차를 어떤 허울 좋은 말로도 설명하기 어려웠다. 그녀는 자신의 감정을 아름답게 꾸민 말과 글귀로 치장하지 않았다. 세상의 언어로 말하기로 하였다. 그는 상전이며 그녀는 계집종이었다. 그는 그녀보다 곱절에 다시 곱절을 살아온 숙기(宿耆: 노인)이며 그녀는 이제 고작 열일곱을 넘긴 유녀(幼女)였다. 세상의 모질고 날카로운 언어를 거부하지 않기로 하였다. 그녀만 아니라고, 빼달라고 주장하지도 않았다. 하지만 어쩌겠는가? 정녕 사랑밖에 다른 것일 수 없는 것을.

최경회가 공무를 더 이상 미룰 수 없는 처지에 이르자 논개는 자청하여 김씨 부인의 간병을 맡겠다고 나섰다. 작금의 상황에서는 그것이 최선이었다. 낯선 담양 관아에서 중병의 환자를 돌볼 손을 구하기도 어려우려니와, 깊어질 대로 깊어진 병고에 극도로 예민해진 김씨 부인을

*경경불매(耿耿不寐): 마음에 염려되고 잊히지 아니하여 잠을 이루지 못함.

**존시간(尊侍間): 나이 많은 이와 적은 이의 사이. 보통 20세 정도의 차가 있을 때 씀.

보비위할 사람이 논개 말고는 따로 없었기 때문이었다.

—어찌 기이한 인연이라 하지 않을 수 있는가? 어미에 이어 여식에게 구완을 받다니⋯⋯.

시시때때로 치밀어 오르는 담을 받아내고 욕창의 피고름을 닦아내며 쉬척지근한 냄새를 풍기는 이부자리를 하루가 멀다 하고 새물로 갈아내느라 눈이 대꾼해진 논개를 보며 김씨는 대를 물린 기연(奇緣)에 가만히 한숨을 쉬었다. 삼 년 전 끓어오르는 무쇠솥을 휘젓던 계집아이는 어느덧 순연한 음기를 물씬 풍기는 처녀가 되었다. 잘록한 허리와 잘 마른 저고리 섶귀마냥 날렵한 어깨선이 곱다. 잔눈치가 비상하면서도 행동거지가 조신하니 얄밉지가 않다. 못이 딴딴히 박인 못난 손만 아니라면 누구도 천역에 시달려 곯은 비녀라는 것을 알아채지 못할 듯하였다. 김씨의 간벽*에도 불구하고 그 어미인 박씨가 그러했듯 논개의 정성은 묵묵하고 한결같았다.

그런데 언제부터인가, 김씨는 논개를 바라볼 때마다 야릇한 무언가를 느꼈다. 그것은 오관(五官: 눈·귀·코·혀·피부)과는 상관없는 유다른 감각이었다. 깊이 숨겨져 있는 어떤 것, 기이한 조짐을 순간적으로 포착하는 육감이었다. 자신의 고통 속에 꽁꽁 갇힌 채 남의 생각과 감정 따윈 헤아릴 짬조차 가져보지 못한 김씨로서는 매우 기묘

*간벽(癎癖): 신경질을 잘 부리는 버릇.

한 관심이었다.

"네 나이가 올해로 몇이더냐?"

약사발을 받쳐 올리는 논개에게 김씨가 물었다. 몸가짐이 올곧고 흐트러짐이 없어 같은 방에 들어앉아 있어도 혼자 있는 양 잠잠하고 평온한 기분이 들게 하던 논개의 눈동자가 김씨의 그 한마디에 불안하게 흔들렸다.

"열일곱…… 이 되었사옵니다."

"벌써 그리 되었구나. 여염에서는 남아라면 열다섯, 여아라면 열 넷부터가 결혼의 적령이라 하는데 열일곱이라면 서둘러 혼처를 알아봐야 할 때로구나."

김씨의 말에 논개의 고개가 깊고 무겁게 숙여졌다.

"소녀의 처지를 염려하시는 은혜는 각골난망이오나…… 소녀는 혼인에 뜻이 없사옵니다."

"네 어미가 내게 딸년의 후사를 부탁하고 죽었으니 어찌 사람의 도리로 마지막 소원을 외면하겠는가? 내 일신이 지병으로 곤고하여 직접 나서긴 어려우나 네게 뜻이 있다면 부사 어른께 마땅한 혼처가 있는지 알아봐주시길 청할 수도 있지 않겠는가? 십년지기면 여형약제*할진대, 비록 주종의 관계일지나 함께 지내온 세월이 중하니 우리가 안팎 중매를 선다면 네게 어울리는 좋은 낭재를

*여형약제(如兄若弟): 친하기가 형세같음.

구할 수 있으리라."

논개의 얼굴이 핏기 없이 파르게하다 못해 사색이 되었다.
약사발을 받친 손끝이 바르르 떨려 찰람거린 탕약이 사발 아
가리에 몇 방울 튀기까지 하였다.

"탕약이 식어 검쓸까 저어되옵니다. 다시 데워 대령하겠습
니다."

논개는 김씨의 질문을 피하여 도망치듯 물러났다. 그런데
그 황망한 기색이 단순히 숫보기의 부끄럼만은 아닌 듯했다.
유별나고도 수상쩍은 일이 아닐 수 없었다. 국가에 충신이 있
는 것처럼 집에는 충노와 충비가 있다는 말을 입증이라도 하
듯 평소에 지성스럽고 공손하기가 그지없던 아이였다. 그런데
담양으로 이거한 뒤로부터는 문득 공허하고 침울한가 하면
때때로 미열에 들뜬 아득한 표정을 숨기지 못하니, 죄범이나
실수가 아니라면 어떤 비밀을 흉중에 품은 것일까?

그것은 아무리 묵비하여도 숨길 수 없는 일이었다. 누구의
발쇠도 필요 없었다. 부러 바르집으려 내막을 호빌 필요도 없
었다. 버짐 피어 궁기 흐르는 가난과, 코끝이 간질간질 터져 나
오는 재채기와, 퍼부어 가득 채워도 되넘는 줄 모르는 사랑을
어떻게 숨길 수 있단 말인가.

그로부터 머지않은 어느 날 김씨는 마침내 그 놀라운 비밀

을 낌새채고야 말았다. 조석으로 병세를 살피기 위해 방문하는 최경회가 새벽녘 등청하기에 앞서 내아에 들렀을 때, 조용히 문을 밀고 들어서는 그의 얼굴에 펼쳐진 복잡하고 다기다단한 표정이 순간 누군가의 그것과 고스란히 겹쳐졌다. 왜 그리도 익숙한가 하였다. 누가 누굴 닮았는가 하였다. 그러나, 설마 하였다. 사랑에서 손을 대접하는 다담상을 주문하거나 급한 전갈이 있을 때 당겨 안채로 신호를 보내는 설렁줄 끝의 통쇠 방울이 절그렁 울릴 때, 귀곡이라도 들은 양 소스라뜨리며 혼비백산하던 논개의 모습에서 끝내 확인하고야 말았다. 그들이? 그들이!

"기르던 동물이 도리어 주인을 물어 은혜를 원수로 갚는다더니, 이년이 기어이 반서(反噬)하려 든단 말인가?"

김씨는 불현듯이 맹렬한 분노를 느끼며 병석에서 벌떡 일어나 앉았다.

"대체 이게 무슨 노추인가? 윤리를 손상하고 명교(名敎)에 죄인이 되어 평생 쌓아 온 덕망을 무너뜨리려는가?"

요망한 어린 계집에 대한 분노는 금세 점잖은 얼굴로 시치미를 떼고 있는 늙은 사내에게로 향했다. 온몸의 피가 사납게 들끓어 자잘한 통각 따위는 간단이 지워버렸다.

규중처자 시절 『삼강행실도』를 배우다가 여담으로 투기가 심하여 실록에까지 기록된 여인들의 이야기를 들은 적이 있다. 세종 임금 시절에 살았던 정씨와 이씨가 바로 그 기담의 주인공들이었다. 집현전 관리 권채(權採)의 아내 정씨는 남편의 종첩인 덕금을 사무치게 미워하였다. 병들어 죽게 된 할미를 문안하고자 말미를 청하는 덕금을 거절하여 물리치고는, 몰래 위문을 간 덕금이 다른 사내와 간통하고자 도망갔다고 권채에게 무고하였다. 질투에 눈먼 권채가 그 이야기에 속아 덕금을 잡아들여 머리채를 자르고 매질하여 광 속에 가두니, 정씨는 칼을 갈아 그 머리통까지 베려다 살인이 발각 나는 것이 두려워 서서히 죽이기로 결심하였다.

가슴속에서 시기와 증오의 광염이 푸들푸들 타오르는 여인은 발목에 고랑을 차고 갇힌 눈엣가시를 잔혹하게 핍박하였다. 우선은 하루에 두 번 죽지 않을 만큼만 돌 섞인 주먹밥을 던져 주었다. 그리고 주린 배를 움켜쥐고 고통을 호소하는 덕금에게 요강에 담긴 오줌과 똥을 먹게 하였다. 부패한 똥오줌에 구더기가 생겨 덕금이 차마 삼키지 못하자, 분노보다 뾰족한 날바늘로 항문을 찔러 괴롬으로 째어진 입속에 구더기 섞인 분뇨를 밀어 넣었다. 바야흐로 고문은 분열된 열정이었다. 상대를 파괴시키는 가운데 파괴된 자신을 낱낱이 드러내는 것이었다. 정씨는 이미 첩실에게 사랑을 빼앗긴 정처를 넘어선 미치광이였다. 그같이 횡포하고 잔인한 학대가 수개월 동안 계속되던 끝에 발각 나니, 의금부에서 국문하여 권채는 직첩을 회수하였고 정씨는 장 아흔 대의 벌을 받게 되었다.

그런가 하면 이조판서와 대사헌 등의 고위를 두루 지낸 이맹균의 아내 이씨는 명부*의 몸으로 치정 살인의 죄인이 되고 말았다. 이맹균이 집안의 계집종을 가까이하자 잡아다 머리카락을 자르고 깊은 움 속에 가두어 굶겨죽였다. 이맹균이 이 사실을 알고 하인들에게 암매장을 하도록 지시하였는데, 시신을 깊이 파묻는 대신 길가의 구렁텅이에 버려두는 바람에 죄상이 들통 나고 말았다.

이에 의정부에서는 국법으로 죄인들을 엄히 다스리길 청하였다.

"이씨가 질투로 인하여 여종을 죽였으니 그 죄악이 자못 크옵니다. 하물며 여자는 칠거가 있는데, 지금 이씨는 투기의 죄를 저지른 데다 자식까지 없으니 이거(二去)를 범하였다 할 것입니다. 청하옵건대 헌부의 아뢴 바에 의거해 신민의 바람을 통쾌하게 하소서!"

그러나 원칙에서 한결같으나 그 원칙이 오직 사람을 위한 것임을 알고 있던 세종 임금의 처결은 다음과 같았다.

*명부(命婦) : 봉작을 받은 부인.

"한(漢) 나라 광무제가 투기를 흠잡아 황후를 폐한 사실을 두고 선유(先儒)가 말하기를 질투는 부인의 보통 일이라 하였다. 또 여자에게는 칠거지악뿐 아니라 삼불거(三不去)가 있으니, 전에는 빈천하다가 뒤에 부귀하면 버리지 못하고 함께 부모의 삼년상을 입었으면 버릴 수 없고 돌아가도 의지할 곳이 없으면 내칠 수 없는 것이다. 이씨가 비록 질투가 심한 데다 후승하지 못한 죄가 있다고는 하나 앞의 두 가지 버리지 못하는 의(義)가 있으니 이것만으로 이혼시킬 수는 없다. 또 대신의 명부는 형을 가할 수 없으니 작첩을 거둠으로 족하리라. 다만 남편이 되어서 아내를 제어하지 못하였으니 맹균에게는 진실로 죄가 있다 할 것이다!"

이로써 이씨는 작첩을 빼앗기고 이맹균은 황해도로 귀양을 가게 되었다. 그때 이씨의 나이는 일흔 살, 마음 내키는 대로 하여도 법도를 넘지 않는다는 그 드물고 귀한 고희(古稀)였다.

『삼강행실도』를 배우며 여중군자를 꿈꾸던 시절, 김씨는 부녀자로서 마땅히 지녀야 할 어질고 너그러운 덕행을 스스로 져버린 그들을 좀처럼 이해할 수 없었다. 이해할 수 없으니 동정이나 연민 따위도 느낄 수가 없었다. 그들은 타고난 성품이 급하고 거센 질투의 화신일 뿐이었다. 스스로를 다스릴 줄 모르고 참아 견딜 줄 모르는 우부(愚婦)에 불과하였다. 어쨌거나 세상이 원하는 여자들이 아니었다.

그리하여 김씨는 기꺼이 배운 것을 믿고 익힌 것에 속았다. 수십 년이 흘러 이젠 기억조차 가물가물하지만 집안에서 최경회에게 부실을 들일 것을 권유했을 때에도 그녀는 의심과 호기심이 뒤엉킨 주변의 시선과 상관없이 별다른 갈등으로 부대끼지 않았다. 갑작스런 발병으로 몸이 마음을 증명하였다고는 하지만 남편 최경회의 염려 어린 배려는 실로 기우(杞憂)에 불과하였다. 거룩하고 숭고한 부덕을 지키기 위해서라면 김씨는 직접 팔을 걷어 붙이고 나서서 남편의 소가를 준비할 마음가짐이 되어 있었다. 그래봤자 언제 식을지 모르는 애정에 매달려 살아야 할 첩실이 아닌가? 듣기 좋아 부실이지 실제로는 평생 차별과 수모를 감수해야 할 씨받이가 아닌가? 그녀는 눈에 보이지 않는 사랑 따위의 부박한 감정보다는 눈에 보이는 제도와 명분을 믿었다. 그것이 훨씬 견고하고 굳건하며 완전해 보였기 때문이었다.

그녀는 일생을 정결한 한 남자의 아내로 살아 이제 곧 본가의 선산에 성스러이 묻힐 것이었다. 인덕(仁德)과 신의(信義)로 삼강의 부위부강*과 오륜의 부부유별**을 엄격히 지켰으니 과연 여인의 도리를 다하였다 할 것이었다. 비록 무자히

*부위부강(夫爲婦綱): 남편과 부인 사이에 지켜야 할 도리.

**부부유별(夫婦有別): 남편과 아내 사이에 지켜야 할 인륜의 구별.

여 후사를 잇지 못했다는 흠이 있긴 하지만 정렬부인의 고고한 이름은 가문의 명예를 드높일 것이다.

그런데 평생을 통틀어 앓아온 어떤 병의 고통과도 다르게, 가슴속 깊숙한 어디로부터 자리자리하고 알알하게 치밀어 오르는 이것은 무엇인가? 쓰리고 저리고 쑤시고 아리고 울컥 솟구치기까지 한다. 마치 병세는 언젠가 냉적*을 앓았던 때와 유사한데, 그 뭉텅이가 차갑기보다 뜨겁다. 불덩이 같다.

"의원이 뭐라고 말하고 갔습니까? 저승문이 이제 절반쯤 열렸답디까? 얼마쯤 더 기다리면 된답니까?"

"어허, 부인! 대체 그게 무슨 말씀이오?"

김씨의 날선 대거리에 최경회가 흠칫 놀라며 말했다.

"촌구석 의원인지 돌팔이인지 하는 작자가 당신께 무슨 말을 교묘하게 꾸며 바치고 갔느냐고요? 죽을 날이 앞으로 얼마쯤이나 남았답니까?"

"어찌하여 평소 부인답지 않게 침착함을 잃고 이러시는 게요? 의원은 초진했을 때에 비해 차도가 있다고, 환자가 투병의 의지를 찾은 것 같아 다행이라고 하더이다. 그런데 도리어 당신은 마음의 평정을 잃고 이토록 분기를 발하니, 도대체 이것이 어찌 된 일이오?"

"절 속이려 들지 마십시오. 제 병은 누구보

*냉적(冷積): 배 속에 딴딴하게 뭉친 것이 생겨 통증을 일으키는 냉병.

다 제가 더 잘 압니다. 어디 하루 이틀의 일이었나요? 아무리 관후장자*라도 질리고 물릴 때가 되었지요. 아무렴요!"

"그만하시오! 병마가 깃들어 몸을 괴롭힌다고 한들 어찌 마음까지 스스로 무너뜨리오?"

최경회가 나지막하나 단호한 어조로 저지하니 본디 포악한 성품이 못 되었던 김씨는 더 이상 독설을 내뱉지 못하였다. 하지만 입안에는 여전히 사납고 날카로운 말들이 씁쓸하고 비릿하게 고여 있었다.

―이제 곧 병든 마누라가 원한을 머금은 외로운 혼으로 돌아가면, 색덕을 구비한 숙녀를 모셔 초야만 치르면 되겠군요. 고양생제(枯楊生稊)라니, 시들었던 버드나무에 다시 싹이 돋아나듯 늙은 사내는 젊은 아내를 맞아도 능히 함께 살아갈 수 있다고 하더이다. 어찌 즐거운 일이 아닐 수 있겠습니까? 하지만 잊지 마십시오! 꽃 탐하는 나비는 거미줄에 걸려 죽는답디다. 고금지간에 계집을 밝히다가 봉변당한 작자들이 어디 한둘이리까?

사랑은 아무리 급해도 가끔은 쉬어 갈 수밖에 없는 오르막길이지만, 증오는 누군가에게 손목을 이끌리듯 그 빠르기를 스스로 조절할 수 없는 가파른 내리막길이었다. 김씨에게는 정숙하고 후

*관후장자(寬厚長者) : 마음이 너그럽고 온화하며 점잖은 사람.

덕한 현부인의 체통마저 차릴 겨를이 없었다. 가두어 고문을 하고 굶겨 죽이는 패악까진 부리지 못한대도 마음만큼은 여느 여자의 시새움 못잖았다.

수발을 바치는 논개에게도 어김없이 매운 불똥이 튀었다. 탕약이 너무 뜨겁다 혹은 식었다며 사발을 내동댕이치길 수차례였고, 이불이며 옷이며 보이는 대로 트집을 잡아 구완의 정성이 부족하다 타박하였다. 하지만 아무리 도끼눈을 뜨고 살펴도 마찬가지였다. 실로 밖으로 드러난 밀통의 근거는 아무것도 없었다. 그들은 오히려 서로 피하고 조심하며 가까스로 감정을 제어하는 기색이 역력하였다. 김씨조차도 인정할 수밖에 없었다. 천하에 경골한*인 최경회나 그와 기질이 꼭 같은 논개로서는 김씨가 살아 있는 한 그 눈을 속이며 간죄를 저지를 리 만무하였다. 다만 그들은 상대를 이해하며 믿어 의지하고 있다. 증거를 잡아 책할 수 없는 죄, 법률과 제도로도 벌할 수 없는 죄, 그러나 명명백백한 사람만의 죄.

또다시 봄이었다. 맑고 밝고 산뜻하고 명랑한, 오직 아름다움으로 충만한 계절이었다. 마법처럼 나뭇가지마다 잎이 돋고 거짓말마냥 꽃망울이 맺혀 터지기 시작했다. 김씨는 점심을 먹은 뒤 깜박 졸다가 진땀이 돋은 이마를 스치는 바람결에 잠에서 깨어났다. 이마는 산득거리고 겨드랑이는 축축한데 웬일인지 누운 자리는 보송보송 새뜻했다. 그 잠깐 사이에 논개가 들어와 베개와 요의 잇을 갈고 나갔나 보았다. 봄꿈이 저승의 잠처럼 깊었는지 진자리가 마른자리로 바뀌는 것도 몰랐다.

비풍은 사개가 맞잖아 반 뼘만큼 배꿋 열린 문틈을 비집고 들었나 보다. 그를 흠잡아 한바탕 치도곤을 할까는 마음이 문득 치솟기도 하였으나, 나른한 잠 끝의 속셈 없는 평온함으로 김씨는 제 속의 격조 없는 불뚝성을 다스렸다. 실로 김씨는 꿈자리만큼이나 혼란스럽다. 왜 혈기 왕성한 젊은 날에도 느끼지 못했던 감정에 휘둘려 시달리는 것인지, 어쩌자고 평생을 쌓아온 부덕에 스스로 흠집을 내는지, 정녕 자신이 늙은 지아비에게 고적함을 달랠 화초첩(花草妾) 하나 허용하지 못할 만큼 투기가 심하고 박덕한 여인인지.

문틈 사이로 논개의 모습이 보인다. 샘터에 가기 전 애벌빨래를 하는지 함지에 이불잇을 담아 볼각거리고 있다. 관아에 딸려 세탁을 맡아보는 표녀(漂女)에게 맡길 수도 있으나 김씨의 까탈로 내아에서 나온 옷이며 이불 빨래는 모두 논개의 몫이었다. 먼눈으로 보기에도 함지에 남긴 뙨물이 불그죽죽하였다. 병

*경골한(硬骨漢): 의지나 신념이 강하여 쉽사리 남에게 굽히지 않는 사람.

자의 화농된 상처에서 짓물러 흐른 피고름이다. 찬물에 애벌을 하지 않으면 얼룩이 남으니 서둘러 비벼 빨아 가려는 모양이다. 불현듯 구역이 치밀어 오름과 동시에 김씨의 얼굴이 화끈 달았다. 보이고 싶지 않은 치부를 들킨 듯만 하였다.

그런데 저 아이, 맨손으로 피고름에 전 이불잇을 비벼 주무르는 논개의 표정은 담담하기만 하다. 언젠가 열기에 부풀어 달았던 손이 이번엔 냉기로 뻘그스름하다. 제 몸에서 곪아 터진 피고름에도 역겨워 토기를 느낄진대 저를 시새워 닦달하는 이의 피고름을 만지면서도 저토록 거리낌 없이 조촐한 낯빛을 지을 수 있다니! 정녕 피부가 특별히 두꺼워 뜨거움과 차가움을 느끼지 못하는 것이 아니라, 냉기와 열기, 그 하나같은 통증도 그녀의 깊이까지는 파고들지 못하는 모양이었다.

─그랬구나! 그리하여 내 마음이 느닷없이 솟구친 강샘으로 그토록 부대꼈구나! 내가 갖지 못한 것을 저 아이가 가졌기에, 내가 정녕 알지 못하는 것을 저 아이가 알고 있기에!

마침내 깨달음이 어질증과 함께 왈칵 쏟아졌다. 현연(眩然)하여라! 너무 현연하기에 아무것도 보이지 않으리니, 그것은 캄캄하고도 눈부신 지경을 한 가지로 이르는 말일지라.

김씨는 이제껏 자신의 모든 불행이 자식을 생산하지 못함으로부터 비롯되었다고 믿고 있었다. 그래서 아들만 있다면 완벽한 행복을 누릴 수 있으리라고 생각하였다. 부부의 애정이 완고한 의리의 틀 안에서 분재된 관상수처럼 자라나지 못하는 것도, 세상의 모든 암컷과 수컷이 함께 살듯 쌍서(雙棲)의 의미를 넘어설 수 없다는 사실도 모두 자식이 없다는 한 가지 이유 때문이라고 확신하였다. 사랑 따위는 시시풍덩한 말장난일 뿐이었다. 월하노인이 맺어준 겁(劫)의 인연이니, 암수가 각각 눈과 날개를 하나씩밖에 갖지 못해 짝을 짓지 못하면 날지 못한다는 비익조(比翼鳥)의 이야기 따위는 천질들의 달콤한 거짓으로 여겼다. 운우지정이니 무산지몽(巫山之夢)이니 남녀 간의 밀회나 정교 따위는 삿되고 속된 것으로 치부하였다.

그리하여 지난 두어 달 동안 오랜 병에 시달려 무력해질 대로 무력해진 김씨의 몸과 마음에 미묘한 생기를 불어넣은 것은 어쩌면 미움이라기보다 호기심 어린 시샘이었다. 뜨거운 열기로 북받치던 증오는 배신감이라기보다 절망이었다. 애정을 빼앗겼다고 말하기 이전에 그 은애의 정체를 모르기 때문이었다. 한 번도 경험한 적 없을뿐더러 알려고 한 적도 없는 것이기 때문이었다.

김씨가 탕약에 혀를 데었다는 핑계로 격분하여 사발을 던지는 바람에 정수리로부터 뜨거운 약물을 뒤집어쓰고도 논개는 그저 묵묵히 용서를 구하며 머리를 조아릴 뿐이었다. 검고 끈끈한 방울방울이 흘러내리는 되똑한 코끝에는 어떠한 일이라도 원망 없이 감내하겠다는 올진 고집이 오롯이 새겨져 있었다. 죄인이요 약자요 세상에서 가장 어리석은 사람이 되어도 좋다고, 아무리 어렵고 힘든 일이라도 능히 감당하는 가감지인(可堪之人)이 되리라고, 대체 무엇을 위해?

준일한 풍채와 단아한 기상을 가진 새신랑에게 홀리어 마음을 빼앗기지 않는 일이 도리어 힘겨웠다. 가만히 뒤에서 그의 높은 어깨와 편평한 등을 바라보노라면 산 진 거북이요 돌 진 가재인 양 든든한 마음이 절로 들었다. 하지만 남과 여 사이에는 엄격히 지켜야 할 인륜의 구별이 있을지니, 부부는 서로를 손님처럼 대해야 한다고 배웠다. 그리고 앞뒤 막힌 벽창호같이 배운 것만을 빈틈없이 믿었다.

사랑채와 안채를 나누는 화단의 담에는 문이 하나 나 있었다. 덩굴걷이에 게으르기라도 할라치면 담쟁이에 가려 찾기도 어려운 자그마한 쪽문이었다. 그것은 바로 내외간의 유별을 철저히 하는 반가에서 혈기에 들뜬 신혼부부를 위해 뚫어놓은 통로였다. 사랑채의 주인은 그 쪽문을 통해 부인이 거처하는 안채로 은밀히 출입하였다. 양반은 절도 있는 몸가짐으로 부부간의 합방조차 절제하는 것이 미덕이었다. 춘 갑을(甲乙)이요 하 병정(丙丁)이니 추 경신(庚申)이고 동 임계(壬癸)라! 각

계절별로 귀숙일(貴宿日: 씨 내리는 날)을 정하여 귀하게 될 남아를 임신하는 것만이 부부 교합의 최종 목표였다.

새색시였던 김씨는 그 쪽문을 볼 때마다 꺼림칙하고 불편한 마음을 느끼곤 했다. 그것은 불온한 설렘이면서 맹렬한 혐오이기도 하였다. 요망하고 음탕하고 추접스러울뿐더러 위험한, 그것은 오랫동안 훈련된 공포였다. 그리하여 끌리는 마음만큼이나 밀어내려 애썼다. 날을 잡아 행랑아범을 시켜 쪽문에 나무못을 치게 하였다. 담쟁이덩굴에 이파리가 무성해지고 황록색 꽃이 피어나던 초여름 어느 날, 문득 무겁게 닫힌 문을 슬며시 미는 낌새가 느껴졌다. 덜컹, 김씨의 마음도 함께 흔들렸다. 하지만 완강히 못 박혀 잠긴 문은 끝내 열리지 않았고, 쪽문은 두 번 다시 흔들리지 않았다. 그리고 젊은 날도 다시 오지 않았다.

어웅한 동굴 속으로 빨려 들어가듯 세상의 빛이 아슴푸레 멀어져가고 있었다. 마침내 돌아갈 날이 머지않았다. 늘 육신과 함께였던 아픔조차 남의 것인 양 서먹할 즈음, 김씨는 논개를 시켜 머리를 감기고 갈아입을 새 옷을 준비하게 하였다. 풀어 헤친 백발 사이로 논개의 손이 날렵한 물고기인 양 가만가만 드나들었다.

―하필이면 왜 그라더냐? 본디 양반가의 처자였던 바탕에 집착했다면 가난한 사람의 아내가 될지언정 첩신은 될 수 없다

고 주장할 수도 있었을 텐데, 천금매소*조차 할 수 없는 늙은 한사(寒士)에게 무슨 기대할 것이 있어 마음의 붉은 끈을 매었더냐?

김씨는 성심껏 수발을 바치는 논개에게 울컥 쏟아지는 알심을 느낀다. 하지만 그런 동정조차 무색할 만큼 논개는 검질기다. 이미 어떤 말과 법과 벌로도 그녀의 심지를 돌이킬 수 없을 것이었다. 당돌한 계집아이를 여인으로 길들이고 한없이 약해진 여자를 차돌처럼 강하게 만든 그것은 사랑, 그 밖의 다른 무엇일 수 있겠는가?

"부사 어른을 모셔 오너라!"

정갈히 몸단장을 하여 병자의 냄새를 지워낸 김씨가 위엄 있게 명령하였다. 논개는 알 수 없는 긴장감으로 등골이 서늘하였다. 새벽녘 마당을 지날 때면 안방의 연창 너머로 두런두런 이어지는 낮은 대화가 귓전을 스치곤 했다. 그 묵직하고 나직한 음성에 저도 모르게 귀를 기울이다가 왈칵 눈물이 배어나와 종종걸음을 쳤다. 뜨겁지는 않으나 끝내 식을 수 없는 미지근한 내외간의 사랑! 그럴 때면 고달픈 삶을 용케 배겨온 마음이 해빙기의 둔덕처럼 맥없이 무너졌다. 가당찮은 강샘으로 치부하기에는 너무 날카로운 통증이 명치끝을 찔렀다. 차라리 몸이

*천금매소(千金買笑): 많은 돈을 주고 좋아하는 여자의 환심을 산다는 뜻.

부서져버렸으면 좋겠다. 마음이 없어져버렸으면 좋겠다. 부질없이 방망이질하는 염통이 굳어졌으면 좋겠다……사랑의 죄로 주눅 든 그녀에게 김씨는 두려우면서도 부럽고, 서운하면서도 애틋한 존재였다.

"사람들이 왜 이 세상을 기려(羈旅)라고 부르는지, 어찌하여 잠깐 머물렀다 떠나는 주막이라는지 여태껏 알지 못했습니다."

최경회를 마주한 김씨가 말문을 열었다. 물러가지 말라는 김씨의 명으로 논개는 방 한구석에 시립한 상태였다.

"세상에 만년 사는 천자 없고 백 년 누리는 영화 없나니, 그 지당한 이치를 몰라 지금까지 애면글면 병을 떠안고 살았나 봅니다. 당신께 미안합니다. 처라는 이름으로 안방을 차지하고도 무엇 하나 제대로 해드린 것이 없는 죄인을 부디 용서하소서."

"그게 무슨 소리요? 무자가 지벌이라면 지난 생에 함께 지은 죗값일 터이고, 오랜 병고에 묘약을 얻지 못하고 변방을 떠돌며 고생시킨 것은 오직 나의 탓일진대 당신이 내게 미안할 것이 무엇이오? 용서받아야 할 사람은 당신이 아니라 나인 것을……."

최경회의 높고 너른 이마가 죄책감과 혼란으로 고통스럽게 일그러졌다.

"아니옵니다. 끝끝내 저승에서 온 차사의 옷깃과 성음이 보일락 들릴락 하는 즈음에 이르러, 후회라면 오로지 당신과 더불어 주밀한 정과 탐탐한 사랑을 나누지 못한 것뿐이며, 걱정이라면 고독단신으로 홀로 남으실 당신의 훗일뿐이옵니다. 그러니 부디 죄인의 청을 물리치지 마시고 들어주소서."

"……부인의 청이라는 것이 대체 무엇이오?"

"거문고와 비파[琴瑟]의 줄이 끊어져 소리를 내지 못하면 그 끊어진 줄을 다시 잇지 않고서야 어떻게 음악을 연주할 수 있겠습니까? 어찌 떨어진 꽃을 생각하느라 새로 피는 꽃을 돌아보지 아니하오리까? 그러니 제 목숨이 아직 붙어 있을 때 덕행과 재모를 고루 갖춘 부실을 들여 못다 드린 부부지정을 잇는 모습을 보고 떠나도록 허락해 주소서! 그것만이 먼저 가는 죄인의 소망이니 불문곡절하고 들어주신다면 못난 저의 고통과 근심은 씻은 듯 부신 듯 없어질 것입니다……."

그러면서 김씨는 망부석처럼 굳어 서 있는 논개를 손짓으로 불렀다. 그제야 김씨의 뜻을 알아챈 논개는 눈망울 가득 그렁그렁 눈물을 괸 채 와들와들 몸을 떨었다.

"모란꽃은 곱다 해도 벌 나비가 찾지 않는다던가? 아무리 고운 얼굴을 가진 여인이라도 마음이 아름답지 못하다면 남자가 가까이 하지 않는 법이니, 내가 지금껏 지켜본 바로 너는 신분과 나이를 떠나 누구보다 강하고 아름다운 여인이다. 커다란 슬픔을 겪었지만 슬픔으로 무너지지 않을 여인이로다. 부디…… 나의 마지막 부탁을 거절치 마라."

김씨는 힘겹게 말을 마치고는 퇴침(退枕: 서랍이 있는 목침)을 열어 마련해 두었던 금지환을 꺼냈다. 논개는 김씨에게 잡힌 부끄럽고 황망한 손을 차마 감추지 못하였다. 거칠고 투박한 손이었다. 하지만 누구도 속인 적 없고 자신조차 속일 줄 모르는 손이었다. 김씨는 그 애처로운 손에 가만히 반지를 끼웠다. 미리 늘려둔 금지환은 논개의 굵은 손마디에 걸리지 않고 맞춤하니 들어맞았다. 김씨의 창백한 얼굴에 희미한 웃음기가 돌았다. 쓸쓸하고도 선선했다. 어쩌면 가장 비절참절한 순간에 김씨는 어느 때보다 아름다웠다. 그녀를 평생 가두었던 제도와 명분과 당위와 도덕, 그리고 조련된 결벽과 집요한 병마저 더 이상 좁은 틀을 옥죄지 못하였다.

봄이 한창 무르익는 춘삼월 늦봄에 결국 논개는 김씨의 청원으로 최경회의 부실이 되었고, 김씨는 논개의 지극한 병간을 받으며 그로부터 달포를 더 살았다. 고질에 휘달리어 병사하였지만 김씨의 시신은 조쌀하고 단출했다. 그녀는 타인의 사랑을 인정하면서, 마침내 스스로 사랑을 깨닫고 죽었다.

믿을 수 없는 날들이 빠르게 지났다. 결코 자신의 것이 될 수 없으리라 생각했던 행복, 저주받은 미망이요 미망의 비극이리라고 여겼던 사랑이 실제로 현현하였다. 그 순애에 기꺼이 이끌려 예전에 결코 짐작할 수 없었던 생 속으로 뚜벅뚜벅 걸어 들어갔다.

논개는 더 이상 바라는 것이 없었다. 정열과 순정을 모두 바쳐 소원했던 단 하나를 얻었기에 그 무엇에 대해서도 욕심이나 집착이 생겨나지 않았다. 부실이 된 지 한 달을 넘겨 빈 안방의 새 주인이 되었지만 몸가짐은 오히려 전보다 조심스럽고 진득해졌다. 여자라면 모두 탐을 내는 직금 스란치마에 삼합무지기 대신 수수한 소색 명주 치마를 입기를 즐겼으며, 봄가을의 매죽잠 여름철의 매조잠 대신 나무 비녀로 쪽을 찌었다. 스스로 형처*임을 청하며 나들이에도 채교를 마다하니, 처음에 천첩이니 종첩이니 뒤에서 말질하던 이들도 종내 그 검박함에 절로 머리를 숙이게 되었다.

진정은 조금 늦을지언정 언제고 바라던 곳에 닿게 되어 있었다. 논개는 현숙함과 후덕함을 연기하려 하지 않았다. 다만 미안해하며 감사할 뿐이었다. 간혹 작은댁으로 들

*형처(荊妻): 중국 후한 때에 양홍의 아내 맹광이 가시나무 비녀를 꽂고 무명으로 만든 치마를 입었다는 고사에서 유래한 말.

어앉는 중에도 자기가 본디 반가 출신이니 정실의 예로 맞이해 달라고 부탁하는 이도 있다지만, 위의를 갖춘 예식, 운빈봉채와 칠보단장이 다 무슨 소용인가 하였다. 그저 풀잎을 맺어 마음을 연결하는 동심인(同心人)이면 족하였다. 한 나무의 가지와 다른 나무의 가지가 서로 붙어 그 나뭇결이 하나로 이어지는 연리지(連理枝)라면 그만이었다.

눈에 보이는 것도 귀에 들리는 것도 사랑의 장애가 될 수 없었기에, 논개는 오직 흐르는 시간을 두려워하며 하루하루를 근근자자히 살았다. 어제에 꺼둘리거나 내일에 저당 잡히지 않고 오늘을 기꺼이 사는 이에게는 짧은 촌음도, 촌음보다 더 짧은 분음도 소중하고 중요로웠다. 한여름의 된더위와 가을날의 스산함조차 아깝고 서운하였다. 사랑하는 이와 함께하는 나날은 언제나 봄꿈 같았다.

그 파란만장했던 해의 마지막 달, 삭풍이 부는 섣달의 어느 차가운 날이었다. 그날따라 퇴청하여 돌아온 최경회의 표정이 어쩐지 무거운 것을 느끼고 논개가 물었다.

"어디 불편한 데라도 있으신지요? 신색이 좋지 않으니 행여 공무에 과로하신 것은 아닐까 저어되옵니다."

"그게 아니라 어젯밤 꿈이 뇌리를 떠나지 않아 하루 내내 일손이 잡히지 않았기에 그리네."

"꿈이라니요? 어떤 흉몽을 꾸셨기에……?"

"어지러이 꿈길을 헤매다 문득 무성한 채마밭에 들었는데, 그 손바닥 같은 이파리가 뺨을 치고 붉은 열매들이 눈을 쏘는 통에 밤새 시달리다 깨어나지 않았겠나? 꿈의 요사 따위야 믿을 것이 못 되지만 아무래도 온종일 마음이 심란한 것이 그 때문이 아닌가 싶으이."

최경회는 짐짓 심상하게 말했지만 논개는 단박에 그 채마밭이 삼밭이 아니었나 의심하였다. 옛말로 꿈속에서 몸이 삼밭에 들어가면 친상(親喪)을 당한다고 하였으니, 고향에 노모를 둔 최경회로서는 솟구치는 심려를 감출 수가 없었던 것이다. 하지만 최경회는 논개가 걱정할까 봐 더 이상 몽조를 화제로 삼지 않았다. 대신 그는 자신의 말 한마디에 금세 낯빛이 어두워진 논개에게 관복을 벗어 건네며 주머니에서 무언가를 슬며시 꺼내었다.

"땅끝과 제주목을 두루 오간다는 상인이 남쪽의 겨울 소식이라며 바친 것이라네. 군입이라도 다셔보게나."

평시에 좀처럼 다정다감을 표할 줄 모르는 무뚝뚝한 최경회였지만 남몰래 아끼고 위하는 마음만큼은 멋쩍게 건넨 금귤처럼 달콤하였다. 껍질을 까노라니 새곰한 산미가 톡톡 튀었다. 논개는 그 초록빛 황금의 맛을 오래오래 음미하였다.

하지만 옛이야기의 어느 불운한 연인은 이렇게 탄식했던가.

―조물이 시기하고 귀신이 작희하여 어제에 핀 꽃이 우연히 풍우를 만나도다!

불길한 예감은 과연 틀리지 않았다. 그로부터 며칠 뒤 화순에서 급한 전갈이 왔다. 고향 집에서 사람을 통해 전해온 소식은 최경회의 모친 순창 임씨가 운명할 기미를 보이니 서둘러 귀향하라는 비보였다.

효를 백행의 근원으로 삼는 조선 사회에서 부모의 상(喪)은 모든 것을 중지할 만한 대사였다. 망모 살아생전에 곁에서 받들어 모시며 봉양하지 못했으니 그 불효를 씻기 위해서는 삼 년을 꼬박 조석제전하고 매일 호곡하며 초토하여야 마땅할 것이었다. 최경회는 즉시 담양 부사를 사직하고 화순으로 돌아갈 채비를 하였다. 다만 최경회의 마음에 걸리고 눈에 밟히는 것은 새로운 인연으로 고작 아홉 달을 함께 산 논개였다. 논개는 계처이기에 앞서 첩의 신분이었기에 부모상에 동행하여 귀향할 수 없었다.

"내가 없는 동안…… 자네는 고향인 장수에 돌아가 있게나. 믿을 만한 지인에게 긴탁하여 두었으니 거처와 살림은 해결할 수 있을 것이네."

"세 걱정은 하지 마십시오. 오직 애통함이 과도하시어 삼녀

초토에 강왕함을 잃으실까 걱정될 뿐입니다. 고작 삼 년입니다. 제게는 그리 긴 세월이 아니옵니다……."

논개는 삼년상을 마칠 때까지 고향인 장수로 돌아가 기다리라는 최경회의 권유를 선선히 받아들였다. 그동안 얼마나 그리워하며 애태워야 할지 충분히 짐작하면서도 논개는 입가에 가만한 미소를 지었다. 이별할 때는 웃고 싶다. 불안과 조바심으로 울고 싶지 않다. 웃으며 헤어져야 웃으며 다시 만날 수 있을 것이다. 이것이 끝일 리 없다. 끝 따위는 애초에 없다.

〈2권에 계속〉

논개 1

초판 1쇄 2007년 7월 20일
개정판 1쇄 2017년 1월 25일

지은이 | 김별아
펴낸이 | 송영석

편집장 | 이진숙 · 이혜진
기획편집 | 박신애 · 정다움 · 김단비 · 정기현
디자인 | 박윤정 · 김현철
마케팅 | 이종우 · 김유종 · 한승민
관리 | 송우석 · 황규성 · 전지연 · 황지현 · 채경민

펴낸곳 | (株)해냄출판사
등록번호 | 제10-229호
등록일자 | 1988년 5월 11일(설립일자 | 1983년 6월 24일)

04042 서울시 마포구 잔다리로 30 해냄빌딩 5 · 6층
대표전화 | 326-1600 **팩스** | 326-1624
홈페이지 | www.hainaim.com

ISBN 978-89-6574-614-0
ISBN 978-89-6574-613-3(세트)

이 도서의 국립중앙도서관 출판예정도서목록(CIP)은 서지정보유통지원시스템 홈페이지
(http://seoji.nl.go.kr)와 국가자료공동목록시스템(http://www.nl.go.kr/kolisnet)에서 이용
하실 수 있습니다.(CIP제어번호:CIP2016031279)